소설 바울 1
The Greatest Faith Ever Known

위대한 성서 이야기
소설 바울 1
풀턴 오슬러 지음 · 전진영 옮김

도서출판 장락

The Greatest Faith Ever Known

차례

제1권

내가 너희와 항상 함께하리라 7
I Am with You Always

교회의 시작 48
The Singn That Followed

다소에서 온 사나이 93
The Man from Tarsus

이방인을 향해 열린 문 145
The Doors Open to the Gentiles

바울의 1차 전도 여행 193
Paul's First Journey

바울의 2차 전도 여행 233
Paul's Second Journey

역자주석 291

 **내가 너희와 항상 함께하리라**
I Am with You Always

땅이 흔들리고 무덤이 열리다

나사렛 태생의 예수가 예루살렘에서 처형되었을 당시 그곳에서는 어느 누구도 상상할 수 없었던 사건이 벌어지고 있었다.

두 명의 살인 강도와 하나님의 아들이라 불리던 예수가 매달린 세 개의 십자가는 불길한 먹구름으로 잔뜩 흐린 하늘을 배경으로 검은 실루엣을 그리며 갈보리 언덕 위에 꽂혀 있었다. 높다랗게 세워진 십자가들은 그것을 올려다보는 모든 이들에게 두려움과 섬뜩함을 안겨주고 있었지만, 예수를 매달고 있는 십자가만은 다른 두 십자가들과 다른 점이 있었다. 십자가 주위에서 복받치는 슬픔을 억제하지 못하고 흐느껴 우는 여인들의 무리가 바로 그것이었다.

절망과 수치의 시간이 얼마만큼 흘렀을까. 마침내 세 개의 십자가 중 가운데 십자가에 매달려 있던 그가 크게 부르짖으면서 고개를 떨구자, 골고다 즉 해골산이라고 불리던 갈보리 주변은 갑자기 큰 지진이 일어났다. 바위들은 마치 마른 빵처럼 터지거나 부서지기 시작했고 하늘은 더욱더 험하게 어두워졌다. 예수를 조롱하던 군중들은 그 순간 경악을 금치 못했다. 예수와 다른 두 강도들의 사형 집행을 주관하던 백부장(百夫長, 옛 로마 군대의 100명 단위로 조직된 부대의 우두머리)은 그가 죽는 동시에 천재지변이 발발하는 것을 보고는 혼잣말처럼, '그는…… 정말 하나님의 아들이었다'라고 되뇌었다.

골고다의 처형장에서 이처럼 괴이한 현상이 일어나고 있을 무렵, 지성소至聖所에서는 보이지 않는 손에 의해 그곳을 둘러싸고 있던 장막이 찢어졌다. 십계명을 모셔둔 지성소. 가장 성스러운 곳으로서 대제사장만이 제사를 드리기 위해 들어갈 수 있는 곳. 그 지성소를 불경스러운 것으로부터 보호하기 위해 드리운 두꺼운 휘장이 초자연적인 힘에 의해 찢기는 사건이 발생했던 것이다. 그 외에도 예루살렘에서는 인간의 지식으로 설명할 수 없는 많은 일들이 곳곳에서 목격되었는데, 심지어는 선지자들의 무덤이 갈라지면서 그들의 주검이 무덤에서 걸어나오는 것을 보았다고 주장하는 이들도 있었다.

이와 같은 사건들이 예루살렘 안팎에서 꼬리를 물고 터지기 시작한 것은 예수가 숨을 거둔 직후인 오후 3시경이었는데, 사람들은 그날을 주후 30년 4월 7일 금요일로 기록했고, 후에 기독교인들은 이 날을 수난일로 정했다.

마침내 천지를 뒤흔들던 지진이 멈추자 형장刑場 주위에 모였던 구경꾼들은 모두 근심과 두려움이 가득한 표정으로 갈보리 언덕을 내려왔다. 거의 모든 사람들이 그곳을 떠난 뒤에도 갈릴리 지방에서부터 예수를 따라왔던 예수의 모친 마리아, 막달라 마리아, 큰 야고보와 요한의 모친 살로메 마리아, 작은 야고보의 모친 글로바 마리아 그리고 헤롯 왕의 재정 담당관 구사의 아내였던 요안나 등은 좀처럼 예수의 십자가 주위를 떠날 줄 몰랐다.

얼마 후, 마리아와 예수의 유언대로 그녀의 곁을 지키던 사도 요한을 은밀히 찾아온 자가 있었다. 그는 기도에 열중하며 슬픔을 달래고 있는 마리아에게 다가와 그녀의 팔을 가만히 잡았다. 마리아는 기도를 멈추고 고개를 들어 그 남자를 올려다보았다. 그는 다름 아닌 아리마대 출신의 요셉이었다. 예수가 재판을 받을 때 그를 방면시키고자 백방으로 노력했었던 산헤드린 의회의 의원이자 그리스도인이었던 그가 걱정스런 눈으로 스승의 모친을 내려보고 있었다.

「빌라도 총독을 만나고 오는 길입니다.」

요셉이 나지막이 말했다. 다시 한번 그녀의 안색을 살핀 그는 잠시 후 말을 이었다.

「제가 그에게 선생님의 시신을 인도해줄 것을 간청했습니다.」

마리아는 눈물로 얼룩진 눈으로 요셉을 바라보고 있었고, 그녀의 시선은 그 결과를 애타게 묻고 있었다.

「빌라도는 처음엔 안 된다고 하더군요. 아마도 제가 아드님의 시신을 가져다가 그분을 다시 살려보기라도 하려는 것으로 생각했던 모양입니다. 아무튼 총독은 선생님이 돌아가셨다는 사실을 확실히 하려고 했는지 사형 집행의 책임자인 백부장을 불러서 선생님의 죽음을 몇 번이고 확인했답니다. 결국 제가 이렇게 아드님의 시신을 거두어도 좋다는 허가서를 빌라도로부터 받아 왔습니다.」

마리아는 대답대신 고개만 끄덕였다. 남부러울 것 없는 지위에서 부와 명예를 모두 소유한 그가 아들을 살리기 위해 얼마나 많은 애를 썼으며, 예수가 죽은 후에도 그를 제대로 장사하려고 본디오 빌라도에게까지 찾아간 그의 수고를 모르는 바가 아니었다. 그러나 하나님의 아들이기 전에 자신의 사랑하는 아들이었던 예수의 죽음을 목격한 그녀는 감사하다거나 고맙다는 말이 차마 입밖으로 나오지 않았다.

「갈보리 근처에 오래 전부터 준비해뒀던 무덤이 하나 있습니다. 한번도 사용된 적이 없는 것이죠. 선생님의 시신을 당분간 그곳에 모시도록 하겠습니다.」

예수의 시신을 데려와 새 무덤에 안장시키겠다는 요셉의 계획은 간단하게 들렸으나 마리아는 왠지 이 모든 일들이 현실로 와닿지 않았다. 사랑하는 아들의 죽음도, 소름끼치는 십자가도, 새 무덤도, 모두 그저 악몽처럼 느껴졌다.

옆구리를 창에 찔린 예수

예수를 죽이는 데 주도적 역할을 했던 대제사장과 장로들은 예수의 시신 처리 문제를 서둘러 결정하지 않으면 안 되었다. 왜냐하면 사형 집행일 다음날은 유대인이 안식일로 지키던 토요일이었을 뿐만 아니라 그들이 출애굽을 기념하는 유월절逾越節의 첫날이었으므로 시체들을 십자가에 매달아두고 축제를 벌일 수는 없었기 때문이다.

날이 저물기 시작하자 갈보리 언덕은 시신들을 십자가에서 내려줄 것을 요구하는 유대인들로 다시 붐비기 시작했다. 그들뿐만 아니라 제사장과 장로 역시 그렇게 요구하자 빌라도는 백부장에게 해가 지기 전에 시체들을 내리라고 지시했다. 해가 지면 안식일을 준비해야 되므로 계율을 따지기 좋아하는 유대인들은 그 전에 모든 일을 마무리짓기를 원했던 것이다.

마침내 백부장의 명령에 따라 로마 군사들이 사형수들의 시신을 내리려 했다. 하지만 그때까지 나머지 두 명의 죄인들에게 실낱 같은 목숨이 붙어 있는 것을 확인한 그들은 사형수들의 죽음을 재촉하고자 관습대로 그들의 다리를 부러뜨렸다. 예수는 이미 죽은 것이 확실했으므로 아무도 그의 다리를 부러뜨릴 필요는 없다고 느꼈다.

그러나 예수의 죽음을 확인하고 싶었던 로마군인 롱기누스는 창을 들어 예수의 옆구리를 찔렀다. 날카로운 창끝이 창백한 예수의 살을 찌르자 피가 쏟아져 흘렀다. 그는 고개를 떨군 채 아무 말도 하지 않았다. 비명이나 신음소리도 내지 않았다. 예수는 자신의 피가 온 인류를 속죄하기 위한 보혈이라는 사실을 알고 있었을까?

로마 군사들이 십자가에 사다리를 걸치고 예수와 다른 두 죄인의 시신을 끌어내렸다. 힘없이 축 늘어진 예수의 시신을 보면서 그가 하나님의 아들이라고 생각하는 사람들은 없었으며, 그가 장사한 지 사흘 만에 부활할 것을 믿는 사람은 더 더욱 없었다. 바로 두어 시간 전, 그의 죽음과 동시에 일어난 괴이한 현상들조차 사람들의 뇌리에서 이미 희미해져가고 있었다. 또한 그가 약속한 부활에 대해 어렴풋이라도 기억하고 있는 사람은 아무도 없었다.

빌린 무덤에 안치된 예수

　십자가에서 내려진 예수의 시신은 매장 허가서를 소지하고 있던 요셉에게 인도되었다. 그는 운구運柩를 위해 일꾼 두 명을 대동하고 있었을 뿐 아니라 염습殮襲에 필요한 세마포細麻布까지 이미 준비하고 있었다.
　예수의 시신을 끌어안은 마리아는 다시 통곡하기 시작했다. 많은 사람들이 그의 죽음을 확인했음에도 불구하고 그녀만은 한 가닥 기대를 포기할 수 없었다. 그러나 이제 싸늘하게 식어버린 예수의 체온을 느끼자 마리아는 비로소 아들의 죽음을 실감할 수 있었다. 온몸이 녹아내리는 듯한 엄청난 슬픔에 감싸인 마리아는 마침내 예수를 부둥켜안은 채 거의 실신 상태가 되고 말았다. 십 수년 전, 남편과 사별했을 때의 슬픔도 이렇게 크지는 않았으리라.
　'보라 여인들이여, 날이 이르면 사람들이 말하기를 수태受胎하지 못하는 이와 해산하지 못한 배와 먹이지 못한 젖이 도리어 복이 있다 하리니……'
　예수는 십자가를 지고 골고다로 향하면서 자신을 따라오는 무리들에게 이렇게 말했었다. 그는 가장 고통스런 십자가 형刑을 눈앞에 두고서도 육신의 어머니인 마리아의 슬픔을 잊지 않고 있었던 것이다.
　예수의 시신을 운반하는 일꾼들과 그를 따르는 무리들, 그리고 그들의 뒤를 멀찌감치서 미행하던 서너 명의 무리들이 밭 사이의 오솔길을 지나 준비된 무덤에 이르렀을 즈음, 해는 완전히 저물어 있었다. 그러나 등불이 없이도 걸을 수 있을 만큼 주위는 여전히 밝았다. 요셉이 설명하지 않아도 사람들은 큰 바위에 구멍을 파놓은 그곳이 예수가 안치될 무덤이라는 사실을 알고 있었다. 그러나 아무도 무덤 근처에서 초조하게 서성거리던 검은 그림자의 정체를 알아보지 못했다. 순간 앞장서서 가던 아리마대 사람 요셉이 갑자기 그자의 손을 덥석 잡으며 말했다.

「니고데모!」

요셉은 그와 의미심장한 시선을 주고받았다. 그들이 주고받는 시선 속에는 예수의 죽음을 애통해하는 마음과 무덤 옆에서 끝까지 기다려준 것에 대한 고마움 등이 뒤섞여 있었다. 요셉과 니고데모가 서로에게서 느끼는 감정은 좀더 특별한 것이 있다. 그것은 두 사람 모두 산헤드린의 의원이었기 때문만은 아니었다. 그들이 예수를 죽이기로 결의한 70여 명의 재판관들의 결정을 바꾸기 위해 얼마나 노력했었던가 하는 것은 두 사람만이 알고 있는 비밀이었다. 그러나 그러한 그들의 피나는 노력에도 불구하고, 그들은 지금 억울하게 죽은 스승을 장사지내야만 하는 슬픈 처지에 놓여 있었다.

「어서 들어가세. 시간이 촉박하다네.」

요셉은 흰 천에 싸인 예수의 시신을 멍하니 바라보고 있는 니고데모를 재촉했다. 정말로 시간은 촉박했다. 이미 해는 저물어 안식일을 준비해야 하는 시간이 다가오고 있었고, 시신을 염하자면 적어도 한 시간은 소요될 것이기 때문이었다. 일단 안식일이 되면 하나님께 드리는 제사 외에 아무 일도 해서는 안 된다는 것은 모든 유대인의 철칙이었다.

여인들이 밖에서 기다리는 동안 요셉과 니고데모는 준비한 몰약과 향유를 예수의 몸에 정성스럽게 바르고 세마포로 그의 몸을 감았다. 니고데모가 특별히 준비한 향유와 몰약의 향내는 마치 예수의 부활을 약속이라도 하듯 어둠에 싸인 무덤 주위에 은

은하게 퍼져나갔다.

봉인된 돌무덤

　예수를 따르던 무리들이 장사葬事를 마치고 바위로 무덤을 막고 마지막 기도를 올리고 있을 무렵, 예수를 죽이기에 앞장섰던 유대교의 대제사장 안나스와 가야바 그리고 일단의 바리새인들은 빌라도의 저택에 들어서고 있었다. 그들이 원하던 대로 예수는 죽었으나 그들의 표정은 예수의 무덤을 막은 바위보다 더 무겁게 경직되어 있었다. 잠시 후 그들은 빌라도에게 인도되었다.
　「총독 각하, 예수의 시체를 그냥 방치해서는 안 됩니다.」
　예수를 눈엣가시처럼 여기던 대제사장 안나스가 나지막하면서도 위압적인 어조로 말문을 열었다.
　불청객들의 시선을 피해 어둠에 싸인 정원을 내려다보던 본디오 빌라도는 천천히 고개를 돌려 안나스를 보았다.
　「그건 또 무슨 말이오?」
　총독은 양미간을 찌푸리며 물었다.
　「총독님도 기억하시겠지만, 그 현혹자眩惑者는 죽기 전에 자신이 죽은 지 사흘 만에 다시 살아날 것이라고 예언했습니다.」
　「그게 어쨌단 말이오? 당신들도 그 말을 믿는단 말이오?」
　오래 전부터 그들의 거만함과 가증스런 위엄에 식상할 대로 식상해진 빌라도는 짜증스럽게 물었다. 그러자 이번에는 안나스의 사위인 가야바가 부드러운 말투로 답변하기 시작했다.
　「아닙니다. 절대로 그는 다시 살아날 수 없습니다. 저희는 그의 부활을 두려워하는 것이 아니라, 그를 추종하던 자들이 그의 시체를 무덤에서 훔쳐내어 예수가 부활했다는 소문을 퍼뜨릴까 염려하는 것입니다. 그렇게 되면 그가 살아 있을 때보다 더 큰 혼란이 일어나지 않겠습니까?」

빌라도는 가야바의 그럴듯한 변명을 들으며 고개를 다시 정원으로 돌렸다. 자신이 생각에 골몰해 있는 모습을 그들에게 보이기 싫었기 때문이다.

'도대체 이 위선자들이 예수에게서 두려워하는 것이 무엇일까? 그가 한낱 사람들을 현혹시키는 사기꾼이나 협잡꾼에 불과했다면, 왜 이토록 이들이 집요하게 그에게 매달리는 것일까? 그의 추종자들이 무슨 일을 벌이든 핵심 인물이던 예수는 이미 그들의 소원대로 죽지 않았는가? 이제 그의 시체라도 인도해 달라는 것인가?'

도대체 그들이 무엇을 원하고 있는지 빌라도는 종잡을 수가 없었다.

「저희가 원하는 것은 무덤을 지킬 군사입니다. 무덤을 봉하고 사흘 동안만 무덤 근처에 아무도 얼씬거리지 못하도록 지켜주시면 저희로써는 더 이상 바랄 것이 없겠습니다.」

빌라도의 심사를 눈치챈 가야바가 빌라도에게 한 발짝 다가서며 간청하듯 말했다.

'고작 그런 부탁을 하려고 안식일을 예비하는 이 시간에 나를 찾아왔단 말인가?'

빌라도는 자신의 귀를 의심했다. 무덤을 지키는 일이 예수를 죽이는 일보다 훨씬 어려울 것이라는 사실을 그는 모르고 있었던 것이다.

「병사들을 할당해줄 테니 당신네들 맘대로 하시오.」

빌라도는 보조관을 불러 그들에게 군사들을 몇 명 내주라는 명령을 내리고 난 후, 휑하니 자리를 떴다.

대제사장들과 바리새인들 그리고 교대로 예수의 무덤을 지킬 1개 분대 정도의 병력이 총독의 숙소를 나서자 밖에서 기다리던 바리새인들의 앞잡이가 그들을 무덤으로 인도했다. 그 앞잡이는 요셉의 무리를 골고다에서부터 미행했던 자들 중 하나였다.

무덤에 도착한 그들은 돌문을 옆으로 밀고 그 무덤 속의 시신이 예수의 것임을 확인하고는 흡족한 미소를 지었다. 그들은 돌문을 닫은 뒤 그것이 혹시라도 열렸을 경우 금방 알아볼 수 있도록 봉인封印한 다음, 군사들에게 적어도 일요일까지는 누구도 무덤 주위에 접근시키지 말 것을 명령했다.

예수를 십자가에 못박음으로써 구약에 기록된 예언들을 이미 성실히 이행한 그들은 이제 예수의 죽음을 거듭 확인하고, 예수의 무덤에 로마 제국의 군사들을 파수꾼으로 세움으로써, 부활이라는 기적의 역사를 증거하기 위한 준비 작업을 마쳤던 것이다.

무덤 속의 천사

예수가 처형된 다음날인 30년 4월 8일 토요일은 유대인들의 안식일이자 유월절의 첫날이었으므로 예루살렘의 모든 유대인들은 축제 분위기에 들떠 있었다. 그러나 갈릴리에서 온 다섯 명의 여인들과 열한 명의 제자들은 예수와 최후의 만찬을 했던 마가의 다락방에서 기도하며 날이 빨리 저물기만을 기다렸다. 그들은 잠도 이룰 수 없었으며, 식사도 제대로 할 수가 없었다. 슬픔과 절망에 빠진 그들은 기도 외에는 다른 어떤 것도 할 수가 없었다.

어느덧 날이 저물어 밤이 되자, 피곤에 지친 무리들은 하나둘씩 잠에 빠져들기 시작했지만, 막달라 마리아는 창가에 기대어 하염없이 날이 밝기만을 기다렸다. 새벽을 기다리는 그녀의 검은 눈동자에는 지난날 예수를 처음 만났을 때의 일이 잔잔하게 투영되었다.

화창한 날씨의 수년 전 어느 봄날, 바리새인의 집에서 예수가 식사 대접을 받고 있다는 소문을 들은 그녀는 그날을 위해 예비해 두었던 향유를 들고 서둘러 집을 나섰다. 동네 사람들의 따가운 시선에도 아랑곳없이 막달라 출신의 창녀 마리아는 예수가 있는 곳으로 발걸음을 재촉했다. 소문대로 바리새인의 집에 머문 예수를 발견한 그녀는 가슴이 벅차오르고 목이 메는 것을 느꼈다. 막달라 마리아는 즉시 그 앞에 엎드려 예수의 발에 입을 맞추다가 그만 울음을 터뜨리고 말았다. 그녀는 예수가 자신의 아픔과 한恨을 이해하고 입에 담기조차 더러운 자신이 저지른 죄들을 용서해줄 것이라고 믿었다. 그때 예수가 조용한 음성으로, '여인아, 너의 믿음이 너를 구원하였다'라고 하신 말씀이 아직도 그녀의 귓가에 생생하게 맴돌고 있었다. 예수는 아무런 말도 하지 않았지만 이미 그녀가 어떤 여자인지 알고 있었던 것이다.

「주님……」

홀로 새벽을 기다리던 막달라 마리아는 나지막이 예수를 부르며 눈시울이 뜨거워지는 것을 느꼈다. 한줄기 눈물이 예수에 대한 그리움과 때묻지 않은 사랑의 결정체가 되어 그녀의 볼을 타고 내렸다. 옷소매로 눈물을 닦고 창밖을 보니 어느덧 사방은 푸른 기운이 감돌고 있었다. 막달라 마리아는 같은 방에 있던 다른 여인들을 차례로 깨우며 그들에게 통행금지가 풀리는 새벽이 되었음을 알렸다.

잠시 후 예수의 모친을 제외한 막달라 마리아, 요안나, 살로메 마리아, 글로바 마리아 등 네 명의 여인들은 예비일 저녁에 준비해 두었던 향유와 몰약을 가지고 새벽 거리를 나섰다. 서로 아무런 대화도 나누지 않았지만 그녀들은 자신들이 어디로 가고 있는지 잘 알고 있었고, 동이 트기 전 마가의 집에서 2킬로미터나 떨어진 묘지에 도착하기 위해서는 서둘러야 한다는 사실도 잘 알고 있었다. 하지만 아무도 무덤 입구를 막고 있는 큰 돌을 옮기는 문제를 염두에 두고 있지 않았고, 무덤을 지키고 있는 군사들에 대한 대비책도 마련하고 있지 않았다. 그들의 마음은 오직 예수에게로 가야 한다는 염원만으로 가득했을 뿐이었다.

여인들이 요셉의 가족 묘지 입구에 들어섰을 때 동쪽 하늘은 벌겋게 달아오르고 있었지만 주위는 아직도 어둑어둑했다. 그러므로 그녀들이 예수의 무덤 입구를 막아놓았던 큰 돌이 옆으로 치워져 있음을 발견한 것은 거의 무덤에 이르렀을 때였다.

「도대체 누가 저 돌을 옮겨놓았을까?」

「간밤에 지진이라도……?」

여인들은 호기심과 두려움에 휩싸였다. 더욱 이상한 것은 무덤 옆에 주저앉거나 널브러진 채 이미 죽은 시체처럼 얼어붙어 있는 로마 군사들의 모습이었다. 군사들이 무덤을 감시한다는 것은 소문으로 들어 알고 있었으나 그들이 돌을 옮겨놓았을 리는 만무했고, 지진은 억측에 불과했다.

서로를 끌어안다시피하고 용기를 내어 조심스럽게 무덤 안으로 들어간 여인들은 흰옷을 입은 한 청년이 예수가 누워 있던 반석에 앉아 있는 모습을 발견했다. 직감적으로 그 청년이 범인凡人이 아니라는 것을 깨달은 여인들은 누가 먼저랄 것도 없이 그 앞에 엎드려 머리를 조아렸다.

「두려워 말라.」

청년은 두려움에 떨고 있는 여인들을 향해 말했다. 그의 음성은 너무도 낭랑하여 도저히 인간의 목소리로는 여겨지지 않았다.

「십자가에 못박힌 예수를 찾고 있다는 것을 알고 있다. 하지만 그분은 보다시피 이곳에 계시지 않다. 그분이 갈릴리에서 너희에게 뭐라고 하셨더냐? 악인들의 손에 넘겨져 십자가에 못박히고 장사한 지 삼 일 만에 죽은 자들 가운데서 살아나리라고 하셨던 말씀을 기억하지 못하느냐? 그래도 믿지 못하겠거든 그분이 누우셨던 이 자리를 보라.」

그러나 아무도 감히 고개를 들지 못했다.

「자, 그러면 어서 제자들에게 돌아가서 예수가 다시 살아나셨음을 알리고, 갈릴리에서 그분을 보게 될 것이라고 전하라.」

청년의 말이 끝나자 여인들은 뒷걸음질로 무덤을 빠져나와 두렵고도 기쁜 마음으로 마가의 집을 향해 달려갔다. 치맛자락을 잡고 정신 없이 달리던 여인들은 묘지를 벗어나기 직전, 그들 앞에 홀연히 나타난 한 남자와 맞닥뜨렸다.

다시 사신 예수

사방은 여전히 어두웠으므로 여인들은 그 남자의 모습을 쉽게 알아볼 수 없었다. 그녀들은 그가 묘지기라고 생각했다.

「시, 시신이 사라졌어요!」

요한의 어머니이자 예수의 이모였던 살로메 마리아가 그를 향해 다급하게 말했다.

「혹시 그분이 계신 곳을 아시면 저희에게 알려주세요.」

막달라 마리아가 울먹이며 애원했다.
「왜 울고 계시오? 도대체 누구를 찾으시오?」
그 남자는 나지막한 목소리로 물었다. 하지만 아무도 그 목소리의 주인공을 알아차리지 못했다.
「예수의 시신을 찾고 있습니다. 만약 당신이 그의 시신을 옮기셨다면 그곳이 어딘지 일러주세요. 저희가 모셔 가겠습니다.」
「막달라 마리아야」
그 남자는 분명한 발음으로 그녀의 이름을 불렀고, 그제야 모두들 그의 정체를 알게 되었다. 그는 분명히 십자가에 달려 죽었던 예수였다.
「오, 랍오니여!」
막달라 마리아는 그리스어로 선생님이라고 외치며 무릎을 꿇었고, 다른 여인들도 모두 그의 발 앞에 엎드려 사시나무처럼 떨며 그를 경배했다.
「여인들아, 두려워하지 말라.」
예수는 조금도 변함없는 부드러운 음성으로 말했다.
「나를 만지지 말라. 나는 아직 아버지께로 올라가지 못하였노라.」
여인들이 손을 뻗어 그의 발을 만지려 하자, 그는 여전히 부드러운 목소리로 명령했다. 자신의 몸에 '손을 대지 말라'는 그의 명령은 부활한 후 이제 그와 다른 사람들과의 관계가 예전과 같을 수 없음을 의미했다. '아버지께로 아직 올라가지 못했음'은 지상에서 할 일을 마친 후에 하늘에 계신 아버지께로 올라가야 할 자신의 여정을 예고하는 것이었다.
「가서 내 형제들에게 갈릴리로 가면 나를 보리라고 이르라.」
예수는 자신이 부활했음을 더욱 확실하게 하고, 제자들과 만날

곳을 거듭 확인시키기 위해, 여인들에게 친히 나타나서 자신의 행선지를 알렸던 것이다.

잠시 후 예수는 그녀들 앞에 나타났을 때처럼 홀연히 모습을 감추었다. 그는 부활한 후 시간과 공간을 초월하는 존재가 되었음이 분명했다.

그날 새벽 아리마대 사람 요셉의 가족 묘지엔 많은 천사들이 나타나 인류의 죄를 대속代贖한 그리스도의 부활을 기뻐하며 찬미했다. 아담과 이브가 하나님의 명령을 거역하면서 시작된 무수한 죄들로 인해 죽음에 머물 수밖에 없었던 인간들은 아무런 죄도 없이 죽임을 당한 예수의 피로써 구원을 얻을 수 있게 되었던 것이다. 인간을 죄악과 죽음 가운데서 구원하겠다는 하나님의 약속은 그의 외아들 예수 그리스도가 부활함으로써 이행되었다. 그러나 무조건적인 사랑의 결과인 구원의 진리도 이를 믿지 않으면 아무런 소용이 없게 되므로 예수는 사람들로 하여금 부활이라는 이 엄청난 역사적 사건을 믿게 하기 위하여 몸소 사람들 앞에 모습을 나타냈던 것이다.

「베드로! 베드로!」

마가의 집에 가장 먼저 도착한 막달라 마리아가 가쁜 숨을 몰아쉬며, 예수의 수제자인 베드로를 찾았다.

「무덤이 비었어요. 도, 돌문이 옮겨지고……, 천사도 봤어요」

막달라 마리아는 두서없이 자신이 목격한 장면들을 설명했다.

「무슨 말을 하는 거요? 지금 어디서 오는 길이오?」

베드로는 그녀의 횡설수설을 이해할 수 없었으나 상황이 예사롭지 않다는 사실은 직감할 수 있었다. 왜냐하면 그는 막달라 마리아가 그처럼 흥분한 모습을 한번도 본 적이 없었기 때문이다.

「예수를 뵈었어요. 살아 계셔요! 부활하셨다구요! 내가 두 눈으로 똑똑히……」

막달라 마리아가 말을 채 끝내기도 전에 베드로는 마가의 집을 뛰쳐나와 요셉의 가족 묘지를 향해 달리기 시작했다. 베드로 옆에서 여인의 말을 듣던 요한 역시 한동안 어쩔 줄 모르고 있다가 황급히 베드로를 쫓았다.

잠시 후 마가의 집에 돌아온 요안나, 살로메 마리아, 글로바 마리아는 먼저 도착한 막달라 마리아와 함께 거실에 둘러앉아 숨을 고르고 있었다. 그러나 아무도 선뜻 말문을 열려 하지 않았다. 막달라 마리아는 마음 같아서는 나머지 제자들에게도 자신들이 겪었던 사건을 당장 말해버리고 싶었으나, 여인들 중에 가장 나이가 어린 자신의 입장을 생각하면 선뜻 그럴 용기가 나지 않았다.

그 자리의 모든 여인들은 지난 수년 동안 예수를 따르며 그가 행했던 여러 이적異蹟들을 직간접적으로 목격하고 경험해 왔다. 그러나 이번 사건은 이제까지 그녀들이 보았던 이적들과는 사뭇 달랐다. 옮겨진 돌문, 넋을 잃고 있던 로마 병사들, 범상치 않은 무덤 속의 청년(그는 천사가 분명했다), 그리고 무엇보다도 가장 충격적인 예수와의 만남. 그녀들은 짧은 시간에 일어난 그 엄청난 사건들을 어떻게 제자들에게 설명해야 할지 몰랐다. 하지만 무덤 속의 천사와 부활한 예수는 부활 사실을 제자들에게 전하라고 분명히 명령하지 않았던가.

마침내 놀라고 흥분된 가슴을 진정시키고 차분하게 말할 수 있는 여유를 갖게 된 여인들은 다락방에 있던 예수의 제자들을 불러모아 새벽녘에 자신들이 경험했던 것을 말했다. 베드로의 동생 안드레, 도마, 빌립, 나다나엘 바돌로메, 마태, 큰 야고보와 작은 야고보, 유다 다대오, 시몬 등 아홉 명의 제자들은 여인들의 이야기에 귀를 기울였다.

그러나 여인들의 이야기를 믿는 사람은 아무도 없었다. 제자들은 여인들이 예수의 죽음을 목격하면서 여린 마음에 충격을 받은 데다가 불면과 피로까지 겹쳐 헛것을 본 것이라고 추측했다. 막무가내로 믿으려 들지 않는 제자들을 설득시키기에 지친 네 여인은 결국 입을 다물고 말았다. 그리고 베드로와 요한이 요셉의 가족 묘지에서 돌아오기만을 기다렸다. 또한 다락방에 있던 아홉 제자들은 이 이야기가 깊은 슬픔에 잠겨 식음을 전폐하고 있는 마리아의 귀에 들어가지 않도록 주의했다.

빈 무덤

베드로는 예수의 무덤을 향해 쉬지 않고 달렸다. 피곤에 절은 육 척 거구의 그는 땀으로 뒤범벅이 되었다. 고통스러울 정도로 숨이 가빴고 심장은 터질 듯이 방망이질쳤다. 묘지 입구에 다다랐을 때 그는 너무도 기진맥진했던 나머지 하마터면 주저앉을 뻔했다.

베드로보다 늦게 다락방 집을 출발한 요한은 묘지에 도착하기 훨씬 전부터 베드로를 앞지르고 있었다. 요한 역시 피곤하고 지쳐 있기는 마찬가지였으나, 어부 출신의 베드로보다는 젊었다. 마침내 돌무덤에 먼저 도착한 요한은 비오듯 쏟아지는 땀을 훔칠 생각도 하지 않고 우두커니 서서 반쯤 열려진 무덤 입구를 바라보았다. 아침 해는 이미 완전히 솟아올라 요한의 그림자를 무덤 속에 투영시키고 있었으며, 사방을 오렌지빛으로 물들이고 있었다.

요한은 커다란 베드로의 그림자가 자신의 그림자에 겹쳐질 때까지도 움직일 줄 몰랐다. 그들 두 사람은 텅 빈 무덤 앞에서 한

동안 꼼짝도 하지 않았다. 날은 밝았으나 그들의 마음은 어둠 속에 있는 것보다 더욱 혼미했다. 그들은 무덤 속을 당장 확인하고픈 욕심과 예기치 못했던 것을 목격하게 될 것 같은 불안감, 그리고 모든 인간들이 공통적으로 갖고 있는 시체에 대한 두려움으로 뒤섞여 있었다.

마침내 무덤 안으로 조심스럽게 들어선 사람은 베드로였다. 완연한 아침 햇살이 요셉의 가족 묘지를 축복하듯 비추고 있었으나 동굴을 연상케 하는 돌무덤 속에는 여전히 시커먼 죽음의 그림자가 머물고 있는 것 같았다. 두 평 남짓한 넓이의 무덤 내부에 들어서자 예수를 염할 때 사용했던 향유와 몰약 냄새가 그의 후각을 자극하며 폐부 깊숙이 스며들었다. 그의 시선을 가장 먼저 사로잡은 것은 반석 위에 놓여 있던 하얀 세마포와 두건頭巾이었다. 예수의 시신을 감았던 세마포는 그가 누웠던 형태 그대로 있었으며 예수의 머리에 씌웠던 두건은 잘 개어져 반석 모서리에 놓여 있었다. 잠시 후, 베드로의 뒤를 따라 무덤 안으로 들어간 요한도 그와 똑같은 것을 보게 되었다. 결국 그들은 예수의 시신이 사라졌다는 막달라 마리아의 말이 진실이었음을 인정하지 않을 수 없었다. 그러나 그들은 예수의 시신이 사라졌다는 사실을 기이하게만 여길 뿐, 예수가 부활했을 가능성에 대해서는 여전히 의혹을 품고 있었다.

그 당시 베드로와 요한은 자신들이 얼마나 중대한 사건의 현장을 목격하고 있는지를 깨닫지 못하고 있었으며, 모든 일이 구약에 기록된 예언대로 진행되고 있다는 사실도 모르고 있었다.

텅 빈 무덤을 나와 찬란한 아침 햇살을 받으며 마가의 집을 향해 힘없이 걸어가는 그들의 발걸음은 무겁기만 했고 표정은 어두웠으며, 마음은 근심으로 가득했다.

은 폐

　예수의 무덤을 지키고 있던 로마 군사들은 여인들이 돌아간 뒤에야 겨우 정신을 차릴 수 있었다. 의식을 되찾은 후에도 한동안 어찌할 바를 몰라하던 그들은 부대로 돌아가는 것보다 제사장을 찾아가는 것이 급선무라고 생각했다. 파수병들이 대제사장 안나스의 집으로 들어간 것은 베드로와 요한이 마가의 다락방에 거의 도착할 무렵이었다.

　「아직 부대로 돌아가지 말고 이곳에서 잠시 기다리시오.」
　군사들의 보고를 잠자코 듣고 있던 안나스는 아직 잠이 덜 깬 듯한 목소리로 말했다.

　그러나 그의 정신은 수정처럼 맑았고, 머리 속에는 이미 이 사태에 대한 수습책까지 마련되어 있었다. 그는 병사들에게 그들의 보고가 사실인지를 묻는 질문 따위도 하지 않았다. 사람의 마음을 꿰뚫어보는 노제사장 안나스는 그들의 표정만으로도 새벽에 발생했던 사건을 충분히 상상할 수 있었다.

　그 역시 이러한 사태를 전혀 예상치 못했던 것은 아니었다. 예수라는 자를 죽이기로 결심하기 전부터 안나스는 그가 결코 범상한 자가 아니라는 사실을 알고 있었다. 그러나 예수가 율법보다는 신앙과 거듭남을 주장하며 사람들의 지지를 얻게 되자 안나스와 같은 유대교의 제사장을 비롯한 바리새인들과 사두개인들은 위기의식을 갖지 않을 수 없었다. 그들은 예수의 가르침과 교리를 자신들이 장악하고 있는 교권에 대한 정면 대결이라고 여겼다. 그들에게 있어 예수의 죽음은 필연적이었다.

　그러나 예수가 십자가에서 숨을 거두던 순간에 발생했던 그 천재지변은 분명히 그가 단순한 사기꾼이나 협잡꾼이 아니라는 사실을 증명하는 일이었음을 안나스는 누구보다 잘 알고 있었다. 그랬기 때문에 예수의 무덤을 봉하고 로마 군사까지 요청해 지키게 했던 것이다. 무덤을 봉한 후 이 순간이 오지 않기를 얼마나 바래왔던가. 하지만 교활하기 그지없는 안나스는 가만히 앉아 불안에 떨고 있지만은 않았다.

그는 미리 짜놓은 각본을 즉시 실행에 옮겼다. 그는 먼저 종을 시켜 자신의 사위이자 대제사장인 가야바를 부른 뒤 장로들과 바리새인들을 급히 호출하여 긴급 비밀회의를 소집했다. 이 사건을 무마하기 위한 안나스의 대책은 간단하면서도 효과적인 것이었다. 적어도 그가 생각하기에는 말이다.

회의를 마친 그들은 군사들의 지휘관을 회의실 안으로 불러들였다.

「우리는 로마 제국의 군사라는 당신들에게 실망을 감출 길이 없소.」

안나스의 말에 낮고 무거운 어조로 말하는 젊은 로마 군사는 위축되지 않을 수 없었다.

「당신들이 유대인의 시체 하나도 제대로 지키지 못했다는 사실이 총독 각하의 귀에 들어갈 경우 어떠한 처벌이 내려질지 생각해보았소?」

「하지만 그건 우리가 태만했기 때문이 아니라……」

「그만, 그만.」

책임자라는 군사가 상기된 얼굴로 변명을 늘어놓으려 하자 안나스는 하얀 수염을 쓰다듬던 손을 펴 보이며 그의 말을 막았다.

「그 이야기는 이미 들었소. 이미 지나간 일을 가지고 왈가왈부하려는 게 아니오. 중요한 것은 앞으로의 일이 아니겠소?」

「……」

지휘관은 대답대신 고개를 숙여 그의 말에 동의를 표했다.
「이 사건이 사실 그대로 시민들에게 알려질 경우 우리 유대교회는 물론이고, 로마 총독부가 입게 될 타격은 실로 엄청날 것이오. 사람들은 우리가 총독부와 짜고서 메시아를 죽였다 할 것이고 민심은 예수가 죽기 전보다 더 동요하여 로마 군대를 타도하려는 지하세력은 더욱 극성을 부리게 될 것이오. 그리고…… 당신들은 시체 하나도 제대로 지키지 못했다는 비난과 함께 로마군대의 명예를 실추시켰다는 이유로 강등은 물론 군복마저도 벗어야 할지 모르는 징계를 감수해야 할 거요.」
안나스의 예측이 여기까지 이르자 구릿빛이었던 군사의 안색은 백지장처럼 하얘지고 말았다. 그의 심중을 간파한 안나스가 옆에 서 있던 가야바에게 눈짓을 보내자 가야바는 마지못한 동작으로 묵직한 돈자루를 군사 앞에 놓았다. 그 자루 속에는 줄리어스 카이사르의 옆 얼굴이 새겨진 로마 금화가 가득 들어 있었다.
「자, 그 돈을 받으시오. 당신들의 삼 년치 임금과 맞먹는 돈이오. 그리고 지금부터 만나는 사람들에게 이렇게 전하시오. 당신들이 무덤을 지키다가 깜박 잠이 든 사이 예수의 제자들이 시신을 훔쳐갔다고 말이오.」
「하지만 그렇게 되면 저희가 직무 태만으로……」
「이보게 젊은이, 왜 그리 이해를 하지 못하나?」
이번에는 가야바가 나서서 군사의 말을 막았다.
「이유야 어찌됐든 자네들이 송장 하나 지키지 못한 건 사실이고, 이 얘기가 빌라도의 귀에 들어갈 경우 자네들은 모두 온전하지 못할 거요. 하지만 자네들이 우리가 시키는 대로만 소문을 퍼뜨린다면 아무런 해를 입지 않도록 보장하겠네, 알아듣겠나?」
그러한 제안은 현재 어쩔 수 없는 처지에 놓인 로마 군사로서는 정말 중요한 것이었다. 이제 군사들은 죽었다가 살아난 사람이나 천사 따위에는 아무런 관심도 없었다. 빌라도의 불호령만이 그들의 유일한 두려움이자 관심이었다. 그리고 무덤을 지키던 자신의 군사가 근무 중에 잠을 잤으며 뇌물까지 받았다는 사실을 빌라도가 알게 된다면, 적어도 발바닥을 벗긴 채 사막으로 쫓겨나는 형벌을 받게 되리라는 사실을 지휘관은 잘 알고 있었다. 또한 그는 빌라도가 유대의 제사장들을 싫어하면서도 그들의 존재를 무시하지 못하고 있다는 사실도 잘 알고 있었다. 그는 유대교회가 자신들의 신변을 보장한다면 한번 해볼 만한 일이라고 생각했다. 결국 군사들은 돈을 받고 약속한 대로 거짓말을 퍼뜨리기 시작했다.

이 거짓말은 거의 2천 년이 지난 오늘날까지 유대교를 신봉하고 있는 이스라엘인들에게 진실로 받아들여지고 있다. 그들은 자신들이 십자가에 못박아 죽인 예수가 메시아라는 사실을 부정하며, 아직도 메시아가 나타나기를 기다리고 있다.

엠마오에서의 저녁식사

베드로와 요한이 다락방으로 돌아가 다른 제자들에게 자신들이 보았던 것을 말했음에도 불구하고 예수의 부활을 확신하는 제자는 없었다. 지난밤에 예수의 제자들이 시체를 훔쳐갔다는 소문이 예루살렘에 퍼지고 있었으나, 그들은 그 소문의 출처도 알지 못한 채 그저 다락방 안팎을 초조하게 들락거릴 뿐이었다. 그들은 도대체 어떤 말을 믿어야 할지 몰랐던 것이다.

오후가 되자 마가의 집에 머물고 있던 글로바와 그의 작은아들 시몬은 엠마오를 향해 길을 떠났다. 온천이란 뜻을 가진 그 도시는 예루살렘에서 북서쪽으로 11킬로미터나 떨어진 곳에 위치하고 있었으므로, 그들은 해가 지기 전에 도착하기 위해 정오가 지나자마자 서둘러 출발했다. 어차피 마가의 집에서 보내는 시간은 괴로움과 슬픔이 전부라고 해도 과언이 아니었다. 탄식과 훌쩍이는 소리, 그리고 앞으로의 일을 근심하는 말들만이 가득한 그곳이 젊은 시몬으로서는 너무나 고통스럽게 느껴졌다. 그래서 아버지 글로바가 엠마오에 함께 가자고 청했을 때 시몬은 기꺼이 응했던 것이다.

하지만 마가의 집은 벗어났다 해도 예수를 잃은 슬픔이 가시지는 않았다. 두 남자는 지난 나흘 동안 일어났던 일들을 이야기하며, 더욱더 가슴이 아파오는 것을 억누를 수 없었다. 어느덧 해는 기울고 그들은 터벅터벅 흙먼지를 일으키며 힘없이 걸었다. 아무리 슬퍼하고 분개해도 이미 고인이 된 예수를 살려낼 길은 없다고 생각하니 그들의 걸음은 더욱 무거워지는 것 같았다.

「무슨 일로 그리 상심하고 있소?」

그들과 같은 방향으로 걷고 있던 행인 하나가 조용히 그들에게 말을 붙여왔다.

글로바는 걸음을 멈추고 행인을 돌아보았다. 행인도 서서 그를 마주보았다. 행인은 해를 등지고 서 있었으므로 그를 마주보던 글로바 부자는 절로 눈살을 찌푸릴 수밖에 없었다.

「보아하니 당신도 예루살렘에서 오는 길 같은데 지난 주에 그곳에서 무슨 일이 있었는지 모르시오?」

글로바는 어처구니없다는 말투로 반문했다.

「무슨 일이 있었소?」

행인은 천연덕스럽게 물었다.

글로바는 그 행인이 어떻게 생겨먹은 인간인지 보고 싶었으나 뉘엿뉘엿 서산 너머로 떨어지는 저녁 햇살은 그의 시야를 방해하고 있었다.
「예수 말이오. 예언자이자 뛰어난 능력의 선지자인 그를 대제사장들과 관원들이 글쎄 십자가에 못박아 죽이지 않았겠소. 우린 그가 이스라엘을 로마의 통치에서 구해줄 사람으로 믿었는데……」
설명을 하다가 울분이 치밀어오르자 글로바는 얼굴을 돌렸다.
「게다가 오늘이 예수가 돌아가신 지 사흘째 되는 날인데, 우리 일행 중에 여자들 몇 명이 오늘 새벽에 무덤에 갔다가 천사도 만나고 다시 살아난 예수를 보았다고 해서 남자들 둘이 다시 가보니 시신이 없어진 것만 보고 오지 않았겠소. 누군가 그의 시신을 훔쳐갔다는 소문만 무성하고…… 도대체 뭐가 어떻게 돌아가는 건지 알다가도 모를 일이오」
글로바의 말은 차라리 푸념에 가까웠다. 그는 이런저런 근심거리를 늘어놓으며 다시 엠마오를 향해 걷기 시작했다. 행인도 그들과 나란히 걸었다.
「참으로 당신들은 어리석기 그지없소. 예수가, 이 모든 고난이 하나님의 영광을 기리기 위해 자신에게 불가피한 일이었다는 것을 당신들에게 말하지 않았던가요?」
글로바의 말을 묵묵히 듣고만 있던 행인은 마침내 답답하다는 듯 입을 열었다. 그리고 모세를 비롯한 많은 옛 선지자들이 메시아에 대해 기록한 것들이 현재 그대로 이루어지고 있음을 차근차근 설명했다. 글로바 부자는 행인의 정체는 알려고도 하지 않은 채 그의 말을 경탄하며 듣고 있었다. 날은 어두워지고 있었으나 그들의 마음은 어느새 깨달음으로 인해 밝아지고 있었다. 마침내 엠마오에 도착했을 때 날은 완전히 저물어 있었고, 행인은 가던 길을 계속 가려하고 있었다.

「이곳이 우리의 목적지입니다. 날이 저물었으니 선생께서도 저희와 함께 이곳에서 유숙하시면 큰 영광이겠습니다.」

글로바는 동행하던 그 행인을 잡아끌다시피하여 자신들의 숙소로 들게 한 다음 식사를 대접했다. 노란 호롱불 아래서 식탁을 사이에 두고 마주앉게 되어서야 글로바 부자는 행인의 모습을 제대로 볼 수 있었다. 그 행인은 다름 아닌 나사렛 예수였다. 그러나 부자는 놀라지 않았고 두려운 마음도 품지 않았다. 죽은 줄로만 알았던, 아니 분명히 죽었던 예수가 부활하여 자신들과 마주하고 있다는 사실만으로도 그들에겐 기쁨이자 영광이었던 것이다.

예수는 식탁 위의 떡을 집더니 최후의 만찬 때와 마찬가지로 축사를 하고 그들 부자에게 떡을 떼어주었다. 그들이 떡을 받는 순간 예수는 아침 안개와 같이 바람처럼 그들 앞에서 사라졌다.

글로바와 시몬은 자신들의 눈을 의심했다. 그리고 자신들의 정신상태도 의심했다. 그러나 예수 그리스도의 말은 두 사람의 부자의 마음속에 똑같이 감동으로 남아 있었으며, 그의 축사는 아직도 귀에 생생했다. 그리고 그가 건네준 떡도 그들의 손에 쥐어져 있었다. 두 사람은 잠시 후 서로를 마주보았다.

「시몬아, 그분이 성경의 내용을 풀어주셨을 때, 나는 큰 감동을 받았단다.」

글로바가 아들에게 말했다.

「저도 그랬어요. 마음이 뜨거워지는 걸 느꼈어요.」

시몬 역시 흥분을 감추지 못하는 말투였다.

「우리 눈앞에서 연기처럼 사라지신 그분은 분명 예수였다. 네 생각은 어떠냐?」

「맞아요, 아버님. 그분은 분명 예수 그리스도셨어요.」

「가자. 어서 예루살렘으로 다시 돌아가자. 내가 이 사실을 다른 사람들에게 알리기 전엔 잠들지 못하겠구나.」

그들이 따르던 예수가 진정 메시아였다는 확신과 그 메시아가 다시 살아났다는 사실은 정녕 그들만이 누릴 수 있는 기쁨이 아니었다. 글로바 부자는 식사도 하는 둥 마는 둥 하고 서둘러 예루살렘을 향해 떠났다. 달빛조차 없는 밤길은 어둡고 위험했으며 몸은 피곤했다. 하지만 그들의 영혼은 깨달음으로 대낮처럼 밝았고 마음은 날아갈 듯 가벼웠다.

살과 뼈를 가진 영혼

한밤중에 글로바와 시몬은 마가의 집으로 돌아왔다. 몇몇 제자들은 자고 있었고 일부는 기도를 하거나 식사를 하고 있었는데, 어둡고 침울한 분위기는 글로바 부자가 그곳을 떠날 때와 별반 다를 것이 없었다.

글로바는 예수의 부활 사실을 당장 소리쳐 외치고 싶은 마음을 억누르고 시몬을 시켜 조용히 제자들을 불러모았다. 열한 명의 제자들이 모두 모이자 글로바와 시몬은 그들에게 예루살렘을 떠날 때부터 엠마오에서 돌아올 때까지의 일들을 상세히 증언하기 시작했다.

다락방은 술렁이기 시작했다. 제자들의 마음속엔 예수가 다시 살아났다는 기쁨보다 글로바의 말이 대제사장의 귀에 들어갈 경우 자신들 모두가 십자가형을 당하게 될지도 모른다는 두려움이 일고 있었다. 그렇지 않아도 예수의 시신이 제자들에 의해 도난 당했다는 소문이 퍼지면서 집 주위에는 언제인가부터 정체를 알 수 없는 그림자들이 서성이고 있음을 제자들은 감지하고 있었다. 그들은 글로바의 말을 잠시 중단시키고 우선 집 주변의 동태를 살필 사람을 밖에 세우기로 했는데, 그때 문 옆에 서 있던 도마가 자청해 밖으로 나갔다. 그가 나간 뒤 나머지 제자들은 굳게 문을 잠그고 글로바 부자의 이야기를 다시 경청하기 시작했다.

바로 그때 그들의 스승이었던 나사렛 예수, 바로 그가 홀연히 그들 가운데 모습을 나타냈다. 옷이나 머리의 모습이 예수임에 틀림없었다. 제자들은 두려움에 떨며 아무 말도 하지 못했다. 그들은 예수의 유령이 나타났다고 생각했다.

「어찌하여 두려워하느냐? 너희들의 믿음이 그것밖에 안 되었더냐?」

예수는 전과 조금도 다름없이 부드러운 음성과 표정으로 말했다. 그러나 제자들은 입을 벌린 채 창백한 얼굴로 예수를 뚫어지게 바라볼 뿐이었다.

「두려워 말고 가까이 와서 내 손과 발을 보아라. 그래도 못 믿겠거든 나를 만져보라.」

그러나 아무도 감히 예수 앞에 나서는 자가 없었다. 예수는 그들의 두려워하는 마음을 읽고 있었다.

「내 손과 발을 보고 나인 줄 알아라. 영靈은 살과 뼈가 없으나, 너희가 보는 바와 같이 나는 이렇게 온전한 육신을 갖고 있지 않느냐?」

예수가 못 자국이 선명한 두손을 앞뒤로 펴 보이고 옷자락을 들어 역시 못 구멍이 난 발을 들어 보이자 그제야 제자들의 얼굴에 안도의 기운이 감돌기 시작했다. 그러나 충격과 놀라움이 너무도 컸으므로 그들은 한동안 어찌할 바를 몰랐다.
「먹을 것이 좀 없느냐? 내가 지금 시장하구나.」
그들을 가장 빠르게 안심시킬 수 있는 방법은 먹는 모습을 보여주는 것이라고 생각한 예수는 음식을 청하면서 식탁 주위에 앉았다.
그러자 한 제자가 구운 생선 한 마리와 떡갈나무 잎에 싸두었던 벌집 한 조각을 접시에 담아 떨리는 손으로 예수 앞에 놓았다. 제자들은 태연하게 음식을 먹는 예수의 모습을 지켜보며 두려움과 의심의 구름이 서서히 걷히는 것을 느꼈다. 식사를 마친 예수는 그 특유의 온화한 미소를 지으며 제자들을 가까이 오도록 했다. 그리고는 구약의 율법, 예언서, 시편에 기록된 메시아가 바로 자신이며, 그 증거로 자신이 십자가에 못박혀 죽었던 사건과 3일 후에 부활한 일을 예로 들었다. 그는 글로바 부자에게 말한 것처럼 제자들에게 성경을 풀어 설명하면서 현재 일어나고 있는 모든 사건들이 필연적이라는 사실을 제자들에게 주지시켰다.
제자들은 예수의 말을 들으며 옛날과 조금도 달라진 것이 없다고 생각했다. 그리고 무엇보다 숨을 쉬며 살아 있는 예수의 존재가 그들에게 더없는 위안이 되고 있음을 느꼈다. 그러나 그들은 이러한 생각이 안일한 속단이었다는 것을 곧 깨닫게 되었다.
「이제 아버지가 나를 이 땅에 보내셨던 것과 같이 나도 너희를 세상에 보내노라.」
이것은 예수의 명령이었으나 아무도 이 말의 의미를 제대로 이해하고 있지 못했다.
「성령을 받으라.」
그러나 제자들은 성령이 무엇인지 그것을 어떻게 받아야 하는지도 모르고 있었다.

「너희가 누구의 죄든지 용서하면 사하여질 것이지만, 그렇지 않고 그대로 두면 너희 마음속에 그대로 남게 되리라.」
 평화를 당부하는 이 말을 남기고 예수는 곧 모습을 감추었다.
 분명히 그는 예전의 예수가 아니었다. 그는 시간과 공간을 초월하는 존재가 되었음이 분명했다. 제자들은 예수가 다락방을 떠난 후에도 여전히 혼란 속에 있었다. 그가 진정 메시아였으며, 되살아난 하나님의 외아들이라는 사실은 이제 의심할 여지가 없었다. 하지만 그들은 예수 없이 무엇을 어떻게 해야 할지 몰랐다. 그들은 예수 대신 그들을 이끌어줄 성령에 대해 여전히 모르고 있었던 것이다.

 여전히 예수의 부활을 의심하는 제자가 있었다. 그는 바로 융통성이 없고 가장 고지식한 자, 마가의 집밖에서 망을 보느라 예수를 만나 보지 못했던 사람인 도마 디두모였다. 그는 그 사실을 믿지 못했다. 모든 제자들이 아무리 입을 모아 설명해도 그는 믿으려 하지 않았다.
「그럴 리가 없어. 내가 집 주위를 얼마나 세심하게 감시하고 있었는데. 내가 나온 뒤로 출입한 사람은 아무도 없었단 말이야. 예수께서 오셨다가 가셨다면 내가 그분을 어찌 몰라봤겠나?」
 제자들이 예수가 어떻게 왔다가 어떻게 갔는지를 설명해도 도마는 더욱 믿을 수 없다는 듯이 머리를 저었다. 하지만 그 역시 내심 예수가 살아 있기를 간절히 바라고 있었다.
'그러나 그 엄청난 사건을 어떻게 눈으로 확인하지 않고 믿을 수 있단 말인가?'
 도마의 심정은 착잡했다. 그리고 자신이 그 자리에 없었음을 안타까워했다. 나머지 열 제자들은 도마의 불신을 더이상 비난하지 않았다. 왜냐하면 자신들도 도마의 입장이었다면 예수의 부활을 믿으려 하지 않았을 것이 분명했기 때문이다.

그로부터 여드레가 지난 4월 17일 저녁, 땅거미가 지기 시작할 무렵이었다. 열한 명의 제자들이 다락방에 모여 있을 때, 두 번째로 예수가 그들 가운데 모습을 나타내었다.

「샬롬.」

예수는 제자들에게 평안을 기원하는 인사를 한 다음, 도마 디두모를 돌아보았다.

「도마야.」

예수는 평화로운 미소를 보내며 그를 조용히 불렀다.

도마는 당황하며 주위를 둘러보았으나 아무도 놀라거나 두려워하는 사람은 없었다.

「이리 와서 내 손의 못 자국에 손을 넣어 보고 내 옆구리도 만져보아라. 그리하여 믿음 없는 자가 되지 말고 믿는 자가 되어라.」

예수에게 다가간 그는 털썩 무릎을 꿇었다.

「나의 주여……, 나의 하나님이시여!」

두손을 모은 도마의 입에서 진실한 고백이 흘러나왔다. 이 말은 가장 의심이 많은 도마가 확실한 믿음으로 돌아서는 순간의 신앙 고백이었다. 또한 그의 고백은 예수를 신과 동격으로 여기는 발언으로써 예수의 신성神性을 인정하는 선언이기도 했다. 전통적으로 유일신만을 믿는 유대인에게 이러한 선언은 파격적인 것이 아닐 수 없었다. 따라서 도마의 신앙 고백과 함께 예수의 신성은 극치를 이루고 있었다고 해도 과언이 아니다.

「도마야, 너는 나를 보고서야 믿는구나. 보지 않고도 믿는 자는 복되도다.」

예수는 이 말을 마치고 마치 무지개가 사라지듯 모습을 감추었다.

내 양을 먹이라

 갈릴리는 요단 강 북서쪽에 위치한 지역이었는데, 산들이 많고 지형이 험한 북부와 대부분 평원으로 이루어진 남부로 나눠져 있었다. 남부 갈릴리는 토지가 비옥하고 경치가 아름다운 것으로 알려져 있으며, 서쪽으로는 지중해를, 동쪽으로는 갈릴리 바다를 끼고 있었다. 갈릴리 바다는 남북으로 22.5킬로미터, 동서로는 145킬로미터의 거대한 호수이다. 구약시대엔 긴네렛이라고 불렸고, 신약시대엔 게네사렛 혹은 디베랴 바다라고도 지칭되었다. 이곳이 신약에서 많이 거론되는 이유는 예수가 이 지역에서 많은 전도와 이적을 행했기 때문이다.
 베드로는 며칠 후 나머지 제자들과 함께 갈릴리로 떠났다. 예루살렘에서 갈릴리 지방까지는 무려 100킬로미터가 넘었으므로 그들은 마가의 집을 떠난 지 일 주일 후에야 갈릴리 남부에 도착할 수 있었다. 그들은 예수의 명령에 따라 자신들의 생활 터전이었던 갈릴리에 돌아오긴 했지만, 자신들이 해야 할 일이 무엇인지 몰랐고 진정한 목적지가 어딘지도 알지 못했다. 베드로를 비롯한 모든 제자들의 마음은 다시 착잡해지기 시작했다. 갈릴리로 돌아온 그들은 매일 바닷가에 모여 기도를 하거나 서로의 앞날에 대해 이야기를 나누었지만 아무것도 변한 것이 없었다. 더구나 이곳에서 만나기로 약속했던 예수는 마가의 집에서 도마를 비롯한 다른 제자들에게 나타난 뒤로 한번도 그들을 찾아오지 않고 있었다.

그날도 갈릴리 바닷가에 모인 베드로와 그의 동생 안드레, 도마 디두모, 갈릴리의 가나가 고향인 나다나엘, 세베대의 아들인 요한과 큰 야고보, 그리고 빌립 등 일곱 명의 제자들은 저무는 해를 등지고 앉아서 잔잔한 바닷물을 바라보고 있었다. 밤이 되면서 해안으로 모여든 물고기를 잡으려는 어부들이 한두 척씩 작은 배를 띄우는 모습은 제자들의 마음을 자극하기에 충분했다. 전직 어부였던 그들은 바닷가의 풍경을 지켜보며 옛 생각이 절로 나지 않을 수 없었다.

「나는 고기나 잡으련다.」

시몬 베드로가 자리에서 벌떡 일어나며 말했다.

「그래, 나도 가겠다.」

「나도.」

「나도 간다.」

모두들 한 마디씩 하며 자리를 털고 일어나 베드로를 따랐다. 베드로가 배를 타겠다고 말하기 전부터 그들의 마음속엔 결국 자신들이 해야 할 일은 고기잡이밖에 없다는 생각이 싹트고 있었던 것이다.

어선에 올라탄 그들은 다시 피가 끓고 힘이 솟는 느낌이 들었다. 어려서부터 갈릴리 바다를 삶의 터전으로 알고 살아온 그들은 이곳이야말로 자신들의 삶의 목적지가 아닌가 하는 생각까지 하게 되었다.

한때 베드로와 야고보, 그리고 요한은 셋이서 하룻밤 사이에 300킬로그램도 넘는 물고기를 잡았던 적도 많았다. 그러나 그날 밤에는 이상하게도 단 한 마리의 물고기도 그물에 걸리지 않았다. 몇 차례나 그물을 던졌는지 기억조차 할 수 없었다. 하지만 날이 새도록 물고기는 한 마리도 잡히지 않았다. 할 수 없이 그들은 허탈한 심정으로 뱃머리를 물가로 돌렸다.
「여보게들, 고기 많이 잡았나?」
배가 해안에 가까웠을 때 해변에서 그들을 향해 외치는 목소리가 갈릴리 해안에 울려퍼졌다.
「아뇨, 한 마리도 못 잡았수다.」
베드로가 마치 헛수고에 대한 화풀이라도 하려는 듯이 큰소리로 대답했다.
「그럼, 자네들 오른편으로 그물을 던져보게.」
해변가의 남자가 소리쳤다.
제자들은 의아한 시선으로 서로를 번갈아 쳐다보다가 마침내 그가 시키는 대로 했다. 잠시 후 그들은 그물을 끌어올리려 했으나 물고기로 가득 채워진 그물은 꼼짝도 하지 않았다. 바로 그때 요한의 머리를 번개처럼 스치는 것이 있었다.
「주님이시다!」
요한이 사뭇 떨리는 소리로 말하자 모두가 해변가에 선 남자를 확인하려고 고개를 치켜들었다. 그러나 윗옷을 벗은 채 뱃머리에서 선원들에게 호령하며 지시를 내리던 베드로는 해변 쪽을 보지도 않고 벗어두었던 겉옷을 서둘러 허리춤에 두른 다음, 지체없이 물에 뛰어들었다.
'이번만은 주님을 그냥 보내지 않으리라.'
예수를 향해 정신없이 헤엄쳐 가면서 그는 이렇게 중얼거렸다. 예수를 향한 그의 마음이 그리움과 사랑이었다는 사실을 부인할 사람은 아무도 없었다.
베드로가 예수를 향해 헤엄쳐 가는 동안 나머지 제자들은 어선을 일단 물가에 댄 다음, 작은 배를 타고 물고기가 가득한 그물을 육지로 인양하는 작업을 하고 있었다.

4월의 바닷물은 아직도 차가웠다. 물을 뚝뚝 흘리며 예수에게 다가간 베드로는 빨갛게 타오르는 숯불이 예수 옆에 있는 것을 보았다.

「어서 가서, 지금 잡은 생선을 좀 가져오너라.」

예수가 베드로에게 말했다.

베드로는 그물을 육지로 끌어올리고 있었다. 그리고 잡힌 고기를 세었는데, 그 수가 무려 153마리에 달했으며 모두 팔뚝만한 대어였다. 단 한 번의 투망으로 이처럼 많은 고기를 잡은 것도 흔히 있는 일은 아니었고, 엄청난 어획량에도 불구하고 단 한 가닥의 그물도 찢어지지 않았다는 사실도 예사로운 일은 아니었다.

잠시 후 물고기를 예수에게 바친 제자들은 그 앞에 빙 둘러앉았다. 아무도 그가 누구인지 묻지 않았고, 물어야 할 필요도 없었다. 예수는 한동안 말없이 그들이 건네준 생선을 손수 숯불에 구웠다.

「아침을 들라.」

예수는 구운 생선과 준비한 떡을 제자들에게 나누어주며 말했다.

식사 중에는 아무도 말을 꺼낸 사람이 없었다. 그들은 예수가 지난번처럼 단지 자신의 부활을 입증하기 위해 나타난 것이 아니라는 사실을 느낌으로 알 수 있었다. 엄숙한 분위기 속에 식사가 끝났을 때 거대한 갈릴리 바다는 분홍빛 아침 햇살로 물들기 시작했다. 하지만 사방은 여전히 어둠에 휩싸여 있었으므로, 예수 앞에 피어놓은 작은 숯불만이 그들을 밝혀주고 있었다.

「요한의 아들 시몬 베드로야.」

예수가 자신의 오른편에 앉아 있던 베드로를 불렀다. 예수의 음성은 조용하고 차분했지만 눈빛은 뜨겁게 타오르고 있었다. 그의 눈에 비친 빨간 불빛 때문이었을까, 아니면 아침 햇살 때문이었을까.

「네가 나를 아가파오(agapao, 다른 사람보다 더 사랑한다는 뜻의 그리스어) 하느냐?」

「네, 제가 당신을 필레오(phileo, 사랑하다라는 뜻의 그리스어)하는 줄 주께서 아시나이다.」

베드로는 미소지으며 자신 있게 대답했다.

「보스케(boske, 양을 먹이라는 뜻의 그리스어).」

한동한 의미심장한 침묵이 흘렀다. 아무도 감히 입을 여는 자가 없었다.

「요한의 아들 시몬 베드로야, 네가 나를 아가파오하느냐?」

침묵을 깬 예수의 두 번째 질문 역시 베드로를 향한 것이었다. 베드로는 왜 예수가 같은 질문을 반복하는지 알 수 없었다.

「네, 제가 당신을 필레오하는 줄 주께서 아십니다.」

그는 같은 대답을 했다.

「포이마이네(poimain, 내 양을 치라는 뜻의 그리스어).」

예수가 다시 베드로에게 명령했다.

「요한의 아들 시몬 베드로야, 네가 나를 필레오하느냐?」

예수가 이번에는 '필레오'라는 질문으로 베드로의 사랑을 세 번째 확인하려 했을 때, 베드로는 가슴이 철렁 내려앉는 것 같았다. 베드로는 최후의 만찬에서 새벽닭이 울기 전에 자신이 세 번 부인할 것이라는 예수의 말이 떠올랐던 것이다.

예수는 자신에 대한 베드로의 사랑을 세 번 확인함으로써 그의 잘못을 용서하는 동시에 앞으로 그에게 주어질 임무를 암시해주고 있었다.

「네, 제가 당신을 필레오하는 줄 주께서 아시나이다.」

베드로는 약간 떨리는 음성으로 그러나 또렷한 발음으로 예수에 대한 사랑을 고백했다. 그는 마음속으로 통곡하며 다시는 결코 예수를 부정하지 않겠노라 울부짖었다.

「보스케」

나의 양을 먹이라는 베드로를 향한 거듭된 명령은 하나님의 결정이었고, 그 결정을 거역할 자는 아무도 없었다. 예수는 베드로에게 그때부터 자신을 대신하여 양떼에 비유된 그리스도인들을 인도하는 목자가 되라는 명령을 내렸다.

예수는 자신의 주변에 둘러앉은 제자들을 더 가까이 오도록 했다. 어느덧 날이 밝아 이른 아침으로 바뀌고 있었다. 베드로를 향한 예수의 설교는 계속되었다.

「베드로야, 이제부터 내가 하는 말을 잘 들어라. 네가 젊었을 때는 네 스스로 허리띠를 두르고 네가 가고픈 곳으로 다녔지만, 늙어서는 남들이 네 팔을 벌리게 하고 너를 원치 않는 곳으로 데려가리라.」

예수는 사랑하는 제자 베드로가 어떤 최후를 맞이할 것인가를 담담한 표정으로 예고했다. 그도 십자가에서 숨을 거두어야 하는 운명임을 의미하고 있었다.

「주님, 그렇다면 요한은 어떻게 되겠습니까?」

베드로는 턱으로 요한을 가리키며 물었다. 자신의 순교가 숙명적임을 깨달은 베드로는 마음이 산란해지는 것을 어쩔 수 없었다.

「내가 다시 세상에 올 때까지 그를 살게 내버려둘지라도 그것이 너와 무슨 상관이냐?」

착잡해진 그의 심정을 읽은 예수는 이 모든 약속과 명령이 베드로에게 주어진 사명이라는 것을 주지시켰다.

「너는 나만 따르라.」

그리고 예수는 자신을 본받고 자신이 시키는 대로 순종하라고 베드로에게 일렀다.

예수와 함께 아침을 맞이한 베드로의 마음속엔 갈릴리 바다만큼이나 커다란 은혜와 영광이 가득했다. 고난도 순교도 그에겐 더할 나위 없는 영광이며, 자신을 위한 상이 예비되어 있다는 것을 알았기 때문이다.

약 속

이러한 기적이 있은 뒤에도 예수는 갈릴리 지방에 여러 차례 모습을 보이며 그들을 권면하고, 교회가 해야 할 일들에 대해 설명했다. 그리고 오래 전에 자신이 산상설교를 했던 갈릴리 지역의 어느 산 정상으로 열한 명의 제자들을 불렀다. 그 산은 예수가 부활 직후 제자들에게 가라고 명령했던 바로 그곳이기도 했다.

5월의 따사로운 태양이 갈릴리 일대를 찬란하게 비추던 그날, 정상에서 기도를 드리며 제자들을 기다리던 예수는 그들이 도착하는 것을 지켜보며 미소를 지었다. 제자들이 산 위에 오르자 어디선가 산들바람이 불어와 더위를 식혀주고 있었다. 많은 사람들이 제자들의 뒤를 따라 산으로 올라왔는데 그들 중에는 예수를 경배하는 사람도 있었으나, 단순히 구경만 하려는 사람과 부활한 예수의 존재를 믿지 않는 사람도 끼여 있었다.

열한 명의 제자들이 모두 모인 것을 확인한 예수는 그들 앞으로 나아갔다.

「내가 하늘과 땅의 모든 권세를 받았노라. 그러므로 너희는 세상에 나아가 모든 족속에게 내가 가르친 것들을 가르치고, 그들을 제자로 삼아 성부와 성자와 성령의 이름으로 세례를 주며, 내가 너희에게 명한 모든 것을 가르쳐 지키게 하라.」
 예수는 제자들에게 유대인뿐만 아니라 모든 이방인들에게도 하나님의 말씀을 전파하여 그들을 그리스도인으로 만들 것을 명령했다.
「내 말을 믿고 세례를 받는 자는 구원을 얻을 것이오. 믿지 않는 자는 정죄를 받으리라.」
 예수는 자신의 존재를 부정하는 자들에 대하여 분명히 경고하고 있었다.
「나를 믿는 자들은 나의 이름으로 귀신을 쫓아낼 것이며, 새 방언을 말하는 능력을 받게 되리라. 또한 그들은 독이 든 것을 마실지라도 해를 입지 아니하며, 병든 사람에게 손을 얹어 낫게 할 것이라.」
 예수는 자신을 믿는 자들이 어떤 능력을 받을 것인가를 예언했다.
「내가 세상이 끝날 때까지 너희와 항상 함께 있으리라.」
 이것은 제자들을 향한 예수의 약속이자 하나님의 약속이었다.

 부활의 역사가 이루어진 뒤 40여 일이 지난 30년 5월 20일 안식일에 예수는 예루살렘에 모습을 나타냈다. 그곳에서 제자들을 다시 만난 예수는 그들을 모아놓고 마지막 설교를 하기 시작했다.
「모세의 율법과 선지자의 글과 시편에 그리스도가 고난을 받고 죽은 지 삼 일 만에 다시 살아날 것과 그의 이름으로 죄 씻음을 얻는 회개가 예루살렘으로부터 시작하여 모든 족속에게 전파될 것이라고 기록되었으니, 이것은 나를 두고 예언한 것이라.」
 예수는 구약에 예언된 그리스도가 바로 자신임을 말하고 자신의 부활이 바로 그 증거임을 제자들에게 주지시켰다. 그리고 오랜 시간에 걸쳐 제자들에게 성경을 풀어 설명하고, 그 속에 담겨진 하나님의 깊은 뜻과 비밀을 마지막으로 설교를 했다. 그의 음성은 결코 크지 않았으나 주옥같은 그의 설교는 제자들의 마음속에 선명한 빛깔로 새겨졌다. 제자들은 예수와 작별할 시간이 점점 가까워오고 있다는 사실을 알고 있었으므로, 그의 말을 한 마디도 놓치지 않으려고 정신을 집중하고 있었다.

「세례 요한은 물로 세례를 베풀었으나 너희는 며칠 후 성령으로 세례를 받을 것이다.」

예수는 갈릴리에서 언급했던 성령의 존재를 다시 한번 제자들에게 가르쳤다. 그러나 그때까지도 성령이 무엇인지 확실히 알고 있는 사람은 아무도 없었다.

「주님.」

설교가 막바지에 이르렀을 때 한 제자가 예수 앞으로 나섰다.

「주께서 이스라엘을 회복하심이 바로 저희가 성령으로 세례를 받을 때입니까?」

그는 하나님의 나라가 언제 도래하는지 물었다.

「그때와 기한은 아버지께서 자신의 권한에 두셨으니 너희가 알 바가 아니다. 오직 성령이 너희에게 임하시면 너희가 권능을 받고 예루살렘과 온 유대와 사마리아와 땅끝까지 이르러 나의 증인이 되리라.」

예수는 하나님의 할 일과 제자들이 할 일이 따로 있음을 분명히 가르치면서 성령의 임재와 전도의 중요성을 마지막으로 강조했다.

설교를 마친 그는 기드론 골짜기를 지나 감람 산 정상으로 향했는데, 제자들뿐만 아니라 많은 무리들이 그의 뒤를 따랐다. 역시 갈릴리에서처럼 부활한 예수를 구경하려는 사람들과 보면서도 믿지 않는 자들과 경배하는 사람들로 뒤섞여 있었다.

감람 산은 예루살렘 성 동쪽에 있는 해발 813미터 높이의 산으로 수년 전 예수는 이 산의 선지봉과 멸망봉 사이로 나귀를 타고 입성한 적이 있었다.

감람 산 정상에 오른 예수는 발 아래 펼쳐진 예루살렘 성의 장관을 향해 돌아섰다. 시온 성, 다윗 성, 하나님의 성 등 많은 이름을 가진 성. 이미 1천 년 전부터 다윗 왕에 의해 세워진 곳. 페르샤, 그리스, 로마 시대를 거치며 그 신성성을 점점 더해왔던 성도 聖都. 솔로몬의 영화가 아직도 살아숨쉬는 도시. 무엇보다도 예수 자신이 사역했고 죽었으며 부활했던 엄청난 역사가 행해졌던 그 도시를 내려다보는 예수의 눈에는 지난 1천 년의 역사가 순간 스쳐가는 듯했다. 그리고 자신이 떠난 후 그 거룩한 하나님의 성전이 인간들의 탐욕과 시기와 전쟁에 의해 피로 물들 것을 예견이라도 하듯 그의 표정은 잠시 어두워졌다.

예수는 착잡한 심정을 달래려는 듯 사해가 보이는 동쪽으로 고개를 돌렸다. 그리고 위대한 유대 민족의 영도자이자 지도자인 모세가 묻혀 있다는 비스가 산도 둘러보았다. 그가 남서쪽을 향하자 예루살렘 남쪽에 펼쳐진 힌놈 골짜기가 눈에 들어왔다. 예수는 구약시대 유대인들이 어린아이들을 불태워 몰록신에게 제사하던 그곳을 향해 기도하며, 몇 번이나 눈시울을 적셨는지 모른다.

하늘엔 약간의 뭉게구름만 떠 있을 뿐 날씨는 대체로 화창했고 약한 바람만이 감람 산 정상을 부드럽게 스치고 있었다. 다시 예루살렘 성을 향해 선 예수는 천천히 두 팔을 들어 자신을 둘러싸고 있는 사람들을 축복했다. 사람들이 아직도 선명한 그의 검

붉은 못 자국을 보며 가슴 아파할 때 예수는 천천히 공중으로 들리우기 시작했다. 이 장면을 지켜보던 사람들은 자신들의 눈을 의심하지 않을 수 없었다. 400명이 넘는 사람들은 하나같이 입을 벌리고 경악을 금치 못했다. 까마득하게 올라간 예수는 어느덧 구름에 가리워 더이상 볼 수 없게 되었다.

「갈릴리 사람들아」

갑자기 제자들을 부르는 소리가 들려왔다.

하염없이 하늘을 올려다보던 제자들은 갑자기 자신들을 부르는 소리에 놀라며 주위를 둘러보았다. 예수가 승천했던 자리에서 멀지 않은 곳에 흰 옷을 입은 두 사람이 제자들을 지켜보고 있었다.

「어찌하여 하늘만 계속 쳐다보느냐? 그는 이미 하나님의 오른편에 앉아 계시다. 하늘로 올라간 예수는 그 모습 그대로 다시 돌아오시리라.」

흰 옷을 입은 사람들은 이 말을 마치고 마치 안개처럼 홀연히 그들 곁을 떠났다.

그제야 정신을 차린 제자들은 감람 산을 내려와 예루살렘으로 향했다. 예수가 보여준 모든 증거로 인해 확신과 믿음으로 무장된 그들은 어떤 두려움도 없었다. 하늘의 영광을 위해서라면 어떠한 고난과 핍박도 감수할 각오가 되어 있었던 것이다.

'오직 성령이 너희에게 임하시면 너희가 권능을 받고 예루살렘과 사마리아와 온 유대와 땅끝까지 이르러 나의 증인이 되리라' 는 예수의 마지막 명령이 그들의 가슴에 뜨겁게 메아리치고 있었다. 이제 그들이 할 일은 승천한 예수를 대신해 자신들을 인도할 성령을 받는 것이었다.

교회의 시작
The Signs That Followed

위임 명령

 감람 산에서 예수를 떠나보낸 제자들은 곧바로 예루살렘에 있는 마가의 다락방으로 돌아왔다.
 베드로, 요한, 안드레, 빌립과 바돌로매, 도마, 마태, 셀롯 시몬, 작은 야고보 그리고 유다 다대오 등 열한 명의 제자와 예수의 모친을 비롯한 여인들과 예수의 아우들은 다락방에 올라가 누가 먼저랄 것도 없이 모두 기도를 드리기 시작했다.
 잠시 후 그곳에는 예수에게서 가르침을 받은 적이 있거나 병 고침을 받았던 사람들이 하나둘씩 모여들기 시작했고, 해질녘이 되자 마가의 다락방은 120여 명의 무리들로 가득 차게 되었다. 그들이 모인 목적은 단 하나, 예수가 약속한 성령이 내리기를 간구하는 기도를 올리기 위함이었다.

그곳에서 베드로는 다락방을 가득 메운 사람들을 향한 첫 설교를 행했다.

「형제들이여, 성령이 가룟 유다의 존재를 이미 오래 전에 예언하셨고 모든 것이 성경대로 이루어지고 있습니다.」

베드로는 다윗이 기록한 시편의 예언을 사람들에게 주지시키며 말문을 열었다.

「그는 본래 우리처럼 예수를 모시며 금전을 관리하는 일을 맡고 있었습니다. 그러나 불의를 행한 대가로 밭을 사고, 마음이 괴로워 목을 매었습니다. 그는 죽으면서도 저주를 받아 배가 터지고 창자가 흘러나왔습니다. 그 일을 알게 된 예루살렘 사람들은 그 땅을 일러 '아겔다마'라고 했고, 이는 피밭이라는 뜻입니다. 시편에 말하기를 그 주위의 땅이 황폐하게 되어 아무도 그곳에 사는 이가 없을 것이라 했고, 그가 맡고 있던 직분도 타인이 차지할 것이라고 했습니다.」

그는 예수를 배반한 사람에게 얼마나 무서운 저주가 내리는지 상기시키는 것을 잊지 않았다.

「그래서 요한에게 세례를 받은 날부터 예수가 우리들 가운데서 올라가신 날까지 항상 우리와 함께 다니던 사람들 중에 하나를 뽑아 우리와 함께 예수의 부활하심을 증거할 사도가 되게 할 필요가 있습니다.」

누군가 가룟 유다의 자리를 메워야만 했다. 그들은 한 해가 열두 달로 되어 있으며, 이스라엘의 지파가 모두 열둘인 것처럼 사도들의 수도 반드시 열둘을 유지해야 한다고 믿고 있었다.

베드로가 사람들에게 새로운 제자를 추천해줄 것을 청하자 조용하던 청중은 갑자기 술렁거리기 시작했다. 밤은 깊어가고 있었고, 다락방의 열기는 좀처럼 누그러들 줄 몰랐다. 잠시 후 베드로가 서 있던 벽 뒤에는 두 명의 후보 이름이 붙게 되었는데 한 사람은 요셉 바사바로서 별명이 유스도라고도 불리는 자였으며, 또 다른 사람은 맛디아라는 이름을 가진 사람이었다.

두 사람을 놓고 결정할 차례가 되자 베드로는 무리들에게 먼저 기도로써 그들의 마음을 주께 아뢸 것을 청했다.

「모든 사람들의 마음을 아시는 주여, 이 두 사람 중에 누가 주님이 택하신 사람이 되어 교회 봉사 및 사도의 직분을 다할 것인지 보이소서. 아멘」

기도가 끝나자 그들은 제비를 뽑아 새로운 사도를 선출했는데, 뽑힌 사람은 맛디아였다.

맛디아는 예수의 새로운 사도가 되어 새로 세워진 교회의 재정을 담당하는 직분과 더불어 예수의 가르침을 여러 사람에게 증거할 사명을 이어받았지만, 그의 사역이나 삶이 어떠했는지에 대한 기록은 전혀 없다. 전해내려오는 말과 성경을 토대로 여러 상황을 참작해볼 때 맛디아는 여리고 성에 입성하던 예수를 보려고 뽕나무에 오르던 세리장 삭개오였을 가능성이 높다. 그러나 한 가지 확실히 알 수 있는 것은 맛디아라는 열두 번째 사도 역시 마가의 다락방에 강림했던 성령을 받은 사람들 중 하나였다는 사실이다.

반석이라 불린 시몬

예수가 승천한 다음 나머지 제자들의 정신적 지주가 된 시몬 베드로는 제자들이 보혜사保惠師 성령을 받고 예수의 명령대로 땅끝까지 복음을 전하도록 그들을 인도하는 것이 자신에게 주어진 사명임을 누구보다 잘 알고 있었다.

하지만 그는 자신이 그처럼 큰 일을 주도하기엔 부족한 점이 많은 인물이라고 생각했다. 그는 커다란 덩치에 어울리지 않게 조급하고 충동적이었으며, 사람 됨됨이는 착했으나 생각보다 행동이 앞섰고, 행동보다 말이 앞서는 경우가 많았다. 또한 그는 솔직하고 정열적이었으나 그때그때 마음의 동요도 많은 자신의 약점들이 오직 성령의 도움으로만 보완될 수 있다고 믿었다. 그렇지 않고서는 주어진 그 막중한 사명과 앞으로 결정해야 할 그 많고 중대한 문제들을 도저히 혼자서 소화해낼 자신이 없었다. 그래서 시몬 베드로는 예수와 최후의 만찬을 하던 마가의 다락방에서 자신의 능력을 주에게 맡기는 기도를 쉬지 않고 드렸다.

그의 본명은 시몬이었으나 예수는 그를 '게바'라는 이름으로 불렀다. 이것은 아랍어로 반석을 의미했다. 게바를 로마인들이 사용하던 라틴어로 다시 번역하면 '페트루스'가 되는데, 당시엔 라틴어가 널리 통용되었으므로 게바라고 불리기보다 베드로라고 불렸다.

몇 년 전 동생 안드레가 예수 앞에 자신을 처음 데리고 갔을 때의 일을 그는 잊을 수 없었다.

「형, 우린 메시아를 찾았어! 이스라엘을 구원하실 메시아를 찾았단 말이야!」

안드레는 사뭇 흥분된 어조로 외치며 시몬의 소매를 끌었고, 시몬은 반신반의하는 마음으로 안드레가 이끄는 곳으로 갔었다. 그리고 그는 자신보다 10년은 족히 젊어 보이는 한 청년이 주위에 모인 사람들에게 설교를 하는 모습을 잠시 지켜볼 수 있었다. 그 청년은 어렵고 두렵게만 여겨지던 여호와의 섭리를 아주 쉽게, 그러나 날카롭고 예리한 통찰력으로 가르치고 있었다. 그리고 비유를 들어 가르치는 그의 설교는 어린아이들도 이해할 수 있을 정도로 쉽고 재미있었다. 시몬은 소문으로만 들어오던 그 청년이 결코 범상한 인물이 아님을 곧 실감할 수 있었다. 또한 부드러운 듯하면서도 사람의 영혼을 꿰뚫어보는 것 같은 청년의 시선은 어느 누구에게서도 볼 수 없었던 신비로운 것이었다.

설교가 끝나자 이미 예수와 안면이 있던 안드레는 형을 데리고 예수 앞에 나아갔다.

「저의 형 시몬입니다.」

안드레가 시몬을 예수에게 소개했다.

시몬을 바라보는 예수의 표정에는 반가움이나 놀라움과 같은 감정의 변화는 전혀 찾아볼 수 없었다. 그는 그저 잔잔한 미소로 시몬을 맞이할 뿐이었다. 시몬은 무슨 말인가 하고 싶었으나 이유를 알 수 없는 감격이 밀려와서 아무 말도 하지 못하고 예수 앞에 털썩 무릎을 꿇고 말았다.

예수는 텁수룩한 수염의 시몬을 만족스런 눈길로 내려다보았다. 그는 지극히 감상적이고 충동적인 성격의 소유자인 시몬과의 만남을 이미 오래 전부터 예견하고 있었는지도 몰랐다.

「네가 요한의 아들 시몬이냐?」

「네.」

「이제부터 나는 너를 게바라고 부르리니, 이는 반석이라.」

예수가 시몬에게 새 이름을 지어주던 그 순간부터 그는 베드로 또는 시몬 베드로라고 불리게 되었다.

갈릴리 바다의 서북안 가버나움 근처의 벳새다라는 작은 어촌이 고향인 베드로는 예수를 만나기 전까지 고기잡이를 하며 살아가던 많은 어부들 중 하나였다. 하지만 그는 대부분의 어부들과는 달리 여러 척의 어선을 소유하고 있었으며, 해마다 늘어나는 어획고와 더불어 수입도 증가하고 있었다. 그는 처자식도 있었고, 예수가 그의 장모의 열병을 고쳐준 적도 있었다.

베드로가 제자들을 인도하기로 한 사실에 대해 노골적으로 불만을 표시한 사람은 없었지만 그들이 예수와 마지막 만찬을 하는 자리에서까지 누가 더 잘났는지를 따지며 다툼을 벌였었던 사실을 생각하면 예수의 승천 뒤에도 그들 사이엔 보이지 않는 질투나 알력이 있었음직하다. 교회를 세우고 전도 사업을 이끄는 일에 예수의 신임과 사랑을 독차지하다시피하던 베드로보다 자신이 더 적합한 인물이라고 생각하면서 그를 은근히 질투하던 제자가 단 한 명도 없지는 않았을 것이다. 적어도 마가의 다락방에 성령이 임하기 전까지는 말이다. 그러나 베드로 역시 학력이나 가문에 있어서 남들보다 뒤지지는 않았다. 그는 비록 고학력은 아니었지만 어려서부터 율법서와 예언서를 배웠으며, 시나고그 즉 유대 회당에서 가르치는 학교에도 다녔었다. 또한 헤롯 왕이 재건한 성전에서 예배를 드리기 위해 가족들과 함께 자주 예루살렘을 찾곤 했다. 그는 성전의 지리는 물론 그 구조에도 해박했으며, 동생 안드레와 함께 유대 회당에서 영향력 있는 직분을 맡은 적도 있었다.

하지만 여전히 그는 밤이면 어부들을 이끌고 삶의 터전인 갈릴리 바다로 나가 그물이 찢어지도록 고기를 잡으며 희열을 느끼던 활동적인 어부로서의 이미지를 강하게 풍기고 있었다. 어떻게 그런 사람이 가정과 생업을 포기하고 내일이 분명치 않은 복음 전파 사업의 기수가 되려는 결심을 하게 되었을까? 예수를 죽인 대제사장들과 바리새인들이 여전히 제자들에 대한 감시를 늦추지 않고 있으며, 로마 총독부는 예수의 추종자들을 핍박할 구실만 찾고 있는 상황에서 예수의 약속만을 의지한 채 한정된 인원과 부족한 물자를 가지고 세계를 향한 전도 사업을 벌인다는 것은 누가 보기에도 무모한 일이 아닐 수 없었다.

그러나 베드로에게는 자신의 모든 인생을 전도 사업에 걸고 목숨이 다하도록 예수를 섬기려는 굳건한 확신이 있었다. 그는 모든 의심과 불안을 없앨 수 있는 반석 같은 믿음을 갖고 있었으며, 기도로써 모든 일을 풀어나가야 한다는 것을 알고 있었다.

그날도 베드로는 마가가 제공한 다락방에서 밤늦도록 기도에 열중하고 있었다. 앞날이 불투명한 만큼 그의 기도는 절실하고 간절했다. 자정이 넘어 기도를 마친 그는 창가에 쏟아질 듯한 하늘의 별들을 바라보며 예수를 생각했다. 시원한 바람이 베드로의 뜨거운 마음을 식히려는 듯 다락방 창가를 스치며 지나갔지만, 예수를 향한 그의 불타는 사랑은 좀처럼 누그러들 줄 몰랐다. 베드로는 지난날에 예수가 자신을 다른 제자들 중에서 특별한 존재로 여겼던 사실을 떠올렸다. 예수가 이적을 행하거나 중요한 사건을 주관하는 자리에 그는 언제나 목격자처럼 그의 곁에 있었다. 가버나움의 회당장인 야이로의 딸이 죽었을 때 예수는 무슨 이유에선지 야고보와 그의 형제 요한 그리고 베드로만 데리고 그의 딸이 다시 살아나는 역사를 목격하게 했으며, 예수가 산 위에서 변화된 모습을 보일 때에도 그것을 볼 수 있도록 허락된 제자들은 오직 세 사람뿐이었다. 또한 예수는 베드로에게 낚시를 던져서 가장 먼저 잡히는 물고기의 배를 가르면 성전세를 내고도 남을 돈이 있을 것임을 알렸었다. 물 위를 걸으시는 예수와 함께 걷기를 청했던 사람도 역시 베드로가 아니었던가. 베드로는 알게 모르게 나머지 열한 명의 제자들을 대변하는 대변인이기도 했다.

무엇보다 중요한 것은 그리스도가 자신에게 천국의 열쇠를 주었다는 사실이었다. 예수와 제자들이 가이사랴 빌립보에 이르렀을 때였다. 길가에서 잠시 쉬던 예수는 그들과 이런저런 얘기를 나누고 있었다.

「사람들이 나를 누구라고 이르더냐?」

예수는 지나가는 말처럼 제자들을 향해 물었다.

「어떤 이들은 당신을 세례 요한이라 합니다.」

「엘리야라고도 부르는 소리를 들었습니다.」

「예레미야나 선지자들 중에 하나라고 부르더이다.」

제자들의 대답은 각양각색이었다. 그러자 예수는 잠시 말이 없었다.

「너희는 내가 누구라고 생각하느냐?」

예수는 제자들을 둘러보며 그들의 대답을 기다렸으나 선뜻 나서는 자가 없었다.

「당신은…….」

마침내 베드로가 입을 열었을 때, 모든 사람들의 시선은 그에게로 향했다.

「그리스도시요, 살아 계신 하나님의 아들이십니다.」

베드로는 천천히 그러나 자신 있게 자신이 생각하는 예수가 누구인가를 고백했다.

「요한의 아들 시몬아, 네가 복이 있도다. 너로 하여금 내가 누구인지 알게 하신 이는 혈육이 아니라 하늘에 계신 아버지이기 때문이다. 또한 내가 너의 반석 위에 교회를 세우리니 악의 권세가 너를 이기지 못하리라. 내가 네게 천국의 열쇠를 주리니, 네가 그 열쇠로 무엇이든지 잠그면 하늘에서도 잠길 것이요, 열면 하늘에서도 열리리라.」

예수는 서슴지 않고 베드로를 향해 말했다.

사실 베드로는 그때만 해도 예수의 말이 정확히 무엇을 의미하는지 몰랐다. 천국의 열쇠를 받는다는 것이 큰 영광임은 분명했지만 그것을 언제 받게 되는지도 몰랐으며, 그것을 받아서 어떻게 해야 할지도 모르고 있었다.

그러나 예수가 약속대로 부활하고 하늘로 올라가신 지금, 베드로는 자신에게 주어진 사명이 무엇인지 그리고 그 천국의 열쇠가 가진 권능이 무엇인지 확실히 알고 있었다. 다만 그 사명을 받들고 일하기 위해서는 먼저 성령을 받아야만 했다.

「성령이여, 어서 오십시오.」

반석이라 불린 사람, 시몬 베드로는 안타까운 마음으로 잠자리에 들며 중얼거렸다.

불의 혀

오순절은 유월절, 장막절과 더불어 유대 민족의 3대 절기 중의 하나이다. 유월절은 현재 사용되는 달력으로 치자면 3월 중순에서 4월 중순인 니산월의 14일에 지키며 오순절은 유월절로부터 꼭 50일째 되는 날에 지키는데, 이날이 되면 유대인들은 추수 감사 축제를 벌인다.

예수의 사망과 부활이 일어난 해에도 각 지방에 퍼져 있던 유대 민족과 여러 나라 사람들이 오순절을 기념하기 위해 예루살렘을 찾았으므로 예루살렘 성은 어디를 가나 축제 분위기로 들떠 있는 인파로 가득했다. 하지만 열두 사도를 비롯한 예수의 추종자들은 오순절에도 아침부터 마가의 다락방에 모여 기도를 올리고 있었다. 그들이 바라는 것은 단 한 가지, 예수가 그들에게 약속했던 성령을 받는 것이었다. 그날은 예수가 승천한 지 열흘째 되는 날이기도 했다. 그때까지 하늘에선 아무런 응답도 없었지만 그들의 열성은 조금도 수그러들 줄 몰랐다.

오순절 아침, 날이 밝아오면서 술렁이기 시작한 예루살렘의 거리와는 대조적으로 다락방에서 기도를 드리기에 여념이 없던 그들은 갑자기 세찬 바람소리가 하늘에서 내려오는 것을 들었다. 그러나 그것은 분명 바람소리가 아니었다. 그 소리는 점차 커지더니 급기야 120명이 자리를 메운 방 안에 가득했다. 그들은 올 것이 오고야 말았다는 생각을 하면서도 전혀 경험해보지 못했던 기이한 현상 앞에서 두려움을 감출 수 없었다. 그뿐이 아니었다. 잠시 후엔 하얀 구름 같은 것이 불의 혀처럼 죽죽 갈라지면서 각 사람의 머리 위에 스며들기 시작했다.

빠르고 강한 바람 같은 소리를 내며 다가와 불의 혀처럼 갈라지면서 다락방에 있던 모든 사람들에게 임했던 것은 바로 그들이 그토록 간절히 원하던 성령이었다. 그들이 성령을 받게 됨에 따라 예수의 약속은 또다시 이루어졌다. 또한 성령의 강림은 하나님과 그의 외아들인 예수 그리고 성령이 삼위일체로 완성되는 역사적인 사건을 의미했다. 그리고 오순절에 내린 성령은 예수가 재림해 산 자와 죽은 자를 심판하러 오는 날까지 그리스도인들을 인도하고 위로할 예수 그리스도의 대리자였다.

성령의 놀라운 능력은 즉시 효력을 나타내었다. 성령을 받은 사람들은 자신들이 가본 적도 없는 나라의 말을 마치 모국어를 하듯 자연스럽게 구사했던 것이다. 그것은 마치 하늘에 오르려고 바벨탑을 쌓았던 자들에 대한 하나님의 벌을 연상케 했다. 그러나 성령이 방언의 형태로 그들에게 역사한 이유는 그들을 단순히 흩어지게 하기 위함이 아니라, 예수의 말씀을 각 민족과 국가에게 전파하고 증거할 수 있게 하기 위함이었다.

　성령을 통해 방언의 능력을 부여받은 제자들은 놀라움과 흥분을 주체하지 못하고 예루살렘 거리로 뛰쳐나왔다. 그들이 각 나라의 말로 자신들에게 일어난 사건을 소리쳐 증거하기 시작하자, 구경꾼들이 삽시간에 모여들어 그들을 에워쌌다. 군중들 사이에는 지금의 인도와 티그리스 강 사이에 거주하던 바대인, 카스피해 남쪽의 산악지방에 살던 메대인, 수리아 남쪽지방과 바사 동편에서 온 엘림인, 메소보다미아와 소아시아의 가바도기아에서 온 순례자들, 로마인, 그레데인, 아라비아인 등과 같은 이방 족속들도 많이 있었는데, 그들은 다락방에서 나온 사람들이 자신들이 사용하는 언어로 말하는 것을 들으며 놀라움을 금치 못했다. 왜냐하면 방언을 말하는 사람들은 모두 갈릴리에 살고 있는 유대인들이었기 때문이다. 어떤 자들은 그들이 오순절에 마시려고 예비해 두었던 새 술을 마시고 취했다고도 말했다.

　잠시 후 거리로 나섰던 제자들이 그들을 둘러싸고 있던 무리들을 다락방 앞으로 인도하자, 그곳엔 수백 명의 인파가 북적거리기 시작했다. 베드로는 다락방으로 올라가 창문 앞에 서서 점점 늘어나는 사람들의 무리를 말없이 지켜보았다. 생김새도 다르고 옷차림도 다르고 말도 다르며 예루살렘에 온 목적도 다른 사람들의 모습을 지켜보는 베드로의 눈은 그리스도에 대한 열정과 구원의 확신으로 불타고 있었다. 이제 그가 할 일은 성령이 준 능력에 힘입어 복음을 전파하고 예수가 다시 오기 전까지 단 하나의 영혼이라도 구원하는 것이었다. 그는 자신이 선포할 예수의 사건이 결코 새로운 종교의 문제가 아님을 알고 있었다. 그 사건은 구약의 예언을 그대로 이행한 성서의 완성이자 구원에 대한 해답이었다.

사람들은 끊임없이 몰려들었고, 그 수가 2천 명 정도가 되었을 때 베드로는 군중들을 향해 설교를 하기시작했다. 그의 설교는 백여 명의 제자들의 입을 통해 통역되어 전파되었다.

「지금이 제3시이니, 당신들의 생각처럼 우리는 술에 취한 것이 아닙니다.」

3시는 현재 시간으로 따지면 오전 9시경이었다. 유대인들은 절기 중에 오후 12시까지는 술 마시는 일을 금하고 있었다. 그것은 회당의 규례였고 철칙이었다.

「하나님이 선지자 요엘의 입을 빌어 말씀하시기를 말세에 모든 육체에 그의 영을 부어주리라 하셨습니다. 그리고 영을 받은 우리의 자녀들은 예언을 하고 젊은이들은 환상을 보며 노인들은 꿈을 꾸리라고 했습니다. 또 하나님은 그의 영을 남종과 여종 들에게 부어 그들로 하여금 예언케 하신다고 했습니다. 그 예언이란 심판날이 오면 하늘에서는 기이한 일과 땅에서는 창조를 베푸신다 했으니, 피와 불과 연기가 바로 그것입니다.」

베드로의 설교를 듣던 군중들은 쥐죽은 듯이 조용해졌고, 다만 통역을 하는 제자들의 목소리만 메아리처럼 예루살렘 성 안에 울려퍼지고 있었다.

「이스라엘 사람들이여, 이 말을 들으십시오. 여러분도 아시겠지만 하나님은 나사렛 예수을 통해 기적과 놀라운 일을 보여주셨고, 그분을 여러분에게 증거해주셨습니다. 이 예수는 하나님이 미리 아시고 정하신 계획에 따라 여러분에게 넘겨졌는데, 여러분이 악한 사람들의 손을 빌어 그분을 십자가에 못박아 죽였습니다.」

베드로는 예수의 죽음을 말하며 자신도 모르게 가슴이 뜨거워지는 것을 느꼈다. 그러나 그는 설교를 계속해야만 했다.

「그러나 하나님께서는 예수를 죽음에서 다시 살리셨습니다. 다윗은 그분에 대해 이렇게 말했습니다. '나는 항상 내 앞에 계신 주를 보았다. 그가 내 오른편에 계시므로 내가 흔들리지 않을 것이다.' 그는 또한 그리스도의 부활을 예언했는데 그의 영혼은 죽음 가운데, 머물지 않고 육신이 썩지 않을 것이라고 했습니다. 곧 죽임을 당한 예수는 하나님이 살리신 것입니다. 우리는 모두 이 사건의 증인입니다.」

베드로는 다윗이 예언했던 그리스도가 바로 예수였음을 증거했다.

「그러므로 이스라엘의 모든 사람들이 확실히 알 것입니다. 당신들이 못박은 그 예수를 하나님이 주와 그리스도가 되도록 하셨습니다.」

베드로가 여기까지 말하자 청중들은 마음에 찔리는 바가 있어 근심하며 동요하기 시작했다.

「그럼 우린 어찌해야 한단 말이오?」

「심판을 면할 길을 알려주시오!」

그들은 제자들과 사도들에게 자신들의 갈 길을 묻고 있었다.

「회개하여 각각 예수 그리스도의 이름으로 세례를 받고 죄 씻음을 얻으십시오. 그리하면 성령을 선물로 받을 것입니다.」

베드로는 간단히 그 방법을 알려주었다.

「이 약속은 당신과 당신 자녀와 아무리 먼 곳에 있는 사람이라 할지라도 주 하나님이 부르시는 모든 자들을 위한 것입니다. 여러분은 이 패역한 세대에서 구원을 받으십시오.」

베드로가 설교를 마친 뒤 그의 말을 받아들인 사람들은 사도들에게 세례를 받았는데, 그 수가 무려 3천 명에 달했다. 세례를 받은 사람들 중에는 유대인들의 축제에 참가하거나 장사를 하기 위해 온 이방인의 무리도 많았다. 그들은 후에 고국으로 돌아가 그리스도를 통한 구원의 진리를 형제자매에게 전파했다. 또한 예수 그리스도를 영접한 사람들 중에는 유대 지방에 퍼져 있던 도시들에서 온 유대인들은 물론, 원래부터 예루살렘에 거주하던 유대인들도 많았다. 비록 태어난 곳도 다르고 생김새도 달랐지만 그들은 보이지 않는 공통점을 소유하게 되었는데, 그것은 다름 아닌 구원에 대한 확신이었다.

그 사건이 일어난 다음부터 예루살렘에는 예수를 그리스도라고 믿으며, 그를 통해서만 구원이 가능하다고 확신하는 기독교적 신앙이 퍼지기 시작했다. 예수를 믿기 시작한 자들 중에는 사도들과 함께 기거하기를 원하는 사람들도 있었다. 그들은 자신들의 물건이나 재산을 팔아 그 돈으로 가난한 자들을 돕거나 전도 사업에 사용했다. 때문에 그리스도를 영접하지 않은 자들도 그들의 헌신적인 행동에 찬사를 아끼지 않았다.

그러나 사도들에게 세례를 받으려고 마가의 집 주변에 장사진을 이룬 사람들을 고까운 시선으로 성전에서 내려다보고 있는 자들이 있었다. 그들의 표정은 근심으로 가득했고, 마음은 질투와 시기심으로 불타고 있었다. 그들은 다름 아닌 대제사장 안나스와 가야바 그리고 서너 명의 바리새인들이었다.

「빌어먹을!」

가야바는 중얼거리며 주먹을 불끈 쥐었다.

한마디로 사태는 속수무책이었다. 큰 어려움 없이 예수를 죽일 수 있었던 그들도 걷잡을 수 없이 늘어만 가는 그리스도인들은 어쩔 수 없을 것만 같았다. 그는 예수가 죽기 전보다 더 많은 사람들이 그를 믿고 따르는 이유를 이해할 수 없었다. 더 이상한 것은 예수를 본 적도 없고 그의 이름조차 들어본 적이 없는 이방인 족속들까지도 예수를 구세주라고 외치며 예루살렘 거리를 누비고 있다는 사실이었다. 이대로 가다가는 온 예루살렘은 물론이고, 유대 땅과 주변 나라들까지 예수교로 물드는 것은 시간 문제일 것 같았다.

「무슨 대책을 세워야 합니다. 이대로 방관만 하다가는 우리의 신변마저 위태로울 것입니다.」

바리새인 한 명이 안나스를 향해 다급하게 말했다.

그들이 두려워하던 것은 예수교의 교세 확장과 더불어 자신들에게 날아올지도 모르는 비난과 질책의 화살이었다. 예수를 죽인 자들이 바리새인과 대제사장들이라는 사실은 예루살렘의 어린아이들조차 알고 있었다.

「저건 전염병이야. 전염병이 아니고는 저럴 수가 없어.」

칠순의 나이인 노대제사장 안나스가 볼멘소리로 말했다.

「집단 최면의 결과인지도 모르죠.」

가야바는 장인의 말에 대꾸했다.

그들은 성령이니 삼위일체니 하는 것들은 믿지도 않았으며, 믿으려 들지도 않았다. 율법은 물론 성전과 하나님까지도 그들 자신을 거룩하게 보이게 만들기 위한 수단으로 사용하던 그들은 하나님의 은혜나 성령 따위에는 관심도 없었다.

「예수를 죽일 때 나머지 제자들도 모조리 잡아 죽였어야만 했어.」

안나스가 아쉬운 듯 말했다.

「지금도 늦지는 않았습니다.」

가야바가 그의 장인에게 다가서며 말했다.

「자네 지금 제정신으로 하는 말인가? 지금 저들을 죽였다간 온 예루살렘이 발칵 뒤집히고 말거야!」

「반드시 죽이지 않더라도 그들을 제거하는 방법이 있을 겁니다.」

가야바는 이렇게 말하고 안나스와 바리새인들을 회의실로 인도했다. 그곳에서 그들은 예수의 사도들을 어떻게 핍박할지 의논했다.

은과 금 내게 없어도

마가의 다락방에 성령이 내리고 난 뒤 처음으로 맞이하는 안식일이 되었다. 사도들은 그날만큼은 세례를 주는 일을 쉬고 예배와 기도에 몰두했다. 제9시, 그러니까 지금의 시간 개념으로는 오후 3시경이 되었을 때, 베드로와 요한은 오후 기도에 참례하기 위해 성전으로 향했다. 성전 동쪽의 미문美門이라고 하는 성전 문에 이르자 여느 때처럼 불구자와 거지 들이 진을 치고 있는 것이 눈에 띄었다. 성전을 찾는 모든 사람들은 그런 거지들의 모습에 익숙해 있었기 때문에 그들을 특별히 불쌍히 여기는 사람은 아무도 없었다. 그 거지들은 으레 성전 주변에 기생하기 마련이었다. 베드로와 요한 역시 예외는 아니었다. 가끔 성전을 오르내리면서 아주 불쌍해 보이는 거지에게 동전 몇 닢을 던져준 적은 있었지만, 그 이상의 도움을 준 적은 없었다. 그들이 성전으로 가는 주된 목적은 기도하거나 제사를 드리기 위함이지, 결코 불구자나 거지들을 구제하기 위함이 아니었기 때문이다.

그러나 지금은 상황이 달랐다.

베드로와 요한은 걸음을 멈추고 미문 기둥 옆에서 지나가는 사람들에게 구걸을 하는 앉은뱅이 걸인 하나를 내려다보았다. 어릴 때 소아마비를 앓아 하반신을 못 쓰게 된 그는 철이 들기 전부터 40여 년 동안 성전 근처에서 구걸로 연명해오던 거지로서, 웬만큼 성전을 드나들었던 사람들이라면 멀리서도 그를 알아볼 수 있을 정도였다. 그에겐 아무런 바람도 희망도 없었다. 굳이 바람이 있다면 어제보다 몇 푼이라도 더 버는 것이었고, 희망이 있다면 꿈속에서라도 두 다리로 걸어보는 것이었다.
　성전으로 향하던 이 두 사람에게 걸인은 본능적으로 손을 내밀었다.
　「자비를 베푸사 한 푼만 적선하소서.」
　그는 표정까지 고통스럽게 일그러뜨리며 베드로와 요한을 번갈아 보았다.
　더럽고 남루한 옷자락 사이로 삐져나온 거지의 앙상한 두 다리를 보고 있던 베드로와 요한은 자신들을 그 앞에 세운 것은 다름 아닌 성령이라는 사실을 이미 깨닫고 있었다. 잠시 후 그들은 거역할 수 없는 성령의 명령을 들었다.
　'그를 일으켜세워 걷게 하라.'
　베드로는 허리를 굽히고 거지가 내민 오른손을 덥석 움켜잡았다. 그리고 불타는 듯한 시선으로 그를 보았다. 놀란 거지는 손을 빼려 했으나 어부 출신인 베드로의 완력을 당해낼 수가 없었다.
　「은과 금 내게 없지만 내가 가진 것을 너에게 준다. 나사렛 예수 그리스도의 이름으로 걸으라.」
　베드로의 음성은 옆에 서 있던 요한도 겨우 알아들을 수 있을 정도로 작았지만 바위보다 굳건한 신념에 차 있었다.
　베드로의 말이 떨어지자마자 앉은뱅이 걸인은 감각조차 없던 자신의 허리가 갑자기 후끈 달아오르는 것을 느꼈다. 그리고 그

후끈거림은 곧 뜨거움으로 변하여 골반을 타고 내려갔다. 아무런 느낌도 없던 자신의 허리와 엉덩이에 분명히 뜨거운 열기가 전해지는 것을 그는 확실히 느끼고 있었다.

그 뜨거움이 그곳에서 그치지 않고 곧바로 허벅지를 타고 내려가 무릎에 전해지는 순간 그는 기억도 희미한 아득한 옛날, 자신을 꼭 껴안고 울부짖던 어머니의 울음소리를 들었다. 자신을 병신이라고 부르며 놀려대던 이웃집 아이들의 조롱소리도 들었다. 하루 종일 구걸로 모은 돈을 빼앗던 자들의 욕설도 들었다. 그리고 그는 나사렛 예수 그리스도의 이름으로 일어나 걸으라고 명령하는 베드로의 음성을 들었다.

거의 40년 동안 나무토막처럼 움직일 줄 모르던 그의 다리는 어느덧 보기 좋게 살이 올라 꿈틀거리고 있었다. 베드로가 걸인의 손을 끌어올리자 그는 비틀거리며 일어섰다. 그리고 그는 걸었다. 잠시 후엔 껑충껑충 뛰기까지 하며, 뒷문 주위를 돌다가 하나님을 찬양하는 소리를 외치며 성전을 향해 달려갔다.

베드로와 요한은 벅찬 가슴을 억누르며 말없이 서로를 바라보았다. 그것은 베드로가 행한 첫 기적이었던 것이다. 하지만 그러한 감격의 시간도 잠깐이었다. 그들이 앉은뱅이 걸인을 고쳤다는 소식은 삽시간에 성 안에 퍼졌고, 그 소식을 들은 사람들이 떼를 지어 그들을 향해 달려오고 있었기 때문이다.

「바, 바로 이 사람이오! 이 사람이 내 손을 잡고 나를 일으켰소」

무리들의 앞장을 선 그 걸인이 베드로를 가리키며 소리쳤다.

「어떻게 그를 고쳤소?」

「당신들은 무슨 마법이라도 알고 있소?」

「어서 뭐라고 말 좀 해보시오」

베드로와 요한을 둘러싼 무리들은 쉴새없이 질문을 퍼붓기 시작했다.

솔로몬의 행각行閣이라 칭하는 거대한 아치형의 현관 건물 아래 서 있던 베드로는 다시 한번 숨막힐 듯한 진실을 증거할 준비가 되어 있었다.

「이스라엘 사람들이여, 왜 이 일로 놀라십니까?」

베드로가 또랑또랑한 음성으로 입을 열자 웅성거리던 군중들은 찬물을 뒤집어쓴 듯 순식간에 조용해졌다.

「마치 우리가 개인의 능력으로 이 사람을 걷게 한 것처럼 우리를 쳐다봅니까? 아브라함과 이삭과 야곱의 하나님, 곧 우리 조상의 하나님은 그의 외아들 예수를 우리에게 보내셨으나, 여러분이 그 거룩하고 의로운 자를 거부하고 오히려 살인자를 놓아주기를 관원에게 요구했습니다. 빌라도조차 그를 놓아주려 했으나 바로 당신들이 그 앞에서 그를 부인함으로써 생명의 주를 죽였습니다.」

베드로는 청중들을 둘러보았으나 아무도 감히 말대꾸하는 사람이 없었다.

「그러나 하나님이 그를 죽은 사람들 가운데서 살리셨고 우리 모두가 그 사건의 목격자입니다. 또한 여러분이 아는 이 사람이 다시 걸을 수 있는 힘을 얻게 된 것도 예수에 대한 믿음 때문이었습니다. 형제 여러분, 여러분의 지도자들처럼 여러분들도 모르고 그런 일을 행한 줄로 압니다.」

이스라엘 사람들이 대제사장들과 바리새인들의 농간에 속아 예수를 죽이는 엄청난 실수를 범했음을 베드로는 알고 있었다.

「그러므로 여러분은 회개하고 하나님께로 돌아오십시오. 그러면 여러분의 죄가 씻음을 받고 주님 앞에서 새로워지는 때가 올 것입니다. 그리고 하나님은 여러분을 위해 예수 그리스도를 다시 보내실 것입니다. 하지만 예수는 하나님이 오래 전에 거룩한 선지자들을 통해 말씀하신 대로 만물을 새롭게 하실 때까지는 하늘에 머물러 계셔야 합니다.」

베드로는 그들에게 예수의 재림을 경고하는 것을 잊지 않았다.

「모세는 이렇게 말했습니다. 하나님이 너희를 위해 너희 가운데 선지자 한 사람을 세울 것이니, 너희는 그의 모든 말에 순종하라고 말했습니다.」

그가 언급한 선지자는 바로 메시아이자 그리스도인 예수를 지칭하는 것이었다.

「누구든지 그 선지자의 말을 듣지 않는 자는 멸망하리라 했고, 사무엘 때부터 우리에게 오신 모든 선지자들도 모세와 같은 말을 했습니다. 여러분은 그 선지자들의 자손이며, 또 하나님께서 여러분의 조상과 함께 세우신 언약의 자손입니다. 하나님이 아브라함에게 땅 위의 모든 민족이 네 후손을 통해 축복을 받으리라고 했습니다. 그것을 깨닫지 못하고 여러분은 악을 자행했습니다. 그러나 하나님은 죄악 속에서 여러분을 구하고 복을 주기 위해 그의 종을 세워 심판 전에 우리에게 보내어 우리로 하여금 그를 믿고 회개하여 구원을 받게 하셨습니다.」

계속해서 베드로는 예수를 통한 죄의 회개와 구원의 진리를 설파하고 예수가 승천한 뒤 마가의 다락방에 내린 성령의 실체와 그 능력에 대해 설명했다. 또한 그는 앉은뱅이 걸인을 고친 것은 베드로 자신의 능력이 아니라 자신을 통해 역사하는 성령의 능력이었음을 청중들에게 설명하고, 누구든지 회개하여 죄 씻음을 받고 주께 간구하면 성령을 받을 수 있음을 강조했다.

평생을 앉은뱅이로 지내던 걸인을 어떻게 고쳤는지 알기 위해 모여들었던 사람들은 예수를 믿고 구원을 얻으라는 베드로의 설교를 들으며 내심 당황하지 않을 수 없었다. 왜냐하면 예수를 죽인 바리새인들이 청중 사이에 끼여 있었기 때문이었다. 예루살렘에서 바리새인들의 눈과 귀를 피한다는 것은 거의 불가능했다. 유대교의 3대 종파 중에 하나인 바리새파는 6천 명 이상의 교인을 가진 종교 집단으로서, 유대교회는 물론 유대사회와 정치에도 막강한 영향력을 행사하고 있었다. 여론 조작과 이권 개입 등도 서슴지 않았던 그들은 사회 곳곳에서 일어나는 크고 작은 일들에 촉각을 세우며 자신들에게 불이익이 돌아오지나 않을까 노심초사하고 있었다. 따라서 그들은 자신들에게 가장 위협적인 존재였던 예수와 그의 추종자들에 대한 감시를 한시도 게을리하지 않았다.

베드로 역시 바리새인들의 간사함을 모르는 바는 아니었지만 결코 그들을 두려워하지 않았다. 성령이 항상 함께하고 있다는 사실을 잘 알고 있었기 때문이었다.

그가 솔로몬의 행각 아래서 예수의 말씀을 증거하는 동안 이미 대제사장의 끄나풀들은 베드로가 성전 입구에서 행한 기적과 그의 설교 내용을 안나스와 가야바에게 일러바치고 있었다.

박해의 시작

솔로몬의 행각 아래서 베드로의 설교가 무르익어갈 무렵 10여 명의 성전 경비원들이 이방인의 뜰에 나타났다. 그들은 가야바의 명령에 따라 베드로와 요한을 연행하러 온 것이었다. 베드로와 요한을 둘러싸고 있던 무리를 헤치고 들어간 경비원들은 말로만 듣던 베드로를 직접 대하자, 그를 힘으로 당해내는 일이 결코 수

월하지 않을 것임을 직감했다. 보통 사람들보다 머리 하나가 더 큰 키와 떡 벌어진 가슴 그리고 검은 수염으로 뒤덮인 얼굴과 예사롭지 않은 눈빛 등은 상대방을 압도하기에 충분했다. 게다가 그는 단 며칠 사이에 수천 명이나 세례를 주고 앉은뱅이를 낫게 하는 기적까지 행한 사람이 아니었던가.

「저자들을 어서 연행하라!」

지휘관의 명령이 떨어지자 머뭇거리던 경비원들은 달려가 베드로와 요한의 팔을 잡았다. 순식간에 일어난 사건이었지만 두 사도는 놀라거나 반항하지도 않았다. 어쩌면 그들은 자신들이 그렇게 되기를 기다리고 있었는지도 몰랐다. 그들이 끌려간 곳은 안토니아 요새 근처의 감옥이었다. 두 사도가 투옥되었다는 보고를 받은 가야바와 일부 바리새인들은 당장이라도 공회를 소집해 그들의 죄과를 캐묻는 청문회를 열고 싶었다. 하지만 그날은 안식일이었고 이미 날까지 저물었으므로 어쩔 수 없이 심문을 다음날로 미룰 수밖에 없었다.

다음날 아침, 산헤드린 의회의 재판장 주변엔 많은 사람들이 재판을 구경하기 위해 모여들었다. 재판석에는 이미 대제사장 안나스와 가야바를 비롯해 장로들과 산헤드린 의회의 위원장 등 20여 명이 한 줄로 앉아 있었다. 그들 옆에는 70여 명의 산헤드린 의회원들이 계단식 좌석에 앉아 증인들이 출두할 것을 기다리고 있었다. 증인들을 기다리고 있는 사람은 그들뿐이 아니었다. 재판이 열린다는 소식을 들은 사도들과 많은 그리스도인들도 재판장 밖에서 두 사도가 나타나기를 기다리고 있었다.

산헤드린 의회가 사도에게 추궁하려는 것은 예수의 이름을 들먹이며 뭇 사람들을 기독교로 개종시키고 있는 그들의 행동에 관해서였다. 만약 산헤드린 의회가 예수의 이름으로 세례를 주며 기독교를 전파시키는 사도들의 전도 행위를 묵인한다면, 그것은 예수의 처형이 잘못된 것이었음을 자인하는 셈이 될 것이었다. 때문에 그들은 어떤 일이 있어도 사도들의 전도를 중단시켜야만 했다. 또한 하루가 다르게 늘어만 가는 그리스도인들의 수는 대제사장들과 바리새인 및 사두개인들의 골칫거리가 아닐 수 없었다.

마침내 피고인석으로 끌려나온 베드로와 요한은 두어 달 전 자신들이 서 있던 바로 그 자리에서 예수가 사람들을 미혹한다는 죄명을 뒤집어쓰고 빌라도에게 넘겨졌던 일을 상기하며 만감이 교차하는 것을 느꼈다.

피고들의 신원을 확인하는 간단한 절차가 끝나자 기독교 탄압의 선구자이던 가야바가 질문을 시작했다.

「너희가 무슨 권세와 누구의 이름으로 이런 일을 했느냐?」

가야바가 신경질적인 말투로 물었다. 그가 원하는 대답은 바로 '예수'였다. 그는 백성을 미혹시키던 자의 이름을 사용했다는 죄과로 그들을 처벌할 수 있다고 믿고 있었다.

그러나 사도들의 태도는 그렇게 호락호락하지 않았다.

「백성들의 우두머리인 당신들과 이스라엘 백성들은 들으시오!」

성령이 충만해진 베드로가 그들의 권위에 전혀 위축되지 않고 우렁찬 목소리로 답변하기 시작했다.

「여러분이 십자가에 못박아 죽였으나 하나님이 죽은 사람들 가운데서 살리신 예수 그리스도의 이름으로 그 불구자가 건강함을 얻었습니다. 이 예수는 여러분의 건축자들이 버린 돌로써 집모퉁이의 머릿돌이 되신 분입니다. 다른 이에게서는 구원을 얻을 수 없습니다. 하늘 아래에 우리가 구원받을 수 있는 다른 이름이 인간에게 주어진 일이 없기 때문입니다.」

베드로는 그들에게 예수를 죽인 책임을 물어 도리어 재판관들과 청중들을 재판에 붙이고 있었다. 그리고 그는 그 자리를 빌어 다시 한번 예수를 통한 구원의 진리를 거침없이 증거했다.

재판석에 앉아 있던 자들도 달리 반박할 말을 찾지 못한 채 침묵을 지켰다. 베드로와 요한이 갈릴리 어촌의 무식한 어부인 줄만 알고 있던 그들은 뜻밖의 담대하고 간결하며 조리 있는 답변을 듣고서 어떻게 청문회를 끌고가야 할지 몰랐던 것이다. 게다가 증인으로 출두한 그 걸인까지 자신이 다시 걸을 수 있게 된 것은 순전히 예수의 은혜라고 답변함으로써, 재판석은 더욱 그 사도들을 단죄할 구실을 찾기가 어려워지고 말았다.

결국 그들은 피고와 증인 및 모든 청중들을 잠시 법정 밖으로 나가도록 명하고 그들끼리 사도들을 어떻게 처리할 것인가를 논의했다.

「앉은뱅이였던 거지를 베드로가 다시 걷게 했다는 것은 더이상 숨길 수 없는 사실이 되고 말았소」

가야바가 침통한 표정으로 서두를 꺼냈다.

「불구자를 고친 이적을 행했다는 이유만으로는 범법 행위의 구성 사유가 될 수 없습니다.」

산헤드린의 회장이 제법 법학자다운 말을 했으나, 그 역시 예수에게 미혹자라는 죄명을 뒤집어씌웠던 바리새인들 중에 하나였다.

「그러나 그 능력을 예수를 통해 받았다는 것은 근거 없는 주장입니다.」

사두개파의 장로 한 사람이 거드름을 피우며 말했다. 그들은 하나님의 예언을 부인하고 개인의 자유만을 주장하며 부활이나 천사 등을 믿지 않는 자연주의자들로서 바리새인들 못지 않게 예수와 기독교를 적대시하고 있었다.

한참 후 베드로와 요한은 재판장 안으로 다시 불려 들어갔다. 마침내 재판관들이 결정을 내렸던 것이다.

「피고인들은 명심하라!」

가야바가 실추된 위엄을 회복하기라도 하려는 듯 큰소리로 사람들의 주의를 끌었다.

「예수의 이름으로 말하지도 말고 그에 대해 가르치지도 말라!」

그들의 결론이란 것은 고작 예수의 말을 전하는 것을 금하라는 것이었다.

「하나님 앞에서 여러분 말을 듣는 것이 하나님 말씀을 듣는 것보다 옳은가 생각하시오. 우리는 보고 들은 것을 말하지 않을 수 없습니다.」

요한의 차분한 답변은 청중석과 재판석을 다시 한번 침묵하게 만들었다. 모두들 그의 말에 담긴 의미를 생각하느라 여념이 없는 것 같았다. 그들의 입에서 나오는 말은 모두 성령이 지시한 것이었으므로 그 어떤 현자의 말보다 지혜롭고 현명했다.

산헤드린 의회의 위엄도 대제사장들의 분노도 바리새인들의 간교함도 성령의 힘으로 예수 그리스도를 증거하는 갈릴리 출신의 두 어부들을 막을 수는 없었다. 결국 가야바는 분노를 이기지 못하고 두 사도들을 다시 한번 위협한 다음 풀어주었다.

집으로 돌아간 사도들과 그리스도인들은 대제사장와 바리새인들의 경고와 협박에도 아랑곳없이 더욱 기도에 힘쓰며 예수의 말씀을 전했다. 그들은 하나님 앞에서 누구의 말을 듣는 것이 옳은가를 잘 알고 있었기 때문이다.

• 교회의 시작

사도들과 제자들이 모여 기도하며 함께 생활하던 마가의 다락방은 공동사회이자 자치단체의 형태로 이루어진 초기 기독교 교회의 성격을 잘 말해 주고 있었다. 베드로와 요한이 어려운 상황을 그토록 의연한 자세로 맞설 수 있었던 것은 성령의 도움 때문이었다. 이러한 사실을 알게 된 다른 사도들과 그리스도인들은 승리감과 자신들을 보호하는 거룩한 힘에 대한 확신으로 가득 차 있었다. 다락방에 모인 그들은 하나님에게 감사와 찬양의 기도를 드렸다.

「주권자이신 주여, 주는 하늘과 땅과 바다와 그 가운데 있는 모든 것을 만드셨습니다. 주께서는 주의 종인 우리 조상 다윗의 입을 빌어 성령님을 통해서 이렇게 말씀하셨습니다. '어째서 이방 나라들이 떠들어대며 민족들이 헛된 일을 꾸미는가? 세상의 왕들이 들고 일어나며 지도자들이 함께 모여 주와 그리스도를 대항하는 구나.' 헤롯과 본디오 빌라도는 이방인들과 이스라엘 백성과 합세해 주께서 기름 부으신 주의 거룩한 종 예수님을 십자가에 못박았습니다. 주여, 지금 저들이 우리를 위협하고 있는 것을 보시고 주의 종들이 담대하게 주의 말씀을 전할 수 있게 하소서. 주의 손을 내밀어 병을 낫게 하시고 주의 거룩한 종 예수님의 이름으로 놀라운 일과 기적들이 일어나게 하소서.」

하늘의 영광만을 위해 올리는 그들의 기도는 성령을 감동시켰으며, 감동을 받은 성령은 각 사도들과 제자들의 심령 속에 다시금 충만해지고 있었다.

예수의 이름 아래 함께 기거하며 모든 것을 공유하던 그들은 자신들이 속한 지역사회에 대한 참여도도 높았고, 전도 활동 역시 활발히 전개했다. 그들은 속세를 등지고 살아가는 은둔자나 그 당시 금욕주의를 엄수하며 수도자 같은 생활을 하던 에센파 사람들의 삶과는 거리가 있었다. 초기 그리스도인들은 세상 속에 살았지만 세상과 섞여 살지는 않았다. 그들의 공동체 정신은 단순히 서로의 물건을 통용하고 숙식을 같이하는 데 그치지 않고 그리스도인의 신앙을 함께 소유했기 때문에 결속력이 강했다. 그러나 그들이 표방하던 공동 사회 체제가 사유 재산권을 거부하거나 묵살하는 것은 아니었다. 그런 생활방식은 어디까지나 그들 중에 궁핍한 것을 해결하고 빈민들을 구제하며 전도와 선교를 하기 위해 자발적으로 이루어졌던 것이다.

자신들이 세상에서 축적했던 재물을 팔아 교회의 부흥과 발전을 위해 헌납한 기독교 초기의 개종자들 중에 구브로 출신의 요셉이라는 사람이 있었다. 그는 성품이 온유하고 학식과 덕망이 높았으므로 사람들은 그를 권위자라고 칭송했다. 그는 사도들에게서 바나바라는 세례명을 받았는데, 그 이름은 '위로의 아들'이라는 뜻을 지니고 있었다. 후에 바나바는 자신에게 주어진 이름대로 수차례에 걸친 전도 여행을 통해 상처받고 길 잃은 수백만의 영혼을 예수 그리스도의 이름으로 위로하고 구원하는 역사를 일으키게 되었다. 마가복음과 사도행전을 쓴 마가의 삼촌이기도 했던 그는 후에 기독교를 핍박하다가 극적으로 개종한 바울을 위대한 전도자로 만드는 데 결정적 역할을 하기도 했다.

그밖에도 불타는 신앙과 사랑으로 초대교회를 도운 자들의 희생과 봉사는 땅끝까지 이르러 내 증인이 되라는 예수의 지상 명령을 실천하는 밑거름이 되었다.

아나니아와 삽비라

성서에는 아나니아라는 이름의 인물이 세 사람 소개되어 있다. 첫 번째 사람은 초대 예루살렘 교인으로 교회가 공동사회를 이루던 시기에 참가했던 자이며, 두 번째 사람은 개종한 바울에게 세례를 준 다메섹에 살던 기독교인이고, 나머지 한 사람은 유대인들이 로마 제국에 반란을 일으켰을 때 친로마파로 몰려 유대 사람들에게 살해당한 대제사장이다. 아나니아는 '하나님은 자비로우셨다'는 뜻의 유대 이름이다.

날로 늘어만 가는 기독교 신자의 수에도 불구하고 예루살렘의 초대교회는 여전히 불안한 상태에 있었다. 특히 공동체 생활을 하던 교인들은 바리새인들의 감시 대상이었으며, 집회를 방해하는 관원들과도 빈번한 충돌을 감수해야 했다. 이러한 상황 속에서도 제자들과 더불어 예수를 전파하기로 결심한 많은 교인들이 자신들의 소유물을 팔아 기꺼이 헌납하며 교회 안으로 들어왔다. 당시 사도들은 어느 누구에게도 그들의 재산을 팔아 단체 생활에 가입할 것을 강요하거나 권유하지도 않았다. 이러한 행위는 순전히 자발적으로 이루어진 것이었다. 하지만 일단 교회 안에서 공동 생활을 하기로 결심한 교인들은 반드시 모든 사유 재산을 처분해야 한다는 원칙에 따라야 했다. 완전히 모든 물질을 포기하지 않고서는 재물을 둘러싼 분쟁의 여지가 남게 되고, 이러한 분쟁이 발생한다면 온전한 공동체 생활이 불가능해질 것이기 때문이었다. 사도들은 예수만을 섬기기로 작정한 신도들이 절대로 물질이나 물욕에 얽매어서는 안 된다고 확신하고 있었다.

아나니아와 그의 아내 삽비라도 사도들에게 자신들의 소유를 팔아 공동체 생활에 가입하겠다는 약속을 했던 많은 가정들 중의 하나였다. 그들 부부도 예수를 통해 구원을 얻고 싶었고 열심히 교회에 봉사하며 그리스도를 전하려는 마음도 있었다. 그러나 그들이 어렵게 마련했던 땅과 집과 세간을 정리한 목돈을 손에 쥐게 되자 그들의 마음엔 사탄의 시험이 들기 시작했다.

「여보.」

삽비라가 돈을 들고 다락방으로 가려던 아나니아를 조용히 불렀다. 아랍어로 '아름답다'라는 뜻을 가진 그녀의 이름처럼 삽비라는 보기드문 미인이었다. 주위 사람들도 그처럼 아름다운 여인을 아내로 맞은 아나니아를 부러워했으며, 그 역시 삽비라를 자랑으로 여기고 있었다.

아나니아는 아내를 돌아보았다.

「그 돈…… 정말 다 갖다 바칠 거예요?」

「그걸 몰라서 묻나?」

아나니아는 반문했으나 아내가 무슨 마음을 품고 있는지 이미 짐작하고 있었다.

「그것을 모으느라 우리가 얼마나 고생했는지 당신도 기억하시죠?」

삽비라가 이렇게 묻자 그는 아내의 시선을 피하고 말았다. 그의 마음도 갈팡질팡하고 있었던 것이다.

「우리, 만약을 위해서라도 조금은 남겨둡시다.」

그녀는 남편의 동요를 눈치채고 있었다.

아나니아도 그녀의 말에 일리가 있다고 생각했다. 더구나 사도들이 모든 가입자들의 재산 상태를 알고 있을 리도 없기 때문에 얼마를 빼돌린다 해도 그것이 전재산인지 아닌지 확인할 길이 없을 것이 분명했다. 아나니아와 삽비라는 구원을 얻고 싶었지만 세상의 물질을 완전히 포기하고 싶지는 않았다. 결국 그들은 세상과 교회를 둘다 포기하지 않기로 했다. 아나니아는 떨리는 손으로 땅을 처분한 돈의 일부를 삽비라에게 건네주며 안전한 곳에 숨기라고 이른 다음, 가벼워진 돈주머니를 들고 사도들이 있는 곳으로 향했다.

아나니아가 돈이 든 주머니를 사도들의 발 앞에 놓는 순간 베드로는 그 돈주머니 속에서 거짓과 기회주의가 부딪히는 소리를 들었다. 그리고 즉시 성령이 크게 노하는 것을 느꼈다.

「아나니아야!」

베드로의 목소리 역시 노기가 역력했다.

「말씀하십시오.」

아나니아는 가슴이 뜨끔했으나 짐짓 태연을 가장하고 베드로를 빤히 바라보았다.

「어찌 사탄이 네 마음속에 가득하여 성령께 거짓을 행하느냐?」

'성령께 거짓을?'

'어떻게 성령께 거짓을 행했다는 것일까?'

그 모습을 지켜보던 다른 그리스도인들은 놀라며 호기심이 발동하는 것을 느꼈다.

「성령께 거짓이라뇨? 절대 그런 일은 없습니다.」

아나니아는 베드로가 자기의 정직성을 시험하려 한다고 생각했다. 아내와 둘이서만 협의한 일을 그 누가 알 수 있단 말인가?

「네가 땅을 팔아 마련한 돈 중에 얼마를 감추었느냐?」

베드로는 그가 진실을 고백할 기회를 주었다.

「이 돈이 땅을 판 돈의 전부입니다.」

아나니아는 태연하게 자신의 부정을 거듭 부인했다.

「땅이 팔리기 전에는 그것이 네 소유였다. 팔린 후에도 그 땅이 네 것인 줄 아느냐? 그런데 너는 일부를 바치면서 전부를 바친 것처럼 거짓말을 하는구나. 어찌 감히 이 일을 네 마음에 두었느냐? 이는 사람에게 거짓말을 한 것이 아니라 하나님께 거짓말을 한 것이니라!」

베드로의 말이 떨어지자 아무도 상상하지 못했던 무서운 일이 벌어졌다. 멀쩡하던 아나니아가 갑자기 털썩 주저앉으며 옆으로 쓰러졌다. 아무도 그의 몸에 손을 댄 사람이 없었으나 성령을 속이려던 그는 그 자리에서 급사하고 말았던 것이다. 다락방에서 벌어진 그 무시무시한 사건을 목격한 사람들은 모두 두려워 떨며 어쩔 줄을 몰랐다.

젊은이들이 아나니아의 시신을 장사하고 있을 때, 빼돌린 돈을 감춘 삽비라가 남편을 만나기 위해 마가의 집에 들어섰다. 바야흐로 또 한 차례의 비극이 시작되고 있었다.

「삽비라야!」

「네.」

「땅을 판 돈이 그것뿐이더냐? 성령님이 듣고 계시니 솔직히 고하라.」

베드로의 질문이 예사롭지 않음을 느꼈으나 삽비라는 남편과 약속한 대로 그렇다고 대답했다.

「너희가 어찌 감히 함께 꾀를 내어 주의 영을 시험하려 하느냐? 이제 네 남편을 장사하고 돌아오는 무리가 문 앞에 이르렀으니, 또 너를 메고 나가리라.」

그가 말을 마치기가 무섭게 삽비라 역시 남편과 같은 식으로 최후를 맞이했다. 아나니아를 장사한 젊은이들이 들어와 삽비라가 죽은 것을 확인하고 그녀의 시신도 남편 곁에 묻었다. 이 소식을 전해들은 교인들은 물론 믿지 않는 자들까지 성령의 진노가 얼마나 두려운 것인지 깨닫게 되었다.

아나니아 부부의 비극적 죽음을 목격한 많은 사람들은 성서에 이와 비슷한 사건이 기록되어 있음을 떠올렸다. 그것은 수천 년 전에 낙원을 소유했던 아담과 그 어떤 것과도 견줄 수 없는 아름다움을 소유하던 이브가 창조주의 명령을 어기고 에덴 동산에서 쫓겨난 사건이었다. 두 사건 모두 하나님을 시험하려 했다는 점과 그 벌로 그들이 가장 소중한 것을 잃게 되었다는 공통점을 가지고 있었다. 아담과 이브는 하나님의 선물인 낙원을 잃고 아나니아와 삽비라는 하나뿐인 목숨을 잃게 되었던 것이다.

사람들은 이 사건을 통해 하나님이 아무리 작은 비밀도 알고 계시는 전지전능한 분이라는 사실과, 하나님은 그들에게 아낌없이 주시기도 하지만 하나도 남김없이 도로 가져가실 수도 있는 존재라는 사실을 깨닫게 되었다.

두 번째 박해

언제부터인가 예루살렘은 그 주변 도시인 베다니, 베들레헴, 아인가림 등은 물론 크고 작은 수백 개의 촌락들에서 모여드는 병자들로 연일 만원을 이루기 시작했다. 그들은 친지나 이웃의 도움으로 수레나 들것에 실려 예루살렘으로 향했다. 예루살렘으로 가는 동안 병세가 더욱 악화되는 이들도 있었고, 심지어 죽어서 길에서 장사를 치르는 이들도 적지 않았다. 그러나 병자들의 행렬은 좀처럼 끊일 줄 몰랐다. 그들이 바라던 것은 오직 한 가지, 베드로에게 병 고침을 받는 것이었다. 심지어 어떤 이들은 베드로가 기거하던 다락방 주변에 노숙하며 그의 그림자라도 자신에게 덮이기를 바랬다.

베드로의 병을 고치는 능력은 실제로 백성들에게 강력한 전도 효과를 갖고 있었다. 그것은 기적이었고, 기적을 행하는 사람이 전하는 메시지는 사람들에게 신뢰를 주었기 때문이다. 매일같이 사도들은 솔로몬의 행각 아래서 무수한 병자들을 고치고 귀신을 쫓았다. 병을 고친 사람들은 물론 그 광경을 구경하던 사람들조차 놀라움과 기쁨을 감추지 못했다. 베드로와 요한은 기적을 한 번씩 행할 때마다 그 기적이 성령의 힘으로 이루어진 것임을 반드시 증거했다. 그때마다 수백 명의 사람들이 회개하고 구원을 얻었다.

이렇게 놀랍고도 아름다운 광경을 불만과 질투가 가득한 시선으로 노려보는 자가 있었다. 그는 바로 대제사장 가야바였다. 그는 지난번 재판에서의 실패를 거울삼아 더욱 확실하게 기독교를 탄압할 기회만을 엿보고 있었다. 그러나 시간이 지나고 그리스도인들이 엄청난 속도로 늘어나자 그 가능성이 점차 희박해지는 것을 느꼈다. 그렇다고 해서 기독교가 온 유대에 확산되는 것을 가만히 앉아서 구경만 하고 있을 수는 없었다. 가야바는 다시 한 번 사도들에 대한 확실하고도 강력한 탄압을 자행하기 위해 산헤드린 의회원들과 장로들을 급히 회의실로 소집했다.

잠시 후 대제사장의 회의실에는 대부분 바리새파와 사두개파로 이루어진 장로들과 산헤드린의 법관들이 모여 어떻게 하면 기독교를 효과적으로 근절시킬 수 있는가에 대하여 토론을 벌이기 시작했다. 병자들이 예루살렘으로 들어오는 것을 막아야 한다는 주장도 있었고, 사도들을 유배지에 보내야 한다는 의견도 나왔으며, 예수를 믿는 자들에게 막중한 성전세를 부과해야 한다는 주장도 있었다. 그러나 어느 것도 기독교를 근원적으로 말살하기 위한 수단으로는 부족하다고 생각한 가야바는 사도들을 모조리 처형할 것을 강력히 주장했다. 몇몇 온건파들이 가야바의 주장이 지나치게 극단적이라고 반론을 제기했지만, 대세는 이미 사도들을 죽이는 것이야 말로 가장 확실한 수단이라는 쪽으로 기울고 있었다. 일단 사도들을 사형에 처하기로 결의하자 어떤 죄목으로 그들을 기소할 것인가는 그리 큰 문제가 되지 않았다.

그날 저녁 다락방 주위에 잠복하고 있던 40여 명의 성전 경비대는 숙소로 돌아오는 열두 사도를 검거했다. 경비대는 혹 있을지도 모를 추종자들의 방해나 소요에 대비하여 곤봉 등으로 무장하고 있었으나 별다른 어려움 없이 모든 사도를 포박하여 지하 감옥이 있는 성으로 호송할 수 있었다. 사도들을 인계받은 간수들은 포승을 풀고 족쇄를 채움으로써 감방 안에서까지 그들의 행동을 제약했다. 마침내 철창이 잠기고 나무로 만든 감옥 문까지 닫히면서 빗장이 채워지자 사도들은 완전한 어둠 속에 갇히게 되었다. 중죄인이나 사형수들이 수감되던 지하 감옥은 지하에 굴을 파서 만들어놓은 감옥이기 때문에 창문도 없고, 빛도 없고, 희망도 없는 곳이었다. 습하고 악취가 나는 감방 안의 어둠은 그들에게 내릴 형벌이 어떤 것인지를 미리 암시해주는 것 같았다.

사도들은 이러한 절망적인 상황에서도 마음이 평온한 이유를 알고 있었다. 그것은 성령이 자신들과 함께한다는 확신 때문이었다. 죽음의 그늘처럼 어두운 지하 감옥에서도 그들은 시편과 주기도문을 외며 언제나 성령과 함께 있고자 했다. 그리고 하나님의 영광을 위해 고난받게 됨을 감사하는 기도를 올렸다. 그들은 대제사장들과 산헤드린의 법관들이 자신들에게 어떠한 죄와 벌을 내릴지 짐작할 수 있었다. 그러나 목숨을 바쳐 예수를 증거하기로 결심한 그들에게 두려울 것은 없었다. 그들은 이제까지 성령의 인도로 살아왔으므로, 자신들이 죽고 사는 문제도 성령의 인도하심이라고 믿고 있었다.

얼마나 시간이 흘렀을까? 시간의 흐름조차 멎어버린 듯한 감방 속에서 사도들이 고단하게 잠이 들었을 때였다. 그들은 갑자기 예루살렘의 맑은 새벽 공기가 폐부 깊숙이 스며드는 것을 느꼈다. 눈을 떠보니 하늘엔 새벽별까지 반짝이고 있었다. 그들은 자신들이 감방 안에 있지 않고 예루살렘 하늘 아래 있다는 것을 알았다. 그들이 누웠던 곳은 습하고 냄새나는 돌바닥이 아니라 보드라운 흙이 덮인 땅바닥이었고, 그들을 둘러싸고 있는 것은 쇠창살이 아니라 예루살렘의 신선한 공기였다. 족쇄는 온데간데없고 간수도 경비원도 눈에 띄지 않았다.

사도들이 사방을 두리번거리며 어디로 가야 할 것인가를 생각하고 있을 때 흰 옷을 입은 사람이 그들 앞에 나타났다. 아직 어둑어둑한 새벽이라 모든 것이 어둠에 싸여 있었다. 흰 옷을 입은 사람은 광채를 발하고 있었으므로 사도들은 쉽게 그를 알아볼 수 있었다. 사도들 중 아무도 그를 보고 놀라는 자가 없었다.

「가라. 성전에 가서 생명의 말씀을 전하라.」

천사는 사도들에게 이렇게 명령하고 아침 이슬처럼 사라져버렸다.

사도들은 옷을 털고 일어나 지체없이 성전으로 향했다.

가야바는 일어나자마자 법관들과 장로들 그리고 이번 재판에 관련된 자신의 측근들을 소집하는 동시에 열두 사도들을 재판장으로 대령할 것을 성전 관리에게 명했다. 이번엔 군중들이 모여들기 전에 재판을 끝낼 심산이었다.

잠시 후 가야바가 산헤드린 의회원들과 장로들이 모였다는 연락을 받고 막 재판장으로 떠날 준비를 끝내고 있을 때였다. 안색이 창백해진 성전 관리 하나가 숨을 헐떡이며 가야바를 찾아왔다.

「뭐냐?」

불길한 예감이 그의 머리를 스치고 지나갔다.

「그, 그자들이 감옥에 없습니다.」

「누가 감옥에 없다는 거야?」

가야바는 소리쳐 물었다.

「어젯밤에 잡아넣었던…… 열두 명의 그리스도인들이 모, 모두 사라졌습니다.」

성전 관리는 자신이 사도들을 놓친 장본인이라도 되는 듯 몸 둘 바를 몰라했다.

「차근차근 경과를 보고하지 않으면 너를 지하 감옥에 처넣으리라.」

가야바는 흥분과 분노를 억누르며 말했다.

「저는 대제사장님의 명령이 떨어지자마자 성전 경비대를 이끌고서 지하 감옥으로 갔습니다. 감옥 입구에는 스무 명이나 되는 파수꾼들이 감옥을 지키고 있었습니다. 제가 간수에게 감옥 열쇠를 주며 죄인들을 데리러 왔다고 하니, 그들이 빗장을 풀고 감옥 문을 열었습니다. 그런데 문을 열고 보니 그 안이 글쎄……」

성전 관리는 자신도 믿을 수 없다는 듯이 말꼬리를 흐리며 고개를 저었다.

「텅 비었다, 이 말이냐?」

「네. 아무도 없었습니다. 그들에게 채웠던 족쇄마저도 그대로 있었습니다.」

가야바는 둔기로 뒤통수를 얻어맞은 기분이었다. 성전 관리가 거짓말을 할 리는 없었고, 지하 감옥에서의 탈출은 상상할 수도 없는 일이었다.

그가 분노와 충격에 떨며 어찌할 바를 모르고 있을 때 또 한 차례의 비보가 들렸다. 그것은 열두 사도들이 성전에서 복음을 전파하고 있다는 소식이었다. 가야바는 그들을 당장 잡아들이라고 소리치며 펄펄 뛰었다.

그러나 성전 관리들은 이번만큼은 각별한 주의를 기울이지 않으면 안 되었다. 이미 사도들의 설교를 들으려고 모여든 백성들이 좋이 2천 명은 되었고, 그 수도 눈덩이처럼 점점 불어나고 있었기 때문이다. 만약 사도들을 거칠게 다뤄 백성들을 자극한다면 경비대는 뭇매를 맞거나 돌에 맞아 죽을 수도 있었다. 그래서 성전 경비대는 무기를 모두 놓아둔 채 사도들에게 조심스럽게 접근해 재판장까지 함께 가줄 것을 요청했다. 어젯밤 사도들을 마치 중죄인을 다루듯 포박까지 하여 끌고가던 경비대원들은 이제 비굴할 정도로 공손한 태도로 그들에게 법정까지 동행해줄 것을 사정하고 있었던 것이다. 성전 경비대의 출현을 목격한 군중들은 동요하기 시작했고, 그러한 그들을 진정시킨 것은 오히려 사도들이었다. 결국 아무런 충돌 사태 없이 사도들은 다시 산헤드린 법정에 서게 되었다.

가야바는 약간 의기소침한 모습으로 사도들을 바라보았고, 나머지 법관들과 장로들도 왠지 풀이 죽어 있었다.

「우리가 이미 예수의 이름으로 가르치지 말 것을 엄하게 명하지 않았더냐? 그런데도 너희는 이를 어기고 가르침을 퍼뜨려 그의 죽음에 대한 책임을 우리에게 돌리려 하고 있다. 어찌하여 번번이 의회의 명령을 어기고 이런 음모를 꾸미느냐? 그리고도 너희가 살기를 바라느냐?」

가야바는 노여움이 가득한 목소리로 사도들을 향해 비난을 퍼부었다.

「사람보다 하나님을 순종하는 것이 마땅합니다.」

베드로의 이 유명한 답변은 이후 기독교를 박해하던 모든 독재자들에 대한 그리스도인들의 대답이 되었다.

바리새인들과 사두개인들조차 그 말의 의미를 생각하는 동안 베드로는 그들의 죄를 일깨우기 시작했다.

「우리 조상의 하나님께선 여러분이 십자가에 매달아 죽인 예수를 살리셨습니다. 그리고 하나님께선 이스라엘이 회개하고 죄 씻음을 받도록 하시려고 예수 그리스도를 오른편에 두셔서 왕과 구주로 삼으셨습니다. 우린 이 사건의 증인이며 하나님께서 자신을 순종하는 사람들에게 주신 성령님도 증인이십니다.」

「시끄럽다! 너희가 지금 누구를 책망하려 드느냐?」

가야바가 소리치며 베드로의 말을 막았다.

「저 위증자들에게 당장 십자가형을 내리소서!」

「저 미혹자들을 당장 없애소서!」

바리새파 사람들과 사두개파 사람들도 자리에서 일어나 사도들을 죽이자고 소리쳤다.

베드로의 말은 모두 옳았지만 재판석의 위선자들은 도저히 그의 말을 용납할 수 없었다. 그의 주장을 묵인하고 용납한다는 것은 곧 자신들의 엄청난 죄악을 시인하는 것이기 때문이었다. 그래서 그들은 자신들의 양심을 난도질하는 베드로의 증언을 견딜 수가 없었다. 죄를 시인하느니 차라리 그것을 죄라고 말하는 자의 생명을 빼앗는 것이 백 번 낫다고 생각했던 것이다.

재판장의 분위기가 험악해지면서 사도들에 대한 사형 선고가 거의 확정되고 있을 무렵이었다. 가말리엘이라는 이름의 율법학자가 자리에서 일어나 흥분에 휩싸인 대제사장들과 장로들을 진정시키고, 사도들을 잠시 법정 밖으로 내보냈다. 가말리엘은 종교적으로는 바리새파에 속했지만, 사리가 분명하고 법의 중립성을 중시해 백성들은 물론 사두개파 사람들조차 그를 존경했다.

잠시 후 사도들이 퇴장하고 재판석도 질서를 되찾자 가말리엘은 입을 열었다.

「여러분, 저들을 함부로 다루어서는 안 되오. 우리는 저자들이 정확히 어떤 능력을 가지고 있는지 모르고 있소. 예전에 율법을 반대하던 드다가 약 400명의 추종자를 거느리고 활개치더니 그가 죽임을 당하자 그를 좇던 이들은 다 흩어지고 말았습니다. 그 후에 인구 조사를 할 때 갈릴리 사람 유다라는 자도 모반을 꾀하다가 죽자, 그를 따르던 무리들도 사라지게 되었소」

가말리엘은 잠시 말을 멈추고 옛날에 일어났던 사건들을 기억할 기회를 주었다.

「그렇지만 예수가 죽고난 지금에도 그들의 추종자는 계속 증가하고 있지 않습니까?」

사두개파의 장로 한 사람이 퉁명스럽게 물었다.

「그건 일시적인 현상일 수도 있지 않겠소?」

가말리엘은 반문했지만, 그것이 일시적인 현상이기엔 너무나 무서운 속도로 번지고 있다는 사실을 그도 잘 알고 있었다.

「내가 말하려는 것은 그들의 종교가 인간의 생각에서 나왔으면 스스로 무너질 것이고, 만일 그것이 하나님에게서 나왔다면 아무도 무너뜨릴 수 없을 것입니다. 만일 하나님의 뜻이라면 우리가 그들을 처벌할 경우 오히려 우리가 하나님을 대적하는 자가 될 것입니다. 우리를 위해서라도 그들을 내버려두는 편이 좋을 것 같소」

가말리엘의 주장은 설득력이 있었다. 결국 대부분의 의회원들과 장로들은 그의 말에 어느 정도 동의했다. 그러나 여전히 사도들에 대한 복수심을 불태우던 가야바와 그의 측근들은 끝내 사도들에 대한 중벌을 강력히 주장했으므로, 그들은 사도들에게 태형을 내리는 것으로 서로의 주장을 절충했다.

잠시 후 형장엔 소가죽 채찍이 날카로운 파열음을 내며 사도들의 살을 찢기 시작했다. 등에 26차례, 가슴에 13차례의 채찍을 맞고 난 사도들은 피투성이가 되어 형장 바닥을 나뒹굴었다. 그들의 눈에선 눈물이 흘렀으나 그것은 결코 고통의 눈물이 아니었다.

'의를 위하여 핍박받는 자는 복이 있나니, 천국이 저희 것이라.'

사도들은 예수가 그들에게 했던 말을 기억하며, 기쁨과 감격의 눈물을 펑펑 쏟았다. 바람을 가르며 날아오는 채찍은 그들의 육신을 고통스럽게 할 수는 있어도 고통과 함께 더욱 강해지는 믿음과 충성은 아무도 꺾을 수가 없었다.

사도들은 이후에도 예수가 그리스도임을 증거하는 일을 쉬지 않았다. 오히려 더욱 열심히 전도를 하고 다녔다. 그들은 사람보다 하나님을 순종하는 것이 마땅함을 알고 있었기 때문이다.

일곱 집사의 임명

교회의 규모가 점차 커짐에 따라 사도들은 선교 및 전도 사업, 빈민 구제 사업, 교육 사업 등 성격이 다른 여러 가지 사업을 추진하게 되었다. 또한 헌금을 어떻게 쓸 것인지, 예배를 어디에서 드릴 것인지, 새 신자들을 어떻게 가르치고, 이방인 신자들과는 어떻게 융합할 것인지, 기독교를 적대시하는 유대교인에게는 어떻게 대처해야 할 것인지 등과 같은 크고 작은 문제들을 동시에 해결해야 하는 부담도 안고 있었다. 따라서 사도들은 이러한 문제들을 해결하느라 기도하는 시간마저 빼앗기는 일이 빈번했겠다. 처음엔 능력 있어 보이는 제자들에게 급한 대로 일을 분담시켜보기도 했지만, 그들의 책임 한계가 분명치 않아 종종 다른 제자들과 의견 충돌이 일어나기도 했다. 이렇게 누적되는 사소한 마찰들은 초대교회가 추진하는 사업에 걸림돌이 되었음은 물론, 교회의 성장과 발전에도 장애요소가 되었다.

그러던 중 히브리계 기독교인들에 대한 그리스계 기독인들의 가중되던 불만이 급기야 표면화되고 말았다. 이들 모두 종교적으로 같은 입장을 취하고 있었으나 전자는 순전히 유대 말과 유대 풍속을 따르는 무리였고, 후자는 역시 유대 민족의 피를 이어받고 있었으나 그리스 방언을 사용하던 무리였다. 이들은 기독교로 개종하기 전부터 정통성 문제를 놓고 빈번히 크고 작은 마찰을 빚어오고 있었다. 그러던 중 교회가 형편이 어려운 과부들에게 구제 사업을 펼칠 때 교회 내에서 다수를 차지하던 히브리계 유대인들이 그리스계 유대인 과부들을 구제 대상에서 제외시킨 사건이 발생했다. 그렇지 않아도 배타적으로 행동하던 히브리계 유대인들에게 반감을 품고 있던 그리스계는 급기야 사도들을 찾아가 공정을 기해줄 것을 강력히 요구했다.

이 사건은 사도들로 하여금 교회의 주된 목적이 무엇인가를 생각케 하는 계기를 마련해주었다. 결국 그들은 교회가 다른 사업에 치우쳐 예배와 전도 사업을 뒷전에 두는 것이 옳지 않음을 깨달았다. 그리고 잡음이 일어나는 이유가 교회를 위해 일하는 제자들의 책임한계와 명령체계의 부재에 있다고 보고, 서둘러 새로운 조직과 기구를 편성하는 작업에 착수했다. 또한 조직을 맡아 운영할 사람들을 제자들로 하여금 그들 가운데서 선출할 것을 명했으니, 이것이 바로 집사라는 직책의 시초였다.

사도들의 명을 받은 제자들은 책임자를 선출한다는 것이 기쁘기도 했지만 한편으론 부담을 느끼기도 했다. 그러나 믿음이 좋고 성령이 충만한 7명의 집사들을 큰 어려움 없이 선출했다.

곧 제자들이 스데반, 빌립, 브로고로, 니가노르, 디몬, 바메나 그리고 수리아의 안디옥 출신 니골라 등 7명의 집사들을 사도들 앞에 세웠다. 사도들은 무릎을 꿇고 교회를 위한 헌신과 충성을 맹세하는 그들의 머리 위에 손을 얹고 축복과 능력을 부여하는 기도를 올렸다. 그때부터 안수按手가 직분을 임명하는 공식적인 행위가 되었다.

안수를 받은 집사들의 활약으로 체계가 잡힌 교회로 거듭났다. 그렇게 해서 하나님의 말씀은 널리 전파되었고 예루살렘에서 믿는 사람들의 수가 크게 늘어났으며 제사장들도 많이 믿게 되었다.

천사의 얼굴을 가진 사람

예루살렘에는 성전과 구별되는 두 개의 유대 사원이 있었다. 하나는 에집트의 알렉산드리아와 리비야의 구레네 등 북아프리카에서 이주해온 유대인들이 세운 것이었고, 다른 하나는 길리기아와 아시아에서 돌아온 유대인들이 지은 것이었다.

이들은 전쟁 포로나 노예 신분으로 타국에서 살다가 로마 제국이 지중해 일대를 장악하면서 자유의 몸이 되어 유대로 귀향한 자들이거나 그들의 후손이었다. 그렇기 때문에 자신들을 리버디노 즉 자유인이라고 칭했으며, 사원 이름도 '리버디노 회당'이라고 지었다. 그들은 로마 시민권을 부여받았다는 것 하나로 일반 유대인들이 소유할 수 없는 많은 특권을 누리고 있었다. 따라서 그들은 지나치리 만큼 자부심이 강했고, 타민족에게는 물론 로마 시민권을 소유하고 있지 않은 유대인에게조차 배타적이었으며, 서민층에 주로 퍼지던 기독교에도 강렬한 거부 반응을 보이고 있었다.

정통주의를 표방하며 교만과 우월감에 사로잡힌 리버디노들에게 예수를 심어주어야겠다고 오래 전부터 별러오던 스데반은 마침내 이 일을 실행하기로 결심했다. 그는 리버디노들에게 전도하는 일이 노방 전도나 구제를 통한 전도처럼 쉽지 않음을 잘 알고 있었다. 길거리에서 행하는 노방 전도는 사실 사람들이 모여도 그만, 모이지 않아도 그만이었으며, 구제를 통한 전도는 구제를 받는 사람들이 진실이건 거짓이건 그 순간만은 전도자들의 말에 귀를 기울였으므로 큰 어려움이 없었다. 그러나 리버디노처럼 예수교를 배척하는 자들에 대한 전도는 그 결과를 예측하기 어려웠다.

전도 열에 불타는 청년 집사 스데반은 리버디노 회당으로 가기 전 골방에 들어가 모든 것을 주께 맡기는 기도를 올렸다. 그는 결코 자랑하거나 말로 떠벌리는 사람이 아니었으므로 아무도 그가 어디를 가는지 무엇을 하는지 묻지 않았다. 그는 기도하는 마음으로 다시는 돌아올 수 없을지도 모르는 길을 태연하게 걸어갔다.

잠시 후 리버디노 회당에 당당하게 모습을 드러낸 스데반이 그들의 시선을 끄는 것은 그리 어려운 일이 아니었다. 회당 사람들과 쉽게 구별되는 초라한 옷차림과 낡은 신발. 그러나 예사롭지 않은 눈빛을 가진 단정한 용모의 청년을 지켜보던 리버디노들은 단번에 그가 구걸이나 동냥을 하러 회당에 들어온 자가 아니라는 사실을 알아차렸다.

스데반 집사는 자신이 그들의 주목을 받고 있음을 알고 즉시 예수를 전하기 시작했다. 그는 전적으로 성령에 의지하여 예수의 죽음과 부활에 담겨진 의미를 차근차근 설명했고, 예수가 지상에서 했던 약속들을 사도들의 말을 빌어 증거했다.

리버디노들은 스데반의 설교에 관심을 보이며 질문을 던지기 시작했다. 그러나 그들의 관심은 진실된 것이 아니었고, 질문 역시 스데반을 이론적 함정에 빠뜨리려는 유도심문에 불과했다. 그들은 집요하게 스데반의 설교를 공박하며 궤변을 늘어놓기도 했다. 그것도 모자라 그들은 흥분과 수치심으로 마구 성을 내기 시작했다. 성령을 통해 받은 지혜와 말씀으로 무장된 스데반 집사를 논리로 이길 수 없었던 리버디노들은 마침내 뒷전에서 거짓 증인을 세워 그를 법정에 넘길 계략을 꾸몄다.

거짓 증인들이 확보되자 리버디노들은 막무가내로 스데반을 비난하며 몰아세웠다.

「네가 감히 모세와 하나님을 비방하는 말을 했도다!」

「네가 신성을 모독했다!」

「하나님에 대한 불경을 범하고도 네가 살기를 바라느냐!」

리버디노들은 신성 모독에 대한 분노의 표시가 신에 대한 충성의 척도라도 되는 양 자신들이 입고 있던 옷을 찢으며 울부짖었다.

아무도 그가 불경스런 발언을 하는 것을 들은 사람은 없었다. 그들의 비난은 날조된 것이었고 계산된 것이었다. 그들의 광란적인 반응도 신에 대한 충성이 아니라 수백 명이나 되는 그들이 새파랗게 젊은 기독교인에게 말로 당해낼 수 없었던 것에 대한 분노와 울분의 표출이었다.

삽시간에 폭도로 변한 그들은 스데반을 산헤드린 의회로 끌고 가 피고인석에 세우고 대제사장과 법관들에게 당장 종교재판을 열어 줄 것을 요구했다. 성전 관리로부터 자초지종을 전해들은 가야바와 바리새인 의회원들은 먹이를 발견한 굶주린 늑대들처럼 군침을 흘리며 서둘러 재판장으로 나왔다.

「하나님이 가장 믿으시는 대제사장님들과 덕망이 높으시고 고명하신 의회원님들께 삼가 아룁니다.」

위증을 하기 위해 원고석에 선 리버디노들의 대표가 언변 좋게 서두를 꺼냈다.

「이 사람이 계속해 성전과 율법을 거스려 말하며 나사렛 예수가 이곳을 헐고 모세가 우리에게 전해준 관습을 뜯어고칠 것이라고 말하는 것을 똑똑히 들었습니다. 이처럼 하나님을 모독하고 우리 조상을 욕되게 한 자에게 극형을 내려 차후 이런 일이 없도록 해주십시오.」

위증자는 대제사장들과 법관들에게 스데반을 불경스런 죄인으로 매도했다.

그러나 스데반은 흐트러짐이 없는 자세로 다시 한번 만인 앞에 예수를 증거할 수 있는 기회가 자신에게 주어진 것을 주께 감사했다. 여유 있게 미소짓는 스데반의 화사한 얼굴은 천사의 얼굴과 조금도 다를 바 없었다. 리버디노들의 입에서 쏟아져나오는 욕설과 야유도 그에게는 찬양과 격려로밖에 들리지 않았다.

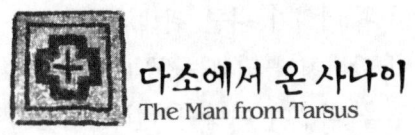

다소에서 온 사나이
The Man from Tarsus

저자를 돌로 쳐라

원고의 그럴듯한 논고가 끝나자 가야바는 흡족한 표정을 지으며 시선을 스데반에게 돌렸다.
「피고는 들으라. 원고의 주장이 사실이냐?」
가야바는 음침한 목소리로 스데반을 향해 물었다.
「여러분, 들어보십시오. 우리의 조상 아브라함이 하란에 거주하기 전 메소보다미아에 있을 때, 영광의 하나님이 그에게 나타나, 네 고향과 친척을 떠나 내가 지시할 땅으로 가라 하셨습니다.」
스데반은 낭랑한 목소리로 이스라엘의 건설이 하나님의 뜻에 의한 것이었음을 그들에게 먼저 주지시켰다.
「……솔로몬이 그를 위해 집을 지었습니다. 그러나 지극히 높으신 분은 사람의 손으로 지은 곳에 계시지 않습니다. 그것은 선지자가 이렇게 말한 것과 같습니다. '주께서 말씀하시기를 하늘은 내 보좌이고, 땅은 내 발판이다. 너희가 나를 위해 어떤 집을 지을 수 있겠는가? 어느 곳이 내 안식처가 되겠는가? 내가 이 모든 것을 만들지 않았느냐?' 고집을 피우며 이방인처럼 하나님의 말씀에 귀기울이지 않는 사람들이여, 여러분도 조상들처럼 성령님을 계속 거역하고 있습니다. 여러분의 조상들이 핍박하지 않은 예언자가 있으면 한 사람이라도 말해보십시오. 그들은 의로우신 분이 오실 것을 예언한 사람들을 죽였고, 이제 여러분은 그 의로우신 분을 배신하고 죽였습니다. 여러분은 천사들이 전해준 율법을 받고도 그것을 지키지 않았습니다.」

그는 하나님을 거스르던 조상들의 과오를 대담하게 지적했다. 그리고 의인을 죽인 죄를 속히 깨닫고 회개하여 조상들의 전철을 밟지 않기를 그들에게 간곡히 당부하고 있었다. 그의 변론이 절정에 이르고 있을 때 자신들의 양심에 비수가 꽂히는 것 같은 느낌을 받은 리버디노와 재판석의 위선자들은 마치 마법에서 풀려난 야수들처럼 스데반을 향해 이를 갈았다.

「보라, 하늘이 열리고 인자가 하나님의 오른편에 서 계신다!」

그는 곧 폭발할 것 같은 리버디노들의 분노에도 아랑곳하지 않고 하늘을 우러러 마지막 말을 증거했다.

스데반의 말이 채 끝나기도 전에 그들은 소리를 지르며 그를 재판장에서 끌어내었다.

「저자를 돌로 쳐라!」

「그를 십자가에 매달아라.」

「죽여라!」

그를 죽이라는 아우성이 재판장 안을 가득 메우고 있었다.

사형 집행인

 스데반을 밀치며 성전 뜰을 가로지르는 리버디노들의 뒤를 멀찌감치에서 따라가는 자가 있었다. 서른을 갓 넘긴 젊은 나이에도 불구하고 법복을 걸치고 있었으며, 얼굴엔 바리새인 특유의 근엄함과 엄숙함이 가득했고, 벗겨진 머리 때문에 실제 나이보다 10년은 더 나이가 들어 보이던 남자. 그는 다름 아닌 산헤드린 의회원의 사울이었다. 존경받던 교법사 가말리엘 문하에서 엄한 율법 교육을 받았으며, 조상 대대로 하나님을 섬기는 베냐민 지파의 자손인 그는 기독교인들이 율법을 경시하고, 성전 모독을 일삼는다고 생각했다. 따라서 사울은 기독교인들이야말로 하나님의 말씀을 거스르는 자들이며, 그들의 교리는 유대인들을 미혹에 빠뜨리는 궤변에 불과하다고 확신하고 있었다.
 '유대와 온 이스라엘을 예수교의 마수에서 구해내야 한다. 그러기 위해서는 그리스도인들을 남김 없이 처단해야 한다.'
 그는 예수교를 타도하는 일이야말로 하나님이 자신에게 내린 사명이라고 믿었다.
 스데반의 사형이 거의 확실해졌을 때, 사울은 가야바에게 사형 집행을 주관하겠다고 자청했고, 그의 요청은 즉각 수락되었다. 사울은 최초의 예수교 순교자의 사형 집행을 자신이 주관하게 된 것에 적지 않게 흥분하고 있었다.
 아무리 막강한 권력을 행사하는 산헤드린 의회도 사형과 같은 극형은 로마 총독의 사전 허락을 받아 집행하는 것이 관례였으나, 일정한 수 이상의 무리가 죄인의 사형을 원할 때는 투석에 의한 사형 집행이 직접 이루어지기도 했다. 정치가들은 이러한 행위를 여론 정치의 일부라고 묵인했으며, 대제사장들과 같이 성직에 있으면서 행정은 물론 사법에도 깊이 관여하던 자들은 이러한 여론 정치의 허점을 이용해 자신이 원하던 것을 얻어내곤 했다. 예수의 처형 역시 성직자들의 여론 조작에 의해 이루어진 것이었으며, 스데반의 처형도 방법과 절차만 다를 뿐 부패된 여론 정치의 단면을 보여주는 사건임엔 틀림없었다.

　스데반은 폭도들에게 밀려 힘없이 형장으로 향하고 있었다. 그를 향한 주먹질과 발길질이 난무했으나 리버디노들은 그들의 먹이를 길거리에서 죽이고 싶지는 않았다. 돌팔매질로 죽이고 싶어 했던 것이다. 그래야만 피에 굶주린 그들의 사악한 영혼이 만족할 것만 같았다. 많은 기독교인들이 그 장면을 목격했지만 1천여 명의 성난 폭도들을 상대로 스데반을 구한다는 것은 역부족이었다. 게다가 리버디노들은 공식적인 사형 집행 허가를 받아놓고 있었으므로 기독교인들은 눈앞에서 벌어지는 엄청난 사건을 지켜보면서도 속수 무책일 수밖에 없었다.

　마침내 스데반은 폭도들에 의해 채석장으로 사용되던 형장에 세워졌다. 죄수가 서는 자리 뒤에 가파른 돌산이 버티고 있었고, 주위엔 온갖 크기의 돌이 산재해 있었으며, 멀지 않은 곳엔 연고지가 없는 자들을 묻는 공동묘지도 있었다. 그 형장은 돌팔매로 사람을 죽이기에 알맞은 조건을 갖추고 있었다.

　'그 이스라엘 여인의 아들이 여호와의 이름을 더럽혀 저주하므로 무리가 끌고 모세에게로 가니라.'

　사울은 집행 명령을 기다리는 무리들을 바라보면서 구약성서의 레위기에 묘사된 한 처형 장면을 회상했다.

　'그들이 그를 가두고 여호와의 명령을 기다리더니 여호와께서 모세에게 일러 가라사대 저주한 자를 밖으로 끌어내어 그의 말을 들은 모든 이들로 하여금 그자의 머리에 안수하게 하고 온 회

중이 그를 돌로 치라 하시니라.'

양손에 돌을 들고 명령을 기다리는 군중들의 고함 속에서 사울은 마치 자신이 모세라도 된 듯한 착각 속에 빠졌다. 어디선가 하나님의 명령이 들리는 것 같기도 했다.

'여호와의 이름을 더럽게 하는 자는 반드시 죽을지니 온 회중이 돌로 칠 것이라. 외국인이든 내국인이든 여호와의 이름을 훼방하면 그를 죽일지니라.'

그는 율법을 떠올리며 그의 처형을 정당화했다. 그러나 정작 사울은 스데반이 신성을 모독한 말을 직접 듣지 못했다는 사실을 깨닫지 못하고 있었다.

마침내 그가 리버디노들에게 형 집행을 허락하자 무수한 돌이 스데반을 향해 날아갔다.

「주여, 이 죄를 저들에게 돌리지 마옵소서.」

무릎을 꿇고 기도하던 스데반은 말을 마치기도 전에 풀썩 쓰러지고 말았다. 저주와 시기와 위선 그리고 거짓을 담은 리버디노의 돌은 사정없이 그의 눈과 이마를 찢고 머리를 깨뜨렸다. 그러나 스데반은 마지막 숨을 거둘 때까지 그들을 대신해 그들의 죄를 빌었으며, 자신의 피가 그들을 회개시키는 밑거름이 되기를 빌었다.

박해자 사울

사울은 소아시아의 남동쪽, 아시아의 서부에 위치한 길리기아의 다소에서 태어났다. 길리기아는 지금의 터키 남부의 산악지대이지만 그가 태어나서 자란 다소는 길리기아의 평야지대에 위치한 번화한 도시였다. 지리적으로 동서를 잇는 그곳은 교역의 중심지였고, 전략적 요충지이자 유명한 문학가와 철학가를 많이 배출한 예술과 문화의 발상지이기도 했다. 사울은 그 풍요롭고 자유스런 도시에서 태어나 로마 시민의 특권을 누리는 유대인의 신분으로 성장했다.

그 도시의 시민들은 줄리어스 카이사르가 내전을 치르는 동안 그를 원조하면서 도시 이름을 줄리오폴리스라고까지 바꾼 적이 있었다. 카이사르는 그날을 기념하기 위해 그 도시를 방문해 성대한 기념행사를 거행하기도 했었다. 그러므로 그 도시의 거의 모든 사람들이 로마 시민권을 소유하게 된 것은 결코 우연이 아니었다. 사울의 아버지는 겨울엔 화롯가에서 여름엔 나무 그늘 아래서 아들에게 카이사르의 방문을 기념하던 행사가 얼마나 화려했으며, 시드너스 강을 따라 로마로 향하던 글로바트라 여왕의 함대가 얼마나 장관이었는가를 이야기해주곤 했다. 사울은 아버지의 이야기를 들으며 시간 가는 줄 몰랐다.

사울이 자라던 당시의 다소에는 떠들썩한 신비주의가 팽배하기도 했고, 그리스에서 이주해온 상인들의 영향으로 물질주의와 상업주의가 만연해 있기도 했다. 그러나 도시 전체에서 정신적 기반을 이루는 것은 헬레니즘이었고, 그 역시 그리스 문화권의 교육을 받아 이성적이고 논리적이었으며 철학적이었다.

다소는 종교에 있어서도 예외가 아니었다. 가나안과 수리아 지역에서 섬기는 바알신이 '다소의 주인'이라고 불리며 그곳에서도 널리 펴져 있었다. 그리고 모든 신들 중의 아버지라는 제우스 신과 그 밖에 외부에서 들어온 여러 잡신과 미신이 성행했다. 이처럼 종교적으로 혼탁한 환경에도 불구하고 유일신을 섬기는 유대인 가정에서 엄한 유대식 교육을 받으며 자란 사울은 히브리의 전통과 풍습을 유산으로 물려받았다. 그는 다소에 사는 여러 족속들 중에서 자신이 유대인이라는 사실을 자랑스럽게 여겼으며, 언제라도 하나님의 종이 될 각오가 되어 있었다.

사울 역시 다른 유대인 소년들과 마찬가지로 회당을 다니며 공부했고 아버지가 하던 사업을 배우며 자랐다. 그의 아버지는 천막을 만들어 파는 일을 했으므로 그도 자연히 천막을 만드는 기술을 익혔다. 그뿐 아니라 천막의 재료가 되는 양털을 파는 상인들과 어떻게 거래를 해야 하고, 시장에서는 고객을 다루는 기술과 단골 손님을 만드는 상술도 익혀야 했다. 사울의 이러한 기술은 그가 어디를 가더라도 생계를 유지할 수 있도록 해주었다.

열세 살이 되자 그는 회당에서 성년식을 치른 뒤 공부에만 전념했다. 그 이유는 수년 후에 예루살렘에서 학업을 계속할 수 있는 기반을 마련하기 위해서였다. 열다섯 살이 되자 그는 아버지의 경제적 후원에 힘입어 예루살렘으로 가서 가말리엘의 문하생으로 등록하게 되었다.

번뜩이는 지혜와 총명함 그리고 누구와도 견줄 수 없는 사울의 노력과 투지는 머지 않아 그를 당대 최고의 율법학자로 꼽히던 가말리엘의 수제자가 되도록 만들었다. 사울은 스승의 가르침을 열심히 익히고 배웠지만 결코 스승의 학문적 입장까지 모방하지는 않았다. 딱딱한 법률을 가리키는 율법학자였음에도 불구하고 편향된 견해와 독선을 싫어했던 가말리엘은 문하생들에게도 자유로운 사상을 심어주었다. 이러한 그의 교수 법은 그를 더욱 존경받는 스승으로 만들어놓았는지도 모른다. 그러나 사울은 가말리엘의 자유주의적 경향을 달가워하지 않았다. 그는 오직 율법에만 집착하며, 그것에 어긋나는 어떤 행위나 발언에도 강한 거부 반응을 보였다. 스데반의 처형을 집행하면서도 그의 마음속에는 죄인에 대한 일말의 의심이나 동정심도 일지 않았다. 그는 마치 선천적으로 바리새인 기질을 타고난 사람 같았다.

　스데반이 처형된 후 며칠 동안 예루살렘엔 희비가 엇갈렸다. 수천 명의 기독교인들이 스데반의 억울한 죽음을 슬퍼하는 동안 대제사장들을 비롯한 바리새인들과 사두개인들 그리고 사울의 고향 사람들이자 스데반을 살해한 길리기아 출신의 유대인들은 기뻐서 어쩔 줄 몰랐다. 사울 역시 스데반의 처형을 집행한 장본인으로서 흥분되었던 것은 사실이지만, 기독교인들처럼 슬프지도 바리새인들처럼 즐겁지도 않았다.
　스데반의 순교가 예루살렘을 뒤흔들고 간 어느 날 저녁 사울은 서재에 앉아 처참하게 최후를 맞은 그를 생각하고 있었다.
　'그자의 죽음은 뭔가 다른 데가 있었어.'
　그는 전에도 돌에 맞아 죽은 죄수나 죄인들을 여러 번 구경한 적이 있었으나 스데반처럼 죽음 앞에서 의연한 태도를 취하던 사람은 일찍이 본 적이 없었다. 모든 사형수들은 잔뜩 몸을 웅크리거나 살려달라고 애걸하다가 무참히 돌 세례를 받고 죽어가는 것이 보통이었다. 드물게는 군중들에게 욕설과 저주를 퍼붓는 자도 있었으나 스데반처럼 기도하면서 죽음을 준비하는 죄인은 단 한 명도 없었던 것이다. 적어도 사울이 알기로는 그랬다. 사울은 스데반의 그런 용기와 신념과 자비가 어디에서 나왔는지 궁금했다.
　'최후의 만용이었을까? 아니면……, 아니야. 결코 그것은 아니야.'
　그는 생각하다 말고 고개를 저었다.
　사울은 율법에 따라 하나님을 모독한 죄인을 처단한 자신이 왜 끊임없이 양심의 도전을 받고 있는지 이해할 수 없었다. 할례를 받았고 자랑할 만한 베냐민 지파이며 율법으로서는 바리새인이고 히브리인들 중에 히브리인이라고 서슴지 않고 자신을 소개하던 그가 스데반처럼 출신 성분도 분명치 않은 하잘것없는 한 기독교인의 죽음을 생각하면서 번민하는 이유를 사울 자신도 이해할 수가 없었다.

그는 누구보다 율법에 대해 많이 알고 있었지만, 베드로와 사도 요한 같은 어부들이 깨달았던 율법 속의 진실을 깨우치지는 못하고 있었다. 그는 율법을 완벽하게 이해하고 암기했을 뿐, 그것을 만든 하나님에 대한 깊은 이해와 사랑이 부족했고 따라서 하나님을 섬기기보다 율법을 섬기기에 힘썼다. 결과적으로 그는 자기도 모르는 사이에 체험을 통한 신앙 생활을 무시하고 사고와 연구를 통한 신앙 생활만을 추구하게 되었던 것이다.

'도대체 인간이 하나님께 죄를 짓고 어떻게 용서받을 수 있단 말인가? 범죄한 인간이 어떻게 참회만으로 마음의 평화를 얻을 수 있단 말인가?'

아무리 율법을 샅샅이 뒤져보아도 그리스도인들이 주장하는 용서와 마음의 평화에 대한 해답은 찾을 수 없었다. 때문에 사울은 그들의 주장이 터무니없는 것이라고 단정지었다. 그리고 그는 이처럼 근거 없는 이론을 내세워 이스라엘을 분열시킨 예수를 경멸했다. 그는 모든 유대인이 진실로 하나님만을 올바르게 섬겨왔더라면 로마 제국도 유대를 속국으로 만들지는 못 했을 것이고 유대인들이 의롭게 되지 못하는 이유는 예수와 같이 백성을 미혹시키는 자들 때문이라고 생각하고 있었다.

'그런 자가 어떻게 감히 메시아라고……'

추잡하고 험악한 곳으로 알려진 나사렛에서 자라 교육도 제대로 받지 못한 목수의 아들이 메시아임을 자칭하면서 돌아다녔다는 사실을 떠올리자 사울은 치를 떨며 분개했다. 더욱 그를 분노케 한 것은 예수를 따르던 추종자들이 십자가에서 처형된 예수가 예언서에 기록된 대로 다시 살아났으므로 그를 진정 메시아라고 외치고 다니는 모습이었다. 지극히 배타적인 마음의 소유자였던 사울에게 있어 기독교인들의 주장은 신성모독적이며, 방자하기 이를 데 없는 궤변에 불과했다. 사울은 이와 같은 궤변을 퍼뜨리거나 믿는 자들은 반드시 제거되어야 한다는 결론을 내렸다.

'이것은 하나님의 뜻이다. 마지막 한 명의 기독교인이 사라질 때까지 난 쉬지 않고 그들을 처단하리라.'

그는 예수교에 대한 적개심을 불태우며 주먹을 불끈 쥐었다.

흩어지는 기독교인

스데반의 죽음으로 번민하던 양심의 소리에도 귀를 막아버린 채 기독교 탄압의 기수가 되기로 결심한 사울은, 대제사장들에게 기독교인들과 그들의 교회에 대한 더욱 조직적이고 적극적인 탄압을 요청했다. 그의 건의를 지체없이 받아들인 가야바와 안나스는 기독교를 근절시키기 위한 회의를 소집하고 구체적인 계획을 세우기에 이르렀다.

회의가 끝난 지 수시간이 지난 후 사울이 직접 지휘하는 성전 경비대는 예루살렘에서 잘 알려진 기독교인들을 먼저 검거한 후 의심이 가는 집들을 수색하기 시작했다. 붙잡힌 기독교인들은 투옥된 다음 태형에 처해지거나, 징역형을 받고 강제 노동에 동원되었으며, 잡히고도 계속 예수를 증거하던 자들에겐 사형을 선고했다.

사울의 탄압은 물리적인 것에 끝나지 않았다. 선행과 자비의 상징처럼 알려진 기독교인들의 평판도 함께 제거되어야 한다고 생각한 그는 기독교에 대한 비방과 아울러 포고령이나 칙령 등을 통한 정신적 심리적 탄압에도 노력을 기울였다.

〈예수교 신자들은 우상숭배자들이며 배교자들이다. 그들은 하나님을 모독하고 율법을 어기는 사악한 무리이다. 그들을 경계하고 멀리하라.〉

대제사장의 이름으로 발효된 포고문이 예루살렘 거리마다 나붙게 되자 변덕스런 민심은 기독교도들을 외면하기 시작했다. 사람들은 숨어 다니는 기독교인들을 고발하기도 했고, 심지어 직접 잡아다가 성전 경비원들에게 넘기고 포상금을 타기도 했다.

열두 사도들은 투옥되지는 않았으나 그들이 기거하는 마가의 집은 경비원들에 의해 24시간 감시되었으므로 아무도 그곳을 마음대로 출입할 수 없었다.

혹독하고 집요한 사울의 탄압을 견디다 못한 그리스도인들은 예루살렘을 떠나 뿔뿔이 흩어지기 시작했다. 그들은 유대지역의 작은 촌락들이나 산악지대 혹은 멀리 사마리아 지역까지 피난을 갔다. 그러나 차츰 기독교도들에 대한 수색은 예루살렘에 한정되지 않고, 인근 도시에까지 확산되었으므로 실제로 그들이 안심하고 거처할 곳은 없었다. 성전 경비대와 밀고자들의 눈을 피해 사마리아로 피난을 떠나던 기독교인들 중에는 예수의 모친도 끼여 있었다. 예수가 승천한 뒤에도 봉사와 희생으로 사도들을 보살피던 그녀도 사도들과 제자들의 강권을 받아 예루살렘을 떠나야 했다.

한편, 흩어진 기독교인들에게도 영적 지도자가 필요하다는 것을 알고 있던 베드로는 마가의 집을 몰래 빠져나와 그들이 숨어 사는 마을을 찾아다니며 그들을 위로하고 핍박과 시련도 기쁨으로 인내하기를 당부했다.

사마리아의 마법사

사울의 박해로 인해 많은 기독교인들의 피난처가 된 사마리아 성은 사마리아의 도성으로서 세겜에서 북방 11킬로미터 지점의 고원지대에 위치해 있었다. 현재 이곳은 세바스티라는 이름의 보잘것없는 촌락이 되어버렸으나 구약시대의 오므리 왕은 '세멜'이라는 사람으로부터 이 산을 매입하고 전 주인의 이름을 따서 사마리아라고 명한 뒤 이곳을 도읍으로 정했었다. 여호수아가 가나안을 쳐서 그 땅을 취하여 12지파에게 분할해줄 때 에브라임, 단, 므낫세의 반지파에게 준 땅이 신약시대의 사마리아가 되었으며 이 지역은 현재 이스라엘의 중부에 속한다. 유대 민족은 여호수아 때부터 솔로몬 왕 시대까지 통일국가를 이루고 있었지만, 솔로몬 왕이 죽은 후에 남북 두 나라로 나뉘어 남에는 솔로몬의 아들 르호보암을 왕으로 삼은 유대, 베냐민 2개 지파가 유대국을 건설했다. 북에는 나머지 10개 지파가 모여 느밧의 아들 여로보암을 왕으로 삼아 이스라엘국을 건설했다. 이러한 상태로 250년간을 내려오다가 앗수르 왕 살만에셀이 이스라엘을 쳐서 멸망시키고 이스라엘의 백성들을 다른 지방으로 강제 이주시킨 다음, 앗수르 백성을 사마리아에 정착시켰다. 그후 마게도냐의 알렉산더 대왕이 이곳을 점령해 타민족을 사마리아에 정착시켰다. 그러다보니 자연히 이 땅은 여러 민족이 섞이게 되었고, 그때부터 남부의 유대인들은 사마리아 사람들을 이방인이라 하고 그 주민을 이민족 취급하게 되었다. 그러므로 유대인들이 바벨론에서 귀향해 예루살렘 성전을 건축할 때 사마리아인들이 협력하기를 자청해도 그들의 도움을 거절했다. 이 사건으로 자신들을 이방시하는 유대인들에게 원한을 품은 사마리아인들은 바사국 인사들에게 뇌물을 주어 예루살렘 성전 건축을 방해하는 한편, 그리심 산에 따로 성전을 건축하게 되었다. 이러한 이유로 유대인과 사마리아인은 서로를 질시하게 되었고, 결국 유대인은 사마리아 땅을 밟지 않으며 사마리아인도 유대에 가지 않게 되었다. 특히 사마리아인에 대한 유대인의 혐오는 대단해서 그들이 갈릴리땅을 갈 때도 사마리아를 통과하지 않고 멀리 요단 강으로 돌아갔다. 예수는 이러한 편견에 구애받지 않고 사마리아를 통과하면서 우물가의 여인에게 마르지 않는 생수의 진리를 가르쳤고, 선한 사마리아 사람의 비유를 들어 사람들을 가르쳤다. 그가 문둥병자 열 명을 고쳐주었을 때 오직 사마리아 사람만이 돌아와 감사를 드렸다고 그를 칭찬했다. 그래서 어떤 유대인들은 예수를 사마리아 사람이라고 부르며 빈정거리기도 했다. 이처럼 유대인들이 경멸하던 사마리아 사람들은 박해를 피해 이주하는 기독교인들을 거부하지 않았으므로, 사마리아는 기독교인들의 피난처이자 교회 설립의 근거지가 되었다.

최초로 선발된 7인의 집사들 중에 가이사랴라는 지중해의 해안 도시 출신의 빌립 역시 아내와 결혼하지 않은 네명의 딸을 데리고 사마리아로 갔다. 비록 가족들의 안전을 위해 예루살렘을 도망쳐 나오긴 했으나 여전히 집사의 신분을 포기하지 않고 있던 그는 피난처인 사마리아에서도 전도에 힘썼다.

빌립은 사마리아 성의 귀신들린 자와 중풍병자와 앉은뱅이 그리고 온갖 불치병으로 고통받는 자들을 성령의 힘으로 고치기 시작했다. 사람들은 더러운 귀신들이 소리를 지르며 나가고, 중풍 병자가 사지를 마음대로 움직이며, 앉은뱅이가 일어나 뛰어다니는 모습을 목격하고는 경악을 금치 못했다. 그들은 빌립이 하는 말이라면 무엇이든지 믿고 따르게 되었다.

빌립의 출현은 모든 도성 사람들에게 이루 말할 수 없는 기쁨을 안겨다주었지만, 단 한 사람만은 그의 존재를 달가워하지 않고 있었다. 그는 다름 아닌 사마리아 성의 마법사 시몬 마거스였다. 그 지방에서 오랫동안 마술을 행하고 예언을 하며 주술로 사람들의 병을 고쳐왔다. 적지 않은 영향력을 행사하던 그는 자신의 마법이 모두 눈속임과 최면술을 이용한 조작이라는 사실을 스스로 잘 알고 있었으므로 빌립이 행하는 엄청난 기적들을 보면서 자신의 앞날을 걱정하지 않을 수 없었다.

생각다 못한 시몬은 모든 사람이 잠든 시각에 빌립의 숙소를 몰래 찾아가 조심스럽게 문을 두드렸다.

기도를 마치고 막 잠자리에 들려던 빌립의 아내는 아무 생각 없이 문을 열었다. 문 앞에는 검은 옷을 입은 남자가 두건을 눈까지 눌러쓴 채 그녀를 노려보고 있었다.

「뉘, 뉘신지요?」

그녀의 머릿속엔 이 남자가 사울이 보낸 자객이 아닐까 하는 불길한 생각이 스쳤다.

「나는 시몬 마거스라는 사람인데, 빌립 선생을 좀 뵐까 하오.」

시몬은 짐짓 겸손을 가장하며 말했으나 워낙 사람들에게 큰소리만 치던 그의 말투는 쉽게 위장할 수 없었다.

「무슨 용무로 오셨는지는 모르겠으나 밤이 깊었으니 내일 다시 오시지요.」

「아주 중요한 일이니, 선생께 시몬 마거스가 밖에서 기다린다고만 이르시오.」

마법사는 다급하게 말했다.

여인은 그에게 잠깐만 기다리라고 이른 뒤, 문을 단단히 잠그고 남편에게 방문객의 이름을 전했다.

「시몬 마거스?」

빌립은 자신의 귀를 의심했다. 시몬 마거스라면 빌립이 성령의 힘으로 병자들을 고치면서 사마리아 사람들로부터 귀에 못이 박히도록 들어온 이름이었다.

'마법사 시몬도 저렇게 할 수 있을까?'

'빌립 선생도 시몬 마거스처럼 뜨거운 석탄 위를 걸을 수 있습니까?'

'마법사 시몬만 위대한 능력을 갖고 있는 줄 알았더니, 여기 더 위대한 분이……'

'시몬 마거스는 꼭 어두운 방에서만……'

이렇게 사람들은 언제나 시몬 마거스라는 이름을 들먹였기 때문에 빌립은 자연히 그가 어떤 사람인지 짐작할 수 있었다. 그처럼 유명한 사람이 이런 밤늦은 시간에 자신을 찾아온 데는 필시 그럴만한 이유가 있을 것이라고 생각한 빌립은 그를 만나주었다.

나이는 오십이 좀 넘었을까. 훤칠한 키에 잘 다듬어진 잿빛 수염을 기르고 사람을 호리는 듯한 퀭한 눈을 가진 시몬 마거스는 언뜻 보기에도 정상적인 일로 생계를 꾸려가는 사람처럼 보이지 않았다.

「빌립 선생, 우리는 서로가 누군지 이미 잘 알고 있는 것 같으니 소개는 생략하기로 합시다. 내가 이렇게 깊은 밤에 사람들의 눈을 피해 선생을 찾아온 이유는, 음…… 다름이 아니라 선생이 알고 계신 마술에 대해 몇 가지 여쭙고자 함이오.」

시몬 마거스는 빌립의 능력이 일종의 마술이나 마법의 힘에 의지해 얻어진 것으로 생각하고 있었다.

빌립은 그가 사마리아에서 가장 이름난 마법사라고 해서 결코 그를 특별히 대할 생각은 없었다. 그는 그리스도의 탄생에 대한 구약의 예언과 그 예언대로 살고 죽고 부활하고 승천한 예수가 바로 그리스도였음을 명확하게 증거하고, 자신의 능력은 바로 성령을 통해 받은 것임을 분명히 일렀다.

마법사 시몬은 놀라지 않을 수 없었다. 예수 그리스도가 메시아이며 구세주라는 사실에 놀란 것이 아니라 빌립의 능력 뒤엔 그 어떤 마법의 힘도 작용하고 있지 않다는 사실에 놀랐던 것이다. 그는 여전히 구원의 진리를 이해하지 못하고 있었으나 빌립이 행한 기적들이 너무나 놀라운 것이었으므로 세례를 받고 기독교인이 되기로 결심했다. 그리고 세례를 받은 그는 빌립이 행하는 기적을 한 수라도 배워보려는 마음에서 빌립을 그림자처럼 따라다니기 시작했다. 그러는 동안 시몬은 마술과 점성술을 멀리할 수는 있었지만 결코 초능력에 대한 미련을 버리지는 못했다.

빌립 역시 시몬의 속셈을 모르는 것은 아니었지만 그처럼 집요하게 자신을 쫓아다니는 시몬을 애써 떨쳐버리고 싶지는 않았다. 왜냐하면 사마리아의 가장 위대한 마법사가 예루살렘에서 온 한 그리스도인의 제자가 되었다는 사실은 무지한 사람들에게는 엄청난 전도 효과를 발휘했기 때문이다.

그러나 빌립 집사가 예수의 이름으로 기적을 행하고 병든 자를 고치는 장면을 목격할 때마다 빌립처럼 기적을 행하고 싶은 시몬의 욕심은 자꾸만 커져갔다.

나에게 그 권능을 파시오

 빌립과 다수의 기독교인들이 피난을 간 사마리아에 수천 명의 기독교인이 생겨났고, 그곳의 유명한 마법사 시몬 마거스까지 개종했다는 소식을 들은 사도들은 베드로와 요한이 사마리아로 가서 빌립의 노력으로 이루어진 그 엄청난 수확을 더욱 견고히 해야 한다는 결정을 내렸다. 그것은 새 신자들에게 성령을 내리게 하는 일이었다.
 가택 연금상태에 있다시피한 사도들은 마가의 집을 나오지도 못하는 것은 물론 여행도 자유롭게 할 수 없었다. 그러나 비밀리에 예수를 영접한 성전 경비원들과 제사장들의 도움으로 베드로와 요한은 몰래 마가의 집을 빠져나와 사마리아를 향해 떠날 수 있었다. 예루살렘에서 사마리아까지는 부지런히 걸으면 이틀, 쉬면서 걸으면 이틀하고 반나절 정도 소요되는 거리였다. 두 사도는 사마리아에 도착할 때까지 감시의 눈을 피해 밤에만 걸었으므로 예루살렘을 떠난 지 사흘 후에야 사마리아 성에 도착했다.
 두 팔을 들어 반기는 빌립의 환영을 받은 사도들은 기독교로 개종한 사마리아 사람들을 모아 예배를 드리고 예수의 이름으로 그들을 축복했다. 베드로가 사마리아로 온 목적은 신자들을 축복하고 그들에게 성령을 내리는 데만 있었던 것은 아니다. 그에겐 아무에게도 말하지 않은 또 다른 목적이 있었다. 베드로는 마법사가 어떤 자인지 익히 알고 있었으므로 그가 기독교 신자가 되었다는 소식을 들었을 때 반가움보다는 걱정이 앞서는 것을 어쩔 수 없었다. 그 시대의 마법사는 단순한 연예인이 아니었다. 그들은 눈속임을 초능력이라고 선전했고, 이것을 믿는 백성들은 초능력자의 결정이 가장 신뢰할 만한 것이라고 생각했다. 따라서 실력 있는 마법사들은 군주 못지 않은 권력을 갖기도 했고 더러는 자신을 선지자라고 소개해 스스로를 거룩하게 만들려고까지 했다. 베드로는 이렇게 속임수와 거짓말로 평생을 살아오던 자가 갑자기 그리스도인이 되어 빌립 집사를 따라다닌다는 사실을 쉽게 믿을 수 없었던 것이다. 또한 시몬이 워낙 사마리아 사람들에게 큰 영향력을 행사하던 자였으므로 만약 그가 다른 마음을 품기라도 한다면 전화위복으로 이루어진 사마리아 전도는 수포로 돌아갈 가능성이 있다고 내심 우려하고 있었던 것이다.

베드로와 요한을 잘 모르던 마법사 시몬은 그들에게 엉뚱한 기대를 품고 있었다. 그는 빌립에게 살 수 없었던 능력을 베드로와 요한에게서 살 수 있을지도 모른다는 생각을 하고 있었던 것이다.

시몬은 다음 예배가 시작되기 전에 집으로 달려가 돈주머니에 금화를 잔뜩 담아 예배당으로 달려갔다. 예배당에선 시몬이 예상했던 대로 놀라운 일이 벌어지고 있었다. 베드로와 시몬이 무릎을 꿇은 신자들의 머리 위에 손을 얹고 기도를 하자 사람들은 떨리는 목소리로 '할렐루야'를 외치거나 '아멘'이라고 소리치며 쓰러졌고, 어떤 이들은 쓰러진 채 바닥에서 나뒹굴기도 했다. 그것은 성령 충만함을 입은 신자들에게서 흔히 일어나는 현상이었다. 오랫동안 사람들을 속이는 일을 업으로 삼아오던 시몬은 그들의 행동이 결코 조작된 것이거나 과장된 것이 아님을 한눈에 알 수 있었다.

수백 명의 신자가 성령을 받고 고꾸라지던 그날밤, 시몬은 빌립을 찾아갔을 때처럼 은밀히 두 사도에게 접근했다.

「저, 저로 말씀드릴 것 같으면······」

방금 전 그들이 성령을 베풀던 모습을 목격한 마법사는 상당히 흥분해 있었다.
「우린 당신이 누군지 알고 있소.」
요한이 부드럽게 말했다.
「아, 역시 선지자들은 다르시군요.」
「우린 선지자가 아닙니다.」
베드로가 잘라 말했다.
「아무래도 좋습니다. 선생들을 뵙자고 한 것은 다름이 아니오라……」
시몬은 허리춤에 차고 있던 돈주머니를 주섬주섬 꺼내어 사도들의 발 앞에 놓았다.
「나에게 당신들이 갖고 있는 권능을 주십시오! 그래서 내가 안수하는 사람들이 성령을 받게 해주십시오!」
그는 두손을 갈고리처럼 펴 보이며 자신에게 그들이 가진 능력을 팔라고 애원했다. 그는 사도들의 얼굴에 번지는 황당함과 실망을 읽지 못했다.
「그 능력만 주시면 내가 가진 모든 것을 드리겠습니다.」
마법사는 그들의 옷자락이라도 부여잡고 애걸할 기세였다.
다혈질의 베드로는 당장이라도 마법사의 얼굴에 주먹이라도 날리고 싶은 충동을 가까스로 억누르며 거친 숨을 내쉬었다.
「당신은 하나님의 선물을 돈 주고 사려고 했으니 그 돈과 함께 망할 것이오! 하나님을 대하는 당신의 마음이 바르지 못하므로 이 일에는 아무 상관도 없고 얻을 것도 없소!」
베드로가 불호령을 내리자 시몬은 사색이 되어버리고 말았다.
「당신은 악독과 기만이 가득하며 불의에 매어 사는 자이오. 그러므로 늦기 전에 회개하고 주께 기도하시오. 그러면 주께서 혹 당신의 죄를 용서해 주실지도 모르겠소.」

베드로의 흥분은 가라앉았으나 분노에 찬 그의 눈빛은 마법사의 심장을 녹여버릴 듯했다.

「아이고, 선생님이여, 나를 위해 주께 기도하셔서 이제까지 저주하신 것이 하나도 내게 임하지 말게 하소서.」

시몬은 무릎을 꿇었다. 그리고 벌렸던 두손을 모아 용서를 빌고는 사도들 앞에 두었던 돈주머니를 집어들고 어디론가 총총히 사라졌다.

베드로와 요한은 쩔렁이는 돈주머니를 움켜쥐고 어둠 속으로 사라지는 시몬의 뒷모습을 보면서 돈이면 무엇이든지 얻을 수 있다고 생각하는 인간들의 속성을 보는 것 같아 괴로웠다.

하나님이 주신 권능을 돈으로 사려 했던 이 어처구니없는 사건이 있은 후 사람들은 성직 매매죄나 그에 해당되는 행위를 시몬의 이름을 따서 '시모니simony'라고 부르게 되었다.

빌립과 에디오피아의 환관

사마리아 지역의 전도는 서로 대립하던 족속들조차 그리스도 안에서 화합할 수 있다는 사실을 입증한 의미 있는 사건이기도 했다.

일단 성령을 받은 사마리아의 기독교인들은 성령의 힘에 의지해 그들 스스로 신앙 생활을 할 수 있게 되었으므로 사도들은 다시 예루살렘으로 향했다. 길을 가던 중 날이 저물어 여인숙에 유숙한 빌립이 저녁 식사를 마치고 잠자리에 들었을 때였다.

「빌립아, 일어나라.」

빌립은 누군가가 자신을 부르는 소리를 들었다. 처음엔 꿈을 꾸고 있다는 생각도 들었지만 그것은 분명 꿈도 환청도 아니었다.
「나는 주의 사자니라.」
 마치 수정 잔을 스푼으로 치는 듯한 청아한 소리가 어둠 속에 푸르게 울려퍼졌다.
 그 목소리의 주인이 사람이 아니라는 것을 알아차린 빌립은 덮고 있던 담요를 걷어차고 벌떡 일어나 무릎을 꿇었다.
「말씀하소서.」
 빌립은 자신에게 말하는 자가 주의 천사라는 사실을 알고 있었음에도 불구하고 떨리는 가슴을 주체할 수 없었다.
「날이 밝으면 예루살렘으로 가지 말고 가사로 가거라.」
「네.」
 가사는 예루살렘에서 남서쪽으로 70킬로미터 정도 떨어진 고대 도시였는데 그곳까지 가려면 풀 한 포기 자라지 않는 광야를 지나야 했다. 그러므로 가사로 가는 사람들은 반드시 삼삼오오 짝을 지어 가거나 낙타를 타고 갔다. 빌립은 그처럼 삭막하고 위험한 길을 혼자서 가라고 한 것은 반드시 어떤 뜻이 있을 것이라고 생각했다. 그는 날이 밝자마자 가사로 향했다.
 '가사에서 내가 해야 할 일은 무엇일까?'
 빌립은 노아 때부터 존재했던 고대 도시인 가사로 가면서 자신에게 맡겨진 사명이 무엇인지 생각해보았다. 그곳은 여호수아가 가나안에 들어가 유다 지파에게 다스리라고 주었는데 끝내 점령하지 못하다가 사사 시대에 잠시 취했던 곳이다. 이 도시를 생각하면 가장 먼저 사람들의 머릿속에 떠오르는 것은 무엇보다 삼손과 들릴라였다. 삼손은 이스라엘의 사사로 20년을 지내는 동안에 대적 블레셋을 수시로 물리쳤다. 그러나 블레셋 여자인 들릴라에게 자신의 귀중한 비밀을 말해 자신의 일생을 망친 것은 물론 국가와 민족의 운명을 그르쳤다. 가사는 삼손이 블레셋 군에게 삭발을 당하고 눈알을 뽑힌 곳이었다. 힘을 잃고 장님이 되어버린 그는 옥에 갇혀 소처럼 연자맷돌을 돌리며 살아가고 있었다. 어느 날 블레셋 관리들은 자신들의 대적 삼손을 사로잡은 축하연을 열었다. 그들은 삼손을 불러내어 재주를 부리게 하고 조롱했다. 그때 간절한 기도를 올린 삼손은 다시 강한 힘을 얻어 연석 중앙의 기둥을 뽑았다. 곧 집이 무너지고 그 안에 있던 3천 명의 블레셋 사람들과 삼손 자신도 압사했다.

이제 빌립은 예루살렘을 코앞에 두고 삼손이 무너뜨린 거대한 건물의 잔해만 남은 유적지를 향해 걸었다. 날이 저물 때가 되었지만 하루쯤 묵어 갈 여인숙은 커녕 민가조차 보이지 않는 광야가 계속되자 빌립은 하는 수 없이 종려나무가 있는 곳을 찾아 그 밑에서 노숙을 했다. 장시간의 도보 여행에 지칠 대로 지쳐 있던 그는 불편한 잠자리에도 불구하고 금방 곯아떨어지고 말았다.

그가 말울음소리를 들으며 잠에서 깨어났을 때는 이미 해가 중천에 있었다. 상체를 일으켜 주위를 둘러보니 멀지 않은 곳에 여섯 필의 말이 종려나무에 묶여 휴식을 취하고 있었고, 그 옆에는 화려한 장식의 마차가 그늘 아래 있었다. 빌립은 그들이 어느 나라의 대신 정도 되겠거니 생각하며 떠날 차비를 했다.

「빌립아.」

그 목소리, 꿈에서도 잊을 수 없는 그 천사의 목소리가 다시 그의 영혼을 뒤흔들었다.

「마차가 있는 곳으로 가라.」

천사의 명령이 떨어지자 빌립은 천천히 고개를 마차 쪽으로 돌렸다.

'아 바로 그것이었구나!'

직감으로 자신에게 주어진 임무가 무엇인지 깨달은 빌립은 마차가 있는 곳으로 말이 놀라지 않도록 조심스럽게 걸어갔다. 마차에 가까이 갈수록 무엇인가를 열심히 읽는 소리가 들렸는데 자세히 들어보니 선지자 이사야의 글이었다.

피부색이 검은 수행원들이 조심스럽게 접근하는 그에게 경계의 눈빛을 보내자 빌립은 그들에게 자신의 신분을 밝히고 마차 안에 누가 타고 있는지 물었다.

「그분은 에디오피아의 여왕 간다게의 모든 재정을 관리하는 큰 권세를 가지신 분이다.」

파란색의 망토를 걸친 수행원 하나가 거만한 말투로 말했다.

「그분을 좀 만나게 해주시오.」

「무슨 용무인지 내게 먼저 말하라.」

비서 정도는 됨직한 그 수행원은 여간해서 빌립의 청을 들어주지 않을 것 같았다.

「용건은 그분을 만나서 직접 말씀드리겠소.」

빌립은 마차 안의 환관이 자신의 목소리를 듣기를 바라며 크게 말했다.

「무슨 용무인지 내게 먼저 말하지 않으면 아무도 뵐 수 없다!」

자연히 수행원도 언성을 높이자 마차 안의 환관은 비서를 불러 무슨 소란이 벌어지고 있는지를 물었다.

잠시 후 환관은 빌립을 마차 옆으로 불렀다. 차창에 드리워진 커튼 사이로 보이는 그는 피부는 흑인처럼 검었으나 이목구비가 반듯해 언뜻 보기에도 전형적인 에디오피아 사람임이 분명했다.

「당신이 예루살렘의 기독교인입니까?」

에디오피아의 재무 대신은 여자 같은 음성으로 물었다.

「그렇습니다.」

「나도 예루살렘의 성전에 들려 예배를 드리고 오는 길입니다. 지금 예루살렘엔 기독교인들에 대한 박해가 심하던데…… 당신도 예루살렘에서 도망쳐 나오는 길입니까?」

「아닙니다.」

「날 보자고 한 이유는 무엇입니까?」

환관은 눈을 깜박이며 물었다.

「어른께서는 지금 읽으시는 이사야서를 이해하십니까?」

빌립은 부드럽게 물었다.

「내가 글을 읽는 소리를 들은 모양이구먼」

환관은 긴 한숨을 내쉬더니 말을 이었다.

「아무리 읽고 또 읽어도 가르쳐주는 사람이 없으니, 그 깊은 뜻을 어찌 이해하겠습니까?」

그는 빌립에게 이사야의 글을 가르쳐줄 수 있는지를 물었다. 빌립이 그러겠노라고 대답하자 환관은 마차 안으로 그를 들어오게 했다.

「이사야서의 어느 부분을 읽고 계셨습니까?」

환관 옆에 앉은 빌립이 두루마리 성경을 눈짓으로 가리키며 넌지시 물었다.

「그러니까……. '그는 마치 도살장으로 끌려가는 어린 양처럼 입을 열지 않았다. 그가 굴욕을 당하고 억울한 판결을 받아 세상에서 그의 생명을 빼앗겼으니 누가 그 세대의 악함을 말로 다 표현할 수 있겠는가?' 여기까지 읽고 있었는데 도무지 여기서 나오는 그가 누구인지 감이 오지 않습니다.」

그것은 에디오피아 사람에겐 이해가 불가능한 사건이었다. 거의 1천 년 전에 이사야라는 선지자에 의해 예언된 이 엄청난 사건이 바로 일 년 전에 예루살렘에서 발생했다는 사실을 아무런 도움 없이 그 누가 쉽사리 믿을 수 있었겠는가?

빌립은 예수가 자신을 하나님의 어린 양이라고 비유했으며 가야바와 안나스의 비난에도 종종 무언으로 답변했고 마침내 모욕 당하고 죽임을 당했다는 사실을 설명했다. 아울러 예수의 부활과 승천 그리고 성령의 역사들을 빠짐 없이 증거했음은 물론이었다.

두 사람은 답답한 마차 속을 나와 종려나무 그늘에 앉았고 마부들은 말들에게 마구를 씌우고 떠날 준비를 하기 시작했다. 에디오피아의 재무 대신은 열심히 그의 설교를 들었다. 가끔 그는 빌립에게 구원, 세례, 성령에 대한 질문을 던지기도 했고, 빌립은 그의 질문에 성실하게 대답했다. 환관의 질문에 대답하던 빌립은 뒤늦게 그가 약간 별난 사람이라는 생각이 들었다. 미신과 주술이 판을 치는 나라에서 온 자가 히브리어를 배워 이사야서를 읽으며 예루살렘까지 먼길을 와서 예배를 드리고 간다는 것은 결코 예사로운 일이 아니었다. 빌립은 그 이방인과의 만남을 주선한 것이 성령이라는 사실은 알고 있었으나, 빌립을 이 환관에게 보낸 것은 다름 아닌 환관 자신의 믿음이었다는 사실을 깨닫게 되었다.

떠날 준비가 되자 에디오피아인은 그와 동행하기를 원했다. 덜컹거리는 마차 안에서도 빌립의 말을 경청하던 그는 갑자기 창 밖에 보이는 오아시스를 가리켰다.

「빌립, 저기 물이 있습니다. 내가 혹시 세례를 받지 못할 이유라도 있습니까?」

환관은 조심스럽게 물었다.

「당신의 영혼이 예수 그리스도를 주님으로 영접하는 한 세례를 받지 못할 이유는 없습니다.」

빌립은 그의 눈을 똑바로 바라보며 말했다.

「나는 예수 그리스도가 하나님의 아들임을 믿습니다.」

환관은 비록 낮은 목소리로 대답했지만 그의 음성은 빌립이 이제까지 들었던 그 어느 대답보다도 뜨거운 확신에 차 있었다.

말을 세운 뒤 두 사람은 마차에서 내려 물 속으로 들어갔다. 빌립은 처음으로 흑인에게 성부와 성자와 성령의 이름으로 세례를 주고, 그를 위해 축복 기도를 했다.

그 순간 환관은 설명할 수 없는 위로의 손길이 마음속 깊은 곳에 내재되어 있던 자신의 상처를 어루만지는 것을 느꼈다. 잠시 후 그는 샘물처럼 솟아나는 기쁨과 감격의 눈물을 주체할 길이 없었다.

비록 일국의 재무 대신이라는 직분과 함께 온갖 부귀와 영화를 누리고 있었지만, 그의 마음 한구석엔 인간의 힘으로 치유될 수 없는 영혼의 상처와 그 무엇으로도 채울 수 없는 공허함이 자리잡고 있었다. 남자로 태어났으면서도 남성을 거세당한 자신의 삶, 이러한 아픔과 고독을 위로하던 손길이 예수 그리스도라는 사실을 그는 깨닫게 되었다. 언젠가는 죽어 썩어질 육신에 연연하지 말고 주 예수를 구주로 영접하여 영생을 얻으라는 꿈같은 말을 진리의 말씀으로 받아들이던 순간, 이 검은 피부를 가진 에디오피아의 사내는 돈으로도 살 수 없는 마음의 평화와 구원의 확신을 체험하게 되었던 것이다.

마침내 그가 고개를 들었을 때 빌립은 그의 곁에 없었다. 아무리 주위를 둘러보아도 끝없이 펼쳐진 광야엔 사람의 그림자조차 보이지 않았다. 그는 결국 빌립을 찾는 일을 포기하고 물을 뚝뚝 흘리며 마차에 올랐다.

빌립에게 세례를 받고 개종한 환관은 자신의 나라로 돌아가 그 놀라운 구원의 진리를 전하기에 힘썼으며, 그의 전도 활동은 후에 북아프리카 선교의 밑거름이 되었다. 성령은 노력하는 이에게 주의 종을 직접 보내어 그의 영혼을 구하고 더 나아가 그의 국가와 민족을 구원하는 놀라운 능력을 나타냈던 것이다.

새로 탄생한 기독교인을 실은 마차가 에디오피아로 향하고 있을 무렵 빌립은 가사에서 32킬로미터 북쪽에 위치한 아소도에 홀연히 모습을 나타냈다. 구약시대부터 아소도라고 불리던 이 고대 도시는 에집트에서 유대로 들어오는 관문 역할을 하던 번화한 곳이었다. 에디오피아 사람과 헤어진 곳에서 걸었더라면 꼬박 하루가 걸렸을 거리였는데, 그곳에 나타난 빌립의 옷은 여전히 젖어 있었다.

조금 전까지 자신과 함께 물 속에 있던 사람도, 호화스런 마차도, 오아시스도 사라지고 없었다. 갑자기 어디선가 본 듯한 큰 도시가 눈앞에 펼쳐져 있자 빌립은 자신이 꿈을 꾸고 있거나 신기루를 보고 있다고 생각했다. 그러나 그것은 꿈도 신기루도 아니었다. 빌립으로 하여금 아소도에서 전도할 것을 원하는 천사가 그를 이렇게 먼 곳까지 단숨에 옮겨놓았던 것이다. 자신의 사명이 무엇인지 너무도 잘 알고 있던 빌립은 그곳에서도 성령에게서 받은 능력을 행사하며 전도하기 시작해 얍니아(얍느엘)를 거쳐 욥바, 아볼로니아에서도 말씀을 증거했으며, 마침내 자신의 고향인 가이사랴에 이르렀다.

한편 예루살렘으로 돌아온 베드로는 사마리아에서의 전도가 큰 성과를 거둔 것을 거울삼아 전도 여행에 더욱 큰 노력을 기울이기 시작했다. 그는 계속되는 핍박 속에서도 소리 없이 커가는 예루살렘 교회를 나머지 사도들과 집사들에게 맡기고 엠마오를 거쳐 샤론 평야에 있는 룻다로 향했다.

다메섹으로

예루살렘의 기독교 교세가 어느 정도 수그러들었다고 생각한 사울은 박해를 피해 북쪽으로 피난한 그리스도인들을 사냥하기 위한 계획을 세우기 시작했다. 베드로가 전도 여행을 준비하고 있을 때, 사울은 기독교인들을 핍박하기 위한 박해 여행을 준비하고 있었던 것이다.

사울은 가야바에게서 200여 명의 성전 경비대를 지원받고 다메섹의 여러 회당에 보내는 대제사장의 공문도 받았다. 그는 목적지까지 가는 동안 사전 조사를 통해 기독교인들이 거주하는 도시들을 수색하고 발견된 기독교인들은 예루살렘으로 압송시킬 계획을 세워놓고 있었다. 대제사장의 공문은 다메섹의 회당 사람들에게 지원을 받기 위해서 반드시 필요한 것이었다.

사울의 군대는 많은 기독교인들을 색출해 예루살렘으로 이송했다. 그러나 그들에게 반항하거나 도망치다가 붙잡힌 기독교인들은 가차없이 죽여 광야에 매장해버렸다. 기독교 박해 여행은 성공적이었다. 적어도 그가 이끄는 적그리스도 군대가 다메섹에 가까웠을 때까지는 그랬다.

예루살렘을 떠난 지 보름이 지난 어느 날, 백마를 탄 사울은 발아래 모습을 드러내기 시작하는 수리아의 수도 다메섹을 내려다볼 수 있었다. 두 개의 강줄기가 젖줄처럼 흐르는 비옥한 땅에 자리잡은 고대 도시. 그는 만감이 교차하는 것을 느꼈다. 다윗이 점령해 유대 영토에 귀속되어 있다가 그가 죽은 후 다시 수리아 왕조의 수도가 된 이곳엔 아직도 많은 유대인이 살고 있었고, 유대인의 회당도 여럿 있었다. 이제 이곳에 숨어 사는 기독교인들만 제거하면 그의 박해 여행은 일단락되는 것이었다.

그는 다메섹에 도착하면 먼저 회당에 가서 예배를 드리고 휴식을 취한 뒤, 기독교인들을 잡는 일이라면 눈을 감고도 할 수 있을 정도로 잘 훈련된 부하들을 풀어 도시 전체를 샅샅이 수색할 예정이었다. 사울은 이 과정에서 외교적 마찰이 발생하지 않도록 아레다 4세에게 이미 전령을 보내어 양해를 구해놓은 상태였다.

그러나 다메섹 입성을 코앞에 둔 사울은 갑자기 술에 취한 사람처럼 말 위에서 비틀거리기 시작했다. 강렬한 빛이 그의 시야를 가렸고 귓속에서는 거센 파도소리 같은 것이 들렸다. 그는 고삐를 움켜쥐려 했으나 손은 움직이지 않았고, 발걸이에 힘을 주려 했지만 하반신 역시 이미 그의 것이 아니었다. 마침내 그는 짧은 비명과 함께 땅바닥에 널브러지고 말았다.

잠시 후, 강렬한 빛도 사라지고 물소리도 사라졌으나 그는 여전히 손가락 하나 까딱할 수 없었다. 사방은 지하 감옥처럼 캄캄하고 추웠으며 조용했다.

「사울아, 사울아.」

그는 분명히 자신을 부르는 소리를 들었다. 그것은 부하들의 목소리가 아니었다. 조용하면서도 슬픔에 잠긴 목소리였고 차분하면서도 힘에 넘치는 음성이었으며, 귀를 막아도 들릴 것 같은 소리였다.

「네가 왜 나를 괴롭히느냐?」

「당신은 누구십니까?」

사울은 간신히 입을 열어 그 괴이한 음성의 주인이 누구인지 물었다. 그는 여전히 아무것도 볼 수 없었다.

「나는 네가 핍박하는 예수 그리스도다. 네가 어찌 목자된 나를 치려 하느냐.」

사울은 그 목소리의 주인공이 자신을 가축에 비유하고 있다는 사실을 알아차렸다. 그 당시 마소를 치는 사람들은 끝이 뾰족한 막대기로 엉덩이를 찌르며 가축들을 몰곤 했다. 그러므로 가축들은 아무리 화가 나도 소몰이를 발로 찰 수는 없었다.

「주여, 나를 어찌시렵니까?」

사울은 전율을 느꼈다. 그가 그리스도인들을 어떻게 핍박해왔는지는 스스로 잘 알고 있었기 때문이다.

「일어나 성으로 들어가라. 그러면 네가 행할 일을 알려주겠노라.」

음성이 사라지자 그는 사지를 다시 움직일 수 있게 되었다. 잠시 후 그는 부하들의 부축을 받아 일어날 수 있었다. 하지만 사울은 그를 비췄던 강렬한 빛으로 인해 여전히 앞을 볼 수 없었다.

사울의 회개

초라한 모습으로 다메섹에 입성한 사울은 그곳의 유대교회 장로인 유다의 집에서 간호를 받으며 지냈다. 그러나 그는 식음을 전폐하다시피 했으므로 주위 사람들이 할 수 있는 일이라고는 침상에 누워 신음만 하는 그를 지켜보는 일이 전부였다. 부하들은 그가 간질 발작을 일으켰다고 했고 다메섹 사람들은 그가 젊은 나이에 중풍에 걸려 쓰러졌다고 수군거렸다. 다메섹의 내로라하는 의원들도 그의 증세를 진단했지만 하나같이 긴장과 장기간 여행으로 인한 일시적 탈진 상태라고 했다. 그들은 절대 안정이라는 막연한 처방을 내리고는 유다의 집을 나섰다.

사울은 낮과 밤을 구별할 수 없는 암흑 속에서 하루하루를 보냈다. 아무도 그가 왜 갑자기 시력을 상실했는지 설명할 수 없었지만 사울만은 잘 알고 있었다. 말에서 떨어지기 전에 그가 보았던 것은 분명 예수 그리스도였고, 그가 들었던 것은 예수의 음성이라는 사실을 확신하고 있었다. 사울은 먹거나 마시는 행위조차 거부한 채 말없이 예수의 분부를 기다렸다.

그가 병석에 누워 있는 동안 그리스도인에 대한 사냥은 일시 중단될 수밖에 없었다. 사울의 직속 부하들이 그를 찾아와 다메섹에서의 기독교인 색출 작업을 시작해도 될 것인지를 두어 번 조심스럽게 물어왔으나, 그는 잠시만 더 기다려보라고 말하고는 입을 굳게 다물었다.

예루살렘에서 다메섹으로 피난온 기독교인들 중에 아나니아라는 제자가 있었다. 베드로에게 땅을 판 돈을 몰래 감추었다가 성령을 속인 죄로 즉사한 아나니아라는 사람과 동명이인이었다. 그 역시 사울이 이끄는 가야바의 사병들이 다메섹에 와 있다는 사실을 알고 있었다. 그러나 이틀이 지나도록 성 안에 아무런 일이 없자 무언가 심상치 않은 기운을 느꼈다. 아나니아는 폭풍전야와 같이 고요한 다메섹의 밤을 맞으며 성 안에 사는 모든 기독교인들의 평안을 비는 기도를 올렸다. 눈물을 흘리며 간절히 기도하고 있을 때 그는 난생 처음으로 예수 그리스도의 음성을 들었다.

「아나니아야」

「주여, 말씀하소서」

아나니아는 성령이 충만해 있었으므로 조금도 놀라지 않았다.

「날이 새거든 직가라는 거리에 있는 유다의 집에 가서 사울을 찾으라. 그가 기도 중이니라.」

아나니아는 사울의 이름을 듣자 섬뜩함을 느꼈다. 그 역시 기독교의 정신이 사랑과 용서와 자비라는 것을 잘 알고 있었지만 사울은 결코 그 대상이 될 수는 없었다. 기독교인더러 사울에게 가라는 말은 지옥으로 가라는 말과 다를 바 없었다.

그 순간 아나니아는 자신의 눈앞에 펼쳐지는 환영을 보았다. 그는 헬쑥한 얼굴의 남자가 침상에 누워 있는 모습을 보았다. 그는 사울을 본 적도 없었고 살아서 그자를 만나고 싶은 마음도 없었지만 병상의 남자가 곧 사울이라는 것을 느낄 수 있었다. 그리고 그의 이마에 손을 얹고 기도하는 사람이 있었는데, 자세히 보니 그것은 다름 아닌 아나니아 자신이었다. 그 환영은 아나니아가 해야 할 일이 무엇인지 보여주고 있었던 것이다. 그러나 사울의 악명이 워낙 높았기 때문에 아나니아는 쉽게 임무를 받아들일 수 없었다.

「그러나 주여, 제가 듣기로 이 사람은 예루살렘에서 당신의 성도에게 적지 않은 해를 끼쳤고, 이곳에서도 주의 이름을 부르는 모든 자를 결박할 권세를 대제사장으로부터 받았다고 합니다.」

잠시 침묵이 흘렀다.

「아나니아야」

예수는 아나니아의 불안과 두려움을 잘 이해하고 있는 듯한 목소리로 그를 다시 불렀다.

「염려하지 말고 그에게 가라. 그 사람은 내 이름을 이방인과 왕들과 이스라엘 자손들에게 전하기 위해 내가 직접 택한 인물이니라. 그가 내 이름으로 인하여 얼마나 고난을 받게 될 것인가를 그에게 보이리라.」

더이상의 설명은 필요치 않았다.

몇 시간 후 아나니아는 직가라는 거리에 있는 유다의 집 앞에 서 있었다. 교회 장로인데다가 꽤 이름이 알려진 재력가였으므로 그의 집을 찾기란 그리 어려운 일이 아니었다. 그는 유다의 집에서 일하는 하인에게 대뜸 사울을 긴히 만나야겠다고 말했다. 하인은 그가 기독교인이라고는 꿈에도 생각을 하지 못한 채, 아나니아를 사울의 방으로 안내했다.

널찍한 방 안에는 조그만 등잔불이 간신히 어둠을 몰아내고 있었다. 등잔불이 놓인 탁자 옆에는 침상이 있었고, 침상 위엔 모든 기독교인을 공포에 떨게 한 사울이란 자가 초라하게 누워 있었다. 아나니아는 조심스럽게 그의 곁으로 다가갔다.

「사울 형제」

아나니아는 사울의 눈에 가만히 손을 얹으며 조용히 그를 불렀다.

사울은 흠칫 놀랐으나 그의 손길을 거부하지는 않았다.

「예수께서 나를 당신에게 보내셨소」

사울은 안도의 한숨과 함께 짧은 신음소리를 냈다. 얼마나 애타게 기다리던 말이었던가.

「당신이 다메섹으로 오면서 보았던 예수께서 당신으로 하여금 시력을 되찾게 하고 성령을 충만케 하기 위해 나를 보내셨소」

사울은 잠자코 아나니아의 말을 듣고 있었으나 그의 가슴은 심하게 요동치고 있었다. 그에게는 선택의 여지가 없었다. 얼마 전까지만 해도 성령이라는 존재를 비웃던 자가 이제는 꼼짝없이 그것을 애타게 기다리는 신세가 되고 말았던 것이다.

마침내 아나니아가 안수 기도를 올리기 시작하자 사울은 자신의 눈이 불처럼 뜨거워지는 것을 느꼈다. 그리고 그 뜨거움은 점점 머리와 가슴으로 퍼지더니 급기야 그의 전신을 불덩이처럼 달궈 놓았다. 그는 거듭나면서 변하고 있었던 것이다.

혼미한 가운데 사울이 정신을 차렸을 때, 파랗게 밝아오는 하늘을 볼 수 있었다. 고개를 돌려보니 그에게 안수한 사람으로 보이는 40대의 남자가 부드러운 미소를 짓고 있었다. 그 순간 사울은 완전히 새사람이 되어 있음을 느꼈다.

아나니아는 사울과 함께 유다의 집을 몰래 빠져나와 서너 명의 제자들과 함께 기거하는 숙소로 향했다. 제자들은 아나니아가 부축하며 데려온 자가 누군지 묻지도 않고 그를 맞았다. 제자들이 그에게 음식과 마실 것을 주고는 아나니아에게 그가 누구인지 물었다.
「이 사람은 기독교를 박해하던 사울이란 사람이오.」
아나니아의 말이 떨어지자 제자들은 질겁을 하며 사울 곁에서 떨어졌다.
「어, 어쩌자고 여기까지 데리고 왔단 말이오?」
제자들은 납득할 수 없다는 표정으로 그를 책망하듯 소리쳤다.
아나니아는 지난밤 기도 중에 있었던 일을 자세히 설명하면서 자신이 사울을 만난 것은 결코 우연이 아니었음을 제자들에게 설득시켰다. 자초지종을 들은 제자들은 아나니아의 말을 믿지 못하는 것은 아니었지만 여전히 사울을 경계할 수밖에 없었다. 사울의 변화된 행동을 직접 보기 전엔 그의 회심을 확인할 수 없었기 때문이다.
잠자코 누워 그들의 대화를 듣던 사울은 자신이 기독교인들에게 얼마나 무서운 존재였던가를 깨달았다. 하지만 당장 그들에게 자신의 변화를 애써 변론하고 싶지 않았고 변론할 기력도 없었다.
사울은 사흘 동안 장님이 되어 있었지만, 영적으로는 30년이 넘도록 장님이었다. 그는 모든 바리새인들이 그러하듯 눈앞의 예수가 메시아임을 부정하고 미로처럼 복잡한 율법서만을 파고들면서 메시아가 유다를 구하러오는 시기를 계산하기에 여념이 없었다. 그러다가 예수를 따르는 무리들이 점점 많아지고, 그 교회가 온 유대에 널리 퍼지기 시작하자 사울은 앞으로 오실 메시아를 위해서라도 사람들을 미혹하는 기독교를 말살시킬 결심을 하게 되었던 것이다. 그러나 예수의 음성이 아직도 귓가에 쟁쟁한 지금, 사울은 그가 바로 메시아임을 인정하지 않을 수 없었다. 동시에 그는 앞으로 전개될 자신의 운명이 완전히 달라질 것을 알고 있었다.

사울을 죽여라

사울은 태어날 때부터 두 개의 이름을 갖고 있었다. 사울은 유대식 이름이있고, 바울은 로마식 이름이었다. 그는 유대인들에게 자신을 소개할 때는 사울이라는 이름을 썼고, 이방인들에게는 바울이라고 자신을 소개해왔다.

제자들의 간호 속에서 건강을 회복한 사울은 먼저 그들에게 자신을 사울이라 부르지 말고 바울로 불러줄 것을 부탁했다. 그가 다소를 떠난 이후 한번도 사용하지 않았던 이름을 다시 사용하기로 결심한 데는 두 가지 이유가 있었다. 첫째는 외적으로 사울이라는 이름이 기독교인들에게 주는 두려움과 공포를 조금이라도 바꿔 보고 싶었고, 둘째는 내적으로 오랜 무지에서 벗어난 것을 자축하는 의미에서였다.

기력을 회복한 바울은 제자들과 숙식을 함께 하며 예수의 가르침에 대해 배우기 시작했다. 그의 영혼이 생명의 말씀을 먹고 마시며 날마다 성령 충만함을 입게 되자 반신반의하던 제자들도 그의 거듭남을 신뢰하기에 이르렀다. 그러나 그의 변화는 단지 말씀을 받아들이는 데 그치지 않았다. 지적이면서도 정열적인 성격의 소유자였던 그는 끓어오르는 마음을 안고 가만히 앉아 있을 수는 없었다. 그는 여전히 예수가 메시아임을 부정하며 기독교인들에 대한 증오를 품고 살아가는 바리새인들의 그릇됨을 예수가 가르친 생명의 말씀으로 깨뜨리지 않고서는 견딜 수 없었던 것이다.

제자들과 함께 생활한 지 여러 날이 지나고 다메섹에서 두 번째 안식일을 맞은 바울은 기도를 마친 다음 말없이 숙소를 나왔다. 찬란한 아침 햇살이 축복처럼 그의 등을 비추고 있었고 발 앞에 길게 늘어진 그림자는 융단처럼 그의 발길을 유대교 회당으로 인도하고 있었다. 바울은 자신이 처형한 스데반과 똑같은 모습으로 스데반이 가르치던 생명의 말씀을 사람들에게 증거하기 위해 유대교 회당을 향해 힘차게 걸었다.

바울은 자신을 보고 놀라는 사람들에게 더욱 큰 놀라움을 안겨주었다. 예수교 말살을 부르짖으며 200여 명의 군사를 이끌고 다메섹까지 기독교인들의 피를 뿌리러 온 그가 갑자기 행방불명된 지 보름 만에 나타나서는 예수를 메시아라고 증거하는 것이 아닌가.

그는 예수가 하나님과 사람을 연결시켜주는 다리 역할을 한다고 말했다. 그리고 과거엔 아무리 율법을 엄수해도 하나님과 교통이 불가능했지만, 이제는 세례를 받고 성령을 받아 거듭난 사람은 예수를 통해 하나님과의 교통이 가능하다고 역설했다. 또한 그는 예수의 가르침이 모세의 율법보다 위에 있다고 주장해 유대교인들은 물론 기독교인들까지 놀라게 했다. 이러한 그의 주장은 당시 상황으로 보아 열두 사도들의 가르침보다 급진적인 것이었다. 어떤 면에서는 종교적 반란이라는 평가를 받을 만한 위험성까지 내포하고 있었다. 바울의 개심을 반기던 다메섹의 기독교인들도 그의 논리를 받아들이는 일에는 주저하지 않을 수 없었다. 그만큼 그의 논리는 파격적인 것이었다.

랍비들과 바리새인들 역시 바울의 행동을 탐탁지 않게 여기고 있었음은 두말할 나위 없었다. 거침없이 예수를 증거하는 바울의 설교를 들으면서도 그의 변절을 쉽게 믿을 수 없었던 것은 그들뿐만이 아니라 기독교인들도 마찬가지였다.

「아니, 저 사람은 기독교 박해자인 사울이 아닌가?」

「예수의 이름을 부르는 사람들을 잡으러온 자가 예수를 가르치다니……」

「무슨 꿍꿍이가 있는 것이 분명해. 그렇지 않고 사울이 저렇게 행동할 수는 없어」

「그가 정말 개종한 것일까? 아니면 덫을 놓아 더욱 많은 기독교인들을 일망타진하려는 획책일까?」

무수한 추측이 난무하는 가운데 바울의 설교는 회당은 물론 길거리와 광장에서도 계속되었다. 기독교 박해의 대명사로 알려진 그가 어떻게 예수를 증거하는지 보기 위해 구경꾼들이 몰려들었다. 구경꾼들은 용광로처럼 뜨거운 바울의 설교 속으로 빠져들면서 하나둘씩 개종을 하기 시작했다. 마침내 그의 설교를 듣고 유대교인들까지 개종하는 사태가 벌어지자 제사장들과 바리새인들은 바울의 처리 문제를 놓고 회의를 벌이게 되었다.

「내일이라도 예루살렘에 계신 대제사장들에게 사람을 보내어 사울의 변심을 보고하고 하는 것이 좋겠습니다.」

머리가 벗겨진 장로 한 사람이 조심스럽게 제의했다.

「그건 시간이 너무 많이 걸려.」

백발의 제사장이 고개를 저으며 말했다.
「해결책은 그를 제거하는 것뿐입니다.」
수염을 길게 기른 바리새인 하나가 강경한 어조로 말했다.
「하지만 대제사장의 공문을 가지고 온 사람을 우리 마음대로 죽인다는 건 아무래도……」
「대제사장의 공문까지 가지고 온 자가 변절을 했으니 죽여야 한다는 거요. 그리고 예루살렘의 대답을 기다리는 동안 온 다메섹이 예수교 신자들로 우글거리게 된다면 당신이 책임지겠소?」
긴 수염의 바리새인이 장로의 신중론을 반박하고는 제사장을 향해 계속 말했다.
「예루살렘의 대제사장들 역시 사울의 변절 소식을 접하게 된다면 노발대발하면서 그를 당장 처치하라고 명령할 것이 분명합니다.」
「옳습니다. 사울의 죽음은 우리들만의 뜻이 아니라 하나님의 명령이기도 합니다.」
바울을 죽여야 한다는 견해는 지배적이었다.
「그래…… 사울은 반드시 죽어야 해.」
다메섹의 제사장은 고개를 끄덕이며 바울의 처리를 최종적으로 결정지었다.
바울을 암살하기로 결정하자 그 일을 예루살렘에서 이끌고 온 성전 경비대에게 맡기기로 했다. 그들은 살인청부업자를 고용할 수 있었지만 문제가 될 경우 내부의 갈등에 의한 마찰이라고 발뺌해버릴 계산을 하고 있었던 것이다.
제사장으로부터 바울을 살해하라는 지령을 받은 가야바의 사병들은 조를 편성해 다메섹의 성문 밖과 아바나 강가에 매복했다. 그들은 바울이 해질녘에 성에서 나와 강가를 거닐기를 즐긴다는 사실을 알고 있었다.

　제자들은 그날도 광장에서 예수를 증거하고 숙소로 돌아온 바울을 근심스런 표정으로 맞았다.
　「바울, 옛날 당신의 부관이라는 사람이 왔었소」
　아나니아가 말했다.
　바울은 성전 경비대원이자 자신의 보좌관 노릇을 하던 심복 아비멜을 떠올렸다. 그는 바울이 기독교인이 되었다는 것을 가장 먼저 알았으면서도 그 사실을 발설하지 않았던 의리의 사나이였다.
　「아비멜이 여기에 왔었단 말이오?」
　바울이 눈을 크게 뜨며 물었다.
　「네. 그가 와서 제사장들과 바리새인들이 선생을 암살키로 결정했다는 소식을 전해주고 갔습니다」
　제자 하나가 무겁게 가라앉은 목소리로 말했다.
　「바울 선생, 오늘밤 안으로 다메섹을 떠나는 것이 좋겠소」
　아나니아가 조용히 말했다.
　「하지만 아직도 이곳에서 할 일이 많습니다」
　바울이 말하는 할 일이란 전도와 선교를 의미했다.
　「주님의 사업은 다른 곳에서도 얼마든지 할 수 있습니다. 먼저 목숨을 보전하는 것이 급선무입니다」
　「그렇소. 이곳 일은 우리에게 맡기고 어서 다메섹을 빠져나가시오」
　결국 바울은 제자들과 함께 다메섹을 어떻게 탈출할 것인가에 대해 의논하기 시작했다.
　새벽이 되자 제자들은 큼지막한 광주리에 바울을 뉘었다. 그리고 그 위에 오렌지와 배를 얹어 그들이 아침 시장에 과일을 운반하는 것처럼 보이도록 위장했다. 감시자들이 보기에도 그것은 영락없는 과일 광주리였다. 그러나 사울을 실은 과일 바구니는 시장으로 향하지 않고 성 안의 가장 으슥한 곳인 북쪽 벽으로 향하고 있었다. 그곳엔 아무도 올라올 수 없는 절벽이 있었다. 제자들은 준비한 밧줄을 광주리에 맨 다음 성 밖으로 달아 내렸다.

밧줄이 끊어지거나 실수로 밧줄을 놓기라도 한다면 바울은 즉사하고 말 것이다. 바울이 예수를 만나지 못했더라면 그의 손에 죽거나 예루살렘에 압송되어 종교재판을 받고 있을 사람들이 지금은 바울의 목숨을 좌지우지하고 있었다. 그가 할 수 있는 일이라고는 기도밖에 없었다.

얼마나 오랫동안 허공에 매달려 절벽을 내려갔는지 모른다. 마침내 털썩하는 소리와 함께 광주리가 땅에 닿자 바울은 고개를 들어 사방을 둘러보았다. 비록 달빛조차 없는 깜깜한 밤이었지만 그는 자신이 무사히 바닥에 내려졌음을 직감할 수 있었다. 그는 서둘러 광주리에서 나오려 했으나 긴장으로 잔뜩 경직된 몸은 마음처럼 움직여주지 않았다.

위를 올려다보았으나 칠흑 같은 어둠에 싸인 성벽엔 아무도 보이지 않았다. 바울은 밧줄을 두어 번 잡아당김으로써 제자들에게 작별 인사를 대신한 다음 아라비아로 향했다.

예루살렘으로 돌아온 바울

다메섹에 사는 기독교인들과 유대교인들만 바울의 개종을 확실히 알고 있었을 뿐, 나머지 유대와 이스라엘에 사는 사람들은 여전히 그의 전향을 그대로 받아들이지 못하고 있었다. 특히 다메섹에서의 사건을 보고받은 예루살렘의 대제사장, 바리새인, 장로 등 반기독교 집단들은 펄펄 뛰면서, 그 이야기가 기독교인들에 의해 날조된 소문이라고 단정했다. 그러고는 기독교인들은 바울의 변심을 더욱 많은 기독교인들을 잡아 가두기 위한 위장 수단이라고 못박았다. 바울에 대한 사람들의 의혹은 그가 행방을 감춤으로써 더욱 커져갔다.

그러나 바울은 자신이 직접 나서서 사람들의 의혹을 푸는 일이 얼마나 부질없고 위험한 일인가를 알고 있었다. 예루살렘의 옛 동지에게 자신의 개종을 직접 알린다는 것은 죽음을 자초하는 행위였고, 그리스도인들에게 자신의 진실을 믿게 한다는 것은 불가능한 일이라는 것을 잘 알고 있었다. 바울에게는 시간이 필요했다. 세상 사람들의 기억에서 잠시 잊혀질 필요가 있었을 뿐만 아니라, 하나님과 영적으로 교제하며 예수를 배우고 따르는 삶의 연습이 필요했던 것이다.

천막을 만드는 기술을 가지고 있었던 그는 유목민이 많은 아라비아에서 천막을 만들어 팔면서 그럭저럭 생계를 꾸려나갈 수 있었다. 이렇게 아라비아에서 3년을 보내고 다시 다메섹을 찾은 바울은 도시 전체를 휩쓸던 종교적 갈등이 많이 사라졌음을 실감했다. 박해자 사울을 기억하는 사람은 많았으나 바울을 알아보는 사람은 없었다. 그는 그곳에서 자신에게 세례를 준 아나니아와 제자들을 만나고 곧 예루살렘으로 향했다. 때는 주후 38년이었다.

예루살렘으로 향하는 길에 예수가 많은 시간을 보냈다는 갈릴리 바다를 지나던 바울은 벌써부터 그의 가르침이 피부에 와닿는 느낌을 받았다. 이미 3년 동안에 걸친 여행으로 순례자가 될 준비를 하고 있던 바울은 복음이 특정한 사람들을 위한 것이 아니라 이 땅에 사는 모든 인간들을 위한 것이라는 사실을 알고 있었다. 또 그것을 실천에 옮기기 위해서는 교회의 초석이라고 할 수 있는 베드로를 만나야만 했다.

그는 사람들의 무관심 속에서 예루살렘에 무사히 들어갈 수 있었지만, 베드로를 만나는 일은 생각처럼 쉽지가 않았다.

「혹시 기독교인이시오?」

바울은 베드로의 거처를 알 수 있을까 해서 지나가는 사람을 붙잡고 물었다.

「원, 재수없게……」

행인은 징그러운 물건이라도 대하듯 물러서며 땅에 침을 뱉고는 가던 길을 재촉했다.

「가버나움에서 온 베드로라는 어부를 아시오?」

「예수의 사도들을 어디에 가면 만날 수 있겠소?」

「기독교인들이 모이는 곳을 아시오?」

그는 돌아다니며 사도들의 행방을 수소문했지만, 대답은 모두 한결 같았다. 그런 사람은 알지도 못 하고 그런 이름은 들어보지도 못 했다는 것이었다. 심지어 어떤 이들은 그런 질문을 하는 바울을 미친 사람으로 취급했다. 사도들을 만나기 위해 먼길을 왔음에도 불구하고 그들을 만나는 일은 여전히 쉽지 않았다.

그러나 어떤 자가 베드로를 만나려 한다는 소문은 사람들의 입으로 전해져 사도들의 귀에까지 들어가게 되었다. 제자들은 그의 정체를 비밀리에 알아보기 시작했다.

「선생이 예수의 추종자들을 만나려는 분이시오?」

허리가 굽은 한 노인이 바울의 숙소를 찾아와 물었다.

「네, 그렇습니다만……. 노인은 누구십니까?」

바울은 눈을 크게 뜨며 반문했다.

「그건 그리 중요한 문제가 아니오. 중요한 건 당신이 누구냐는 거지. 생각해보구려. 당신이 누군지도 모르는데 어떤 미친 사람이 내가 사도요, 하고 나타나겠나?」
「하지만 내가 누군지를 묻는 사람도 없었습니다.」
「그렇기도 했겠구먼.」
노인은 너털웃음을 웃으며 말을 이었다.
「당신이 누군지 내게 말하면 내가 손을 써보리다. 장담은 못하겠지만 말이야.」
「저는……」
바울은 잠시 머뭇거리지 않을 수 없었다. 그 노인이 바리새인들의 끄나풀이 아니라는 보장도 없었거니와 설사 그가 기독교인들과 연줄이 있다 하더라도 차마 자신이 기독교를 박해하던 사울이라고 말하기가 쉽지 않았기 때문이었다.
「노인장께서는 사울이란 자를 기억하십니까?」
그는 먼저 노인을 떠보기로 했다.
「사울? 알다마다. 기독교인들에겐 원수 중에 원수지. 아무리 예수가 원수를 사랑하라고 가르쳤다지만, 그 작자는 예외야.」
「그런데 그 사울이란 자가 어떻게 되었는지 아십니까?」
「음…… 수년 전에 기독교인들을 잡아온답시고 군대를 끌고 다메섹에 갔다가 천벌을 받아서 장님이 된 다음 미쳐버렸다는 말도 있고, 개종을 해서 기독교인이 되었다는 말도 나돌았는데 확실한 건 아무도 몰라. 어디가서 죽었겠지 뭐. 정말로 개종을 했다면 바리새인 양반들이 가만 놔두지 않았을 것이고, 가짜로 회심을 했다면 기독교인들 손에 요절이 났을 테니까. 아니, 근데 그 사람 얘기는 왜 물으시오? 혹시 그 사람이 있는 곳을 알고 있기라도 ……?」

노인은 바울의 얼굴을 빤히 바라보았다.

「내가 바로 그 사울입니다.」

바울은 자신이 누구인지를 밝히고는 노인의 반응을 잠자코 기다렸다.

노인은 예사롭지 않은 시선으로 한동안 바울의 눈을 쏘아보았다. 그는 바울의 눈에서 무엇인가를 읽고 있는 것이 분명했다.

「당신은 예수 그리스도가 메시아라는 사실을 믿으시오?」

노인은 천천히 그러나 또렷하게 바울을 향해 질문했다.

「믿습니다.」

「당신은 죄 없는 예수 그리스도가 우리의 죄를 속죄하려 대신 죽었다는 사실을 믿으시오?」

「네, 믿습니다.」

「기다리시오. 당신이 사도들을 만날 수 있도록 주선하리다.」

노인은 말을 마치고 어둠이 내리기 시작하는 예루살렘 거리로 사라졌다.

다음날 저녁 그 노인은 제자들을 찾아가 그들이 알고자 했던 것을 말했다. 제자들은 노인의 말을 들으면서 악몽을 떨쳐버리기라도 하려는 듯이 고개를 설레설레 저으며 바울에 대한 강한 거부 반응을 보였다. 이미 3년이 지났는데 그가 기독교인들에게 저지른 행위는 마치 어제의 일처럼 생생했으므로, 그들은 바울에 대한 의심과 두려움을 쉽게 떨쳐버릴 수 없었다. 제자들은 한결같이 바울을 만나기를 거부했다.

그러나 최초의 기독교 개종자들 중에 한 사람인 바나바만은 나머지 제자들과 의견을 달리했다. 그는 제자들이나 사도들에게 바울을 만나주자는 말을 무턱대고 꺼내지는 않았지만, 바울이란 인물에 대해 왠지 자꾸만 관심이 쏠렸다. 바나바 역시 바울이란 자가 기독교인들에게 무슨 짓을 했었는지 모르지 않았다. 그러나 기독교가 기적의 종교라는 사실을 잘 알고 있던 그는, 그 기적이 사울과 같은 사람의 심령도 변화시킬 수 있는지 직접 확인하고 픈 충동을 느꼈던 것이다.

'만약 그가 진실로 예수를 영접하고 새사람이 되었다면 못 만날 이유가 있을까?'

'귀머거리와 장님과 앉은뱅이를 낫게 하는 성령이 사악한 심령을 바로잡지 못한다고 누가 장담할 수 있겠는가?'

'그가 기독교인들을 박해한 자였다면 우린 예수를 못박아 죽인 자들이 아니었던가?'

스스로에게 이런저런 질문을 던지면서 바울에 대한 자신의 입장을 정리해가던 바나바는 그가 율법과 예언서에 해박한 열성파 바리새인이었다는 사실을 상기했다. 비록 바울은 예수교를 탄압하기는 했지만 그것은 그의 소신이었지 결코 대제사장들과 장로들 그리고 산헤드린 의회원들처럼 자신의 이익을 위해 그런 것은 아니었다. 만약 바울의 능력과 열정이 올바르게만 사용된다면 교회는 커다란 재원을 확보하는 것이나 다름없었다.

생각이 여기까지 이르자 바나바는 서둘러 집을 나와 노인이 일러준 바울의 숙소로 향했다. 땅거미가 지기 시작하는 예루살렘 거리는 일을 마치고 집으로 돌아가는 사람들과 저녁 시장으로 물건을 사러 가는 사람들로 붐비고 있었다. 바나바는 성전 경비대의 감시의 눈을 벗어나 비교적 자연스럽게 인파에 섞여 목적지까지 갔다.

바나바는 바울의 방 문을 조심스럽게 두드렸다.

잠시 후 약간 마른 듯한 40대의 남자가 뒷짐을 지고 문을 열었다.

「베드로……?」

바울의 머리 속은 온통 베드로를 만날 생각으로 가득했으므로 그는 자신도 모르게 낯선 방문객의 정체를 넘겨짚는 실수를 범하고 말았다.

「사울 아니, 바울 선생이시오?」

바나바는 침착한 목소리로 물었다.

「네, 그렇습니다만……」

바울은 커다란 눈을 굴리며 말꼬리를 흐렸다.

「잠시 들어가도 되겠습니까?」

바울은 급히 그를 안으로 맞이했다.

두 사람은 조그마한 탁자를 가운데 두고 마주앉았다. 바나바는 먼저 자신을 소개하고 그를 만나러 온 목적을 말했다. 그리고 3년 전 다메섹에서 일어난 사건과 다메섹을 떠난 뒤 3년 동안의 생활에 대해 물었다. 바나바는 바울이라는 사람을 이곳의 제자들에게 소개하기 전에 먼저 그에 대해서 알아두어야겠다고 생각했던 것이다.

밤이 늦도록 바울의 이야기는 계속되었다. 그리고 자신의 신앙관에 대해서 다음과 같이 피력하기 시작했다.

「예수가 오시기 전까지 우리는 암흑과 같은 세계에 살고 있었습니다. 죄를 지닌 인간들이 거룩한 하나님 앞에 나간다는 일은 꿈도 꾸지 못했죠. 사람들은 율법을 엄수함으로써 구원을 받을 수 있다고 생각했지만 마음이 비어 있는 기도는 하나님은 결코 달가워하지 않으십니다. 죄인들이 올리는 제사를 하나님이 기쁘게 받으셨겠습니까?」

그는 유대교의 한계성에 대해 지적하고 그 해답을 다음과 같이 제시했다.

「그러나 예수께서 오신 뒤로 우리에게는 멀게만 느껴지던 하나님을 가깝게 대할 수 있는 길이 생겼습니다. 그 길은 다른 게 아니라 예수 그리스도의 죽으심과 부활을 통해 유효하게 된 구원을 온전히 받아들이는 것입니다. 이제까지 모세의 율법을 지킴으로 이루어진 공적인 구원은 잊어버려야 합니다. 그건 진실한 구원이 아니었으니까요. 인간은 본질적으로 악하여 스스로 구원을 얻을 수 없는 존재라는 사실을 형제께서도 인정하셔야 합니다.」

바나바가 고개를 끄덕이자 바울은 계속했다.

「유대 사상을 가진 일부 기독교인들은 내가 율법을 배척한다고 나를 벌써부터 이단시하고 있지만 그것은 그들이 하나님이 유대인들만을 위한 신이라고 믿는 착각에서 비롯된 것입니다. 사람이 구원을 얻는 것은 믿음을 통해 받은 성령의 힘으로 이루어지는 것이지, 결코 모세의 율법으로 이루어지는 것이 아닙니다.」

이 말은 바울이 주장한 믿음으로써만 의롭게 된다는 교리의 일부이자 전부였다. 바울은 고린도후서를 기록한 다음 주후 56년경 갈라디아에 보내는 편지에서 믿음의 위대함과 그 권능을 더욱 분명하게 설명했다. 기독교 자유의 대헌장이자 선언서라고 일컬어지는 갈라디아서는 기독교인들을 율법의 사슬로부터 해방시켰으며, 그로부터 약 1500년 뒤 루터가 주도한 종교개혁의 밑거름이 되기도 했다.

바울의 이야기를 경청하던 바나바는 그의 신앙이 논리적이고 말씀으로 무장되었다는 인상을 받았다. 바울은 율법서와 예언서에 근거해 예수가 메시아라는 사실을 정확히 입증하는 한편, 예수의 가르침은 모세의 율법을 능가하는 힘을 가지고 있다고까지 주장해 바나바를 놀라게 했다. 하지만 무엇보다 바나바를 감동시킨 것은 예수에 대한 바울의 열성이었다. 그 어떤 어려움이나 장애물도 신념과 투지로 극복할 수 있을 것 같은 바울의 힘은 그의 말과 눈빛에서 충분히 읽을 수 있었다.

　바나바가 바울과 작별인사를 하고 숙소를 나설 때는 이미 밖은 주홍빛으로 물들고 있었다.

　'보통 인물이 아니다. 무슨 일이 있어도 그를 베드로와 만나게 해야 한다.'

　집으로 돌아가는 그의 마음은 마치 횡재라도 만난 듯 들떠 있었다.

바울과 베드로의 만남

　그때쯤 교회 내에서의 바나바의 권위는 이미 제자들의 수준을 넘어 사도들과 동등한 수준에 이르고 있었으므로 그의 말은 상당한 영향력과 신뢰를 받았다. 그는 성품이 온유하고 정이 많아서 제자들 사이에 '위로의 아들'이라고 불렸고, 성경에 대한 풍부한 지식으로 많은 사람들의 궁금증을 풀어주어 '권위자'라는 이름으로 존경을 받고 있었다. 그가 모든 기독교인들이 만나기를 꺼리던 바울에게 접근했던 것도 결코 우연은 아니었던 것이다.

　바나바는 사도들과 제자들이 모인 자리에서 자신이 어젯밤 바울을 만났음을 고백하고, 그의 출생과 교육, 성장 환경, 성격, 회개하게 된 경위, 다메섹에서 일어난 일, 아라비아에서의 생활, 종교적 성향과 앞으로의 계획 등을 소상히 알렸다. 사도들과 제자들은 바울의 신상에 대한 질문을 서너 차례 던졌지만, 지난번처럼 무조건적인 거부 반응을 보이는 사람은 없었다. 그만큼 바울에 대한 바나바의 자세는 진지했고 사람들은 그 권위자의 진지함을 신뢰했다. 그가 바울에 대한 설명을 마쳤을 때 모든 사람들은 하루빨리 그를 만나고자 했을 정도로 바나바의 말은 설득력이 있었다. 마침내 사도들은 바울을 데려 올 것을 청했다.

잠시 후 바울이 다락방의 사도들 앞에 섰을 때 그를 향해 성큼성큼 다가서는 거구의 남자가 있었다. 그는 바울이 애타게 만나기를 원하던 갈릴리의 어부 베드로였다. 베드로는 자신의 어깨 정도에 닿는 작은 키의 바울을 내려다보았고 바울은 태산처럼 버티고 선 베드로를 올려다보았다.

「오시느라 수고가 많았소」

「정말로 뵙고 싶었습니다」

베드로는 바울의 손을 덥석 잡았다.

두 사람은 서로 소개가 필요 없었다. 마주치는 눈길에서 그들은 성령의 역사를 느꼈기 때문이었다. 하지만 두 사람은 표면적으로 너무도 달랐다. 한 사람은 예수가 교회의 초석이 되라고 지명한 사람이었고, 다른 한 사람은 악명 높은 기독교의 박해자가 아니었던가. 그들은 극과 극을 달리는 인물들이라 해도 과언이 아니었다. 그러나 이런 모든 차이점은 바울이 예수 그리스도를 구세주로 영접하고 회개함으로써 완전히 소멸되고 말았다. 이제 두 사람은 과거의 반목과 대립을 청산하고 구주 안에서 동지이자 형제임을 인정하기에 이르렀던 것이다.

베드로와의 인사가 끝나자 다른 사도들은 바울과 볼을 맞대며 그를 진심으로 환영했다. 그것은 바울이 기독교인들에게 자신의 개종을 인정받는 중요한 의식과 다름없었다.

바울은 그때부터 사도들과 함께 생활하며 예수의 가르침과 행적에 대해 더욱 깊이 파고들기 시작했다. 작은 야고보는 바울과 함께 예루살렘 거리를 걸으며 예수가 어디서 어떤 사역을 했었던가를 설명해주었다.

「바울 형제, 저 공터가 보이시죠? 바로 저곳에서 사람들이 간음한 여인을 돌로 치려 했었습니다. 예수께서 성난 군중들에게 '너희들 중에 죄 없는 자가 먼저 저 여인을 돌로 치라'고 말씀하셨죠. 결국 아무도 돌을 던진 사람이 없었고 예수께서는 여인에게 다시는 죄를 짓지 말라고 하셨습니다.」

「예수께서 땅에 침을 뱉어 진흙을 개어 태어날 때부터 장님이던 사람의 눈 위에 바르시고는 그에게 연못에 가서 눈을 씻으라 하셨습니다. 장님은 예수가 시키는 대로 했고, 결국 앞을 볼 수 있게 되었죠. 그날이 안식일이었던 까닭에 바리새인들이 예수를 비난했습니다. 저기 보이는 실로암이 바로 그 장님이 눈을 씻었던 연못입니다.」

사도들의 설명을 듣던 바울은 예루살렘 거리거리마다 스며 있는 예수의 체취를 느끼며 절로 가슴이 벅차오르는 것을 느꼈다. 그러나 예수가 재판을 받았다는 산헤드린 재판장을 지나 골고다로 향하는 길을 걸으면서 바울은 어린아이처럼 울먹이기 시작했다. 십자가를 지고 가던 예수가 세 번이나 쓰러지는 모습이 눈에 선했기 때문이다. 마침내 예수의 십자가가 꽂혔던 자리에 이르렀을 때 그는 주저앉아 통곡을 하고 말았다. 죄 없이 죽어가던 예수의 신음소리와 절규가 그의 가슴을 갈가리 찢어놓았기 때문이다.

요한의 위로를 받으며 갈보리 언덕을 내려오던 바울은 그렇게 무섭고 엄청난 사건이 일어났던 예루살렘에 버젓이 있었으면서도 눈과 귀를 막고 진실을 거부하고 있던 자신의 과거를 생각하며 몸서리쳤다.

'예수를 죽인 것은 바로 나였구나.'

바울은 영적으로 무지했던 자신의 과거를 돌이켜보며 다시 가슴이 아파오는 것을 주체할 수 없었다.

'예수의 말씀을 전해야 한다. 나의 죄를 씻는 길은 목숨을 걸고 복음을 전파하는 것뿐이다.'

당시 예루살렘에는 비공식적이긴 했지만 어느 정도 기독교의 자유가 인정되고 있었다. 산헤드린의 바리새인들은 기독교인들이 대중 앞에서 공공연히 복음을 가르치거나 예수의 죽음에 대해 자신들을 비난하지만 않는다면 애써 박해하지는 않겠다는 입장을 취했다. 기독교인들도 가급적이면 평화 속에서 예수의 가르침을 따르며 생활하기를 원했다. 비록 완전한 평화는 아니었지만 바리새인들과 기독교인들은 서로의 존재를 조심스럽게 견제하고 인정하면서 공존하고 있었던 것이다.

이러한 보이지 않는 서로간의 계약에 금이 가기 시작한 것은 바울이 예루살렘의 대중 앞에서 복음을 전하기 시작하면서부터였다. 복음을 전하고자 하는 그의 결심은 굳은 것이었지만 그 결심이 낳은 행동은 성급했다. 그는 과거에 알고 지내던 바리새파 유대인들을 우연히 만나게 되면서 그들에게 복음을 가르치며 회개하고 주 앞으로 나올 것을 부르짖었던 것이다.

이러한 사태가 발생하자 당황한 쪽은 바리새파보다 기독교측이었다. 스데반 집사를 죽였던 리버디노에게 예수를 증거하는 바울의 행위는 용감하고 찬사를 받아 마땅한 것이었다. 그러나 그의 공공연한 전도 행위는 바리새인과 대제사장들에게 또 다른 기독교 박해의 구실을 주는 것이었다. 그러므로 사도들과 제자들은 바울의 안전은 물론 예루살렘의 모든 기독교인들의 안전을 위해서라도 바울을 피신시키지 않으면 안 되었다. 장소와 방법만 다를 뿐, 3년 전 바울이 다메섹을 탈출할 때와 거의 비슷한 상황이 예루살렘에서 재현되고 있었다.

「가서 기다리시오. 아직 때가 아닌 것 같습니다. 올라가 계시면 사람을 보내겠습니다.」

바울은 베드로의 명령대로 제자들의 보호를 받으며 예루살렘을 떠나 가이사랴라는 항구 도시까지 갔다. 그는 그곳에서 배를 타고 그의 고향인 다소로 돌아가야 했다. 바울이 보름 만에 예루살렘을 떠나자 예루살렘은 다시 휴전상태로 돌아갔다. 비교적 평화로운 분위기 속에서도 여전히 기독교인들에 대한 바리새인들의 감시의 눈초리가 번득이고 있었지만 노골적인 박해는 없었으므로, 온 유대와 갈릴리와 사마리아의 교회들은 소리없이 더욱 굳건히 자랄 수 있었다.

한편 다소로 돌아간 바울은 다시 한번 좌절된 선교의 꿈을 키우며 그곳에서 베드로가 약속한 때를 조용히 기다렸다.

이방인을 향해 열린 문
The Doors Open to the Gentiles

룻다로 간 베드로

샤론은 지중해 연안의 도시 욥바로부터 북쪽으로 갈멜 산까지 남북 919킬로미터 길이에 동서 80킬로미터 폭으로 펼쳐진 평야였다. 이 평야의 북부 지방은 상수리나무 숲이 우거졌고, 남부 지방은 비옥한 농경지였으며 이른봄에는 넓은 들판에 아름다운 꽃이 만발해 거대한 화원을 연상시켰다. 구약시대의 인물 다윗도 샤론 평야의 아름다움에 반해 이곳에 자신의 목장을 만들었다는 말이 성경에 전해지고 있다.

룻다는 비옥하고 아름다운 샤론 평야의 남부에 자리잡은 도시로써 구약시대 베냐민 지파 세멧이 세운 성이었다. 항구 도시인 욥바에서 14킬로미터 남동쪽에 위치해 있던 이 도시는 해안 도시들과 내륙의 큰 도시들을 잇는 간선도로를 끼고 있어서 로마 군대를 비롯하여 후에 사라센 군대와 십자군, 그리고 칭기즈 칸의 군대까지 이 도시를 경유하게 되었다.

 사마리아 교회의 부흥을 둘러보고 예루살렘으로 돌아온 베드로는 선교 여행의 중요성을 인식하게 되었다. 그러나 이미 복음이 들어간 지역에 다시 한번 신앙을 독려하는 것 역시 중요한 일이 아닐 수 없었다. 특히 예루살렘 주위의 많은 도시엔 이미 복음이 들어가 있었지만 신앙은 아직도 걸음마 단계였으므로 지도와 격려 없이 방치해둘 수는 없었다.
 베드로는 이방 지역 선교의 중요성을 모르는 바가 아니었다. 하지만 그는 이방인들에게 복음을 전하기 전에 유대의 교회가 굳건해야 한다고 믿고 있었으며, 이러한 취지에서 그가 방문한 곳이 바로 샤론 평야의 룻다였다.
 베드로라는 이름만으로도 큰 위안을 받던 기독교인들은 그가 온다는 소식을 전해듣고 며칠 전부터 기쁨과 흥분을 감추지 못하고 있었다. 많은 사람들이 여러 가지 이유로 그가 오기를 애타게 기다렸다. 흔들리는 신앙, 신도들간의 갈등, 질병 등의 이유로 베드로가 오기를 간절히 기다리고 있었다. 그가 오기만 하면 크고 작은 모든 문제들이 저절로 사라질 것이라고 믿었다.
 비록 기독교인은 아니었지만 베드로를 애타게 기다리는 한 사람이 있었다. 그는 바로 중풍으로 고생하던 애니아였다. 그는 8년 동안이나 반신불수로 고생하던 쉰 살이 된 남자였다. 애니아는 반신불수가 된 다음 처음 2년 동안은 의원에게도 보이고 약도 쓰면서 희망을 버리지 않았다. 그러나 가산을 거의 탕진하고서도 아무런 차도가 없자 3년째 접어들면서부터는 체념하면서 살기 시작했다. 그러나 5년째 접어들면서 병간호에 지친 아내와 자식들이 그의 존재를 짐스럽게 여기기 시작하자 애니아는 정말 죽고 싶은 심정이었다. 대소변을 받아내고 욕창을 치료하는 가족들의 표정을 볼 때마다 이 저주스런 삶을 빨리 마치고 싶은 생각밖에 없었다. 애니아의 기도는 시간이 지날수록 어서 자신의 목숨을 거두어달라는 기도로 바뀌어갔다. 자살을 하고 싶었지만 불구가 된 몸으로는 스스로 목숨을 끊는 것도 쉬운 일이 아니었다.

그에게 한 가지 낙이 있다면 가끔 그를 찾아와 세상 돌아가는 이야기를 들려주는 친구의 이야기를 듣는 것이었다.

「베드로가 이 룻다에 온다는구먼.」

친구는 지나가는 말처럼 애니아에게 말했다.

「자, 자네 지금 뭐라고 했나? 누, 누가 온다고?」

중풍으로 혀까지 굳어진 애니아가 더듬거리며 물었다.

「병 잘 고치기로 소문난 예수의 사도인지 뭔지 하는 인물 말이야. 벌써 잊었나, 이 사람아?」

그러나 애니아가 베드로의 이름을 기억하지 못해 되물었던 것은 아니었다. 사실은 그 반대였다. 너무나 베드로를 기다리고 있었기 때문에 그는 베드로가 자신이 사는 룻다로 온다는 사실을 재차 확인하고 싶었기 때문이다.

'어떻게 잊을 수가 있겠는가? 한번도 본 적은 없지만 꿈속에서도 그리던 그 이름을 어찌 잊을 수 있단 말인가.'

애니아는 이렇게 마음속으로 외치고 있었다.

「베드로가 언제 여기에 온다던가?」

「지금 엠마오에 있다니까 늦어도 사흘 후에는 이곳에 오겠지 뭐.」

「그가 룻다에 와서 머무는 게 분명하다던가? 여기를 지나쳐서 욥바로 갈 수도 있잖나?」

애니아는 의심스런 말투로 물었다.

「그거야 우리 같은 사람이 알 바 아니지. 베드로가 욥바로 가건 에집트로 가건 우리와 무슨 상관인가? 자네…… 혹시 베드로한테 병고침을 받으려고 그러는 건 아니겠지?」

「왜 난 그러면 안 되나?」

「하지만 자네는 8년이나 앓았어. 병이 어지간히 깊어야지. 8년 된 중풍을 어느 귀신이 고치겠나?」

친구는 답답하다는 투로 혀를 찼다. 애니아의 처지가 동정이 가지 않는 것은 아니었지만, 8년 동안이나 꼼짝 않던 팔다리를 고쳐보겠다는 그의 희망은 너무 가능성이 없어 보였다.

「여보게, 이건 내 유언이라고 생각해도 좋아. 이 부탁은 꼭 들어주게.」

「뭔데?」

「베드로가 여기에 오거든 꼭 그를 내게 모셔오게나. 그가 내 병을 못 고쳐도 좋아. 그 사람 기도 한번만 받고 죽었으면 좋겠네.」

애니아는 친구에게 간절히 부탁했다. 그는 능력의 사도인 베드로만은 반드시 자신의 병을 고칠 수 있으리라 믿고 있었다.

「내 무슨 일이 있어도 그 베드로를 자네 앞에 모셔오겠네.」

마침내 제자들과 함께 룻다에 도착한 베드로는 그곳의 기독교인뿐만 아니라 믿지 않는 자들에게도 큰 환영을 받았다. 베드로를 둘러싼 기독교인들은 땅바닥에 꿇어앉아 축복기도를 받기 원했고, 축사가 끝나자 사람들은 베드로의 팔을 잡아끌면서 서로 자신들의 집에 모시려 했다. 이때 군중 속을 파고들던 애니아의 친구는 더이상의 접근이 불가능하다고 생각되자 사도의 이름을 소리쳐 불렀다.

한 노인이 애타게 자신을 부르는 소리를 들은 베드로는 제자들을 시켜 그를 자기 앞으로 데려오도록 했다. 베드로 앞에 선 노인은 오랫동안 중풍으로 고생하는 친구의 처지를 말하고 그의 병을 고쳐줄 것을 간청했다.

「당신의 친구에게 나를 인도하시오.」

베드로는 이 노인이 예수 그리스도를 영접하지 않았음을 알고 있었지만 친구를 생각하는 마음이 갸륵해서 흔쾌히 그의 부탁에 응했다. 베드로를 둘러싼 수백 명의 무리들은 이제 그를 따라 애니아의 집으로 향하기 시작했다. 군중들 속에는 베드로가 중풍 환자의 집으로 간다는 소문을 듣고 구경삼아 가는 사람들도 많이 끼여 있었다.

애니아의 집은 누추하기 그지없었고, 그가 누워 있는 방에서는 퀴퀴한 냄새가 났다. 베드로는 그를 조용히 내려다보았다. 그의 얼굴은 피골이 상접해 있었고, 몸뚱이는 말라 비틀어져 있었다. 홑이불을 덮고 있는 한줌도 될 것 같지 않은 그의 육신은 송장 같았다.

베드로는 애니아의 손을 잡고 먼저 기도를 드렸다. 그러고는 부드러운 시선으로 그를 보았다.

「애니아야, 예수 그리스도께서 너를 고쳤다. 일어나 자리를 정돈하라.」

베드로는 마치 잠자던 사람을 깨우듯 자연스럽게 말했다.

잠시 후 애니아는 의심스런 눈으로 보는 구경꾼들을 비웃기라도 하듯 자리에 일어나 앉았다. 그러고는 8년 동안이나 꼼짝하지 않았던 팔과 다리를 움직여보았다. 애니아는 기쁨보다 놀라움이 앞서서 한동안 중풍이 나았다는 사실을 깨닫지 못하고 있었다.

「이봐, 자넨 나았어! 멀쩡해졌다구!」

베드로를 불러온 친구가 애니아의 두 팔을 잡고 흔들었다.

애니아는 팔을 통해 전해지는 친구의 손길을 느끼며 비로소 죽었던 신경이 살아난 것을 실감했다. 그 순간 그는 소리라도 지르며 기쁨을 표현하고 싶었지만, 가슴이 너무 벅차서 아무런 말도 할 수 없었다.

「애니아야, 너를 고쳐주신 주 예수께 감사드려라.」

베드로가 이렇게 말하자 애니아는 소리쳐 주께 영광을 돌리고 사람들 앞에 나아가 자신의 완쾌를 증명해 보였다.

8년 동안 중풍으로 고생하던 애니아가 베드로의 말 한 마디로 자리를 박차고 일어서는 모습을 목격한 수백 명의 군중들은 말로만 듣던 베드로의 권능과 성령의 역사 앞에서 완전히 압도되고 말았다. 그들은 일제히 할렐루야를 외치며 베드로 앞에 무릎을 꿇고 세례를 받기 원했다.

룻다의 밤은 깊어가고 있었으나 샤론 평야의 풀벌레 소리보다 감미로운 생명의 말씀을 듣던 사람들은 좀처럼 자리를 뜰 줄 몰랐다.

욥바의 여신도 다비다

베드로가 룻다에서 애니아를 성령의 힘으로 고치고 있던 순간, 룻다에서 그리 멀지 않은 욥바에서는 여신도 다비다가 괴질에 걸려 죽어가고 있었다.

다비다는 수년 전 예수를 영접한 뒤부터 헌신적으로 교회 일을 거들며 제자들을 뒷바라지하던 여인이었다. 그녀는 교회 일뿐만 아니라 가난한 사람들과 어려운 형편에 처한 사람들에게 봉사하고 살았으므로, 거의 자기 자신을 위한 삶은 없었다. 자연히 자신의 건강에 소홀히 하게 되었고, 급기야 오한에 시달리는 병에 걸렸다. 처음에는 몸살 정도로 생각하고 며칠 앓고 나면 되겠거니 생각했었다. 그러나 열이 계속되면서 그녀는 몸져누웠고, 누운 지 이틀 만에 의식을 잃고 말았다.

성도들은 물론 다비다로부터 도움을 받은 수많은 사람들이 그녀의 회복을 위해 금식하며 통성기도를 올렸지만 그녀는 깨어날 줄 몰랐다. 거칠던 그녀의 호흡은 점점 희미해져갔다.

절망 속에서 죽음을 기다리던 제자들은 여행자들의 입을 통해 베드로가 룻다에 와 있다는 소식을 듣게 되었다.

「베드로라면 다비다를 고칠 수 있을 것이다!」

「그래, 룻다에서도 8년 된 중풍 환자를 고쳤다잖아?」

「늦기 전에 사람들을 보내 베드로를 빨리 모셔오자.」

제자들은 걸음이 빠른 두 명의 젊은 형제들을 뽑아 룻다로 보냈다. 욥바에서 룻다까지는 145킬로미터나 떨어져 있어서, 아무리 부지런히 뛰며 걸어도 꼬박 반나절이 걸리는 거리였다. 말이라도 타고 갔으면 좋았으련만 말 한 필 내주는 부자 한 사람 없었다.

두 젊은이는 열심히 뛰었다. 해어지고 낡은 샌들을 노끈으로 동여매고 죽을힘을 다해 달렸다.

'주여, 제발 베드로가 욥바로 올 때까지만이라도 다비다의 목숨을 지켜주소서.'

'다비다를 살려주소서.'

두 사람은 마음속으로 간절한 기도를 올리며 베드로가 있다는 룻다를 향해 달리고 또 달렸다. 사랑하는 여신도의 생명이 자신들에게 달려 있다고 생각했기 때문에 그들의 마음은 너무 조급했다. 아무리 달려도 룻다는 좀처럼 나타날 것 같지 않았다.

마침내 허리춤에 차고 온 물병이 바닥났을 때 두 청년은 마을 어귀에 당도할 수 있었다. 두 젊은이는 베드로의 발 앞에 엎드려 귀한 주의 여종 다비다가 죽어가고 있음을 알렸다.
 베드로는 그녀를 알지 못했지만 그녀의 이름을 듣는 순간, 타인을 위한 그녀의 희생과 헌신을 피부로 느낄 수 있었다. 그는 피곤에 지친 두 청년을 뒤로하고 제자들과 함께 욥바를 향해 떠났다.
 그러나 그들이 땀에 흠뻑 젖어 다음날 새벽, 다비다의 집에 가까이 왔을 때는 이미 억장이 무너지는 듯한 통곡소리가 온 동네를 비탄의 도가니로 몰아넣고 있었다. 사람들의 슬픔이 너무 컸으므로 베드로를 보고 반가워하거나 즐거워하는 사람은 아무도 없었다. 오히려 어떤 이들은 베드로에게 왜 이렇게 늦게 왔느냐고 울부짖으며 그를 원망하기도 했다.
 그러나 베드로는 사람들의 원망이나 슬픔에도 아랑곳하지 않고 성큼성큼 집 안으로 들어가더니 상주에게 다비다의 시신이 어디에 있는지 물었다.
「이미 염을 하여 위층에 모셔두었습니다.」
 베드로가 위층으로 올라가자 서너 명의 여인들이 그의 뒤를 따랐다.
「이 옷들을 보십시오.」
 여인들은 울먹이며 베드로에게 겉옷과 속옷을 보여주었다.
「우리들은 가난한 과부들인데…… 다비다가 우리 같은 과부나 고아들을 위해 얼마나 많은 옷을 지었는지 모릅니다.」
「그렇게 착한 여인이 또 어디에 있겠습니까?」
 과부들은 울음을 터뜨리고 말았다. 그녀의 죽음이 슬프기도 했지만 능력의 사도인 베드로와의 만남을 목전에 두고 숨을 거두자 그녀들의 슬픔은 더했다.

베드로는 제자들을 시켜 여인들을 모두 아래층으로 내려가게 하고 다비다의 시신 앞에 무릎을 꿇었다.

「능력의 주여. 천지만물의 탄생과 죽음을 주관하시는 창조주여. 당신의 사도 베드로가 오늘 주의 부르심을 받은 당신의 여종 다비다의 주검 앞에서 간절히 기도를 올립니다. 주님께서는 어느 누구보다 이 여인의 선행과 구제를 잘 아십니다. 이 수고하고 짐 진 영혼에게 휴식을 주심을 감사드립니다. 그러나 그녀를 떠나 보내고 의지할 데 없는 가련한 심령들을 보시고, 이 여인의 영을 돌려주시기를 간청합니다. 그리하여 이 여인이 더욱 큰 영광을 주께 돌리는 삶을 살게 하시고, 후에 풍성하고 놀라운 하늘의 상을 받을 수 있게 하소서. 부활이자 생명이신 우리 주 예수 그리스도의 이름으로 기도드립니다. 아멘.」

기도를 마친 베드로는 성령을 통해 기도의 응답이 오는 것을 느꼈다. 그가 다비다의 시신을 덮고 있는 흰 천을 걷어내자 자는 듯이 죽어 있는 아름다운 여인의 모습이 드러났다.

「다비다여, 이제 일어나십시오.」

베드로는 부드럽지만 확신에 가득한 음성으로 말했다.

그의 말이 떨어지자 다비다는 마치 낮잠에서 깨어난 사람처럼 눈을 뜨더니 사방을 두리번거렸다.

베드로는 그녀의 손을 잡아 일으키고 성도들과 과부들을 불러 다시 생명을 얻은 다비다를 만나게 했다.

이 사실을 알게 된 모든 욥바의 시민들이 주를 믿게 됨은 두말할 나위도 없었다.

하늘에서 내려온 음식

 예루살렘에서 욥바까지 55킬로미터가 넘는 거리를 거의 쉬지 않고 여행한 베드로에게 가장 필요한 것은 휴식이었다. 다비다의 회생을 목격한 욥바의 많은 신도들이 앞다투어 베드로를 모시려 했고, 그 중 시몬만큼 열렬히 그의 팔을 끄는 사람은 없었다. 욥바에서 가죽 제품을 만들어 파는 일을 하던 그는 몇 달 전, 빌립 집사가 그곳에서 전도할 때 예수를 믿기 시작한 기독교인이었다. 그 후 예루살렘에서 여행온 기독교인들을 통해 베드로가 권능의 사도라는 이야기를 듣던 시몬은 베드로를 자신의 집에 묵게 할 수 있는 이 기회를 절대로 놓칠 수 없었던 것이다.
 그의 집은 해변에 있는 단층집이었다. 보통 집들보다는 넓고 큰 편이었지만 대부분의 수공업자들이 그러하듯 시몬 역시 집에서 작업을 했으므로 생활 공간은 그리 넓지 않았다. 집 안은 가죽 냄새와 염료 냄새가 풍겼고, 넓은 마당에서는 항상 소가죽을 말리고 있었으므로 미관상으로도 좋지 못했다. 그러나 집 앞에 펼쳐진 아름다운 지중해는 베드로로 하여금 갈릴리 바다에 돌아온 것 같은 느낌을 주었다. 게다가 약간은 한적한 바닷가라는 점과 하늘과 바다가 보이는 옥상에서 마음껏 기도를 올릴 수 있다는 점이 베드로를 만족시켰다. 베드로는 이 집에서 휴식을 취하며 묵상하고 기도했다.

 가이사랴는 베드로가 머물던 욥바에서 49킬로미터 북쪽에 위치한 지중해 연안의 도시였다. 예수가 태어나기 전 헤롯 대왕에 의해 재건된 이 도시는 로마의 황제 아우구스도 카이사르를 기념하기 위해 가이사랴라고 명명되었다. 이 도시는 항구 도시였던 까닭에 교역이 많이 이루어져 번성했고, 로마 총독부와 군대까지 주둔하고 있었으므로 변화하기 이를 데 없었다.

고넬료는 이곳에 진을 치고 있는 로마 군대의 백부장들 중에 한 사람이었다. 그는 그의 이름과 지위가 말해주듯 의심할 나위 없는 로마인이었고, 점령지인 유대에서의 생활에 아주 만족하며 살고 있었다. 그것은 그가 수하에 100명이라는 부하를 거느리고 식민지 유대인들을 마음대로 부릴 수 있는 권력을 갖고 있기 때문은 아니었다. 어리석은 우상숭배에 식상한 그는 비록 식민지 사람들이었지만 유일신을 섬기며 율법과 예언서를 준수하고 실천하는 유대인들의 삶에 호감을 갖고 있었다. 유대인들에 대한 그의 호감은 하나님을 알고자 하는 마음으로 발전했고, 결국 그는 그들과 함께 제사에까지 참례하게 되었다. 하나님을 믿기 시작한 그는 내적으로는 점점 경건한 삶을 추구하게 되었고, 외적으로는 어려운 사람들에 대한 구제에 힘쓰게 되었다. 그는 사람들 사이에서 백부장이라기보다는 로마의 의인으로 통했다.

하지만 고넬료는 여전히 할례의 풍습이 없는 이방인이었던 까닭에 선민사상에 사로잡힌 유대인들에게 따돌림을 받는 일이 종종 있었다. 회당의 일부 행사에는 때때로 입장이 거부되기도 했었다. 물론 유대인들이 모든 사람들의 존경을 받는 그를 일부러 배척했던 것은 아니다. 그들은 이방인과 사귀지도 말고, 함께 식사하지도 말라고 명령하는 율법에 따라 이방인과 일정한 거리를 유지할 수밖에 없었기 때문이다.

고넬료는 그런 일을 겪을 때마다 하나님에 대한 회의가 일어나는 것을 경험했다.

'이렇게 좋은 말씀이나 가르침도 유대인들만을 위한 것이라면 내게 무슨 소용인가? 하나님은 정말로 이방인을 싫어하시는

걸까?'

그의 마음속에서는 끝없는 질문이 이어졌다. 그러나 이러한 의문이 늘어날수록 하나님을 의지하고 그에게서 해답을 얻고자 하는 마음도 더 커져만 갔다.

고넬료는 매일 제9시가 되면 일을 중단하고 집안에 마련한 기도실로 들어갔다. 기도실은 그의 서재 옆에 마련된 3평 남짓한 작은 골방이었는데, 창문이 없었으므로 문을 닫으면 외부의 빛과 소음이 차단되어 어둠 속에서 조용한 가운데 주님을 만날 수 있었다. 제9시는 지금의 오후 3시였다.

그날도 백부장은 자신이 고민하던 문제를 주께 물으며 그 문제에 대한 해답을 간구하고 있었다. 얼마나 오랫동안 간절히 기도를 올리고 있었을까. 갑자기 그는 사방이 대낮처럼 밝아지는 것을 느꼈다. 눈을 감아도 그 밝은 빛을 피할 수 없었다. 그것은 그의 기도실을 비추는 빛이 아니라, 영혼을 비추는 빛이었기 때문이다. 빛 속에서 그는 기도실 안에 서 있는 흰 옷을 입은 사람을 보았다.

백부장의 담력도 이런 초자연적인 현상 앞에서는 쓸모가 없었다. 두려움에 사로잡힌 그는 부들부들 떨기만 했다.

「고넬료야.」

천사가 그의 이름을 조용히 불렀다.

「무, 무슨 일이오? 당신은 대체 누구요?」

고넬료는 떨리는 목소리로 물었다.

「너의 간절한 기도와 갸륵한 선행을 하나님이 모두 기억하셨느니라. 너는 지금 사람들을 욥바로 보내어 베드로를 너의 집으로 초청하라. 그는 시몬이라는 이름의 무두장이 집에 거하니, 그 집은 해변에 있느니라.」

천사가 사라지자 곧이어 눈부신 광명이 걷히면서 기도실 안은 다시 어둠에 파묻혔다. 고넬료는 허겁지겁 기도실을 뛰쳐나왔다. 그는 의자에 앉아 놀란 가슴을 진정시켰다.
'욥바? 무두장이 시몬? 베드로?'
그것은 분명 꿈이 아니었다. 그것은 고넬료가 난생 처음 경험하는 환영이었던 것이다.
생각에 잠겨 잠시 서재를 거닐던 그는 믿을 만한 하인 두 사람과 믿음이 좋은 심복 장교 한 명을 불렀다.
「지금 당장 욥바로 가거라. 그곳에 당도하면 바닷가에 사는 무두장이 시몬의 집을 찾아, 그 집에 머물고 있는 베드로라는 분을 모셔오거라.」
백부장은 흥분된 음성으로 말했다.
욥바라면 가이사랴에서 나귀를 타고 가도 꼬박 이틀하고도 반나절이 걸리는 거리였다. 돌아오는 시간까지 생각하면 적어도 6일 내지 7일이 걸리는 길을 영문도 모르는 채 아무런 준비도 없이 당장 떠날 수는 없는 노릇이었다.
「무슨 일인지 말씀해주시면 저희가 임무를 수행하는 데 도움이 되겠습니다.」
장교는 백부장에게 여행의 목적을 조심스럽게 물었다.
고넬료는 기도 중에 천사를 만난 사건과 천사에게서 받은 명령을 그들에게 모두 털어놓았다.
「믿지 않아도 좋다. 그러나 너희가 욥바로 가면 내 말이 진실임을 알리라.」
백부장은 그들이 천사를 만났다는 자신의 이야기를 믿어줄 것을 강요하지 않았다.
다음날 동이 트기 전, 고넬료의 명령을 받은 두 명의 하인과 한 명의 장교는 네 마리의 나귀를 끌고 욥바로 떠났다. 세 마리는 그들이 타고가기 위한 것이었고, 나머지 한 마리는 베드로를 위한 것이었다.

고넬료는 새벽 안개가 자욱한 가이사랴의 해안선을 따라 남쪽으로 행하는 세 사람의 뒷모습을 바라보며 그들의 안전한 여행을 위해 기도드렸다.

제3시, 제6시, 제9시가 되면 어디에서든지 가장 높은 곳으로 가서 하나님과 교통하는 시간을 가지던 베드로의 습관은 그가 시몬의 집에 머물면서도 변함이 없었다. 백부장의 사자들이 가이사랴를 떠난 지 사흘째 되던 날에도 베드로는 제6시, 즉 정오가 되자 시몬의 하인들에게 약 한 시간 후에 식사를 할 것임을 알리고 기도를 올리기 위해 옥상으로 올라갔다. 탁 트인 옥상에서 푸르게 넘실거리는 지중해를 마주하고 기도하는 시간은 언제부터인가 베드로에게 더없이 즐겁고 소중한 하루의 일과가 되어 있었다. 시몬의 가족들과 하인들은 이러한 베드로의 습관을 잘 알고 있었으므로 가급적이면 그를 조용히 혼자 있도록 내버려두었다.

무릎을 꿇고 기도에 열중하던 베드로는 갑자기 정신이 아득해지는 것을 느꼈다. 잠시 후 의식마저 바위에 부딪히는 파도처럼 산산조각나자 그는 옆으로 쓰러지고 말았다.

얼마나 오래 의식을 잃고 있었는지 베드로는 알지 못했다. 차츰 의식이 돌아오는 듯했으나 그 엷은 의식은 곧 그를 무아경으로 몰고갔다.

그는 꿈도 아니고 생시도 아닌 듯한 상황 속에서 파란 하늘이 갈라지는 것을 보았다. 그 갈라진 틈 사이에서는 네 모퉁이가 줄에 매달린 커다랗고 하얀 보자기가 내려오고 있었다.

그 보자기가 땅바닥까지 내려오자 그릇이 하나 있었다. 그 그릇 안에는 이름 모를 네 발 달린 짐승 한 마리와 뱀처럼 땅을 기는 동물 한 마리, 그리고 날갯짓하는 새 한 마리가 꿈틀거리고 있었다.

「베드로야, 일어나 그것들을 잡아먹으라.」

열려진 하늘 틈으로 들려오는 소리가 있었다.

베드로는 자신의 귀를 의심하지 않을 수 없었다. 그 그릇 속의 짐승들은 성경에 먹지 말라고 명시되어 있는 금수들이기 때문이었다.

「주여, 그럴 수는 없나이다. 속되고 깨끗하지 않은 것을 제가 한번도 먹지 않았나이다.」

베드로는 하나님이 자신을 시험하고 있다고 생각했다. 게다가 그런 날짐승으로 배를 채우고 싶은 욕심이 들 정도로 배가 고프지도 않았다.

「내가 깨끗하게 한 것을 네가 속되다 하지 말지라.」

그릇 속의 동물들을 먹으라는 권유는 베드로에 대한 시험이 아니었다. 그것은 엄연한 명령이었던 것이다.

베드로는 목을 비틀어 그것들을 차례로 죽이고는 가죽을 벗기고 내장을 발랐다. 그러고는 마지못해 그것들을 먹기 시작했다. 비위가 상하고 토할 것 같았으나 베드로는 조금도 불평하지 않고 그것들을 모두 먹어치웠다.

그런데 그것이 끝이 아니었다. 하늘에서 또다시 같은 짐승들을 담은 그릇이 내려왔다. 역시 그것들을 먹으라는 명령이 떨어졌고, 베드로는 이번에도 어쩔 수 없이 그것들을 잡아먹어야 했다. 두 번째 그릇을 비우고 세 번째 그릇이 내려왔을 때는 아무렇지도 않게 먹어치울 수 있었다. 웬일인지 더이상 징그럽다는 느낌도

들지 않았고 역하다는 생각도 일지 않았다. 마침내 베드로가 세 번째 그릇까지 비우고 나자 보자기와 그릇이 하늘로 올라갔다.

하얀 보자기가 파란 창공으로 사라지는 것을 지켜보며, 그는 서서히 환각 상태에서 깨어나기 시작했다. 의식을 회복하고 나서도 깊은 잠에서 방금 깨어난 사람처럼 한동안 누운 채로 있다가 간신히 비틀거리며 일어나 앉았다. 생각만 해도 기분이 찜찜해지는 그 환상의 의미를 되새겨보았으나 도무지 감을 잡을 수 없었.

베드로는 배고픔도 잊은 채 휘청거리며 계단을 향해 걸어갔다.

하나님은 사람을 가리지 않으신다

베드로가 계단을 내려가려던 순간 요란하게 대문을 두드리는 소리가 났다.

「뉘시오?」

귀에 익은 하인의 목소리가 들렸다.

「이 집이 무두장이 시몬 댁이 맞소?」

베드로는 귀가 솔깃했다. 억양으로 보아 방문객은 유대 사람이 아니었기 때문이다. 그렇다고 이스라엘 사람이나 갈릴리 사람도 아니었다. 얼굴을 보지 않고서도 베드로는 시몬을 찾아온 사람이 이방인임을 알 수 있었다.

「베드로라는 분이 이 댁에 묵고 계시지요?」

이방인은 베드로를 찾고 있었다.

순간 베드로는 조금 전 자신이 경험한 환상과 자신을 찾고 있는 이 사람과 혹시 무슨 관계가 있지 않을까 생각했다.

더럽고 속된 것인 줄로만 알았던 들짐승들. 환상 속에서 그것

을 먹으라고 명령하신 하나님. 불결하고 불경스런 이방인들. 그들에게 복음을 가르치라고 명령하시는 하나님.'

베드로는 그제야 하나님이 보여준 환영의 의미를 어렴풋이나마 짐작할 수 있을 것 같았다.

「베드로야」

성령이 조용히 그를 불렀다.

「네」

베드로는 난간을 잡은 손에 힘을 주며 대답했다.

「멀리서 온 세 사람들이 너를 찾아 문 앞에 섰으니 그들과 함께 가라. 그들은 내가 보낸 자이니라」

베드로는 서둘러 대문으로 향했다. 대문은 이미 열려 있었고, 시몬과 서너 명의 하인들도 이방인 방문객을 구경하느라 대문 근처에 나와 있었다.

대문 밖에는 정말로 세 사람이 서 있었다. 책임자인 듯한 사람은 대문 앞에 서서 집주인인 시몬과 말을 주고받고 있었고, 나귀의 고삐를 잡고 있는 나머지 두 사람은 서너 발자국 정도 뒤에 물러나 있었다. 행색으로 보아 상인들 같아 보이지는 않았다.

「바로 당신들이 찾는 베드로입니다. 그런데 무슨 일로 나를 찾습니까?」

베드로가 대문 앞에 서 있는 사람들 뒤에 우뚝 서서 물었다.

책임자는 약간 놀라며 베드로를 올려보고는 곧 바로 머리를 숙였다. 의아하게 여겼던 고넬료의 말이 맞아떨어지자 그는 속으로 놀라지 않을 수 없었던 것이다.

「우리의 주인이신 고넬료 백부장은 의인이시며, 하나님을 경외하는 사람입니다. 그분이 사흘 전 아침 기도 중에 당신을 모셔오라는 천사의 지시를 받아 이렇게 저희를 욥바까지 보내셨습니다. 백부장께서는 그가 알고자 하는 것을 당신이 가르쳐주실 수 있다고 믿고 계십니다.」

「당신들은 어디에서 오는 길입니까?」

베드로는 피곤이 가득한 그들의 얼굴을 보면서 가까운 곳에서 온 사람들 같지는 않다고 생각했다.

「가이사랴에서 오는 길입니다.」

「가이사랴라면……」

욥바에서 걸으면 나흘, 나귀로도 사흘은 걸리는 거리였다.

베드로는 시몬의 양해를 구하고 세 명의 사자들을 서둘러 안으로 들게 했다. 시몬은 이방인들을 집으로 들인다는 사실이 약간 꺼려지기는 했지만 베드로의 부탁이었기 때문에 쾌히 승낙했다.

다음날 아침 일찍 세 명의 사자와 베드로, 그리고 베드로의 신변을 염려하는 여섯 명의 수행원들은 가이사랴를 향해 길을 떠났다.

그때까지만 해도 베드로를 비롯한 모든 사도들과 기독교인들은 예수의 탄생과 그의 사역을 구약에 기록된 모세의 율법과 선지자들의 예언서를 완성하기 위한 역사적 사건으로 보았다. 따라서 유대교인들이 사용하는 구약성서는 여전히 기독교인들에게도 유일한 성서였다. 다시 말해서 율법은 기독교인들도 지켜야 하는 경전이었던 것이다.

그런데 구약에 기록된 율법은 유대인들이 타민족과 상종하는 것을 엄격히 금했으므로 민족주의적이며 폐쇄성을 내포하고 있었다. 이러한 선민사상은 기독교인들에게도 이어졌다. 예수가 그리스도임을 믿고 말씀에 따라 경건한 신앙생활을 하는 예루살렘의 기독교인들까지도 예수는 유대인만을 위한 것이며, 따라서 교회도 유대인들만 출입할 수 있다고 믿고 있었다.

베드로는 기독교의 이러한 배타성을 잘 알고 있었지만, 예수가 살아 있을 때 이방인과 유대인을 가리지 않고 복음을 전했던 것도 잘 알고 있었다. 베드로는 격의 없이 이방인을 대하는 예수의 행동을 보며 반율법적이라고 생각했던 적이 한두 번이 아니었다. 그러나 옥상에서 경험한 환상이 무엇을 의미하는지 분명히 알게 된 지금, 그는 가이사랴에서 만나게 될 이방인들에게 어떠한 행동을 취해야 할지 분명히 해둘 필요가 있었다. 깊은 생각에 잠긴 베드로는 가이사랴로 가는 동안 아무 말이 없었다.

사흘 뒤 땅거미가 지기 시작할 무렵 가이사랴에 도착한 베드로 일행은 욥바와 비교가 되지 않을 정도로 도시가 번화하고 화려함을 실감했다. 항만에는 수십 척의 상선과 로마 제국의 군함이 정박해 있었고, 항구에는 수백 척의 크고 작은 선박들이 쉴새 없이 드나들고 있었다. 도로에는 화물을 운반하는 마차들이 바쁘게 오갔으며, 골목마다 들어선 상가와 주점들은 뱃사람들과 군인들로 붐비고 있었다.

예루살렘도 가이사랴에 비하면 결코 작은 도시가 아니었지만 예루살렘에서 찾아볼 수 없는 활기와 풍성함이 넘쳐나고 있었다. 이방인들이 눈에 많이 띄는 것도 이 도시의 특징이었다.

화려하고 현란한 가이사랴의 중심가를 지나 베드로와 일행이 안내된 곳은 도시 북쪽의 로마 군대가 주둔하고 있는 병영 근처의 저택이었다. 두 대의 마차가 넉넉히 드나들 수 있을 정도의 커다란 대문은 활짝 열려 있었으며, 아직 날이 저물지 않았음에도 불구하고 온 집안은 수십 개의 횃불이 환하게 밝혀져 있었다. 앞서 가던 고넬료의 사자가 대문을 지키던 보초들에게 무어라고 말하자, 그의 뒤를 따라가던 베드로와 일행은 아무런 질문도 받지 않고 정문을 통과할 수 있었다. 마침내 그들이 현관 앞에 도착하자 고넬료는 붉은 옷자락을 펄럭이며 달려나와 그의 발 아래 엎드려 경배했다. 그는 백부장이라는 세상의 지위와 권세 따위에는 아무 관심이 없었다.

「일어나시오. 나도 사람이오.」

베드로가 고넬료의 팔을 잡아 일으키며 말했다.

「먼 길을 오시느라 수고가 많으셨습니다. 어서 안으로 들어가시지요.」

고넬료는 베드로와 그의 수행원들을 집안으로 안내했다.

베드로가 들어서자 집 안에서 그를 기다리던 30명 정도 되는 사람들이 모두 일어서서 그에게 경의를 표했다. 그들은 모두 고넬료와 같은 고민을 갖고 있던 믿음의 동지였다. 그들은 유대인이 아닌 사람들도 구원을 받을 수 있는지를 확인하기 위해 모인 이방인들이었다.

베드로의 고단함을 아는 고넬료가 사람들에게 간단히 소개만 한 후, 그를 객실로 보내려 했지만 베드로는 그의 호의를 사양했다. 백부장도 하는 수 없이 베드로 옆에 앉았다.

「유대인으로서 이방인과 교제하거나 가까이하는 것이 율법에 어긋난 행동인 줄은 알지만 하나님께서 속되거나 깨끗지 않다고 해서는 안 된다는 것을 내게 보여주셨습니다. 그래서 당신의 초청을 사양하지 않고 왔습니다. 그런데 무슨 일로 나를 불렀습니까?」

궁금한 것을 참지 못하는 직선적인 성격의 베드로가 백부장을 향해 단도직입적으로 물었다.

「보시다시피 저희는 유대인이 아닙니다. 그러나 유대인들은 하나님이 그들만을 위한 신이라고 주장하고 있습니다. 정말로 저희처럼 할례를 받지 않은 사람들은 하나님을 섬길 자격이 없는 것입니까? 그리고 저희는 예수라는 분에 대해서도 알고 싶습니다.」
 백부장은 무거운 음성으로 그들의 고민을 토로했다.
 고넬료의 말을 끝까지 들은 베드로는 나지막이 한숨을 쉬었다. 그는 지금부터 자신이 하게 될 말이 얼마나 파격적인 것인가 하는 것을 누구보다도 잘 알고 있었기 때문이다. 그의 떡 벌어진 어깨가 왠지 힘이 없어 보이는 것은 오랜 여행길에서 쌓였던 피로 때문만은 아니었다.
 아직도 결정적인 순간만 되면 마음이 흔들리는 것을 베드로 자신도 이해할 수 없었다. 아무리 성령이 충만하다해도 베드로 역시 나약한 인간에 불과했다. 그러한 자신을 알기에 베드로는 더욱 강렬히 주께 매달렸다. 그는 자신을 향한 말없는 시선들을 느끼며 천천히 입을 열었다.
「하나님께서는 사람을 차별하지 않으십니다. 그는 어느 민족이든지 하나님을 경외하고 의를 행하는 사람만을 받는 분이십니다. 그러므로 유대인만이 하나님의 자녀가 될 수 있다는 주장은 더 이상 진실이 아닙니다.」
 베드로는 구약성서의 신명기 10장 17절의 말씀을 들어 하나님이 결코 어느 한 민족의 신이 아님을 증명했다.
 그렇다면 '더이상 진실이 아니다' 라는 말은 도대체 무슨 뜻일까? 유대인만이 하나님의 자녀가 될 수 있다는 사실이 과거에는 진실이었단 말인가?
 청중들은 숨을 죽이고 베드로의 다음 말에 귀를 기울였다.
「하나님께서는 과거에 유대인들을 그의 자녀로 택하셨던 때가 있었습니다. 그러나 하나님의 자녀가 된 유대인들은 그 사실에 만족하지 않고 더욱 큰 복을 바라고 우상을 섬기거나 그의 명령을 거역하기 시작했습니다. 자연히 하나님과 유대인은 멀어졌고 급기야 단절되는 지경에까지 이르게 되었습니다. 그러나 하나님은 그냥 내버려두면 자멸하고 말 유대인과 이방인의 운명을 방관만 하고 계실 수 없었습니다. 그래서 우리에게 예수 그리스도를 화목제로 보내셨습니다.」

베드로는 하나님과 유대인의 관계가 단절된 순간부터 유대인은 더이상 택한 백성이 될 수 없음을 설명했다. 다시 말하면 유대인도 이방인들과 똑같은 위치에 서게 되었다는 것이다.

「예수 그리스도께서는 사람들에게 성령과 은혜와 능력을 기름 붓듯 부어주셨습니다. 그는 지상에 계시는 동안 두루 다니시며 선한 일을 행하셨으며, 마귀에게 눌린 자들을 권능으로 고치셨습니다. 그가 그런 능력을 보일 수 있었던 것은 하나님이 그와 함께하셨기 때문입니다. 그의 제자였던 내가 분명히 증명할 수 있는 것은 예수 그리스도께서 단 한번도 유대인과 이방인을 차별하지 않으셨다는 것입니다. 오히려 선민사상에 사로잡혀 있던 우리 유대인들에게 이방들의 좋은 점을 배우라고 권면하셨습니다. 그는 누구든지 유대인이건 이방인들이건 성령으로 세례를 받고 거듭나지 않으면 하늘나라에 들어갈 수 없다고 말씀하셨습니다. 바리새인들은 율법에 얽매이지 않는 예수님의 행동을 못마땅하게 생각했습니다. 결국 그들은 유대인들을 선동해 그를 십자가에 매달아 죽였습니다.」

베드로는 여기서 잠시 멈추었다. 세 번이나 예수를 모른다고 부인하던 일이 다시 그의 마음을 혼란스럽게 했기 때문이다.

「그러나 예언서와 시편에 기록된 대로 그분은 장사된 지 사흘만에 죽은 자 가운데서 살아나셨습니다. 여기 앉아 말씀을 증거하는 내가 바로 그 사건의 증인입니다. 예수님은 우리들에게 전도를 명령하셨으며, 하나님이 산 자와 죽은 자의 재판장으로 세우신 이가 바로 자기라는 것을 증거하라고 하셨습니다. 예수 이전에 왔던 선지자들도 모두 예수가 세상의 마지막 날에 심판하러 오실 분인 것을 예언하셨습니다. 그 심판을 면할 길은 그가 구주임을 믿고 회개로 죄 씻음을 받은 다음, 성령을 받고 거듭나는 길뿐입니다.」

베드로가 구원의 진리에 대해서 역설하고 있을 때에 고넬료의 집에 모인 이방인들에게 이상한 일이 벌어지기 시작했다. 할례를 받지 않은 그들이 성령을 받고 방언을 말하며 하나님을 찬양하기 시작했던 것이다.

이 광경을 지켜보던 베드로의 수행원들은 놀라지 않을 수 없었다. 기독교가 여전히 유대인들만을 위한 것이라고 믿고 있던 그들은 급기야 베드로를 향해 불만을 토로했다.

「이게 어떻게 된 일입니까? 무할례당들이 성령을 받고 있는 것이 아닙니까?」

무할례당이란 유대인들이 이방인을 낮추어 부르는 말이었다.

「사도여, 저희가 이 일을 감당하지 못하겠습니다.」

또 다른 형제가 베드로에게 볼멘소리로 말했다. 그러나 베드로는 오히려 그들의 배타적인 마음을 꾸짖었다.

「이 사람들이 우리처럼 성령을 받았는데, 누가 저들에게 세례를 주는 것을 막겠느냐?」

아무도 그의 말에 불평하는 사람이 없었다.

「너희들은 예수의 이름으로 저들에게 세례를 주라.」

사도의 명령이 떨어지자 제자들은 고넬료를 비롯해 그의 친지와 친구들에게 차례로 세례를 주었다.

베드로와 그의 수행원들은 고넬료의 간청에 못 이겨 며칠 동안 그의 집에 머물면서 이방인들에게 복음을 전했다.

허물어지는 기독교의 벽

베드로는 가이사랴에서 예루살렘으로 돌아갔다. 그가 이방인들에게 복음을 전하고 세례를 주었다는 소식이 그들보다 먼저 전해 졌다. 그가 입성하자마자 베드로에 대한 기독교인들의 비난이 빗발쳤고, 다른 사도들 역시 그에게 납득할 만한 설명을 요구했다.

베드로는 사도들에게 그가 욥바의 무두장이 시몬의 집에서 환상을 보았던 일부터 가이사랴의 백부장 집에서 복음을 전하게 된 경위를 자세히 설명했다.

「그리고 내가 그들에게 말씀을 전할 때에 마치 마가의 다락방에서 우리가 성령을 받았던 것처럼 그들에게도 성령이 내리는 것을 나와 동행한 여섯 명의 형제도 보았습니다. 여러분도 알다시피 성령은 하나님께서 주시는 선물입니다. 그런데 우리가 주 예수를 믿을 때 받은 것과 같은 선물을 하나님이 그들에게도 주셨으니, 그 누가 하나님을 막을 수 있겠습니까?」

베드로의 답변에 모두 침묵할 수밖에 없었다. 그들의 침묵은 베드로의 행동이 옳았음을 수긍하는 것이었고, 이방인들도 회개하면 구원을 얻을 수 있다는 사실을 인정하는 것이었다.

이방인의 구원 문제에 대한 베드로의 결정은 전도 방식은 물론 교회의 성격 자체를 바꾸어놓는 새로운 강령이자 지침이 되었다. 그러나 베드로와 교회의 새로운 결정에 도전하는 세력이 있었다. 그것은 어떤 것으로도 쉽게 바꿀 수 없는 전통과 관습이었다. 선민사상의 노예가 된 일부 유대 기독교인들은 초대교회의 순수성을 지키겠다는 이유를 내세워 끝내 이방인에 대한 구원을 부정했던 것이다.

바나바와 바울

스데반의 순교와 함께 일어난 박해로 예루살렘을 떠난 기독교인들은 외국에까지 가서 피난 생활을 하게 되었다. 그들은 현재 레바논이라 부르는 베니게 남부의 갈멜 산을 넘어 해안선을 따라 크고 작은 도시들과 마을에 정착했다. 북쪽으로 도피한 기독교인들 중에는 안디옥까지 피난을 간 사람들도 있었다. 어떤 이들은 구브로 섬으로 가기도 했으며, 더러는 리비야의 항구 도시인 구레네에 안주하기도 했다.

박해를 피해 해외에 정착한 기독교인들은 그곳에서도 복음을 전하기에 힘썼지만 그들의 전도 대상은 유대인들로 한정되어 있었다. 그들은 예루살렘에서 워낙 멀리 떨어져 있어서 베드로와 사도들의 결정을 알기까지는 오랜 시간이 걸렸다. 기독교의 전파는 지중해 남부와 동부에 빠른 속도로 퍼져나갔지만, 여전히 유대인만을 구원하는 한계를 벗어나지 못하고 있었던 것이다.

그러나 이방인에 대한 기독교인들의 전도 활동은 예루살렘 교회의 결정이 있기 전부터 부분적으로 실행되고 있었다. 가장 대표적인 예가 에디오피아의 환관을 개종시킨 빌립 집사의 전도였다. 하지만 이러한 이방 전도 사업이 표면화되고 구체화된 것은 구브로 섬과 구레네에서 안디옥을 방문한 기독교인들이 그리스 사람들에게 복음을 전하면서부터였다.

예루살렘에서 462.7킬로미터 떨어진 오론트 강변에 있는 안디옥은 당시 로마 제국의 영토였던 수리아의 수도였다. 주전 300년경 수리아의 왕 셀고니스가돌이 수도로 정하면서 한때 지중해 연안의 도시들 중에서 가장 화려하고 번성했었다. 그후 로마에게 지배를 당하면서부터 세 번째 도시로 전락하고 말았다. 그러나 다양한 민족으로 구성된 50만 인구의 이 도시는 신약시대에도 무역과 문화의 중심지 역할을 충분히 감당하고 있었다.

안디옥에 복음이 날로 확산되고 있다는 소식은 예루살렘 교회를 흥분시켰다. 사도들은 몇 년 전의 사마리아 전도 때처럼 누군가를 보내어 안디옥을 제2의 예루살렘으로 부흥시킬 계획을 세웠다.

어느 날 밤 베드로는 제자 한 사람을 시켜 바나바를 은밀히 그의 처소로 불렀다. '위로의 아들' 또는 '권위자'로 통하던 그는 제자에서 승격되어 사도로 불려지고 있었다. 휘청거리는 호롱불 아래 탁자를 사이에 두고 앉은 두 사람은 잠시 말이 없었다.

베드로가 바나바를 특별히 생각하고 있었던 것은, 단순히 그가 마가의 삼촌이거나 많은 사람들로부터 존경과 사랑을 받고 있는 사도이기 때문이 아니었다. 그가 성령을 받고 토지를 팔아 교회에 바친 다음부터 10여 년 동안 열두 사도들과 생사고락을 함께 했던 믿음의 동지라는 사실때문이었다.

「안디옥에서 들려오는 소식을 사도께서도 들으셨습니까?」

베드로는 아무런 감정이 담기지 않은 말투로 물었다.

「아, 들었습니다. 그렇게 큰 도시에서 이방인들이 예수를 믿기 시작한다는 소식을 듣고 저도 얼마나 기뻤는지 모릅니다.」

바나바는 미소를 지으며 답했다.

「이것이 모두 성령님의 은혜 때문이지 않습니까?」

「맞습니다. 보혜사의 도움 없이는 꿈도 못 꾸는 일이죠.」
「오늘 내가 바나바 사도를 오라 한 것은 안디옥 교회의 부흥과 발전을 위해서입니다. 지금 그곳에는 우리의 형제들이 이방인 전도에 힘쓰고 있고 또한 놀라운 결실을 맺고 있는 것이 사실이지만 그들에게는 더욱 확실한 신앙의 기반이 필요합니다. 단단한 믿음의 기반이 마련되지 않고는 이러한 포교활동은 모래 위에 집을 짓는 것에 지나지 않게 됩니다. 사도께서 안디옥 교회의 믿음을 더욱 견고히 해주시기를 부탁드립니다.」
베드로는 안디옥 교회의 상황을 간단히 설명하고 바나바가 그곳으로 선교 여행을 떠나줄 것을 부탁했다.
「영광입니다. 그렇지 않아도 그곳의 이방 선교가 어떻게 진행되고 있는지 무척 궁금하던 터였습니다.」
바나바는 베드로의 부탁에 순순히 응했다.
「그렇게 나의 청을 흔쾌히 들어주니 얼마나 기쁜지 모르겠습니다.」
베드로는 그제야 만족스런 미소를 지었다.
「아닙니다. 기쁜 것은 바로 접니다. 주의 종이 주의 일을 하는 것보다 더 기쁜 일이 어디 있겠습니까? 그런데……」
「무슨 문제라도 있습니까?」
베드로가 바나바의 표정을 살폈다.
「아닙니다. 문제라기보다 의견이 하나 있습니다.」
「무슨 의견인지 말씀해보시죠.」
바나바는 몇 년 전에 다소로 간 바울의 이야기를 꺼냈다. 그는 이제야말로 바울을 다시 사역자로 기용할 수 있는 좋은 기회라는 생각이 들었다.
「……다행히 그가 살고 있는 다소에서 안디옥이 그리 멀지 않습니다. 안디옥에서 사역을 마치고 오는 길에 그와 함께 예루살렘으로 돌아올 수 있도록 허락해주십시오.」

베드로는 바나바가 바울과 함께 예루살렘으로 돌아오는 것에는 찬성하지만 먼저 사도들의 의향을 물어보는 것이 좋겠다고 신중하게 대답했다. 바나바를 안디옥의 시찰자로 보내는 문제는 모든 사도가 찬성할 것이 분명했으나, 바울을 다시 그곳으로 불러들이는 문제는 아무래도 사도들의 의견을 물어 결정해야 할 것 같았기 때문이다.

다음날 안디옥 교회 일로 회의를 소집한 사도들은 베드로의 주장에 따라 바나바를 시찰자로 보내는 것을 만장일치로 결의하고, 바울 문제도 쉽게 통과시켰다.

그로부터 3일 후, 바나바는 바울과 안디옥 교회에 보내는 베드로의 친서를 각각 한 통씩 갖고 예루살렘을 떠났다. 그는 욥바나 가이사랴에서 배를 타고 다소로 직접 갈 수도 있었지만, 뱃길을 사양하고 해안선을 따라 안디옥으로 먼저 향했다. 그는 두로, 시돈, 베리투스, 비블로스, 트리폴리, 아르도스 등과 같은 해안 도시에 흩어져 사는 기독교인들을 위로하고 그들의 신앙을 돈독하게 하기 위해 굳이 육로를 택했던 것이다.

라오디게아와 실루기아를 지나 마침내 안디옥에 도착한 바나바는 베드로의 친서를 교인들에게 전하고는 그들의 믿음이 일시적인 것이 되지 않도록 권면하고 세례를 베풀었다. 그는 심성이 곧고 성령이 충만한 사람이었기 때문에 많은 무리가 그를 따랐고, 결국 더 많은 이방인 개종자가 그로 인해 탄생되었다.

어느 정도 안디옥 교회가 기반을 잡아가자 바나바는 바울을 데리러 다소로 갔다. 바울이 다소로 돌아간 뒤 10여 년 동안 서너 차례 서신을 주고받았던 그들은 마치 오래된 친구를 만난 사람들처럼 서로를 얼싸안고 어쩔 줄을 몰랐다.

「바울 선생, 그동안 어떻게 지냈소?」

바나바는 더욱 많이 벗겨진 그의 머리를 보며 10년이라는 세월의 흐름을 실감했다.

「보다시피 이렇게 천막을 만들어 팔면서 살았습니다. 그런데…… 어쩐 일로……? 설마 저를 만나려고 여기까지 오신 건 아니겠죠?」

바울은 반가움과 호기심이 뒤섞인 듯한 말투로 말했다.

「이건 베드로 사도께서 바울 선생에게 드리는 편지입니다.」

바나바는 대답 대신 베드로의 서신을 바울에게 건네주었다.

바울은 굳은살이 박힌 손으로 양피지를 조심스럽게 폈다. 그리고 묵묵히 베드로의 편지를 읽어내려갔다. 편지의 내용을 이미 알고 있었던 바나바는 바울의 표정이 곧 밝아질 것을 기대하고 있었다. 그러나 그의 얼굴은 좀처럼 밝아지지 않았다.

「배려는 고맙지만……, 저는 선교 사업에 적합한 인물이 아닙니다.」

바울은 바나바의 시선을 피하며 말했다.

「그게 무슨 말씀입니까?」

바나바는 그의 귀를 의심했다.

「다메섹에서 예수님을 만난 직후엔 두려울 것이 없었습니다. 목숨을 내놓고 예수를 증거해야겠다는 생각뿐이었죠. 그래서 다메섹에서도 나의 개종을 만인들에게 공표했고, 예루살렘에서도 마찬가지였습니다. 하지만 결과를 보십시오. 다메섹에서는 물론 예루살렘에서도 쫓겨나는 신세가 되지 않았습니까? 그것도 기독교인들에 의해서 말입니다.」

「그건 바울 선생이 쫓겨난 것이 아니라, 선생께서 생명의 위협을 받고 있었기에 제자들이 피신을 시켜드린 것입니다.」

「아무래도 좋습니다. 하지만 한 가지 분명한 것은 저의 불같은 성격이 전도나 선교 사업에 부적합할 뿐 아니라 다른 형제들에게 누를 끼칠 수 있다는 것입니다. 저를 쓰시겠다는 제안은 고맙지만 사양하겠습니다.」

바울의 거절은 전혀 예상밖이었으므로 바나바는 당황하지 않을 수 없었다. 두 사람은 한동안 말이 없었다.

「당신은 시력을 되찾던 순간부터 주님의 종이 된 사람입니다. 종은 주인의 명령을 어겨서는 안 됩니다. 특히 하나님의 종이 된 사람은 더욱 그러합니다. 내 생각에 선생께서는 다분히 인간적인 이유로 사역을 거부하고 있습니다. 선생께서는 자신의 불같은 성격을 나무라고 있지만 내가 보기에 그것은 주님을 향한 불타는 사랑입니다. 바울 선생, 주님께서는 당신의 뜨거운 마음을 필요로 하십니다.」

바나바가 침묵을 깨며 조용히 말했다.

결국 바울은 바나바와 함께 배를 타고 실루기아로 갔다. 실루기아는 해로를 통해 안디옥으로 출입하기 위해 거쳐야만 하는 항구 도시였다. 바나바는 안디옥 교회의 발전상을 바울에게 보여주었다. 바나바는 그와 함께 예루살렘으로 돌아가려고 했는데 그곳 교인들의 간청으로 두 사람은 일 년 동안이나 안디옥에 머물면서 예수의 가르침을 전했다.

두 사람의 노력과 성령의 역사로 말미암아 바울과 바나바가 안디옥을 떠날 때는 적지 않은 이방인 제자들까지 생겨나게 되었다.

헤롯 아그립바 1세

헤롯 왕조는 주전 55년경부터 주후 93년까지 약 150년 동안 팔레스틴과 그 인접 지역을 통치했다. 이 왕조의 시초는 팔레스틴 지역을 통치하던 안디바넬의 후계자인 헤롯 1세가 왕위를 계승하면서 비롯되었다. 헤롯 1세는 25세 때 이미 갈릴리 지역의 총독을 역임하고, 주전 40년에 로마 황제 아구스도에 의해 유대 왕으로 임명되었다. 헤롯은 즉위 3년 만인 주전 37년에 이두메, 사마리아, 갈릴리 지방을 치고 예루살렘까지 함락시킴으로써 헤롯 대왕이라는 칭호를 받았다. 그는 많은 공공 사업과 성전을 재건하는 등 적지 않은 업적을 남겼다. 강인하고 현명한 그는 동방 박사들로부터 예수의 탄생 소식을 전해듣고, 베들레헴의 두 살 이하의 사내아이들을 살해하는 잔인한 면도 보여주었다. 그는 10명의 아내와 수십 명의 자식을 두었고 70세가 되던 주후 4년에 죽었다. 헤롯은 백성들이 자신의 죽음을 슬퍼하지 않을 것을 염려했다. 그래서 그는 유대의 유능한 지도자들을 감금하고, 자신이 죽은 뒤 모두 살해해 백성들이 곡을 하도록 꾸몄다. 그러나 그는 갑자기 죽는 바람에 뜻을 이루지 못했다.

헤롯 1세가 죽자, 그의 유언에 따라 영토는 세 아들에게 나눠졌다. 헤롯 아켈라오는 팔레스틴의 남부, 헤롯 빌립은 북동쪽, 헤롯 안디바는 갈릴리와 베니게 지방을 다스리게 되었다. 그러나 그것은 명목상의 영토 분할이었고, 실권은 부왕이 죽기 1년 전인 주후 3년부터 헤롯 안디바가 장악하고 있었다. 그가 왕이 되자, 오래 전부터 자신이 눈독을 들이던 형수 헤로디아를 형 빌립에게서 빼앗아 아내로 취했다. 이 소식을 전해들은 세례 요한이 안디바에게 충고했지만, 오히려 안디바는 그를 잡아다가 투옥시키고 말았다. 졸지에 왕비가 된 헤로디아는 자신의 앞날에 장애 요소가 될 수 있는 세례 요한을 제거하기로 결심하고, 안디바에게 생일 선물로 그의 머리를 달라고 해 세례 요한을 참수시켰다. 예수를 심문했던 헤롯 왕이 바로 헤롯 안디바였고, 그를 교활하고 미신을 섬기는 자라고 해서 여우라고 부르기도 했다.

헤롯 1세의 손자들 중에 하나인 헤롯 아그립바 1세는 자신이 로마인이라는 착각 속에 빠져 살던 유대 왕족이었다. 로마에서 태어나 부유함 속에서 사치와 도박을 일삼던 그는 결국 40세에 모든 재산을 탕진하고 빚더미에 앉게 되었다. 그는 설상가상으로 로마 황제 티베리우스의 미움까지 사게 되어 팔레스틴 지방으로 도망치듯 이주했다. 로마 생활에 젖어 살던 헤롯 아그립바 1세에게 있어 황량한 팔레스틴은 지옥과도 같았다. 그가 혼자서 재기를 시도한다는 것은 꿈도 못 꿀 일이었다. 아그립바의 삼촌뻘인 안디바는 비록 유대의 왕족이긴 했지만, 방탕하고 무능력한 조카를 밀어줄 만큼 우둔한 인물은 아니었다. 아그립바의 아내는 그에게 안디바를 찾아가 낮은 자리라도 하나 구걸해보라고 다그쳤으나 그는 막무가내였다.

「이런 시골 구석에서 자리를 하나 맡는다고 무엇이 달라지겠어? 차라리 로마에서 청소부를 하는 편이 낫지.」

그는 아내의 부탁을 이런 식으로 묵살하곤 했다. 절망과 비관 속에서 하루하루를 보내던 아그립바는 급기야 음독 자살을 시도했다. 그는 향락 속에서 살지 못할 바엔 차라리 죽는 편이 낫다고 생각했던 것이다. 그러나 죽는 것도 그리 쉽지는 않았다. 신음하며 죽어가던 그를 하인들이 구해냈던 것이다.

생각다 못한 아그립바의 아내는 헤롯 안디바의 아내 헤로디아를 직접 찾아가 남편에게 보잘것없는 자리라도 달라고 애원했다.

「한 번만 믿고 남편을 써주시면 꼭 제가 그이를 사람으로 만들어놓겠어요. 지금 그이는 마음을 붙일 데가 없어서 저렇게 방황을 하고 있는 거예요. 낮은 자리라도 하나 마련해주시면 그 은혜는 절대로 잊지 않겠어요.」

아그립바의 아내는 빌고 또 빌었다. 그녀는 자존심 따위는 버린 지 이미 오래였다.

「내 어떻게 손을 써보겠습니다.」

불륜으로 왕비가 된 헤로디아는 거만한 미소를 지으며 대답했다.

그녀는 남편을 시켜 그의 조카에게 관직을 마련해줄 것을 부탁했다. 헤로디아의 부탁이라면 가리지 않고 들어주던 안디바는 자신이 가지고 있던 정치적 영향력과 디베리우스 황제의 신임을 바탕으로 조카의 보직을 주선했다. 결국 아그립바는 갈릴리 바다 주변인 디베랴에서 상공업무를 관장하는 자리를 얻었다.

한때 로마의 한량이었고 팔레스틴이 싫다고 자살 소동까지 벌였던 아그립바는 갈릴리 일대를 지배하는 제후가 되었다. 일단 권력의 맛을 알게 된 그는 갈릴리 지역의 통치를 신하들에게 위임하고 로마로 돌아가 기회를 엿보기 시작했다. 그러던 중 디베리우스 황제가 죽고 칼리쿨라가 즉위하자, 아그립바는 비로소 기회가 가까이 왔음을 알았다. 칼리쿨라는 아그립바와 함께 방탕한 생활을 하며 로마 시내를 몰려다니던 난봉꾼 동지였던 것이다.

출세의 야망을 키우던 것은 안디바도 마찬가지였다. 로마의 폭군 칼리쿨라가 집권하던 주후 39년, 그는 헤로디아의 권유에 따라 현재 자신이 맡고 있는 자리보다 높은 자리를 달라고 간청하기 위해 로마로 갔다.

아그립바는 옛날부터 안면이 있던 칼리쿨라 황제를 찾아가 자신의 삼촌인 안디바가 유대를 로마의 지배에서 해방시키기 위해 무력 항쟁을 준비하고 있다는 거짓말을 했다.
「그게 사실인가?」
칼리쿨라는 한쪽 눈을 치켜뜨며 아그립바를 곁눈으로 보았다.
「불행하게도 사실일세. 나도 이런 말을 하기는 죽기보다 싫었다네. 그가 누군가? 내 삼촌이 아닌가? 하지만…… 둘도 없는 친구인 자네가 황제가 되자마자 이런 반란을 겪게 될 것을 생각하니, 정말 괴로웠다네.」
아그립바는 시선을 내리깔고 양미간을 찌푸리며 말했다.
「그런데 자네는 안디바가 반란을 준비하고 있다는 사실을 어떻게 알게 되었는가?」
칼리쿨라는 여전히 의심스런 말투로 물었다.
「그가 내게 반란에 가담할 것을 제안해왔거든. 아무쪼록 늦기 전에 손을 쓰도록 하게. 난 자네 걱정뿐이라네.」
아그립바는 절망의 구렁텅이에서 자신을 구해준 삼촌의 은혜를 원수로 갚고 있었다.
결국 조카의 모함에 의해 유대 왕의 자리에서 쫓겨난 안디바는 헤로디아와 함께 지금의 프랑스 땅인 리용으로 유배를 떠나게 되었고, 대신 아그립바는 그의 자리를 차지하게 되었다. 그는 삼촌을 몰락시키고 영토를 두 배로 증가시킴으로써, 그의 조부 헤롯 대왕이 소유했던 것과 비슷한 영토와 권력을 장악하게 되었다.
그러나 그의 야심은 거기에서 끝나지 않았다. 폭군 칼리쿨라와 집권 초기부터 긴밀한 관계를 유지해오던 아그립바는 그의 후원에 힘입어 유대 지역의 이권에도 손을 대기 시작했다. 그러나 이권 개입은 멀리 떨어진 로마 황제의 입김이나 패역 무도한 유대 왕의 권모술수만으로 가능한 것이 아니었다. 지방 유지들과의 유대와 사회 분위기를 파악하는 것이 급선무였다. 그는 지방 유지들 중에서도 주요 사업을 소유하고 있는 바리새인들에게 접근해 그들과 타협을 벌였다.

바리새인들이 원했던 것은 첫째도 기독교 타도였으며, 둘째도 기독교 타도였다. 그 대가로 헤롯은 세금 이외에 자신의 사치를 충족시킬 돈을 요구했다. 바리새인들은 속으로 쾌재를 부르며 아그립바의 요구에 응했고, 아그립바 역시 협상 결과에 만족했다.

헤롯 아그립바 1세는 예수가 승천한 지 14년 후인 주후 44년에 기독교에 대한 탄압을 감행해 이때 요한의 형제 큰 야고보와 몇몇 기독교인들을 처형했다.

베드로와 천사

오랜만에 기독교인들의 피를 본 바리새인들의 반응은 대단했다.
「왕 중의 왕, 아그립바 대왕이시여, 저 사악한 예수교도들을 칼로 치시니 저희가 얼마나 기쁜지 모르겠습니다. 바랍니다. 그들의 대장 노릇을 하는 베드로도 어서 잡아 벌을 내려주십시오.」
수많은 기독교인들을 모두 처벌하는 것이 불가능한 일임을 잘 아는 바리새인들은 이번 기회에 베드로를 제거하고자 했다.
아그립바는 보리 추수가 한창이던 유월절에 바리새인들의 원대로 베드로를 가두었다. 그들은 유월절 동안 그를 옥에 가두었다가 무교절이 끝나면 재판을 열고 사람들 앞에서 공개 처형시킬 계획을 세웠다.

베드로가 투옥된 지하 감방은 두껍고 촘촘한 쇠창살과 이중 빗장으로 되어 있었고, 밖은 암벽이었으므로 외부에서 구출을 시도하기는 불가능했다. 게다가 4개 조로 나누어진 16명의 군사들이 감옥 안팎을 삼엄하게 지키고 있었으므로 탈옥은 꿈도 못 꿀 일이었다.

「이봐, 예수쟁이 친구. 자네가 그렇게 능력이 대단하다니까 어디 한번 보겠어. 이 감옥을 빠져나갈 수 있는지 말이야.」

「당신이 우리 몰래 이 감방을 빠져나간다면 내 목을 걸겠어.」

파수병들은 베드로에게 비아냥거렸다.

베드로는 재판에 회부되기 전날밤에도 돌바닥에 누워 태평하게 잠을 자고 있었다. 그는 갈릴리 바닷가에서 예수가 예언했었던 자신의 최후가 아직 멀었다는 것을 알고 있었던 것이다. 감옥 안이 울리도록 코까지 골면서 깊은 잠에 빠져 있던 그는 누군가 자신의 옆구리를 쿡쿡 지르는 것을 느끼고 눈을 떴다. 그리고 감방 안이 환한 빛으로 가득한 것을 보았다. 그것은 그의 옆구리를 찌른 주의 사자가 발하는 빛이었다.

「어서 일어나라.」

옷도 피부도 눈처럼 하얀 천사가 잠이 덜 깬 듯 눈만 깜박이던 베드로를 향해 명령했다.

천사의 명령을 듣고 일어난 베드로는 발목과 손목에 채워져 있던 족쇄와 수갑이 모두 풀어져 있는 것을 발견했다.

「옷을 입고 신을 신어라.」

두 번째 명령이 떨어지자 베드로는 깔고 누웠던 옷을 입고 신을 신었다.

「나를 따라오라.」

천사가 앞장서며 말했다.

베드로는 천사의 뒤를 따라가면서 여전히 꿈을 꾸고 있다고 생각했다. 베드로가 감옥에서 천사를 만난 것은 이번이 처음은 아니었다. 그는 13년 전, 바리새인들과 사두개인들이 열두 사도들을 모조리 지하 감옥에 투옥시켰을 때에도 천사가 그들을 빼내주었던 사실을 기억하고 있었다. 그러나 왠지 이번만은 환각에 사로잡힌 듯한 기분을 떨쳐버릴 수 없었다.

천사가 감옥 문 앞에 서자 빗장의 자물쇠가 달그락 소리를 내며 풀렸고, 곧이어 육중한 통나무 빗장이 움직이는 소리가 철창 밖에서 들렸다. 마침내 철판으로 만들어진 감방 문이 기분 나쁜 소리를 내며 열리자 천사는 미끄러지듯 감방을 나갔다.

'간수들은 어떻게 되었을까?'

베드로의 궁금증은 그가 천사의 뒤를 따라 감방 문을 나서자마자 사라졌다. 복도 양옆에 널브러진 네 명의 파수병들이 눈에 띄었기 때문이다.

잠시 후 지하 감옥으로 통하는 문마저 감방 문과 비슷한 식으로 열리자 신선한 새벽 공기가 베드로를 감쌌다. 감옥을 나온 천사와 베드로는 유유히 성문으로 향했다. 천사가 발하는 은은하고 부드러운 광채는 그를 마치 커다란 발광체처럼 보이도록 만들었지만, 결코 눈이 부시거나 하는 느낌은 주지 않았다.

베드로는 볼수록 신기한 천사의 모습에 이끌려 어느덧 거대한 철문 앞까지 오게 되었다. 그 철문은 다름 아닌 성문이었다. 사람 키의 세 배 정도 되는 높이에 마차 세 대가 다닐 수 있는 넓이의 성문은 절망적으로 그들의 앞을 가로막고 있었다. 하지만 천사가 살며시 입김을 불자 철문은 성밖을 향해 열리기 시작했다. 그들은 파수병도 성문지기도 없는 성문을 당당하게 나섰다.

예루살렘 거리에 들어설 때까지 여전히 천사는 앞장서서 가고 있었다. 베드로는 말없이 그의 뒤를 따르고 있었는데 베드로가 잠깐 성을 돌아보는 순간 천사는 연기처럼 사라지고 말았다. 천사가 사라진 어두운 예루살렘 거리에 덩그러니 홀로 남겨진 베드로는 그제야 자신이 감옥에서 풀려난 것이 환상이 아님을 깨달았다.

그것은 아그립바와 바리새인들의 흉계를 분쇄하려는 주님의 역사였던 것이다.

거리에 서서 잠시 망설이던 그는 갑자기 예루살렘의 아래 도시로 성큼성큼 발길을 옮기기 시작했다. 그가 어느 큰 집 앞에 섰을 때, 동녘은 희미하게 타오르고 있었다. 대부분의 예루살렘 시민들은 깊은 새벽잠에 빠져 있을 시간이었지만 베드로가 문을 두드리려던 집은 아직도 인기척과 함께 사람들의 기도 소리가 집밖에까지 들렸다. 그 집은 다름 아닌 마가의 어머니 마리아의 집이었다.

그는 창밖으로 흘러나오는 사도들의 기도를 들으며 그들이 자기를 보면 얼마나 기뻐할까 생각했다. 그들의 기도 내용은 온통 베드로의 안녕을 비는 것이었기 때문이다. 그는 흐뭇한 마음으로 문을 두드렸다.

「누구세요?」

그 집에서 일하는 하녀 로데가 멀찍감치에서 불안한 목소리로 물었다. 그녀는 혹시 관원들이 찾아오지 않았을까 두려워하고 있는 것이 분명했다.

「나다, 베드로다.」

조심스럽게 대문을 향해 걸어가던 로데는 베드로의 목소리를 듣고는 깜짝 놀랐다. 그러고는 그를 문 밖에 세워둔 채 집안으로 달려들어갔다.

「베, 베드로 사도께서 오셨어요! 지금 문 앞에 와 계셔요!」
하녀는 집안에 모여 통성기도를 올리던 형제들에게 말했다.
「로데야, 네가 지금 제정신이 아니구나.」
제자들 중 하나가 그녀를 꾸짖듯 말했다.
「정말이에요. 사도께서 문 밖에 서 계시다니까요.」
그녀는 답답하다는 듯이 말했다. 그때 문을 두드리는 소리가 다시 나기 시작했다.
「정 못 믿으시겠거든 직접 나가보세요.」
형제들은 반신반의하며 대문을 열었고, 거짓말처럼 그들 앞에 서 있는 베드로를 보고 놀라지 않을 수 없었다. 갑자기 마가의 어머니 마리아의 집은 어수선해지기 시작했다.
베드로는 대문을 들어서며 웅성거리던 형제들을 진정시켰다. 술렁이던 분위기가 가라앉자 베드로는 그들에게 자신이 어떻게 감옥에서 나왔는가를 차근차근 설명했다.
「날이 새거든 작은 야고보와 다른 형제들에게도 이 사실을 전하시오.」
베드로는 다른 사도들에게도 자신이 천사의 도움으로 풀려났다는 소식을 전해달라는 말을 남기고 집을 나섰다. 형제들이 베드로에게 어디로 가느냐고 걱정스럽게 물었지만 그는 대답도 하지 않고 새벽 거리 속으로 사라졌다.
아무도 그의 행선지를 아는 사람은 없었다.

헤롯 아그립바 1세의 죽음

「뭐라고! 베드로가 타, 탈옥을 했다고?」

밤 사이에 베드로가 옥에서 사라졌다는 보고를 전해들은 헤롯은 침상에서 벌떡 일어나며 소리쳤다. 그의 안색은 저녁 노을처럼 붉게 달아올랐고, 사지는 사시나무처럼 떨리고 있었다.

「폐하, 흥분하시면 옥체에 해롭습니다.」

헤롯의 대신 블라스토가 그를 진정시키려 했다.

아그립바는 혈압이 높았으므로 흥분하면 언제나 목덜미가 뻐근한 증세가 있었다. 그는 갑자기 정신이 아찔해지는 것을 느끼며 다시 자리에 눕고 말았다.

「그런데…… 왜 그 사실을 이제서야 말하는 거냐?」

어지러움이 약간 가라앉자 헤롯이 물었다. 그의 눈은 여전히 감겨져 있었다.

「곧 잡을 수 있을 것이라고 생각했었습니다. 군사들이 성전 경비대들과 합동으로 수색 작전을 펴기 때문에 밤이 되기 전에 반드시 잡힐 것입니다.」

보안 대장은 쥐구멍이라도 들어가고 싶은 심정이었다. 큰소리를 치기는 했지만 가능성은 희박했다.

「샅샅이 뒤져라. 예루살렘을 이 잡듯 뒤져서 베드로를 잡아오란 말이야!」

아그립바의 명령이 떨어지기 전부터 예루살렘의 모든 적그리스도 병력은 이미 베드로를 잡기 위해 혈안이 되어 있었다. 그들의 수색 작업은 처음엔 기독교인들의 집과 상가를 대상으로 펼쳐졌다. 그러나 기독교인들에게서 아무런 단서도 나오지 않자 예루살렘의 모든 집들이 수색 대상이 되었고, 예루살렘은 마치 벌집을 쑤셔놓은 것처럼 술렁거렸다.

하지만 베드로는 어디에도 없었다. 예루살렘 주위의 촌락과 마을까지 뒤졌지만 베드로는 없었다.

밤이 되자 사색이 된 보안 대장은 아그립바에게 베드로를 찾을 수 없다고 털어놓을 수밖에 없었다.

「그럴 줄 알았어. 지하 감옥에 처넣은 죄수 하나 제대로 지키지 못하는 놈들이 무슨 일인들 제대로 하겠나?」

아그립바는 애써 진정하며 말했으나 다시 뒷목이 뻐근하고 가슴이 답답해지는 것을 느꼈다.

「하루만 시간을 더 주시면……」

「시끄럽다!」

아그립바가 진노하자 보안 대장은 입을 다물고 말았다.

「그놈들을 죽여라. 베드로를 지키던 간수 녀석들은 직무 태만으로 문책하고, 그 머저리 같은 놈들의 목을 쳐라.」

그날밤 베드로의 지하 감옥을 지키던 16명의 파수병들은 모두 참수를 당하고 말았다. 이 사건은 로마의 폭군 칼리쿨라와 닮아가려는 헤롯 아그립바 1세의 잔학성을 그대로 보여주었을 뿐만 아니라, 적그리스도를 따르며 그리스도를 시험하는 자들의 최후가 얼마나 의미 없는 것인가를 여실히 입증했다.

베드로를 놓쳤다는 것은 바리새인들에게는 물론 아그립바 자신에게도 큰 충격이 아닐 수 없었다. 아그립바는 실추된 위신을 만회하기보다 말 많은 예루살렘을 잠시 떠나 가이사랴로 갔다.

가이사랴에서 요양을 하고 돌아온 아그립바는 두로와 시돈의 시민들이 번번이 세금을 미루거나 늦게 지급한다는 보고를 접하고 대노했다. 그렇지 않아도 아그립바는 자신이 즉위했을 때부터 은근히 반항적인 자세를 취하던 그 도시를 못마땅하게 여기고 있던 터라 그의 노여움은 대단했다.

아그립바는 급기야 갈릴리 농부들에게 종자 공급을 중단시켰다. 두로와 시돈은 자신들이 필요한 양곡의 대부분을 갈릴리 평야에서 수입하고 있었으므로, 아그립바의 명령은 그들의 생명선을 끊는 것과 다름없었다.

하는 수 없이 그들은 아그립바의 노여움을 풀기 위한 방법을 모색했고, 결국 블라스토 대신을 찾아가 대왕에게 절대 복종하겠다는 맹세를 했다. 블라스토는 두로와 시돈의 충성 맹세를 아그립바에게 전했고, 그들이 가져온 공물과 밀린 세금을 그의 발 앞에 놓았다.

「그럼 그렇지. 제까짓놈들이 별 수 있어?」

아그립바가 거드름을 피우며 말했다.

「폐하, 이제 그만 그들에 대한 조치를 푸시는 것도 백성들의 덕망을 사는 일인 줄로 압니다.」

나이가 지긋한 블라스토가 말했다.

덕망을 산다는 대신의 말에 귀가 솔깃해진 아그립바는 조치를 해제하고, 백성들앞에서 연설을 함으로써 자신의 위대함과 자비로움을 온 백성들에게 알리고자 했다. 그는 서둘러 신하들을 불러 백성들에게 효유曉喩하겠다는 뜻을 전하고 좋은 날을 잡아 방을 붙이라고 명령했다.

마침내 그날이 되자 백성들은 평생 한번 볼 수 있을까 말까 한 왕의 모습을 멀리서라도 보기 위해 단상 앞에 구름떼처럼 몰려들었다. 마침내 팡파르가 울려퍼지는 가운데 붉은 왕복을 잘 차려 입은 헤롯 아그립바 1세가 단상에 올라서자 백성들은 보안대장의 사전 지시에 따라 환성을 지르며 유대의 왕 헤롯을 반겼다. 우쭐해진 아그립바는 로마식 발음을 섞어가며 준비한 연설을 하기 시작했다.

그의 연설 내용은 유대의 풍년과 평화는 모두 자신이 내리는 축복 때문이므로, 하늘에 영광을 돌리지 말고 자신에게 돌려야 한다는 것이 주를 이루고 있었다.

「저건 신이 할 말이지 사람이 할 말은 아니로다.」

「저자가 천벌을 받으려고 저런 말을 한다.」

사람들은 수군거리기 시작했다.

연설이라기보다 자신을 신격화하려는 헤롯의 망발은 오래가지 못했다. 자아 도취에 빠진 그는 너무 흥분한 나머지 정신이 아찔해지는 것을 느끼고 단상에서 쓰러지고 말았다. 그의 고질병인 고혈압이 마침내 헤롯의 뇌동맥을 파열시켜버린 것이었다.

사치와 방탕에 젖어 살던 헤롯 대왕의 왕손, 은혜를 악으로 갚은 배덕자, 율법 지상 주의를 표방하던 바리새인, 야고보를 순교시킨 기독교의 박해자 헤롯 아그립바 1세는 초점이 없는 눈을 커다랗게 뜬 채 백성들의 힐난 속에서 서서히 죽어갔다.

사도행전의 기자인 누가는 헤롯의 사인을 다음과 같이 묘사하고 있다.

'헤롯이 영광을 하나님께 돌리지 아니하므로 주의 사자가 곧 치니 충蟲이 먹어 죽으니라.'

바울의 재등장

구원과 사랑을 표방하는 기독교 이념은 인종, 국가, 성별, 신분 등을 초월하는 것이었기 때문에, 팔레스틴 지역을 넘어 지중해와 북아프리카 지역으로까지 빠른 속도로 발전할 수 있었다.

가장 성공적인 이방 교회로 이름난 수리아의 안디옥 교회는 핍박을 피해 팔레스틴 지방에서 피난온 유대인과 타국에서 태어나 안디옥으로 이주한 유대인을 비롯해 다양한 인종들로 구성되어 있었다. 한마디로 그 도시는 인종 전시장을 방불케 했으며, 그 모든 이방인들을 구주 예수의 이름으로 받아들인 안디옥 교회는 안디옥의 축소판이라 해도 틀린 말이 아니었다.

바울과 바나바가 안디옥 교회에 머물고 있을 때, 유대 지역에 큰 흉년이 들 것을 예언한 자가 있었다. 그의 이름은 아가보였다. 그는 예루살렘 출신의 제자로 성령과 함께 예언의 은사를 받은 사람이었다. 그는 이미 큰 사건들을 예언해 수차례 적중시킨 적이 있었으므로 모든 사람들은 그의 말을 믿었다. 결국 아그립바가 죽은 지 2년 후인 주후 46년에, 예루살렘의 형제들이 흉년으로 고난을 받고 있다는 소식이 안디옥에 전해졌다. 안디옥 교인들은 그동안 모아두었던 헌금을 바나바와 바울을 통해 예루살렘으로 보냈다. 안디옥 교회의 이러한 구제 행위는 기독교가 인종이나 출신 성분 등을 초월한 종교라는 사실을 입증하는 사건이었다.

한편 천사의 도움으로 감옥에서 나온 베드로는 소아시아에서 전도하면서 여전히 교회의 머리 역할을 했다. 그러나 정확한 그의 사적은 어디에도 남아 있지 않다. 한 가지 분명한 것은 그가 로마에서 20여 년 동안 기독 교회를 총감독했고, 그곳에서 박해를 피해 흩어진 기독교인들을 위로하고 격려하는 베드로전서와 베드로후서를 썼다는 사실이다.

이에 비해 바울의 행적은 끊임없이 기록하는 그의 습관과 왕성한 집필 의욕, 그리고 그의 동반자이자 글을 대신 써주는 역할도 했던 누가의 편지와 기록에 의해 놀라울 정도로 자세히 신약성서에 소개되어 있다.

바울은 후에 로마에서 다시 베드로를 만나게 되는데, 그들이 만나기 전까지 바울은 거의 초인적인 선교 활동을 펴면서 기독교 번영의 기틀을 마련했다.

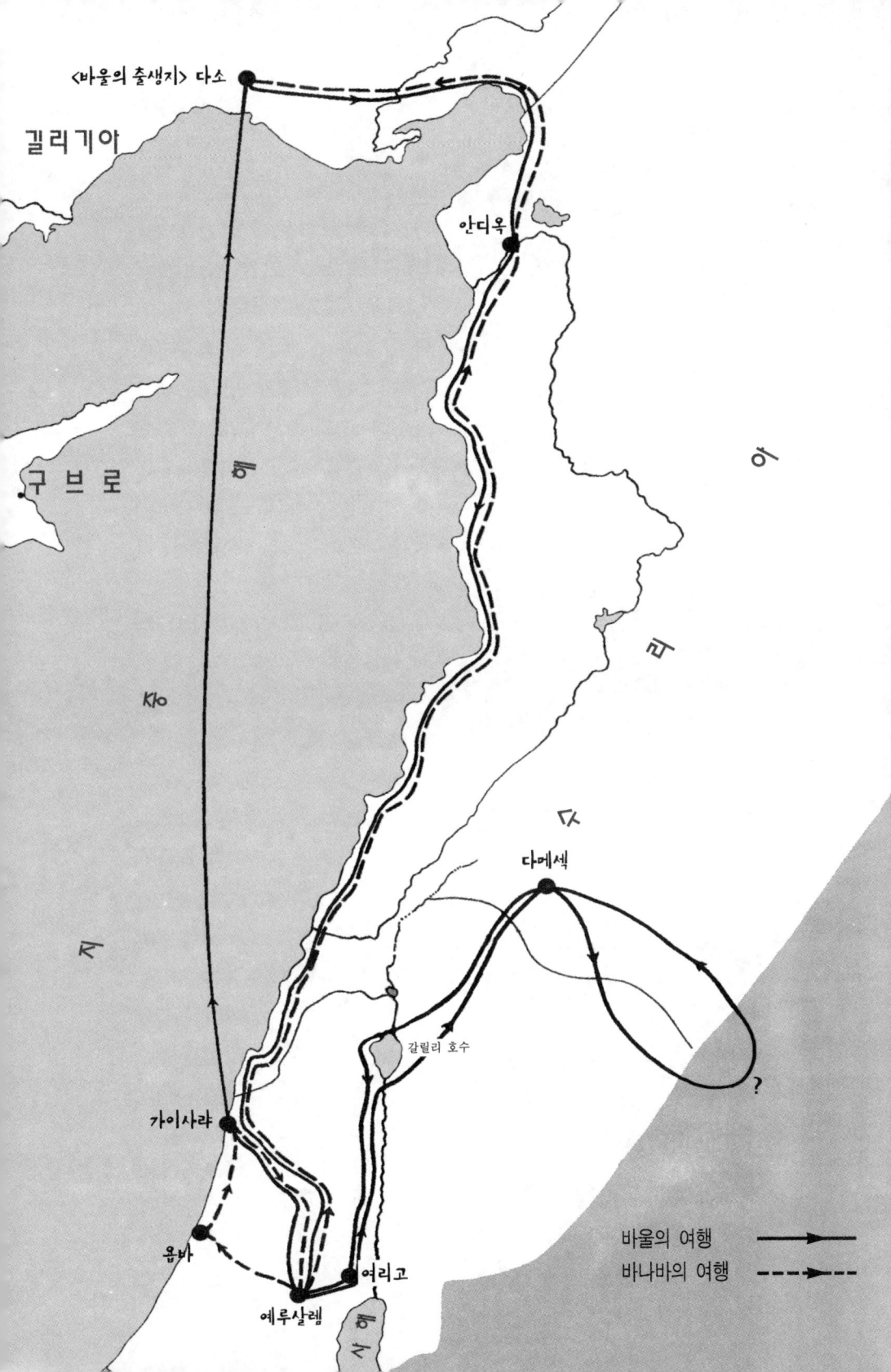

바울의 제1차 전도 여행
Paul's First Journey

구브로 섬으로 떠난 세 사람

바울과 바나바는 예루살렘에 헌금을 전하고 안디옥으로 돌아오면서 바나바의 조카인 마가를 데리고 왔다. 두 사도는 안디옥 교인들에게 마가를 소개한 다음, 예루살렘의 어려운 형편들을 이야기해주었다.

그들로부터 예루살렘 소식을 듣던 안디옥 신도들은 예루살렘 형제들과 고통을 함께 나누기 위해 금식기도를 청했다. 잠시 후 그들은 기근에 시달리는 유대의 형제자매를 위해 합심해 기도하기 시작했다.

그들이 며칠 동안 금식하며 간절히 기도를 올리고 있을 때 교회의 사역자들과 사도들에게 성령의 계시가 내렸다.

「내가 시킬 일을 위하여 바나바와 바울을 따로 세우라」

그것은 성령이 바나바와 바울에게 내리는 첫 번째 선교 명령인 동시에 한 곳에서 안주하기를 거부하던 두 사도들에 대한 그리스도의 대답이기도 했다.

한시라도 빨리 복음을 전하고 싶은 생각으로 그들의 마음은 끓어올랐다. 특히 불같은 성격의 소유자였던 바울은 성령이 자신에게 선교의 사명을 내렸다는 사실만으로도 흥분과 기쁨을 감출 수 없었다. 그는 한시바삐 여행 준비를 서둘렀다.

「바울 선생」

흥분된 바울의 마음을 가라앉히기라도 하려는 듯 바나바가 차분한 음성으로 그를 불렀다.

「아, 바나바 사도, 여행 준비를 모두 끝내셨나보죠?」

침구와 비상 식량 등을 꾸리던 바울이 돌아보았다.

「아니오, 그게 아니라, 드릴 말씀이 있어서……」

「네, 말씀하시죠」

「내 조카 녀석이 전도 여행에 함께 가고 싶다고 하는데, 선생의 생각은 어떤지 알고 싶습니다」

바나바는 마가의 동참 의사를 전하며 바울의 의사를 물었다.

「바나바 사도께서는 어떻게 생각하십니까?」

바울은 먼저 바나바의 의견을 물었다.

「글쎄…… 그 애는 의술을 공부했으니 여러모로 우리에게 도움이 될 것이고, 우리가 복음을 전하는 동안 편지 등을 대신 쓰게 할 수도 있을 것 같습니다. 그리고 이번 전도 여행은 그 애에게도 좋은 경험이 될 것 같은데, 선생의 생각은 어떻습니까?」

바나바는 찬성하고 있었으나 바울은 성령이 택하지 않은 사람과 함께 간다는 것이 왠지 탐탁치 않았다. 그러나 다른 사람도 아닌 바나바의 생각이 그러했으므로 바울은 반대하지 않았다.

결국 바울, 바나바, 마가 세 사람은 안디옥 교인들의 환송을 받으며 안디옥에서 25킬로미터 정도 떨어진 항구 도시 실루기아로 향했다. 실루기아에서 며칠을 기다린 그들은 마침내 그들의 목적지로 떠나는 배를 탈 수 있었다. 그 배는 다름 아닌 바나바의 고향 구브로 섬으로 향하는 배였다.

바보의 거짓 선지자

한 팔을 조카의 어깨에 얹고 그에게 고향 이야기를 들려주는 바나바의 눈에는 구브로의 정경이 선했다.
「구리가 엄청나게 많지. 아무리 파내도 끝도 없이 나오거든. 그렇다고 구리 광산만 있는 건 아니야. 포도주 맛도 일품이고, 거기서 나는 비단은 매끄럽고 부드럽기가 이루 말할 수가 없어. 섬 한가운데는 숲이 얼마나 울창한지 낮에도 그 속에 들어가면 방향 감각을 잃기 십상이지. 내가 어릴 적엔……」
바나바는 어린 시절의 추억과 함께 에집트, 앗시리아, 그리스, 페르시아 등의 제국들에 의해 차례로 점령되었던 그 섬의 역사를 설명하고, 마침내 로마 총독부가 들어서면서 비교적 평화로운 생활을 할 수 있었다고 말했다.
「그 섬 어딘가엔 기독교인들도 살고 있겠죠?」
바울이 씁쓸히 웃으며 말했다. 그는 자신이 기독교를 박해할 당시 많은 교인들이 사방으로 흩어졌고, 그들 중에 적지 않은 수가 구브로로 갔다는 사실을 알고 있었다.
세 사람은 그들을 어루만지는 듯한 부드러운 바람을 느끼며 주님의 사업에 대해 이야기를 나누며 구브로 섬이 나타나기만을 기다렸다. 마침내 실루기아를 떠난 지 4일째가 되던 날, 수평선

너머로 구브로 산맥의 봉우리가 보이기 시작하자 갑판에 서 있던 그들은 빨리 배가 육지에 닿기를 기다렸다. 그들 앞에 어떤 일들이 놓여 있는지 아무도 예측할 수 없었다. 하지만 세 사람은 모든 것을 성령의 인도와 보살핌에 의지한 채 번잡한 살라미 항구에 발을 내디뎠다.

살라미에 내리자마자 바울은 먼저 유대 회당을 찾았다. 그리고 그곳에서 예배를 드린 후 복음을 전했다. 그들은 섬의 동쪽으로 이동하는 동안 회당에서, 번잡한 거리에서 예수의 가르침을 전하기에 힘썼다. 유대인들에 대한 전도는 주로 바울이 맡았고, 이방인들에 대한 전도는 그곳 말을 할 줄 아는 바나바가 맡았다. 마가는 부지런히 그들의 수종을 들며 두 사도의 전도 활동을 도왔다.

나귀를 타고 바보라는 구브로 섬의 서쪽 항구 도시로 향하던 그들은 아주 작은 촌락이라도 그냥 지나치는 법이 없었다. 사람들이 모여사는 곳을 보면 반드시 나귀에서 내려 그들에게 생명의 말씀을 전했고, 말씀을 받아들이는 이들에겐 반드시 세례를 주고 축복했다. 자연히 여정은 길어질 수밖에 없었다. 그러나 그들은 개의치 않았다. 그들의 여행은 목적지가 따로 정해진 것이 아니었다.

그러나 바보까지 가기도 전에 바울이 염려했던 문제가 발생했다. 마가가 그들의 여정에 대해 불만을 토로하기 시작했던 것이다. 유복한 집에서 고생을 모르고 자랐던 그에게 전도 여행이란 그가 생각했었던 것처럼 쉬운 일이 아니었다. 타고 가던 나귀가 지치면 그들은 반나절을 꼬박 걸어야 했고, 해가 질 때까지 마을이 보이지 않으면 들짐승의 위협 속에 노숙을 해야 했으며, 그나마 얼마 되지 않는 비상 식량이 떨어지면 하루 종일 굶어야 했다.

「삼촌, 저는 더이상 못 가겠어요.」

마가가 전도 여행에서의 탈락 의사를 비춘 것은 그들이 거리상으로 바보에 거의 도착했을 때였다. 그러나 시간상으로는 바보까지 가는 데 얼마나 시간이 걸릴지 아무도 예측할 수 없었다. 왜냐하면 바보로 가는 도중에 사람들을 얼마나 만나는지에 달려 있었기 때문이다.

「내 어느 정도 짐작은 하고 있었다만…… 많이 고달픈 게로구나.」

바나바는 어질고 착한 사람이었으므로 조카의 고충을 충분히 이해했다.

「네.」

마가는 선교 여행이 어떤 것인지도 모르고 무작정 가겠다고 자청한 것을 후회했다.

「바보까지는 갈 수 있겠느냐?」

「그렇게 해보겠어요.」

「그럼 거기서 배를 타고 안디옥으로 가든지 예루살렘으로 가든지 하거라. 알겠느냐?」

「네.」

마가는 쥐구멍이라도 들어가고픈 심정이었다.

'그래도 바나바 삼촌은 친척이니까 나를 이해한다손 치더라도, 이 사실이 바울의 귀에 들어가면 무슨 망신이란 말인가?'

마가는 또 다른 근심에 휩싸였다.

「바울 사도에게는……」

「내가 말할 테니 걱정 말아라.」

바나바는 인자한 미소를 지으며 조카의 등을 토닥거렸다.

대문이란 뜻을 지닌 바보는 살라미에서 직선 거리로 약 130킬로미터 떨어진 구브로의 수도였다. 그곳은 항구 도시였고, 로마 원로원의 총독부가 자리잡고 있는 정치의 중심지이기도 했다.

세 사람이 바보에 도착해 회당에서 예배를 드리고 예수를 가르치자 적지 않은 개종자들이 생겨났다. 그 개종자들 중에는 유대인들뿐만 아니라 로마인들도 있었으며, 로마인들 중에는 간부들도 있었다. 그들은 총독에게 자신들에게 복음을 전한 세 사람에 대해서 말했다.

구브로 섬의 총독 서기오 바울은 오직 정치에만 몰두하는 로마 제국의 꼭두각시가 아니었다. 그는 원래부터 삶과 우주의 신비를 탐구하기 좋아했고 영력과 신통력을 믿는 사람이었다. 그러나 서기오는 호기심만으로는 그것을 깨달을 수 없었으므로 선지자라고 자칭하는 바예수 엘루마를 곁에 두고 있었다. 그러나 궤변만 늘어놓으며 주문을 외고 부적 등을 만드는 엘루마에게 식상해 있던 서기오 총독은 복음에 대한 이야기를 접하게 되자 귀가 솔깃해졌다. 결국 그는 간부들과 상의하여 안디옥에서 왔다는 세 사람을 총독부 관저로 초대했다.

바보에 나타난 선교사의 소식을 듣고 오래 전부터 위기의식을 느꼈던 엘루마는 수단과 방법을 가리지 않고 그들이 총독과 만나는 것을 방해했다. 그는 총독에게 그자들이 구브로에 흉년을 가져올 것이라고 말하는가 하면, 그들을 만나면 총독의 명이 짧아질 것이라고까지 위협했다. 그러나 어떤 공갈도 서기오의 의지를 꺾지는 못 했다.

마침내 총독을 접견한 바울과 바나바는 서기오가 한번도 들어보지 못했던 생명의 말씀을 들려주었다. 서기오 총독은 의자에 비스듬히 앉아 주먹으로 턱을 괴고 그들의 설교를 경청했다. 서기오는 마치 가뭄의 끝을 알리는 소나기처럼 자신의 메마른 영혼을 적셔주는 진리의 말씀을 조용히 들으며 가슴이 뜨겁게 달아오르는 것을 느꼈다.

한편 미혹자들로부터 총독을 보호한답시고 서기오 옆에 앉아 있던 엘루마의 마음은 다른 이유 때문에 달아오르고 있었다. 그는 바울과 바나바의 복음을 들으며 감동하는 서기오 총독의 모습을 곁눈질하며 초조와 불안을 억누를 수 없었던 것이다.

「총독 각하! 저들의 말에 귀기울이시면 안 됩니다. 모두 새빨간 거짓말입니다. 저들은 총독 각하를 속여 금품을 뜯어내려는 사기꾼들입니다. 제발 저들의 감언이설에 속지 마십시오!」

바예수 엘루마가 벌떡 일어나 그들을 손가락으로 가리키며 총독을 향해 소리쳤다.

모두들 어리둥절한 표정으로 엘루마를 쳐다보았다. 사람들은 그의 말의 진위 여부를 가리기보다 그가 어디에서 나타났는지 생각하고 있는 것 같았다. 그만큼 엘루마의 발언은 갑작스러운 것이었다. 일단 사람들의 주목을 끌었다고 생각한 엘루마는 그들에게 욕설과 저주를 퍼붓고는 그들로 인해 더럽혀진 총독 관저를 정화한답시고 주문을 외우기 시작했다. 그러나 엘루마의 이러한 방자한 행동은 오래가지 못했다.

「네 이놈!」

분노로 가득 찬 이글거리는 눈으로 엘루마를 노려보던 바울이 호령했다. 그는 자신을 향한 욕설이나 중상 따위는 개의치 않았지만, 복음의 전파를 방해하고 하나님의 영광을 가리는 행위는 도저히 용납할 수 없었다. 그의 분노는 다름 아닌 성령의 분노였던 것이다.

「너는 간사함과 악행이 가득한 자요, 마귀의 자식이요, 예수 그리스도의 원수로다! 하늘의 영광을 가리는 그 망령된 수작을 당장 집어치우지 못하겠느냐!」

바울의 성난 음성은 총독부 건물을 진동시켰다.

「주의 손이 네 눈을 가리우리니 네가 소경이 되어 얼마 동안 빛을 보지 못하리라.」

바울의 말이 떨어지자마자 엘루마는 사방 천지가 칠흑 같은 어둠에 싸이는 것을 느꼈다. 잠시 후 그는 주위가 어두워진 것이 아니라 자신의 눈이 어두워진 것임을 깨달았다.

「내 눈, 눈이 안 보인다. 아무것도 안 보여!」

엘루마는 두려움에 떨며 절규했다. 하지만 그의 시력은 돌아오지 않았다. 그는 두 팔을 휘저으며 총독부 관저를 헤매기 시작했다.

「누가 날 좀 의원에게 인도해주시오. 누가 내 길잡이가 되어 주시오. 나는 소경이 되었소.」

바예수 엘루마는 흐느끼며 주위 사람들의 자비를 구했으나 누구 하나 선뜻 그의 팔을 잡아주는 이가 없었다.

멀쩡하던 사람이 바울의 말 한 마디로 장님이 되는 것을 목격한 서기오 총독은 사도들의 권능을 믿지 않을 수 없었다. 그는 이제야 무엇이 옳고 그른 것인지 확실히 분간할 수 있었다.

「저 거짓 선지자를 총독부 밖으로 끌어내고 다시는 발을 들이지 못하게 하라!」

마침내 총독의 명령이 떨어지자 엘루마는 경비병들에 의해 대문 밖으로 쫓겨났다.

잠시 후 장로원 총독부 관저가 평정을 되찾자, 총독은 사도들에게 엘루마의 망령된 언행을 대신 사과하며, 구원의 진리에 대한 말씀을 계속 들려줄 것을 부탁했다.

이방인의 환성

바보에서 서기오 총독을 비롯한 많은 이방인과 유대인을 개종시킨 바울 일행은 다음 목적지로 향해야 했다. 하지만 마가는 바나바에게 이미 말했던 대로 바보에서 배를 타고 예루살렘으로 떠났다. 서운한 마음으로 마가를 떠나보낸 두 사도는 소아시아의 갈라디아 지방으로 향했다.

나흘 동안 배를 타고 그들이 도착한 곳은 앗달리아였다. 앗달리아는 소아시아 남쪽 해안 밤빌리아에 있던 고대 도시로써, 소아시아에서 에집트나 유대로 왕래하는 길목이었다. 무시아의 왕 앗달로가 수리아와 에집트로 통상하기 위해 세운 이 성은 아름다운 항구로도 잘 알려져 있었다. 그러나 사도들은 아름다운 항구의 경치를 감상할 시간이 없었다. 그들의 여행 목적은 관광이 아니라 전도였기 때문이다. 서둘러 앗달리아를 떠난 전도자들은 해안에서 13킬로미터 떨어진 버가의 늪지대를 지나 밤빌리아의 산악지대를 넘어 마침내 비시디아의 안디옥에 입성할 수 있었다.

비시디아의 안디옥은 수리아의 안디옥에 비해 규모도 작고 인구도 적었지만, 거대한 성전과 회당 그리고 극장 등이 있어서 종교적으로나 문화적으로 상당히 번성한 도시였다. 또한 그 도시는 길리기아와 에베소를 연결하는 무역로였기 때문에 활발히 교역이 이루어지고 있었고 많은 유대인들이 상업과 숙박업 등에 종사하고 있었다.

바울은 비시디아 안디옥에 도착하자마자 습관처럼 회당을 찾았다. 그날은 안식일이었으므로 회당 안은 예배를 드리려는 사람들로 붐볐다. 새로운 얼굴들을 발견한 몇몇 사람들은 사도들에게 다가와 그들이 어디에서 왔는지, 어느 지파 사람들인지를 물으며 인사를 나누었다. 잠시 후 회당장이 예배의 시작을 알리자 두 사도는 맨 뒷자리에 앉았다.

 엄숙한 분위기 가운데 모세의 율법과 예언서 등이 읽혀지고 시편이 찬송으로 불려지면서 예배가 진행되었다. 예배가 끝날 무렵 예루살렘에서 온 두 명의 방문객이 회당에 있다는 소식을 전해들은 회당장은 그들을 앞에 세웠다. 회당장은 이미 방문객들이 단순한 여행객들이 아니라는 사실을 알고 있었다.

「백성들에게 전할 말이 있으면 단상에 나와 말씀하시라는 회당장의 분부가 계셨습니다.」

 회당장이 보낸 안내인이 바울과 바나바에게 정중하게 말했다. 그러자 바울은 서슴지 않고 앞으로 나갔다.

「오늘은 예루살렘에서 오신 형제 두 분이 우리 회당에 오셨으니 그분들을 앞으로 모셔서 잠시 말씀을 듣도록 하겠습니다.」

 회당장은 바울이 강단으로 걸어오는 모습을 보며 교인들에게 특별 순서가 마련되었음을 알렸다.

 마침내 단상에 올라선 바울은 먼저 손을 들어 회당에 모인 무리들을 축복하고 곧바로 본론으로 들어갔다.

「이스라엘 사람들과 하나님을 경외하는 사람들은 이제부터 내가 하는 말을 잘 들으십시오. 하나님이 유대 민족을 택하시고 에집트 땅에서 나라 없이 살던 이스라엘 백성을 큰 권능으로 인도해내셨음을 우리가 익히 알고 있습니다. 그후 하나님께서는 광야에서 우리가 행한 40년간의 불순종과 비행을 모두 참으시고 가나안 땅의 7개의 족속을 멸하시고 그 땅을 우리에게 주셨습니다. 그는 사무엘 때까지 사사를 우리에게 보내셨다가 이스라엘 백성이 왕을 구하므로 베냐민 지파 사람 기스의 아들 사울로 하여금 이스라엘을 다스리게 하셨습니다. 그러나 사울이 말씀에 순종치 않으므로 40여년 만에 그를 폐하신 여호와는 사무엘을 통해 베들레헴에 사는 이새의 막내아들 다윗을 왕으로 세웠습니다. 하나님께서는 그에게 증거하여 이르시기를, '내가 이새의 아들 다윗을 만나니 그는 내 마음에 합당한 자라. 내가 그를 통해 뜻을 이루리라'라고 하셨습니다. 하나님이 약속하신 대로 다윗의 자손 중에서 이스라엘을 위해 메시아를 세우셨으니, 그가 곧 예수님이십니다.」

바울은 예수가 구주임을 증거하는 역사적 배경을 충분히 설명하고 예수의 탄생은 결국 하나님의 약속이었음을 입증했다. 그의 설교는 계속되었다.

「그가 오시기 전에 요한이 먼저 이스라엘 백성에게 회개의 세례를 베풀었습니다. 요한이 자신의 사명을 이행하면서 사람들에게 말하기를, '나는 너희가 생각하는 그리스도가 아니다. 그분은 내 뒤에 오실 분이며, 나는 그의 신발끈조차 풀어드릴 자격도 없다'고 했습니다.」

바울은 세례 요한의 예언을 인용하고는 예수가 지상에 계실 때의 행적을 증거했다.

「그러나 예루살렘에 사는 자들과 바리새인들은 예언서를 언제나 읽으면서도 그리스도에 대한 선지자들의 예언을 무시하고 예수님을 정죄하려 했습니다. 관원들은 예수님을 죽일 죄를 하나도 찾지 못했는데 악인들은 본디오 빌라도에게 그를 죽여달라고 했으니, 이는 성경에 그를 가리켜 기록한 말씀을 모두 행하려 했던 것입니다. 결국 사람들은 그를 십자가에 매달아 죽이고 형제들이 그를 내려다가 장사하여 무덤 속에 두었으나, 하나님이 죽은 자 가운데서 그를 살리셨습니다. 부활하신 예수님은 갈릴리에서 그와 함께 예루살렘으로 올라간 제자들에게 나타나시고, 여러 날

동안 자신의 부활을 증명하셨으니, 그들이 이제 백성 앞에서 그의 증인입니다. 다윗은 하나님의 뜻을 좇아 섬기다가 잠들어 그 조상들과 함께 묻혀 썩었습니다. 그러나 하나님이 살리신 이는 육신이 썩지 않았습니다.」

바울은 예수의 죽음과 부활이 성경의 예언대로 이루어진 것임을 역설했다.

「그러므로 형제들이여, 회개하여 죄 씻음을 받으십시오. 그의 죽음은 우리의 죄를 씻기 위함입니다. 비록 모세의 율법으로 의롭게 될 수 없었던 모든 일에서도 예수님을 믿는 사람은 누구나 의롭다는 인정을 받습니다.」

의롭다는 인정을 받지 못한 사람들 중에는 이방인도 포함되어 있었으므로, 예수의 존재는 유대인만을 위한 것이 아니라는 사실을 바울은 암시하고 있었다.

「여호와가 선지자들에게, '보라, 나의 외아들을 멸시하던 자들아, 너희는 놀라고 망하리라. 때가 오면 사람들이 너희에게 이를지라도 도무지 믿지 못할 일을 내가 너희에게 행하리라' 라고 일렀습니다.」

바울은 회개하지 않는 자들의 최후를 경고했다.

핵심을 찌르는 바울의 설교는 많은 사람들의 마음을 흔들어 놓았다. 바울이 전하는 복음을 듣고 있던 청중들은 그가 구원에 대한 의혹과 근심을 풀 수 있는 열쇠를 가지고 있다고 믿기 시작했다.

잠시 후 사도들은 설교를 마치고 제자리에 가서 앉았다.

「다음 안식일에도 회당에 오셔서 말씀을 들려주십시오」

「우리들에게 진리의 말씀을 더 들려주시오」

생명의 말씀에 굶주려 있던 그들은 생명수의 맛을 알고 그 영생의 진리를 마시고자 사도들에게 간청했다.

예배가 끝난 후 유대인들과 유대교에 입교한 이방인들은 바울과 바나바의 숙소까지 따라와 질문하기를 그치지 않았다. 두 사도는 그들에게 항상 하나님의 은혜 가운데 있기를 권면했다.

그 다음 안식일이 되자 회당 주위에는 안디옥의 거의 모든 백성들이 바울이 전하는 하나님의 말씀을 듣기 위해 모여들었다. 그들은 모두 허기진 심령을 가진 자들로서 애타게 바울의 설교를 기다렸다. 그러나 모든 일에는 방해꾼이 있기 마련이었고, 하나님의 사업도 예외가 될 수는 없었다.

「저자는 모세의 율법을 모독하고 있다!」

「네가 어찌 감히 율법이 경건치 못하다고 하는 자를 경건하다 하느냐!」

「여호와는 유대의 신이지 이방을 위한 신이 아니다!」

바울의 설교가 한창 무르익고 있을 때, 유대인 장로들이 일제히 자리에서 일어나 그의 말을 공격하기 시작했다. 그들의 비방은 바울을 모욕하고 그를 깎아내리려는 계산된 행동이었다.

바울은 그들이 제풀에 잠잠해지기를 기다렸다.

「하나님의 말씀을 먼저 여러분에게 전해야 마땅합니다. 그렇지만 여러분이 그 말씀을 거부하고 여러분 스스로 영원한 생명을 얻을 가치가 없다고 판단하기 때문에, 우리가 이방인에게 말씀을 전합니다. 주께서도 우리에게 '내가 너를 이방 민족의 빛이 되게 하여 온 세상에 구원을 베풀도록 하였다'라고 하셨습니다.」

바울의 말이 떨어지자마자 회당을 가득 메운 이방인들은 하나님께 영광을 돌리며 환호했다. 그날 엄청난 수의 이방인들이 그의 말씀과 더불어 개종하는 역사가 비시디아 안디옥에서 일어났다.

그러나 바리새인들은 거기서 물러서지 않았다. 그들은 자신들의 힘만으로 두 전도자들을 타도하는 것이 무리임을 깨닫고 성안의 유력자들과 권세 있는 귀부인들을 선동해 사병들을 지원받았다. 그리고 한밤중에 그들을 앞세워 바울과 바나바의 숙소에 난입했다.

「저 거짓 증인들을 어서 끌어내어라!」

바리새인들은 곤히 자고 있던 바울과 바나바를 막무가내로 끌어냈다.

「또다시 안디옥을 찾는다면 너희들의 목을 치리라!」

결국 사도들은 창과 칼의 위협 속에서 성 밖으로 쫓겨나고 말았다. 그러나 주의 말씀을 전하다가 받는 핍박을 감사히 여기던 그들은 오히려 기쁜 마음으로 안디옥을 떠났다.

지금은 빈터 위에 유적만 남아 있는 비시디아 안디옥. 그러나 바울과 바나바가 그곳에서 전한 복음은 아직도 전세계 사람들의 마음속에 고스란히 남아 있다.

혼란 속의 이고니온

비시디아 안디옥에서 쫓겨난 바울과 바나바는 '양의 가슴'이라는 뜻의 이름을 가진 이고니온을 향해 걸었다. 갑자기 안디옥을 떠나야 했으므로 아무런 준비도 없이 고산지대를 여행하는 그들의 고충은 이루 말할 수 없었다. 식량도 부족했고, 물도 부족했으며, 쉴 곳도 없었다. 다행히 양치기들의 도움으로 목숨을 부지할 수 있었던 두 전도자는 다시 이고니온을 향해 걸음을 재촉했다.

이고니온은 에집트나 유대에서 로마로 통하는 육로 선상에 있는 많은 도시들 중 하나였다. 오아시스를 중심으로 형성되어 고산 기후 속에서도 자두와 살구 등 많은 과실류를 생산하던 이 도시는 터키의 코니아로 현재까지도 존속하고 있다.

기진한 상태에서 이고니온에 도착한 사도들은 일부 백성들의 영접을 받았다. 비시디아의 안디옥과 루가오니아의 이고니온은 동일한 무역로에 있었을 뿐만 아니라, 거리상으로도 비교적 가까웠다. 그 무역로를 오가는 사람들이 안디옥에서 일어난 일을 이고니온에 전하는 데는 그리 오랜 시간이 걸리지 않았다. 통신 수단이라고는 대부분 사람들이 직접 전하는 말과 서신에 의존하고 있던 당시 사람들은 언제나 여행자들이 전하는 '소식'에 귀기울이고 있었다. 여행자들은 지역간의 소식을 교환하는 연락책 역할도 담당하고 있었다. 따라서 이고니온에 도착한 두 전도자가 자신들에 대한 소식이 이미 그곳에 퍼져 있음을 알게 된 것은 그리 놀라운 일도 아니었다.

두 사도는 꽤 오랫동안 이 도시에 머물면서 전도했고, 유대인들과 유대교로 개종한 그리스인들을 그리스도인으로 만들 수 있었다. 전도자들이 이적을 행하며 복음을 전파하자, 일부 유대교인들 외에도 많은 백성들이 그들을 따르게 되었다. 날이 갈수록 바리새인들의 질투가 더해간 것은 당연했다.

어느덧 이고니온의 백성들이 사도들의 가르침을 따르는 무리와 바리새인들의 가르침을 따르는 무리로 나눠지자 바리새인들은 이것을 빌미로 백성들에게 전도자에 대한 박해를 획책하기 시작했다. 그들은 먼저 평온하기만 하던 그들의 도시가 얼마나 심각하게 분열되어 있는가를 과장되게 설명했다. 그리고 그 원인을 모두 바울과 바나바에게로 돌렸다. 마침내 바리새인들의 계획대로 민심이 술렁이기 시작하자 그들은 곧바로 그 지방을 다스리는 로마 관원들을 찾아갔다.

「평화스럽기만 하던 이고니온이 이제 두 패로 나뉘어 서로를 질시하고 비방합니다. 이는 모두 수리아에서 왔다는 거짓 선지자들 때문입니다. 이고니온의 평화를 회복하기 위해서라도 그들을 응징함이 옳습니다.」

「또한 그자들은 백성들을 선동해 로마 제국에 반란을 일으키려 획책하고 있으니, 어서 조치를 취해야 합니다.」

바리새인들은 관원들에게 집단으로 탄원을 올렸다.

동요하는 민심에 대한 바리새인들의 그럴듯한 이유를 그대로 받아들인 관원들은 그 해결책으로 전도자들을 돌로 쳐죽일 계획을 세웠다. 그러나 이 음모는 실행되기 전에 바울과 바나바의 귀에 들어갔고, 결국 두 사도들은 이고니온을 빠져나와 목숨을 건질 수 있었다.

루스드라에 나타난 제우스와 헤르메스

신도들과 작별 인사도 나누지 못한 채 이고니온을 떠난 전도자들은 역시 루가오니아 지방의 작은 도시인 루스드라와 더베를 향해 남쪽으로 내려갔다. 루스드라에 도착한 사도들은 그곳에서도 복음을 전파하기에 힘썼다. 그러나 루스드라에서의 전도는 그 지방의 험준한 산맥을 넘는 일만큼이나 어려운 일이었다. 토착민들은 사납고 거칠었고 열렬히 우상을 숭배하고 있었다. 그리고 언어마저 루가오니아의 방언을 고집스럽게 사용하고 있었다.

두 전도자는 간절히 기도를 올렸다. 그들이 할 수 있는 일이라고는 오직 기도뿐이었기 때문이다.

「지금까지 악인들의 위협 속에서 저희를 보살펴주신 주님의 은혜에 감사드립니다. 저희가 이곳까지 오게 된 것도 성령님의 뜻인 줄 저희가 믿습니다. 차후의 일도 보혜사께서 주관하여주시옵소서. 아멘.」

기도의 응답은 의외로 빨리 왔다.

사도들은 사람들의 통행이 많은 한가운데서 대중을 향해 말씀을 전하기 시작했다. 하지만 전도자들을 대하는 시민들의 표정은 냉랭하기 짝이 없었다. 그들은 호기심으로 전도자들의 주위를 잠시 기웃거리다가 곧 싫증을 느끼고 떠났으며, 어떤 이들은 조소하기도 했다. 그러나 바울의 설교를 처음부터 고스란히 듣고 있던 한 사람이 있었다. 그는 다름 아닌 주위에 거적을 깔고 앉아 있던 거지였다. 그는 태어나면서부터 다리를 쓰지 못하는 소아마비였으므로 사실 움직이고 싶어도 움직일 수 없는 형편이었다.

아침이 되면 친지들에 의해 들것에 실려 나온 그는 때로는 동상 옆에서 때로는 마을 어귀에서 하루 종일 구걸을 하며 지냈다. 그의 친척들은 그에게 물병과 서너 개의 무화과 열매 그리고 두 덩이의 밀떡을 남겨놓고 떠났다가 저녁이 되면 그를 데리러 왔다. 그는 언제나 배가 고팠다. 그러나 동냥이 부족하면 그 다음날 친지들은 그나마 모자라던 두 개의 밀떡을 한 개로 줄이곤 했다. 그의 피부는 나이를 알아볼 수 없을 정도로 햇볕에 검게 그을려 있었고, 제대로 씻지 않은 그의 몸은 언제나 악취를 풍기고 있었다. 아무런 희망도 없었던 그는 그저 죽지 못해 살고 있을 뿐이었다.

그러나 사도들이 외치던 소리를 무심결에 듣던 그는 자신의 마음속 어디에선가 작은 희망의 불꽃이 타오르는 것을 느끼기 시작했다. 그것은 말로 표현하기 어려운 신비스런 경험이었다. 비록 하반신을 쓸 수 없어 동냥으로 연명하는 그였지만, 남에게 해를 끼치거나 거짓말을 해본 적이 없었던 그의 순수한 영혼은 이미 오래 전부터 복음을 애타게 기다려왔는지도 몰랐다.

그 앉은뱅이 걸인과 눈이 마주친 바울은 그가 복음을 고스란히 자신의 영혼 속에 담고 있음을 직감했다. 바울은 성큼성큼 거지에게 다가갔고, 구경꾼들의 무수한 시선이 그의 뒤를 좇았다.

「네 마음이 주를 영접했음을 내가 아노라.」

바울은 걸인을 내려다보며 우렁찬 목소리로 말했다.

「네, 내가 예수 그리스도를…… 구주로 영접했나이다.」

앉은뱅이 거지는 기어들어가는 소리로 대답했다. 바울처럼 큰 소리로 자신 있게 대답하고 싶었으나 너무 배가 고팠으므로 그럴 기운이 없었다.

「나사렛 예수의 이름으로 명하노니, 자리에서 일어나라!」

바울은 걸인을 향해 명령했다. 그러자 구경꾼들은 혀를 차며 고개를 저었다.

「저 거지가 태어날 때부터 다리를 못 쓴다는 사실을 모르는가 보네.」

「이상한 소리만 외쳐대더니 정신까지 어떻게 된 모양일세.」

사람들은 다음 순간에 일어날 사건을 예측하지 못한 채 바울의 행동을 비웃었다. 그러나 그들의 조소가 채 가시기도 전에 앉은뱅이 걸인의 다리는 꿈틀거리기 시작했다. 그 장면을 지켜보던 사람들은 한동안 벌려진 입을 다물 줄 몰랐다. 그는 아무리 눈을 비비고 보아도 지난 수십 년 동안 루스드라에서 구걸을 하며 살아오던 앉은뱅이 거지가 분명했다.
「저자가 누구이기에 앉은뱅이를 일으키는가?」
「도대체 저들은 어디서 온 사람들일까?」
　잠시 후 그가 옆의 동상을 받치고 있던 대를 의지하며 일어서자 군중들은 웅성거리기 시작했다. 마침내 그 거지가 아무것에도 의지하지 않고 걷고 뛰는 것을 보며 구경꾼들은 경악을 금치 못했다.
「저들은 신이다!」
「신들께서 사람의 형상으로 우리에게 오셨다!」
　누군가 이렇게 소리치자 군중들은 순식간에 두려움에 사로잡혔다. 그들은 아무도 전도자들이 신이라는 사실에 반론을 제기할 구실을 찾지 못했다. 그만큼 그들은 무지하고 단순한 사람들이었던 것이다. 사람들은 사도들의 발 앞에 엎드려 절하며 바울을 신 중의 신인 제우스라 부르고 바나바를 로마 최고의 신인 헤르메스라 불렀다.
　난처해진 것은 사도들이었다. 졸지에 올림포스 산의 신들 취급을 받게 된 그들은 자신들 앞에 엎드린 사람들을 일으켰다.
「일어나시오. 우리도 당신들과 같은 사람입니다.」
「우린 그저 하나님의 복음을 전하러 온 전도자들일 뿐입니다.」
　바울과 바나바는 무리들의 잘못된 판단을 바로잡으려 했으나 그들을 섬기려는 사람들은 점점 불어나기만 했다. 무리들은 전도자들을 성 밖에 있는 제우스 신전으로 모시려 했다.
　어쩔 수 없이 사도들은 그 자리를 피해야 했다. 숙소로 돌아온 사도들은 루스드라의 백성들이 이성을 찾고 잠잠해지기를 기다리는 수밖에 없었다.

신들이 루스드라에 나타나 앉은뱅이 걸인을 고쳤다는 소식은 제우스 신당의 제사장을 흥분시켰다. 그는 사실 여부를 확인하기도 전에 시종들에게 제사를 올릴 준비를 시켰다.

「너희는 소 두 마리를 제사용으로 준비하라. 그리고 너희는 향로를 준비하고, 너희는 싱싱한 꽃으로 두 개의 화관을 만들어 오라. 내 친히 신들의 머리 위에 그 화관을 씌우리라.」

제사장의 명령을 받은 시종들과 백성들은 서둘러 제사 준비를 시작했다. 그들은 외양간에서 가장 살찐 두 마리의 황소를 잘 씻어 준비했고, 값비싼 향을 향로에 꽂았으며, 장미꽃과 월계수로 만든 커다란 화관을 만들어 제사장이 지정한 장소에 대령했다.

바울과 바나바는 갑자기 밖이 소란스러워지자 창밖을 내다보았다. 집 앞에는 허연 수염을 기르고 화려한 옷을 입은 노인이 지팡이를 짚고 서 있었고, 그 뒤에는 시종들로 보이는 두 사람이 두 개의 커다란 화관을 한 개씩 들고 서 있었다. 그들 뒤에는 두 마리의 소가 다른 시종들의 손에 고삐를 잡힌 채 서 있었다. 그리고 구름처럼 모여든 백성들은 사도들에게 그들의 제사를 받으라고 외치고 있었다.

바나바는 바울을 돌아보았다.

「바, 바울 선생, 저들이 우리들에게 제, 제사를 올리려나보오.」

그는 핏기 없는 표정으로 말까지 더듬었다. 바울 역시 당혹스럽기는 마찬가지였다.

「막아야 합니다. 무슨 일이 있어도 저들의 제사를 막아야 합니다.」

바울은 말을 마치기도 전에 대문 밖으로 뛰쳐나갔다. 바나바도 그의 뒤를 따랐다.

「여러분! 이게 무슨 짓들이오!」

바울은 답답함과 분에 못 이겨 자신이 입고 있던 옷을 찢으며 울부짖었다. 옷을 찢는 행위는 당시 사람들의 극단적인 감정 표현 중의 하나였다.

제사를 올리려고 운집한 무리는 바울의 뜻밖의 행동을 보고 찬물을 뒤집어쓴 듯 조용해졌다.

「여러분, 왜 이러십니까? 우리도 여러분과 같은 사람입니다. 여러분은 이런 헛된 일을 버리고 하늘과 땅과 바다와 그 가운데 있는 모든 것을 창조하신 살아 계신 하나님을 믿으십시오. 우리는 여러분에게 기쁜 소식을 전하고 있는 것입니다. 하나님께서는 과거에 모든 민족이 각자 자기 길을 가게 내버려두셨지만 그렇다고 자기를 증거하시지 않은 것이 아닙니다. 하나님은 여러분에게 하늘에서 비를 내려주시고 열매 맺는 계절을 주셔서 선한 일을 하시고 음식과 기쁨으로 여러분의 마음을 만족시키셨습니다.」

바울은 하나님의 존재가 갑자기 나타난 것이 아님을 역설했다.

「그러나 이제 만물을 창조하신 하나님께서는 모든 백성들의 산 제사를 원하고 계십니다. 그의 외아들 예수 그리스도를 통해서 드리는 살아 있는 제사를 원하고 계신단 말입니다. 그러니 이따위 우상 숭배와 죽은 제사는 당장 그만두시오. 그것은 하나님이 가장 싫어하는 행위이자 가장 무서운 죄라는 사실을 명심하시오.」

유수와 같은 바울의 설교는 마침내 청중들의 마음을 조금씩 흔들어놓기 시작했다.

무지한 그들의 마음속에 예수 그리스도가 스며들기 시작했던 것이다.

바울을 돌로 쳐라

바울과 바나바는 예수를 영접한 자들 중에 몇 사람을 선별해 제자로 삼고 그들에게 집중적으로 복음을 가르쳤다. 얼마 후 사도들은 제자들과 함께 작고 초라하지만 주님의 몸 된 교회도 세울 수 있었다. 일단 교회가 생기자 모임이 수월해졌고 예배다운 예배도 드릴 수 있게 되었다.

사도들은 제자들에게 개척교회를 이끌어나가는 방법과 전도하는 방법, 그리고 새신자들을 믿음 안에서 관리하는 방법도 가르쳤다. 그러나 무엇보다 그들이 제자들에게 강조했던 것은 기도였다.

「시간을 정해놓고 은밀한 곳에서 기도하시오. 문제가 생기거나 고난을 겪을 때는 더욱 간절히 기도하시오. 기도의 응답이 없다고 불안해하거나 불평해서는 안 됩니다. 예수께서는 우리의 기도를 잠자코 들으시고 성령을 통해 반드시 역사하십니다. 만약 기도가 끊어진다면 하나님과의 관계도 끊어진다는 사실을 명심하시오.」

믿음의 뿌리가 깊지 못한 이방인 제자들에게 기도의 중요성을 누누이 강조하는 그들의 마음은 다급했다. 왜냐하면 루스드라에 마냥 머물러 있을 수는 없다는 사실을 잘 알고 있었기 때문이다. 따라서 바울과 바나바는 제자들과 형제들의 믿음이 만족스런 수준에 이르는 대로 루스드라를 떠나리라 생각하고 있었다.

그러나 그때는 그들의 예상보다 빨리 찾아왔다.

비시디아 안디옥의 바리새인들은 사도들이 이고니온에서도 체포되기 직전 탈출했다는 소식을 전해듣고 다시 회의를 소집했다.

「그때 그들을 죽였으면 이런 일이 없었을 텐데……」

안디옥의 제사장은 사도들을 죽이지 않고 성밖으로 쫓아내기만 했던 것을 후회하고 있었다.

「들리는 바에 의하면 그 작자들이 루스드라에서도 예수교를 퍼뜨리고 있다고 합니다.」

장로 한 사람이 흥분된 어조로 말했다

「루스드라에서도?」

제사장은 믿을 수 없다는 표정을 지으며 장로를 돌아보았다.

그도 그럴 것이 루스드라는 주민들의 대부분이 거칠기로 유명한 토착민들이었기 때문이다. 그들이 열렬한 우상 숭배자라는 것도 이곳 사람들에게 잘 알려진 사실이었다.

'도대체 어떻게 그런 인간들을 개종시킬 수 있었을까? 무슨 마술을 쓰는 것은 아닐까?'

제사장은 잠시 생각에 잠기는 듯했다. 하지만 그들이 유대인들의 정신적 지주가 되는 모세의 율법을 무시하는 교리를 퍼뜨리고 있다는 사실을 떠올리자 제사장의 분노는 다시 끓어올랐다. 그는 장로들에게 곧 사람들을 모아 이고니온에 보낼 것을 명령했다.

「그리고 그곳에서 뜻을 같이하는 유대인들과 합류해 다시 루스드라로 가라 이르시오.」

그는 사도들에 대한 살인 지령을 내리고 있었던 것이다.

제사장의 끄나풀들은 사전 탐색을 통해 루스드라에 있는 사도들의 숙소와 교회의 위치 등을 미리 알아두었다. 그들은 30여 명씩 조를 나눈 다음, 같은 시각에 그들의 숙소와 교회에 물밀듯 들이닥쳤다. 만약의 사태에 대비해 곤봉까지 준비하고 있던 그들은 마침 교회에서 제자들을 가르치고 있던 바울을 잡을 수 있었다.

「바나바를 찾아라!」
 사도들을 죽이는 일에 책임을 맡은 자가 눈에 핏발을 세우며 부하들에게 소리쳤다.
「성 안을 샅샅이 뒤져서라도 그를 잡아야 한다!」
 그러나 바나바는 어디에도 보이지 않았다. 그렇다고 그를 잡기 위해 가택 수색을 하며 돌아다닐 수는 없었다. 몽둥이를 들고 설치는 유대인들을 바라보는 루스드라 백성들의 시선이 곱지 않았기 때문이다.
 바울이 유대인들의 포승에 결박당하던 그 시각에 바나바는 새로 예수를 믿기 시작한 신도의 집을 방문하고 교회로 돌아오고 있었다. 또 한 가정이 구원을 얻게 되었다는 사실을 흐뭇해하며 언덕을 막 넘으려는 순간, 반대편에서 헐레벌떡 달려오는 제자들과 맞닥뜨렸다. 그들은 바나바를 보자 큰일이 벌어졌다며 다짜고짜 그를 제자들이 아는 사람의 집으로 데리고 갔다. 그곳에서 자초지종을 들은 바나바는 호통을 치며 교회로 돌아가려 했지만, 제자들은 그를 놓아주지 않았다. 교회로 돌아간다는 것은 바나바에게 죽음을 의미한다는 사실을 잘 알고 있었기 때문이다.
 유대인들은 바나바를 잡는 일이 쉽지 않음을 깨닫고 바울을 먼저 죽이기로 결정했다. 그들은 살기가 등등해 바울을 마을 형장으로 끌고갔다.
「하나님을 욕되게 일컫는 자를 죽여라!」
「모세의 율법을 거스르는 저자를 죽여라!」
「이단의 교리를 퍼뜨리는 사단을 죽여라!」
 바울을 형장에 세운 유대인들은 바울을 죽이기 전에 선동적인 구호를 외치며 그에 대한 자신들의 적개심을 고취시켰다.
「신성을 모독하는 저자를 돌로 쳐라!」

어느덧 그들의 흥분이 최고조에 달했을 때, 바리새인 장로가 투석을 명령했다.

인솔자의 말이 떨어지기가 무섭게 안디옥과 이고니온에서 원정온 60여 명의 유대인들은 함성을 지르며 바울에게 돌을 던지기 시작했다. 바울은 반사적으로 두 팔을 들어 자신의 얼굴과 머리를 가렸으나 우박처럼 쏟아지는 돌 앞에서 그의 방어 행위는 무기력했다. 결국 그는 풀잎처럼 눕고 말았다.

바울이 쓰러진 뒤에도 유대인들의 광적인 돌팔매질은 그들 주위의 돌이 거의 바닥날 때까지 계속되었다.

「저자의 죽음을 확인하라.」

바리새인 장로가 두 번째 명령을 내리자 그들을 보좌하던 두 명의 졸개들이 피투성이가 된 바울의 옆구리를 발로 서너 번 찼다. 바울이 아무런 반응을 보이지 않자, 그들은 장로를 향해 고개를 끄덕였다.

「시체를 성 밖에 내치고 성문이 닫힐 때까지 아무도 접근하지 못하게 하라!」

잠시 후 피투성이가 되어 축 늘어진 바울의 시신은 장로의 명령에 따라 성 밖의 어느 골짜기에 쓰레기처럼 버려졌다. 이처럼 죽은 자의 시신을 들짐승의 먹이가 되도록 유기하는 행위는 그들이 살해한 사람에 대한 증오심을 나타내는 방법들 중에서 가장 극단적인 것이었다.

마침내 날이 저물어 성문이 닫히자, 성 안으로 바울의 시신을 운반할 수 없었던 제자들은 애통해 하며 울부짖었다. 그날 아침까지만 해도 제자들에게 복음을 가르치던 선생이, 갑자기 들이닥친 무법자들의 손에 의해 살해되어 들짐승의 밥이 될 것을 누가 상상이나 했겠는가?

길고 긴 밤이 지나고 새벽을 알리는 첫닭이 울자 성문이 열렸다. 뜬눈으로 밤을 지새운 제자들은 혹시나 하는 희망을 안고 스승의 시신이 버려진 곳으로 갔다.

되살아난 바울

새벽의 미명 속에서 횃불을 켜 들고 골짜기로 내려간 제자들은 바울의 주검이 여전히 그곳에 있는 것을 발견하고 반가움과 놀라움을 감추지 못했다. 왜냐하면 그들은 바울의 찢어진 옷이라도 찾게 되면 다행이라고 생각했기 때문이었다. 하지만 바울은 마치 잠을 자듯 반듯이 누워 있었다. 그 모습을 이상하게 여긴 제자들은 감히 바울에게 접근할 엄두조차 내지 못했다. 바울의 시신 주위를 둘러싼 제자들은 웅성거리기 시작했다.

「뭘 꾸물거립니까? 어서 스승의 시신을 자루에 넣지 않고」

한 제자가 다른 제자들을 향해 말했다.

그러나 그들이 바울의 주검에 손을 대기 전에 아무도 예측하지 못했던 일이 벌어졌다. 죽은 줄로만 알았던 바울이 꿈틀거리기 시작했던 것이다. 제자들은 비명을 지르려 했지만 입이 떨어지지 않았고, 도망치고 싶었지만 발이 움직이질 않았다.

바울은 그들이 지켜보는 가운데 아무렇지도 않게 자리를 털고 일어나 두려움에 떠는 제자들을 안심시키고, 그들과 함께 여전히 어둠에 싸인 성 안으로 들어갔다.

바울의 이러한 기적적인 회생은 그로부터 14년 후 그가 고린도 교회에 보내는 두 번째 편지, 즉 고린도후서에서 다음과 같이 표현되어 있다.

'내가 그리스도 안에 있는 한 사람을 아노니, 그는 14년 전에 하늘에 이끌려간 자라. 그가 내 몸 안에 있었는지 몸 밖에 있었는지 나는 모르나 하나님은 아시느니라. 그가 낙원에 이끌려 가서 말로 표현할 수 없는 것을 들었으니 그것은 사람이 감히 이르지 못할 말이로다.'

그는 숨이 끊어진 채 골짜기에 버려진 동안 하늘이 보여준 환상을 보고 계시를 받았음이 분명했다.

또한 그는 갈라디아 교회에 보내는 편지를 맺으면서, '이 후로는 누구든지 나를 괴롭게 말라. 내 몸에 예수의 흔적을 가졌노라'라고 적음으로써 자신의 회생이 예수의 부활과 비슷한 사건임을 암시하기도 했다.

제자들의 인도로 바나바를 만난 바울은 즉시 그와 함께 더베로 떠났다. 패기가 넘치는 바울의 뒷모습을 보며, 그가 바로 전날 유대인들의 돌에 맞아 송장이 됐던 사람이라고 생각하는 사람은 아무도 없었다.

다시 수리아로

그리스인들이 인구의 반을 차지하는 더베는 바울과 바나바가 거쳤던 도시들 중에서 가장 평화롭고 안정된 곳이었다. 그들은 그곳에서 반 년 이상을 머물면서 많은 제자들을 얻고 교회까지 세울 수 있었다. 두 사도는 더베의 여행을 마치고 수리아로 돌아가야 할 필요를 느꼈다. 전도를 계속하는 것도 중요했지만 이방인에 대한 전도 결과를 수리아의 안디옥과 예루살렘에 알리는 것 역시 전도자들의 중요한 임무였기 때문이다.

사도들은 더베의 형제들과 아쉬운 이별을 하고, 그들을 핍박하던 루스드라와 이고니온을 거쳐 마침내 비시디아의 안디옥까지 돌아왔다.

「형제들이여, 우리가 하나님 나라에 들어가려면 많은 환난을 겪어야 할 것입니다. 그러므로 마음을 굳게 하고 항상 믿음 안에서 기도하십시오.」

전도자들은 신도들에게 예수를 믿고 따르는 일이 결코 순간의 평안이나 터무니없는 복을 구하는 행위가 아님을 상기시켰다. 그리고 어려움을 당할 때마다 더욱 간절히 주의 말씀에 의지해 시험을 이겨낼 것을 당부했다.

「우리는 여러분에게 말씀을 심고 이제 이곳을 떠납니다. 보혜사 성령께서는 기도와 찬송이 있는 곳에 항상 머물 것입니다. 쉬지 말고 기도하며 모든 일에 감사하십시오.」

바울과 바나바는 이방인 형제들에게 성령이 그들과 함께하고 있음을 재차 강조하고, 결코 혼자 남겨진 존재가 아님을 강조했다. 또한 사도들은 각 교회에서 성령이 충만한 형제들 몇 명을 뽑아 장로로 세우고, 그들이 믿음 안에서 교회를 위해 사역할 수 있도록 금식하며 기도했다.

이방인들의 머리에 손을 얹고 장로 안수를 하던 사도들의 뺨 위로 뜨거운 눈물이 흘러내렸다. 그것은 불모지를 밭으로 일구어 그 땅에서 얻은 첫 수확을 하나님께 바치는 농부의 감격과도 같았다. 사도들은 불모지를 복음으로 일구어 신도들을 만들고, 마침내 그들 중에서 장로까지 세우는 수확을 거두게 되었던 것이다.

하지만 전도자들은 그 공을 결코 자신들에게 돌리지 않았다. 그들은 그저 하나님의 손과 발과 입이 되어 복음을 전할 기회와 능력이 자신들에게 주어진 것에 감사했다. 그리고 모든 영광을 하늘에 계신 아버지에게 돌리는 것을 잊지 않았다.

비시디아 지방을 떠난 사도들은 밤빌리아의 험한 산맥을 넘어 버가에 가서 복음을 전하고, 마침내 항구 도시인 앗달리아에 도착했다. 그곳에서 바울과 바나바는 2년여에 걸친 전도 여행을 마치고, 수리아의 안디옥으로 향하는 배에 몸을 실었다. 그때가 주후 48년 가을이었다.

분쟁

수리아의 안디옥으로 돌아온 바울과 바나바는 그곳 교인들에게 전도 여행 중에 있었던 일을 보고했다. 그리고 성령이 그들의 전도 사업을 어떻게 도왔었는가를 증거했다. 사도들의 이야기는 단순한 여행담이 아니었다. 그것은 그들의 신앙 고백이자 간증이었던 것이다.

전도자들의 생생한 체험담을 귀담아 듣던 안디옥 교회의 신자들은 감동과 감탄을 감추지 못했다. 그들은 예수 그리스도가 진정으로 인종과 편견을 허물었다는 사실을 다시 한번 깨닫게 되었다.

그러나 모든 기독교인들이 안디옥 교인들과 같은 생각을 갖고 있던 것은 아니었다. 유대교에서 기독교로 개종한 대부분의 유대인들은 여전히 예수가 이스라엘을 위해 왔다고 믿고 있었다. 그들은 이방인도 예수를 믿고 그리스도인이 될 수 있다는 사실을 인정하고 있었지만, 이방인이 그리스도인이 되기 위해서는 먼저 유대인이 되는 예식을 거쳐야 한다고 주장했다. 그 예식은 다름아닌 할례를 의미했다. 이러한 주장을 펴는 자들의 대부분은 과거에 바리새인이었거나 선민사상에 뿌리를 두고 있는 그리스도인들이었다.

바울과 바나바의 전도 여행을 들은 예루살렘의 기독교인들은 그 결과보다 이방인들에게 할례를 가르쳤는지에 더 큰 관심을 가졌다. 전도자들이 할례를 행하지 않은 것을 알게 된 그들은 서둘러 사자들을 수리아의 안디옥으로 파견했다.

〈아무리 너희가 예수를 영접했더라도 모세의 율법대로 할례를 받지 아니하면 결코 구원을 얻지 못하리라.〉

예루살렘에서 내려온 유대인들은, 대부분 이방인으로 구성된 안디옥 교인들에게 할례의 필요성을 엄숙히 선언했다.

이 소식을 전해들은 바울과 바나바는 발끈하지 않을 수 없었다. 두 사도는 이방인들에게 할례를 가르쳐야 할 필요성을 느끼지 않았을 뿐만 아니라, 인간의 영혼을 구원하는 그리스도의 말씀과 할례는 전혀 무관하다는 것을 믿고 있다. 이미 편견과 아집의 멍에에서 벗어난 바울과 바나바는 그리스도의 메시지가 지구상의 모든 민족에게 보편적으로 적용되는 것임을 명백히 알고 있었다. 따라서 사도들은 기독교가 결코 유대주의의 산물이나 부속물이 아님을 설명하며 예루살렘에서 온 사자들의 논리를 호되게 반박했다.

그러나 할례의 중요성을 주장하는 유대인들의 기세도 만만치 않았다. 그들은 온갖 교리와 논리를 내세워 기독교 역시 유대교를 바탕으로 탄생했다는 것을 입증하려 했다.

논쟁이 계속되자 양측은 좀더 권위 있는 사람에게 이 문제에 대한 해답을 구하기로 합의했다. 그 권위자는 바로 베드로였다. 유대인들과의 합의가 이루어지자 안디옥 교회의 교인들은 바울과 바나바, 그리고 바울이 아끼는 그리스인 제자 디도를 예루살렘에 파송할 것을 결정했다.

하지만 바울은 베드로의 의견을 물으러 가는 것이 썩 내키지 않았다. 그는 안디옥에서 '이방인을 위한 사도'로 남고 싶었다. 만약 베드로가 이방인들에 대한 할례가 필수적이라는 결정을 내린다 하더라도, 그는 도저히 그 사실을 받아들일 수 없을 것 같았다.

'도대체 성기의 표피를 자르는 행위가 인간의 영혼을 구하는 것과 무슨 상관이 있단 말인가?'

바울은 유대인들의 비현실적인 주장을 생각할 때마다 실소를 금할 수 없었다. 바나바는 유대인 기독교인들이 예수를 믿는다고 하면서도 여전히 바리새인의 습성을 버리지 못하고 있음을 안타깝게 여겼다.

예루살렘을 향해 남쪽으로 향하던 사도들은 베니게와 사마리아를 거치면서 그곳 교회에 들러 소아시아에도 복음이 전해졌다는 소식을 전했다. 많은 그리스도인들이 그 이야기를 듣고 기뻐했지만, 일부 유대인들은 시종 굳은 표정과 침묵으로써 무조건적인 이방 전도에 대한 불만을 표시했다. 그러한 입장을 취한 사람은 단지 예루살렘의 유대인들만이 아니었다.

마침내 예루살렘 성전의 둥근 지붕이 시야에 들어오자 사도들은 여행 중에 쌓였던 모든 피로가 한순간에 사라지는 것 같았다. 예루살렘으로 오기를 꺼렸던 바울조차 눈앞에 펼쳐지는 성전을 바라보며 코끝이 찡해지는 것을 느꼈다. 예루살렘은 모든 사람의 마음의 고향이었던 것이다.

그들은 '양의 문'이라 불리는 예루살렘 입구를 통과해 인파로 가득한 장터를 지나 예루살렘 교회로 향하는 골목으로 들어섰다. 그곳이 가까워질수록 사도들의 표정은 굳어져갔다.

베드로의 결정

「먼길을 오느라 얼마나 수고가 많으셨소?」

예루살렘의 사도들과 장로들은 전도자들과 수행원 디도를 반갑게 맞았다. 바울과 바나바 역시 그들과 함께 재회의 기쁨을 나누었다.

그러나 이렇게 친밀한 분위기는 오래가지 못했다. 곧 회의가 열렸기 때문이다.

여느 때와 마찬가지로 연사로 나선 바울은 예루살렘의 사도들에게 자신들의 전도 여행에 대해서 말했다. 그리고 그들이 여행하는 동안 성령이 항상 함께했다는 것도 잊지 않았다.

「성령이 역사하는 곳에 주님도 계십니다. 따라서 우리들의 선교 여행은 주님이 기쁘게 받으시는 사역이었음을 믿습니다.」

바울은 이방 선교를 정당화하는 말로 선교 여행 보고를 매듭짓고 바나바 옆에 마련된 자리로 돌아가 앉았다.

교회의 이층에 마련된 사도들의 회의실 안에는 한동안 무거운 침묵이 흘렀다. 두 전도자들의 여행에 대해서 질문을 하는 사람은 아무도 없었다. 바울은 폭풍 전야와 같은 침묵 속에서 장로들의 질문 공세를 기다렸다. 아니나 다를까 바리새인 출신의 그리스도인 하나가 근엄한 표정을 하고서 자리에서 일어났다.

「먼저 두 분 전도자들의 노고를 진심으로 치하하는 바입니다. 그런데 이 자리에서 제가 한 가지 확인하고 싶은 것은 이방인들에게 복음을 전하는 데 있어서 할례의 필요성도 가르쳤는가 하는 것입니다.」

그는 바울과 바나바가 이방인 기독교인들에 대해 할례를 강요하는 것에 대해 반대하고 있다는 사실을 이미 알고 있었다.
「아니오, 가르치지 않았습니다.」
바울이 앉은 자리에서 잘라 말했다. 그의 대답이 끝나기가 무섭게 장내는 술렁거리기 시작했다.
「왜 가르치지 않았소? 이방인에게 할례를 준 다음에 모세의 율법을 가르치는 것이 올바른 순서라는 사실을 몰랐단 말이오?」
장로는 전도자들을 향해 물었다. 바울은 천천히 자리에서 일어났다. 그리고 수리아에서부터 줄곧 머리 속에 준비해왔던 말을 쏟아내기 시작했다.
「여기서 나의 과거를 모르는 분은 없으리라 생각합니다. 나는 내 동족들 중 어떤 사람보다 유대교를 열심히 믿었던 바리새인이었습니다. 따라서 내 조상의 가르침에 대해 누구보다 열심이었습니다. 그러나 지금 우리가 믿고 의지하는 예수 그리스도를 누가 죽였는지 묻는다면, 나는 유대교라고 대답하기를 주저하지 않습니다. 나 역시 율법 때문에 죽었다가 예수 그리스도의 말씀 때문에 새 생명을 얻은 자이기 때문입니다. 사람이 의롭게 되는 것은 율법의 행위에서 난 것이 아니라 오직 예수 그리스도를 믿음으로 인한 줄을 우리는 알아야 합니다.」
바울의 말을 듣던 일부 장로들은 인간의 구원이 율법이 아닌 개인의 믿음에 의해서만 가능하다는 그의 논리를 수긍하는 듯했으나, 대부분의 장로들은 여전히 반기를 들었다. 그들은 바울의 논리가 독단적이며, 그들의 조상과 모세를 모독하는 것이라고 비난했다.
결국 안디옥에서 일어났던 논쟁보다 더 치열한 설전으로 치달았다. 장로들은 유대인의 명예를 걸고 이방 기독교인의 할례를 고수했고, 전도자들은 기독교의 존폐를 걸고 장로들의 주장에 맞

섰으므로 두 집단의 엇갈린 의견들은 좀처럼 좁혀지지가 않았다.

한편 구석에 앉은 베드로는 목전에서 벌어지는 열띤 논쟁을 잠자코 지켜보고만 있었다. 하지만 그것은 이러한 문제에 대해 무관심하거나 할말이 없어서가 아니었다. 그는 이미 오래 전부터 그들의 논쟁에 대한 해답을 갖고 있었다. 단지 그는 예수의 말씀을 따른다고 하면서도 바리새인의 습성을 버리지 못하고 있는 일부 장로들이 스스로 자신들의 족쇄를 풀고 율법의 굴레에서 벗어나기를 잠자코 기다리고 있었던 것이다. 그러나 그는 족쇄란 열쇠를 쥐고 있는 사람이 풀어주어야 하는 것임을 깨달았다.

마침내 베드로는 천천히 자리에서 일어났다. 그러자 열띤 논쟁을 벌이던 장로들과 사도들은 일제히 입을 다물고 베드로를 올려다보았다. 끊임없이 계속될 것만 같았던 토론이 순식간에 중단되고 말았던 것이다.

「형제들이여, 사람의 마음을 아시는 하나님은 우리에게와 마찬가지로 이방인들에게도 성령을 주셔서 그들을 인정하셨으며, 우리와 그들을 차별하지 않으시고 믿음으로 그들의 마음을 깨끗하게 해주셨습니다.」

베드로는 특유의 우렁찬 목소리로 사람들에게 하나님의 뜻을 상기시켰다. 그의 설교는 계속되었다.

「그런데 어째서 지금 여러분은 우리 조상이나 우리가 질 수 없었던 무거운 짐을 그들에게 지워 하나님을 시험하려고 하십니까? 우리는 그들과 마찬가지로 주 예수님의 은혜로 구원을 받는다고 믿습니다. 만약 당신들이 모세의 율법을 예수의 말씀 이상으로 생각한다면, 당신들은 예수의 보혈을 헛되게 하는 자들이라는 비난을 면치 못할 것임을 기억해두십시오.」

베드로가 말을 마치고 자리에 앉자 아무도 말을 꺼내는 사람이 없었다. 모두들 예수의 보혈을 헛되게 하는 자들이 되기 두려웠기 때문이었다.

「이제 내 말을 들어보시오.」

잠시 후, 야고보가 자리에서 일어나 부드러운 음성으로 사람들을 집중시켰다.

「하나님께서 어떻게 처음으로 이방인들 가운데서 자기 백성을 택하셨는가를 베드로가 말해주었습니다. 선지자 아모스도, '그날에 내가 다시 돌아와서 무너진 다윗의 집을 다시 세우겠다. 내가 폐허된 곳을 재건하고 세워서 내 이름을 일컫는 모든 이방인을 구하겠노라'고 예언했습니다. 이것은 이방인들도 언젠가는 주 안으로 돌아오게 되어 있다는 말씀이 아니고 무엇이겠습니까?」

야고보는 베드로의 질책에 주눅이 든 장로들을 위로하듯 차분하게 말했다.

「그러므로 하나님에게로 돌아오는 이방인들을 괴롭히지 말고, 다만 우상에게 바친 더러운 제물과 음란과 목매어 죽인 것과 피를 멀리하라고 그들에게 편지하는 것이 좋겠습니다. 굳이 이 네 가지를 금기로 정한 것은 예로부터 회당에서 안식일마다 가르쳐 오던 것이므로 이방인들도 어느 정도 알고 있을 것입니다.」

야고보가 제시한 금기 사항들은 유대인과 이방인 신자들 사이의 화목을 위한 것이지 결코 율법적인 구속력을 갖는 것은 아니었다. 따라서 야고보의 제안은 안디옥에서 온 사도들과 예루살렘의 장로들의 요구와 주장을 절충시킬 수 있었다.

아무도 야고보의 주장을 반대하는 사람은 없었지만 차후에 발생할지도 모르는 의견 충돌을 방지하기 위해 이 결정을 성문화시킬 필요성을 느꼈다. 사도들은 즉시 안디옥 교회에 보내는 편지 형식으로 칙령을 작성하기 시작했다. 그 내용은 다음과 같았다.

예루살렘에 있는 우리 사도들과 장로들과 여러분의 형제들은 안디옥과 수리아와 길리기아에 있는 이방인 신자들에게 문안합니다. 여기서 간 우리 신자 가운데 어떤 사람들이 시키지도 않은 말로 여러분을 괴롭히고, 여러분의 마음을 어지럽게 했다는 소문을 들어 이 글을 씁니다. 그래서 우리가 몇 사람을 뽑아 우리의 사랑하는 친구 바나바와 바울과 함께 여러분에게 보내기로 했습니다. 바나바와 바울은 우리 주 예수 그리스도의 이름을 위해 생명을 아끼지 않는 사람들입니다. 우리가 유다와 실라를 대표로 뽑아 보냈으니, 그들이 이 편지 내용을 직접 말해줄 것입니다. 꼭 필요한 것 몇 가지 외에는 여러분에게 아무 짐도 지우지 않으려는 것이 성령님의 뜻이며, 우리의 결정입니다. 여러분은 우상의 제물과 피와 목매어 죽인 것과 음란을 멀리하십시오. 이러한 몇 가지만 지키면 되겠습니다. 안녕히 계십시오.

마음을 졸이며 예루살렘의 반응을 기다리던 이방 신자들은 바울이 가져온 편지 내용을 전해듣고 안도했다. 금기 사항들도 그리 어렵게 느껴지지 않았다. 예루살렘에서 직접 파송된 유다와 실라 역시 설교와 전도를 통해 이방인들로 하여금 자신들이 사도들에게 인정받는 기독교인이라는 확신을 가지도록 만들었다.

얼마 후 유다 바사바는 소기의 목적이 달성되었다고 판단하고, 안디옥을 떠났다. 안디옥 교회의 반응과 실정을 예루살렘에 있는 사도들과 장로들에게 보고할 때가 되었기 때문이다. 그러나 실라 실바노는 안디옥에 남아 이방인 형제들에 대한 복음 전파에 계속 참여하기 원했고, 바울 역시 실라가 예루살렘에 돌아가는 것을 원치 않았다.

바울에게는 실라 실바노와 같이 능동적이며, 포용력이 있는 젊은 일꾼이 필요했다. 왜냐하면 휴식을 모르는 이방인의 사도 바울은 어느새 제2차 전도 여행을 꿈꾸고 있었기 때문이다.

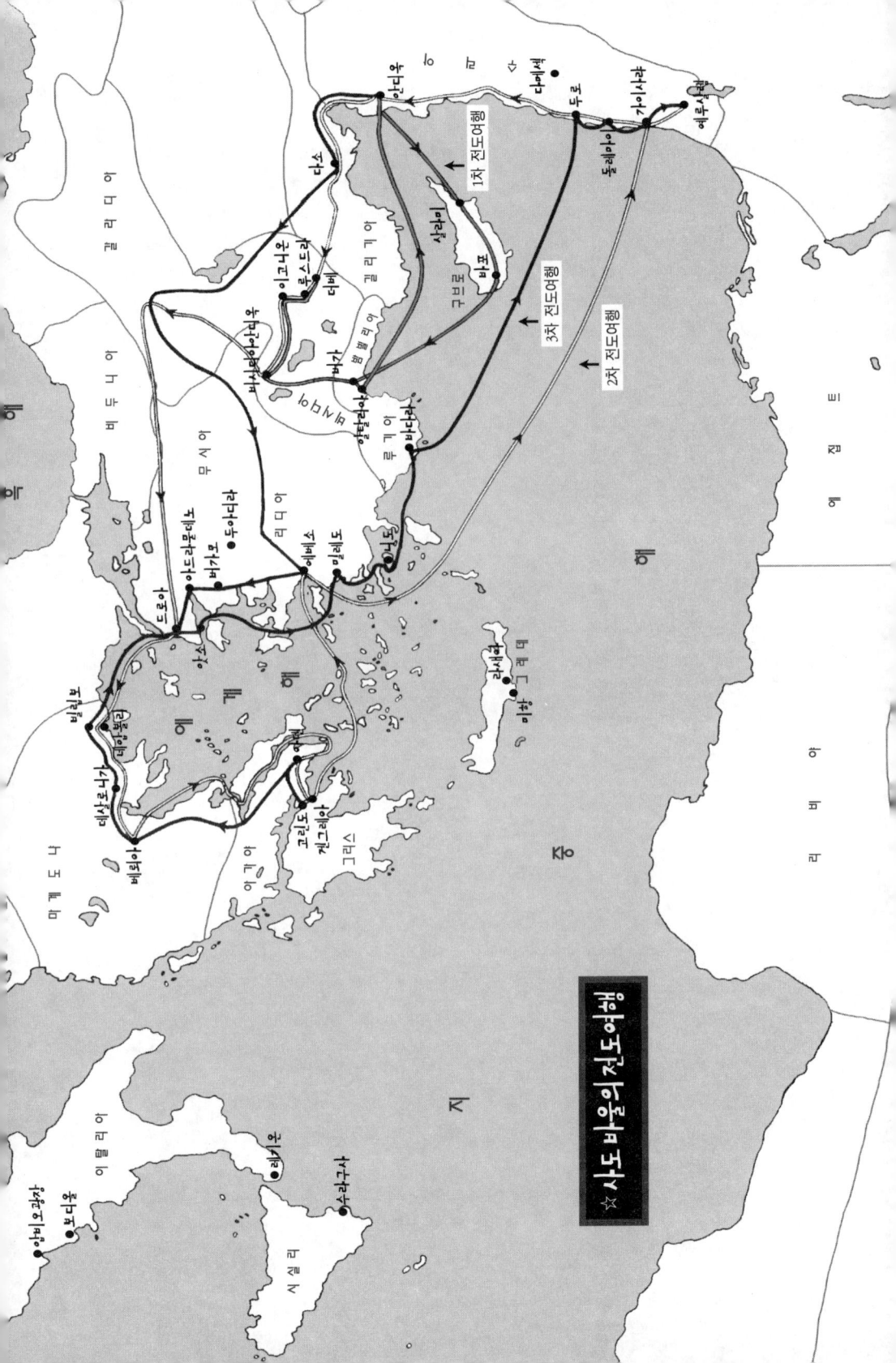

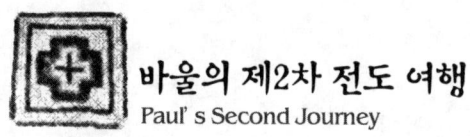

바울의 제2차 전도 여행
Paul's Second Journey

갈라선 두 전도자

바울은 전도 여행을 통해 세운 교회들을 생각할 때마다 걸음마를 시작한 아이를 우물가에 두고 온 부모처럼 불안하기 그지없었다.

'혹시 유대인들의 박해로 신도들이 기독교를 포기하거나 뿔뿔이 흩어지지는 않았을까? 어렵게 세운 교회가 분열이나 다툼 따위로 와해되지는 않았을까?'

그는 잠자리에서도 이방 교회들에 대한 걱정과 불안으로 잠을 설치기 일수였다. 그들을 위해 주님께 간절히 기도를 드렸으나 마음의 평안은 쉽게 찾아오지 않았다. 근심을 해결하기 위한 방법은 단 한 가지밖에 없었다.

「다시 가봅시다.」

불쑥 바나바를 찾아간 바울이 대뜸 말했다. 그의 표정은 굳어 있었다.

「어딜 말이오?」

바나바는 눈을 끔벅이며 물었다.

「우리가 주의 말씀을 전했던 성들을 다시 한번 돌고 오잔 말입니다. 가서 형제들이 어떻게 신앙 생활을 하고 있는지 점검해야 할 것 같습니다.」

「바울 선생, 그것 참 좋은 생각이오. 나 역시 그들의 안부가 여간 궁금하지 않았소.」

「사도님의 생각도 그러하니 저도 기쁩니다.」

마침내 바울의 얼굴에 미소가 번졌다. 웃음짓는 눈가의 주름살들은 그가 완연한 중년이 되어 있음을 말해주고 있었지만, 번뜩이는 눈빛은 전도와 선교에 대한 그의 열망이 조금도 식지 않았음을 보여주고 있었다.

「그럼 날을 잡고 조만간 떠나기로 할까요?」

바나바 역시 보기 드문 바울의 미소를 보며 기분이 좋았다.

「그런데…… 또 한 가지 말씀드릴 것이 있습니다. 다름이 아니라, 이번 여행에는 에게 해 주변의 성들을 새로운 전도 대상으로 삼았으면 합니다. 사도님의 생각은 어떤지 알고 싶습니다.」

바울은 바나바의 의견을 묻고 있었지만, 이미 그의 마음은 새로운 지역에 대한 전도를 결심하고 있었다. 거의 20년 동안 바울과 동고동락을 해오던 바나바가 바울의 성격을 모를 리 없었다.

「그럽시다. 어차피 우린 이방 선교를 위해 선택된 사람들이 아니오?」

바나바는 바울의 어깨에 손을 얹으며 말했다.

바울의 마음은 어느새 소아시아의 루가오니아와 비시디아 지역을 지나 한번도 가보지 못했던 에게 해로 달려가고 있었다.

그는 복음을 전파하기 위해 하나님이 선택한 자가 틀림없었다. 마음에 품은 것을 행동으로 나타내거나 글로 기록하기를 주저하지 않던 그는 정열적인 행동가이자 실천가였고, 자타가 공인하는 이방인의 사도였던 것이다.

마침 안디옥에 와 있던 마가는 삼촌으로부터 그들의 2차 전도 여행 계획을 전해듣고, 다시 전도 여행에 참여하고 싶은 생각이 들었다. 이번에는 반드시 완주하여 도중 하차의 오명도 씻고 싶었던 그는 바나바에게 간절히 그의 소망을 말했다.

바나바는 난처했다. 마음 같아서는 쾌히 승낙하고 싶었으나, 강직한 성격의 바울이 문제였다. 아무리 생각해도 그가 용납할 것 같지 않았다. 지난번 마가의 돌연한 귀향이 얼마나 바울의 심기를 불편하게 했었는지 바나바는 잘 알고 있었다. 비록 그 당시에 바울이 마가에 대한 실망과 불만을 노골적으로 표현하지는 않았지만, 바나바는 그에 대해 속속들이 알고 있었기 때문이다.

「삼촌, 그때는 제가 너무 부족한 점이 많았어요. 인내심도 믿음도 부족했구요. 하지만 그동안 저도 나름대로 반성하고 깨달은 것이 많아요. 이제 제가 진정으로 몸과 마음을 바쳐 주님을 섬기고, 그의 말씀을 전파할 수 있도록 다시 한번 기회를 주세요.」

마가는 망설이는 바나바에게 간청했다.

「그래, 바울 사도에게 너의 뜻을 말해보마. 하지만 너무 기대는 말아라. 너도 알다시피 그는 융통성이 없고 고지식한 사람이라 나도 자신이 없으니까 말이다.」

바나바는 정말로 바울을 이해시킬 자신이 없었다. 하지만 다른 사람도 아닌 조카의 부탁을 한마디로 거절할 수는 없었다. 거절하더라도 바울에게 말이나 해보고 거절할 생각이었다.

「바울 선생 계시오?」
바나바는 일부러 늦은 시각에 바울의 숙소를 찾아갔다.
「사도님께서 웬일로 이렇게 늦은 시각에……」
「전도 여행 문제 때문에 상의 드릴 것이 있어서 실례를 무릅쓰고 찾아왔습니다.」
바나바는 마가의 참여 문제를 슬쩍 전도 여행 문제로 돌려 말했다.
「어서 들어오시죠.」
바울은 간단한 세간만 놓인 방으로 바나바를 들어오게 했다.
작은 탁자 앞에 앉은 바나바는 바울과 잠시 일상적인 대화를 주고받으며 그의 기분을 살폈다.
「바울 선생.」
바나바가 갑자기 가라앉은 목소리로 바울을 불렀다.
「네, 말씀하십시오.」
「내 조카 마가가 재도전을 해보겠다는데 선생의 생각은 어떻소?」
「재도전…… 이라뇨?」
「아니 왜 지난번 전도 여행 때, 그 애가 너무 힘겨워해서 우리가 구브로 섬을 떠날 때 그 애는……」
「예루살렘으로 돌아갔죠.」
「그래요, 배를 타고 예루살렘으로 돌아갔지요. 그런데 이번에는 기필코 끝까지 포기하지 않겠다는군요. 전도 여행에 동참할 수 있도록 허락해달라는데……」
「그건 안 됩니다.」
바울은 바나바의 말이 채 끝나기도 전에 강경한 어조로 자신의 의견을 말했다.

「너무 결정이 빠르다는 생각이 안 드시오?」

바나바는 약간 토라진 말투로 물었다. 아무리 바울의 거부를 염두에 두고 있기는 했지만 생각하는 시늉도 않고 상대방의 부탁을 칼로 자르듯 거절하는 바울의 태도가 바나바의 기분을 상하게 했던 것이다.

「그런 제안이라면 생각할 가치조차 없기 때문입니다. 처음 전도 여행 때 마가는 구브로에서의 고생을 못 이기고 예루살렘으로 훌쩍 떠나버렸습니다. 그런 자가 두 번째에는 그러지 않으리라는 보장이 있습니까?」

「하지만 한 번의 실수는 누구나 할 수 있는 것이 아닙니까?」

「그건 실수가 아닙니다. 그것은 하나님과의 약속을 저버린 행위입니다. 가는 길이 조금 험하고 불편하다고 해서 하나님과의 약속을 저버리는 사람은 두 번째도 세 번째도 그런 행동을 반복할 가능성이 있습니다. 그런 사람과 또다시 동행해 하나님의 영광을 가리는 짓은 하지 않겠습니다. 내가 보기에 마가는 전도자의 기본 자세가 되어 있지 않습니다. 그는……」

바울은 직설적으로 마가에 대한 평을 늘어놓았고, 결국 그의 말은 바나바의 기분을 상하게 했다. 바울의 반대를 예측했던 바나바도 막상 조카에 대한 그의 신랄한 혹평을 듣게 되자, 은근히 야속한 마음이 들었다.

갑자기 바나바는 모든 사람이 완벽하지 않다는 사실을 바울에게 일깨워주고 싶은 생각이 들었다.

「그렇다면 바울 선생께서는 처음부터 전도자의 기본 자세를 갖추고 계셨소?」

바나바의 물음은 단순한 질문이 아니었다. 그것은 바울의 과거를 따지는 가시 돋친 질책이었다.

바울은 자신의 과거를 만인 앞에 간증해 많은 사람들을 주에게로 인도하기를 주저하지 않는 사람이었지만, 친구에게서 이런 식으로 과거를 질책당하는 것은 도저히 참을 수 없었다.

잠시 후 두 사도는 언성을 높이며 이제까지 서로에게서 섭섭하게 느껴왔던 일들을 토로했고, 결국 두 사도는 심한 의견 충돌 끝에 서로의 갈 길이 다르다는 결론을 내렸다.

바나바는 마가를 데리고 그의 고향인 구브로 섬으로 떠났고, 바울은 자신이 오래 전부터 점찍어두었던 실라를 데리고 길리기아를 향해 떠났다.

비록 두 전도자들은 다툼 끝에 갈라서기로 했지만 서로를 미워하지는 않았다. 개종한 바울을 사도들이 만나기 두려워할 때, 그를 사도들에게 직접 데리고 가 소개했던 사람은 바나바였다. 그까지 바울을 외면했더라면 바울은 영영 외톨이로 남아 있어야 했을지도 몰랐다. 이방인들에 대한 선교 사업에 바울을 동참시킨 것도 바나바였고, 전도 여행 중에 수천 명의 이방인들을 개종시킬 때 바울의 곁에서 조언자 역할을 했던 사람도 바나바였다. 생명의 위협을 받으며 칠흑 같은 어둠 속을 죽을힘을 다해 함께 달리던 사람도 바나바였다. 바울은 은인이자 친구이며 동역자인 바나바를 사소한 의견 마찰 따위로 미워할 사람이 아니었다. 바나바 역시 바울이 그런 일로 자신을 원수로 생각할 사람이 아니라는 사실을 잘 알고 있었다. 그래서 두 사도는 자신들이 갈라서게 된 것도 하나님의 뜻으로 받아들이기로 하고, 서로에게 주어진 길을 가기로 다짐했다.

마게도냐로

두 마리의 나귀에 몸을 실은 바울과 실라는 형제들의 전송을 받으며 안디옥을 빠져나와 북쪽으로 향했다. 그들은 루가오니아 지역으로 가는 길에 바울의 고향인 길리기아의 다소를 지났다. 고향에 왔다는 사실은 바울의 마음을 잠시 설레게 했다. 그렇지만 그곳 역시 영혼의 고향은 될 수 없었으므로 그의 기쁨은 그리 오래가지 않았다. 그는 그곳에서도 예수의 말씀을 전하기에 힘쓰다가 토러스 산맥을 넘어 길리기아 남부의 루가오니아에 도착했다.

루가오니아는 이고니온, 루스드라, 더베 등의 성들이 위치한 지역이었다. 바울이 처음으로 이방 제자들과 재회의 기쁨을 나눈 곳은 그리스인이 많이 살고 있는 더베였다. 약 2년 만에 그가 다시 찾은 더베는 이렇다할 부흥을 이루지는 못 했지만, 형제들과 제자들은 그들 나름대로 열심히 신앙 생활을 하고 있어서 바울의 마음을 흡족케 했다. 바울은 교회가 급성장하기보다 내적 기반을 다지는 일이 우선되어야 한다는 사실을 잘 알고 있었다. 전도자들은 그곳에서 교회의 기반을 더욱 굳게 하고 루스드라로 떠났다.

루스드라는 바울과 바나바가 제우스와 헤르메스로 오인되기도 했던 곳이며, 비시디아 안디옥과 이고니온에서 원정온 유대인들에 의해 바울이 죽임을 당했던 곳이기도 했다. 기억만 해도 몸서리쳐지는 사건이었으나, 바울은 실라를 사건의 현장으로 인도하며 그날의 악몽과 회생의 기적을 설명해주었다.

이와 같은 유대인들의 탄압과 박해에도 불구하고 루스드라의 교회는 놀라운 성장을 이룩하고 있었다. 바울이 그 이유를 알아보니 디모데의 헌신적인 봉사와 희생이 교회의 부흥에 밑거름이 되었다는 것을 알게 되었다. 바울이 제1차 선교 여행 중 루스드라에 처음 갔을 때부터 예수를 믿기 시작했던 그는 그리스인 아버지와 유대인 어머니 사이에서 태어났다. 그러나 어릴 적부터 모친과 외조모에게서 성경을 중심으로 한 유대식 가르침을 받았고 모든 사람들에게 칭찬을 듣는 모범 청년이었다. 그가 안수를 받아 제자가 된 지 약 3년 후인 주후 51년에 바울이 다시 루스드라에 갔을 때, 이미 그는 큰 재목으로 성장해 있었다.

바울은 디모데를 더욱 큰 일에 쓰기 위해 전도 여행에 동참시키기 원했다. 하지만 그를 전도 여행에 끌어들이는 데는 작은 문제가 있었다. 그곳의 유대인 기독교 신자들이 디모데가 할례를 받지 않은 채, 사역을 한다는 사실을 탐탁치 않게 여겼던 것이다. 바울은 그가 할례를 받지 않았다는 것을 신경쓰지 않았지만 미리 유대인들의 시비를 방지하기 위해 바울은 그에게 할례를 받을 것을 권했다. 결국 그도 바울의 의사에 따르기로 했다. 유대인들은 그를 데리고 가서 기꺼이 할례를 행했다.

마침내 디모데의 상처가 아물자 세 명의 전도자는 곧바로 길을 떠났다. 그들은 여러 성을 거치며 이방인들에게 예루살렘의 사도들과 장로들이 정한 규례를 가르침으로써, 기독교가 결코 유대교처럼 배타적인 종교가 아님을 인식시켰다. 결국 많은 무리가 예수의 말씀을 받아들이게 되었고, 많은 교회가 그들의 헌신적인 사역으로 인해 세워지게 되었다.

비시디아 안디옥을 지나 소아시아로 가려던 그들은, 그러한 계획을 부득이 수정하지 않으면 안 되었다. 전도자들의 꿈에 나타난 성령이 그들에게 무조건 아시아로 가지 말 것을 명령했던 것이다.

세 사람의 전도자는 소아시아를 눈앞에 두고 브루기아에서 북상해 갈라디아를 지나 비두니아로 가려 했다. 그러나 그곳에서는 예수의 영이 나타나 그들이 비두아니아로 가는 것을 허락하지 않았다. 그들은 난감했다.

「사도님, 이 일을 어떻게 하면 좋겠습니까? 브루기아에서 마냥 있을 수도 없지 않겠습니까?」

실라가 바울에게 물었다.

「혹시 성령님은 우리가 이제 그만 돌아가기를 원하는 것은 아닐까요?」

디모데가 걱정스런 표정으로 말했다. 이제 막 전도 여행의 보람을 느끼며 참된 즐거움을 맛보던 그는 이것으로 전도 여행을 마치고 싶지 않았다.

그러나 궁금하기는 바울도 마찬가지였다. 그들에게 갈 길을 알려주지도 않고 두 번씩이나 그들의 여정을 가로막은 성령의 뜻을 그 역시 알 재간이 없었다.

「일단 무시아로 가세.」

바울이 대답했다.

「만약…… 성령님이 그곳마저 원하지 않으신다면 어쩌죠?」

실라가 물었다.

「나 역시 성령님이 원하시는 것을 알 수가 없다네. 하지만 분명한 것은 우리 전도 여행자들의 여정은 우리 마음대로 결정하는 것이 아니라는 사실일세. 성령님이 가라면 가는 것이고, 가지 말라면 가지 않는 것이고, 돌아가라면 돌아가야 하는 것이네.」

바울의 대답은 두 전도자들의 근심을 깨끗이 없애버렸다.

무시아에 이른 전도자들은 항구 도시이자 로마 문화의 전성기를 이루고 있던 드로아까지 가서 말씀을 전했다. 그러나 바울은 그곳이 왠지 그들의 최종 목적지는 아닌 것 같은 생각이 들었다.
'그렇다면 성령님은 왜 우리를 이곳까지 인도하신 것일까?'
바울은 그날밤도 그들의 행선지를 주께 맡기는 기도를 드리고 잠자리에 들었다. 잠시 후 그가 비몽사몽간에 있을 때였다. 갑자기 어두웠던 방안이 밝아지면서 푸른 옷을 입은 남자가 바울 앞에 나타났다.
「뉘, 뉘시오?」
바울은 당황하며 그의 정체를 물었다. 흰 옷이 아닌 색깔 있는 옷을 입은 것으로 보아 주의 사자가 아닌 것은 분명했다.
푸른 옷을 입은 사나이는 먼저 바울에게 꾸벅 절을 했다.
「저는 마게도냐 사람입니다.」
밝은 머리색과 피부색으로 보아 그는 그리스인이 분명했다.
「그런데 이런 깊은 밤에 무슨 일이오?」
「제발 마게도냐로 오셔서 우리를 도와주십시오.」
'마게도냐!'
바울이 대답을 하기도 전에 푸른 옷을 입은 그리스인은 자취를 감추었고, 방안을 밝혔던 빛도 사라져버렸다.
환영이 사라진 뒤에도 바울은 한참 동안 천장만을 바라보다가 창가로 갔다. 옅은 밤 안개에 싸인 에게 해를 바라보며, 그는 자신들의 다음 행선지가 이제 분명해졌음을 알았다.
'성령님께서는 우리가 마게도냐에 가서 복음을 전하기를 원하신다. 그곳으로 가자.'
바울은 그 환상을 성령의 메시지로 생각했다.
며칠 후, 드로아를 떠나 마게도냐로 향하는 배를 탄 전도자 일행은 세 사람이 아닌 네 사람이었다. 의사 누가가 드로아에서 그들의 전도 여행에 동참했기 때문이다.

강가의 회당

네 사람의 전도자는 무시아와 마게도냐 중간 지점에 있는 사모드라게 섬에서 하룻밤을 묵고, 다음날 아침 다시 배를 타고 마게도냐로 향했다. 그날 저녁 네압볼리에 도착한 그들은 마게도냐의 첫날밤을 그곳에서 보낸 다음 빌립보를 향해 떠났다.

빌립보는 마게도냐 동쪽 해안의 팡기에스 산록 위에 자리잡은 요새 도시였다. 따라서 그 도시는 해안에서 거리상으로는 그리 멀지 않았지만 네압볼리에서 가려면 비교적 가파른 언덕을 올라야 했다. 주전 168년에 로마령이 된 이 요새 도시는 카이사르에 의해 예수 시대부터 로마의 식민지로 승격되었다. 따라서 그곳 시민들의 대부분은 로마 시민권을 소유하고 있었고 자연히 자부심과 긍지가 강했다.

빌립보는 네 사람 모두에게 낯선 지역이었다. 유대인도 거의 눈에 띄지 않았으므로 그들은 이러한 곳에 유대인 회당이 있을지 의심스러웠다. 전도자들은 행인들과 상인들에게 빌립보에 유대인 회당이 있는가를 물었다.

「난 모르오」

「이곳에 유대인 회당이 있다는 말은 못 들었소이다.」

「유대인들을 몇 번 보기는 했지만 그들의 회당이 있다는 소리는 금시초문이오.」

사람들은 모두 고개를 저으며 유대교 회당을 본 적도 들은 적도 없다고 대답했다. 그러나 유대인들을 본 적이 있다는 말에 전도자들의 귀가 솔깃해졌다.

「그렇다면 그 유대인들이 어디 사는지 알고 계십니까?」

그리스 말을 할 줄 아는 디모데가 물었다.

「어디 사는 지는 몰라도…… 토요일 아침만 되면 간지트 강기슭에 모여 있는 유대인 무리를 서너 차례 본 적이 있소」

「그곳이 어디쯤 되는지 알려주시겠습니까?」

전도자들은 그 행인으로부터 유대인들이 토요일마다 모인다는 강가의 위치를 기억해두었다. 토요일은 유대교의 안식일이었으므로 그 유대인들은 분명히 예배를 드리기 위해 모이는 것이 분명했다.

드디어 안식일이 되자 전도자들은 아침 일찍 일어나 간지트 강가에 있는 커다란 회양목을 찾아갔다. 강둑 근처에는 나무가 많지 않아서 회양목을 찾기란 그리 어렵지 않았다.

「정말로 사람들이 있군요!」

실라가 흥분된 어조로 말했다.

아니나 다를까, 노란 꽃이 만발한 회양목 아래에는 10여 명의 아낙네와 서너 명의 사내가 옹기종기 모여앉아 예배를 드리고 있었다. 인도자로 보이는 백발의 노인이 나무를 등지고 서서 집회를 이끌고 있었다. 그들은 회당을 지을 정도로 수가 많지 않았기 때문에 부득이 야외에서 예배를 드리고 있었던 것이다. 하지만 그들이 예배를 드리는 모습을 바라보던 바울의 마음은 흡족하기 그지없었다. 땅 위에 세워진 성대한 회당보다 고귀한 마음으로 회양목 아래에서 예배를 드리는 것을 보았기 때문이다.

전도자들은 그들의 예배를 방해하지 않기 위해 조심스럽게 무리에게 접근했다. 몇몇 유대인들은 갑자기 나타난 네 명의 사내들에게 의심스런 시선을 보냈지만 동요는 하지 않았다. 전도자들은 조용히 무리들의 맨 뒤에 앉아 그들의 예배에 참석했다.

예배가 끝나기 직전, 집회를 이끌던 노인은 사람들에게 양해를 구했다.

「오늘 예배를 드리는 동안에 손님들이 오신 것 같습니다. 잠시 그분들과 인사를 나누도록 합시다.」

그는 뒤에 앉은 네 명의 전도자에게 손짓을 했다.

바울은 그들에게 자신들이 어디에서 무슨 목적으로 온 사람들인지를 간략하게 설명한 다음, 예수 그리스도에 대해서 소개하기 시작했다. 그는 오랜 시간에 걸쳐 그리스도의 사역 그리고 그의 죽음과 부활의 의미를 유대인들에게 설명했다. 빌립보의 유대인들도 예수에 대해서 전혀 모르는 바는 아니었다. 그러나 예수에 대한 그들의 지식은, 여행자나 이교도들이 전해준 단편적이면서 더러는 왜곡된 소식에 근거하고 있을 뿐이었다.

잠시 후, 유대인들은 예수에 대해 질문하며 관심을 쏟기 시작했다. 바울과 전도자들은 정성스럽게 그들의 질문에 답했다.

「부활한 예수를 목격한 사람이 있나요?」

한 여인이 물었다.

「있고 말고요. 그는 부활한 뒤 40일이나 지상에 계시면서 자신의 부활을 증명하셨답니다.」

전도자들이 대답했다.

「그럼 당신들도 예수를 보았소?」

집회를 인도하던 백발의 노인이 물었다.

「네, 보았습니다.」

바울의 대답과 함께 모든 사람들의 시선이 그에게로 쏠렸다.

「어디서 보았소?」

「다메섹에 입성할 때 보았습니다.」

바울은 자신이 과거의 누구였고, 어떤 경험을 통해 예수를 믿게 되었는지를 간증했다. 그의 간증은 단순히 말씀을 전하는 것보다 더욱 큰 효과를 발휘했다. 사람들은 그가 바로 예수를 핍박하던 자였다는 사실을 알고 놀라움을 금치 못했다. 그리고 놀라움은 곧 그리스도에 대한 경외심으로 바뀌기 시작했다.

설교를 마친 전도자들은 다음 안식일에 같은 장소에서 다시 만나기로 하고 그곳을 떠나려 했다.

「랍비들이여!」

예배를 드리던 사람들 중에 한 여인이 전도자들을 불렀다.

전도자들은 걸음을 멈추고 목소리의 주인을 돌아보았다. 그녀는 바울이 설교할 때에 가장 많은 질문을 던지던 여인이었다. 마흔 살이 넘은 듯 보이는 그녀는 다른 유대 여인들과 마찬가지로 허리까지 내려오는 검은 스카프를 머리에 쓰고 있었다.

여인은 전도자들에게 다가와서 공손히 고개를 숙였다.

「저희 가족은 예수 그리스도와 성령을 믿습니다. 우리에게 세례를 주시고 축복해주십시오.」

「당신의 이름은 무엇입니까?」

바울이 물었다.

「루디아라고 합니다.」

「주 예수 그리스도가 너와 너의 가족을 구원하였도다.」

바울은 간지트 강물로 그녀와 그녀의 두 자녀에게 세례를 주고 축복했다.

「저는 두아디라에서 염료를 팔아 생계를 꾸려가고 있습니다. 저희 집은 변변치 않지만 남는 방이 있습니다. 선생님들께서 저희 집에 머무시면 영광이겠습니다.」

여인은 차분한 말투로 말했다.

전도자들은 서로의 얼굴을 번갈아 쳐다보며 그녀에게 무슨 대답을 해야 할까 잠시 망설였다.
「당신의 성의에 감사드립니다.」
　마침내 입을 연 사람은 바울이었다. 그는 계속 말했다.
「하지만 우리는 계속 돌아다니며 복음을 전해야 하는 처지이기 때문에 한 곳에 오래 머물 수가 없습니다.」
　바울이 이렇게 사양하고 돌아서려 했다.
「랍비께서 만약 제가 주를 믿는 자라고 생각하시면 저희 집에 오셔서 며칠 머무소서.」
　루디아는 진정으로 전도자들을 자신의 집에 모시고자 했다. 이러한 그녀의 마음은 바울의 고집을 꺾고야 말았다. 마침내 네 명의 전도자들은 여인의 뒤를 따라 두아디라에 있는 그녀의 집으로 향했다.
　그러나 두아디라에서는 전혀 예기치 못했던 시련이 그들을 기다리고 있었다.

점치는 노예 소녀

　신약성서의 계시록에도 나와 있듯이 두아디라는 원래부터 음행과 간음이 공공연하게 자행되는 곳이었을 뿐만 아니라, 사단의 힘을 빌어 점을 치거나 굿을 하는 무리들이 많기로도 소문난 곳이었다. 마을 한구석의 사창가는 밤 시간에 성시를 이루었고, 시장 근처에 나와 앉은 점쟁이들은 낮 시간에 많은 손님들을 받았다. 이 성의 많은 사람들은 밤에는 음행으로, 낮에는 미신으로 그들의 육체와 영혼을 파괴하기에 여념이 없었다. 그들에게는 신도 없었으며 안식일도 없었다. 다만 무절제한 욕정과 점치는 일만이 그들의 유일한 삶이자 즐거움이었던 것이다.

루디아의 집에 머물던 전도자들이 두아디라가 어떤 곳이라는 것을 알게 되기까지는 그리 오랜 시간이 걸리지 않았다.

루디아의 집에서 안식일 밤을 보낸 전도자들은 다음날이 되자, 기도를 드릴 만한 인근의 동산으로 가기 위해 거리로 나가려고 했다. 루디아는 그들이 외출한다는 소식을 하인들에게서 전해듣고 급히 달려왔다. 그녀는 가급적이면 그곳 사람들에게 복음을 전하는 것을 피하라고 일렀다.

「왜 그렇습니까?」

바울이 물었다.

「이곳 관원들은 유대교를 박해하지는 않지만, 공공연히 전도하는 행위는 금하고 있습니다. 그것은 유대교가 배타적이고 위협적인 것이라고 생각하기 때문인 것 같습니다.」

루디아가 대답했다.

「우리가 전하고자 하는 것은 유대교가 아닌 그리스도교입니다.」

「그 말씀은 옳습니다. 하지만 이곳 백성들은 무지해 그런 것을 구별할 줄 모릅니다.」

그녀의 말은 옳았다. 도덕 관념과 종교 관념이 극도로 상실된 두아디라의 사람들은 정신이나 영혼의 문제를 철저히 도외시하고 있었다.

하지만 백성들의 무지를 일깨워주는 것은 전도자의 사명이었다. 전도자가 악을 악인지 모르고 선을 선인지 모르는 자들을 피해 편한 곳만을 찾아다닌다면, 그것은 전도자이기를 포기한 것과 다름없다는 것이 바울의 생각이었다. 아무튼 바울과 그의 수행인들은 그녀의 말을 염두에 두고 거리로 나섰다.

루디아의 여종이 일러준 동산으로 가기 위해서는 부득이 두아디라의 장터를 통과해야만 했기 때문에, 전도자들은 시장 입구로 들어섰다. 잠시 후, 그들은 그곳이 생필품이나 식료품만을 팔고 사는 시장이 아니라는 사실을 알게 되었다. 장터 구석구석마다 부적이나 주술에 사용되는 물건들이 좌판에 널려 있었고, 심지어 시장 한복판에서 점을 보는 행위도 성행하고 있었다. 바울은 그것들을 모두 뒤엎어버리고 싶은 심정을 억누르고 묵묵히 다른 전도자들과 함께 시장의 중심부를 통과하고 있었다.

그러나 조심스럽게 인파를 헤쳐가는 네 명의 전도자들을 예사롭지 않은 시선으로 주시하고 있는 한 소녀가 있었다. 그녀는 두아디라에서 사람들의 운세를 가장 잘 맞추기로 소문난 점쟁이 소녀였다. 귀신이 들려 점을 잘본다는 이유로 비싼 값에 팔려온 16세의 이 노예 소녀는 하루에도 수백 명의 운세를 보아 주인의 돈주머니를 언제나 두둑하게 만들어주었다.

그날도 무당 소녀는 주인이 깔아놓은 멍석 위에 앉아 바람난 남편을 둔 어느 여인의 푸념을 듣고 있었는데, 전도자들을 보고는 얼어붙은 듯 그들을 주시하기 시작했다.

「저자들을 보라! 저들은 너희에게 구원의 말씀을 전하러온 하나님의 종들이다!」

그 소녀는 갑자기 벌떡 일어나 바울과 그의 일행을 향해 손가락질하며 소리치기 시작했다.

바울은 자신들을 향해 소리치는 무당 소녀를 돌아보았다. 나이는 열다섯 살쯤 되었을까. 길고 연한 갈색 머리에 창백한 피부를 가진 소녀. 무척이나 연약해 보였지만 강렬한 그녀의 눈빛은 정상적인 사람의 수십 배에 달하는 통찰력을 발하고 있었다. 그는 한눈에 그 소녀가 귀신들린 소녀라는 것을 직감했다.

바울은 자신들에게 내리꽂히는 무수한 시선들을 무시한 채, 태연히 장터를 빠져나왔다. 하지만 그는 동산에 올라가서도 제대로 기도를 드릴 수가 없었다. 자꾸만 소녀의 절규가 그의 마음을 괴롭혔기 때문이다.

다음날도 또 그 다음날도 전도자들이 장터를 지나갈 때마다 무당 소녀는 그들을 향해 같은 말을 반복했고, 그때마다 바울의 괴로움은 가중되었다. 그들을 향한 소녀의 외침은 마치 바울에게 자신을 귀신으로부터 자유롭게 해달라는 절규처럼 들렸다. 아직도 부모의 사랑 속에서 자라고 있을 나이인데도 불구하고 귀신이 들렸다는 이유로 가족들에게 버림받고, 남의 운세와 운명을 봐주며 살아가는 그녀의 딱한 운명을 생각할 때마다, 바울은 피가 끓어오르는 것 같았다.

그러던 어느 날 아침 실라와 함께 기도를 마치고 돌아오던 바울은 더이상 침묵으로 일관할 수 없었다.

「저자들을 보라! 저들은 너희에게 말씀을 전하러 온……」

무당 소녀가 또다시 같은 말을 지껄이기 시작하자, 바울은 성큼성큼 그녀에게로 다가갔다.

「예수 그리스도의 이름으로 내가 명하노니, 너 마귀는 그 소녀에게서 당장 나오거라!」

바울의 호령은 온 장터 안을 진동시킬 만큼 우렁찼다.

그의 말이 떨어지자마자 소녀는 풀썩 주저앉고 말았다. 잠시 후 창백하던 소녀의 얼굴은 발그스레하게 피어올랐고, 눈빛도 선하고 부드럽게 변하기 시작했다. 6년이 넘도록 그 소녀의 영혼과 육신을 잡고 있던 귀신이 바울의 호령에 줄행랑을 치고 말았던 것이다. 소녀는 자신에게 무슨 일이 일어났었는지도 모르는 채, 그저 멍한 표정으로 주위를 두리번거릴 뿐이었다.

바울과 실라는 사람들의 시선이 자신들에게 쏠리자 담대하게 예수 그리스도에 대해 전하기 시작했다. 그리고 그들의 미신 행위가 하나님이 보시기에 절대로 합당하지 않은 것임을 말했다.

그러나 그들의 전도 행위는 오래가지 못했다. 그 소녀를 이용해 많은 돈을 벌었던 주인이 그들을 용서할 리 없었던 것이다.

어떻게 해야 구원을 얻으리까

무당 소녀를 부리던 주인은 바울과 실라를 잡아다가 관가에 고발했다.

「보시오! 이 유대인들이 내 여종에게서 귀신을 쫓아내 우리의 생활이 막막해졌소!」

분노에 가득 찬 그의 진술은 계속되었다.

「뿐만 아니라 이자들은 로마 사람인 우리가 받아들일 수도 없고, 지키지도 못 할 유대의 풍습을 퍼뜨리며 민심을 동요시키고 있소. 부디 저 유대인들에게 큰벌을 내려주십시오!」

무엇인가 자극적인 사건에 굶주려 있던 두아디라의 시민들은 유대인들이 감히 로마 시민권을 가지고 있는 자신들에게 그들의 풍습을 전하려 했다는 주장을 듣고 흥분하기 시작했다. 곧 일제히 소동을 일으키며 그들을 처단하라고 아우성치기 시작했다. 덩달아 분개한 관원들은 여론 정치를 한답시고 바울과 실라의 말을 들어보지도 않은 채, 두 사람을 단죄하기에 이르렀다. 관원들과 시민들은 바울과 실라가 인종적으로 볼 때 유대인이었으나 신분상으로는 빌립보의 시민들과 마찬가지로 엄연히 로마 제국으로부터 시민권을 부여받은 로마 시민이라는 사실을 모르고 있었던 것이다.

「저자들의 옷을 찢고 매로 쳐라!」

재판관은 전도자들에게 태형을 선고했다.

재판관의 말이 떨어지자마자 집행인들은 바울과 실라를 형틀에 묶고 그들의 낡은 옷을 거칠게 찢었다. 전도자들의 맨살이 드러나자 집행인들은 물에 적신 매로 그들의 등과 가슴을 사정없이 내리치기 시작했다.

살을 찢는 섬뜩한 파열음이 형장에 울려퍼지면서 전도자들은 곧 피투성이가 되고 말았다. 그들은 엄청난 고통 속에서 비명조차 지를 수 없었다. 영혼마저 갈가리 찢어놓는 듯한 고통은 전도자들로 하여금 비명을 지르는 것조차 허용하지 않았던 것이다.

얼마나 그 무서운 태형이 계속되었는지 그들은 기억하지 못했다. 왜냐하면 두 사람 모두 태형을 받던 중에 실신하고 말았기 때문이다. 그들이 의식을 회복한 곳은 다름 아닌 감옥이었다.

「사도님, 이제 정신이 드십니까?」

먼저 정신을 차린 실라가 신음하는 바울에게 물었다.

「여, 여기가 어딘가?」

바울은 살을 에는 듯한 통증을 느끼면서 실라에게 물었다.

「저들이 우리를 옥에 가두었습니다.」

「자네는 괜찮은가?」

「네, 괜찮습니다.」

실라는 우직하게 대답했지만, 괜찮을 리가 없었다. 그들은 마치 날이 무딘 칼로 온몸을 난자당한 듯한 통증을 느꼈다. 하지만 이를 악물고 참고 있었다. 그들의 몸은 상처에서 흘러내린 피로 얼룩져 있었고, 상처가 깊은 곳은 여전히 피가 흐르고 있었다. 그들은 벽에 등을 기대고 앉아 있을 수도 없었고, 바닥에 엎드려 있을 수도 없었다. 희미한 불빛 속에서 자신들의 모습이 얼마나 비참한가를 실감했다.

두 사람은 잠시 동안 말을 하지 않았다. 어디선가 다른 죄수들이 두런두런 대화를 나누는 소리가 들려왔다.

잠시 후, 바울은 실라에게 기도를 하자고 말했고, 실라도 그러자고 대답했다. 그들은 발목에 족쇄가 채워져 있어 주저앉은 자세로 찬송과 기도를 드리기 시작했다.

「영광과 찬미를 받으시기에 합당하신 주여, 당신의 이름을 전하다가 핍박을 받게 해주신 은혜에 감사드립니다.」

바울의 우렁찬 기도 소리는 지하 감옥에 울려퍼졌고, 많은 죄수들이 그의 기도 소리를 들을 수 있었다. 바울의 기도는 계속되었다.

「저희가 항상 주의 모습을 닮기 원하던 가운데 이러한 고난을 겪었습니다. 당신이 겪으셨던 수난을 이해할 수 있게 해주심을 감사드립니다. 원하옵건대 이러한 고난 속에서도 우리의 심령을 온전히 주께 의지할 수 있도록 굳은 믿음을 허락하소서. 또한 저들의 무지함을 일깨워주셔서 더 이상 범죄를 저지르지 말게 하시며, 그들의……」

바울의 기도를 듣던 죄수들은 그들이 미쳤다고 생각했다.

「너무 매를 맞아 정신까지 이상해진 게 틀림없어.」

「맞아, 제정신을 가진 사람이라면, 저 지경이 되어서 무슨 감사를……」

다음 순간, 그들은 천둥 소리와 함께 땅이 흔들리는 것을 느꼈다. 그 진동은 점차 커지더니 마침내 모든 사람을 쓰러뜨리고, 감옥의 창살을 엿가락처럼 휘게 만들었으며, 죄수들의 발목에 채워진 족쇄마저 모조리 풀어놓았다. 마침내 지진이 멈추었을 때, 감옥의 모든 문은 활짝 열려져 있었다.

 지진이 멈춘 뒤에도 잠시 어리둥절해 있던 죄수들은 마침내 그들을 구속하고 있던 모든 것들이 파괴되었음을 깨달았다. 감옥문도 족쇄도 모두 그들이 자유의 몸이 되었음을 말해주고 있었다. 하지만 아무도 움직일 수 없었다. 그것은 사람이 한 일이 아니었기 때문에 넋이 나간 듯 움직이지 못했다.

 간수장은 열린 감방들을 넋을 잃고 바라보았다.

 '어떻게 이런 일이 일어날 수 있단 말인가? 문이 열렸다면 죄수들이 모두 달아났을 것이 아닌가?'

 그는 눈앞에 벌어진 상황이 꿈이기를 바랬다. 그러나 그것은 꿈도 환상도 아니었다. 그 어처구니없는 사건은 엄연한 현실이었고, 그 현실은 간수장의 처형을 예고하고 있었다. 왜냐하면 죄수를 놓친 간수는 죄수의 형을 대신 살도록 되어 있었는데, 도망간 죄수 중에는 사형수도 여럿 있었기 때문이다. 그도 그들처럼 도망친다면 그 벌이 자신의 가족에게 내려질 것이므로 도주할 수도 없었다.

 컴컴한 감방을 하염없이 바라보던 간수장은 천천히 칼집에서 검을 뽑았다. 그리고 칼끝을 자신의 목에 대었다. 그는 만인들 앞에서 치욕적으로 처형을 당하느니 차라리 스스로 목숨을 끊는 편이 나으리라 생각했던 것이다.

「네 자신을 해치지 말라!」

 그가 칼날 위에 엎어지려는 순간, 어디선가 우렁찬 목소리가 들렸다. 놀란 간수는 고개를 들어 소리가 나는 감방 안을 둘러보았다. 그러나 감방 안은 너무 어두워 아무것도 보이지 않았다.

「우리가 여기에 있노라.」

바울이 조금 누그러진 목소리로 말했다.

간수장은 등불을 가지고 바울과 실라가 있는 감방 안으로 들어갔다. 그는 등불을 옆에 놓고 매를 맞아 온몸이 피로 얼룩진 바울과 실라 앞에 무릎을 꿇었다. 그는 이 괴이한 사건이 결코 우연히 일어난 것이 아님을 알고 있었다.

「선생님들이여, 이제 저는 모든 탈옥수들의 벌을 받고 죽게 되었습니다. 어떻게 해야 제가 구원을 얻겠습니까?」

그는 비탄에 잠긴 목소리로 물었다.

「주 예수를 믿으라.」

바울이 침착한 어조로 말했지만 간수장은 언뜻 이해가 되지 않았다.

「그리하면 너와 너의 가정이 구원을 얻으리라.」

간수장은 바울의 말뜻을 즉시 이해할 수 없었지만, 그들이 구원에 이르는 길을 알고 있다고 생각하고 자신의 집으로 데리고 갔다. 그는 종을 시켜 그들을 씻기고 상처를 치료한 다음, 그의 말을 듣고자 했다.

바울과 실라는 밤새워 간수장과 그의 식구들에게 예수의 삶과 그가 지상에서 가르쳤던 복음을 전했다. 매로 인한 상처가 여전히 욱신거렸고, 동이 트면 다시 관원들에게 붙들려 투옥될지도 모르는 상황이었지만, 두 전도자들은 도망가거나 변호하기보다 그 가족을 말씀으로 구원해야 한다는 생각으로 가득했다. 마침내 동이 틀 무렵, 간수장의 집에 있는 모든 사람들은 세례를 받고 예수 그리스도를 구주로 영접했다.

그러나 이것으로 모든 인간적인 문제가 해결된 것은 아니었다.

그들이 아침을 먹고 있을 때, 거칠게 대문을 두드리는 소리가 집안 사람들을 긴장시켰다.

「뉘시오? 이렇게 이른 아침부터……」

대문을 연 종은 문 밖에 두 명의 군사가 버티고 서 있는 모습을 보았다.

「무슨 일로 오셨소?」

그 역시 올 것이 왔다는 생각을 하면서도 짐짓 태연한 척 물었다.

「간수장이 어젯밤에 두 명의 유대인 죄수를 데리고 갔다는 보고를 들었소. 그들이 아직도 집에 있소?」

키가 큰 군사가 물었다.

「그렇소. 아직도 이 집에 계시오」

뒤따라 나온 간수장이 대답했다.

「당신들이 감히 그들을 어떻게 하려고 하지 말고, 문제가 있다면 나만 잡아가도록 하시오. 그렇지 않으면 당신들에게 더 큰 재앙이 닥칠 것이오」

「우리는 사람을 잡으러 온 것이 아니라 두 유대인을 자유롭게 해도 좋다는 재판관의 명을 전하러 온 것이오. 아울러 간수장에게도 죄를 묻지 않겠다는 소식을 전하는 바요」

키가 작은 군사가 머리를 숙이며 말했다.

「잠시 기다리시오」

간수장은 솟아오르는 흥분과 기쁨을 억누르며 안채로 들어가, 관원들의 결정을 전도자들에게 알렸다. 그러나 바울은 뜻밖의 반응을 보였다.

「그렇게 쉽게는 안 됩니다. 우리는 로마 시민권을 갖고 있는 사람들이오. 그들은 재판을 하지도 않고 로마 시민인 우리를 군중 앞에서 때리고 옥에 가두었소. 그런데 이제는 아무 일도 없었던 것처럼 우리를 보내려고 한단 말이오? 안 될 말입니다. 만약 우리를 정죄한 자들이 직접 와서 우리에게 사과를 하고 데려가지 않으면 로마 총독부에 이 사실을 고발하겠다고 이르시오.」

바울이 강경한 어조로 말했다. 그는 그리스도인이 유순해야 한다는 사실을 알고 있었지만, 하늘의 영광을 위해 일하는 자로서 체통마저 포기할 생각은 없었다.

이 소식을 접한 빌립보의 관원들은 자신들이 큰 실수를 범했다는 사실을 깨달았다. 방랑자 같은 그 유대인들이 로마 시민일 줄은 꿈에도 생각지 못했던 일이었다. 만약 총독부에서 로마 시민이 재판을 받을 권리를 박탈당한 채, 폭행을 당하고 투옥되었다는 사실을 알게 된다면 빌립보의 고급 관리 서너 명은 즉각 면책당할 것이 분명했다. 생각다 못한 공의회 관리들은 두 전도자들에게 벌을 내린 재판관들을 간수장의 집에 보내어 백배 사죄하도록 하고 그들에게 조용히 빌립보를 떠나줄 것을 부탁했다.

그들의 사죄와 간청을 받아들인 바울은 실라와 함께 루디아의 집에 가서 근심에 싸여 있던 형제들을 위로했다. 그리고 디모데를 데리고 다음 행선지를 향해 길을 떠났다. 그러나 누가는 바울의 권유에 따라 빌립보에 남아 새신자들을 지도하며 육성하는 데 힘썼다.

바울은 비록 육신의 상처를 안고 빌립보를 떠났지만, 그곳에서 행한 사역은 그의 전도 여행 중에 가장 성공적인 결실을 맺은 것으로 평가되고 있다. 그것은 그가 마게도냐에 심은 말씀의 씨앗이 점차 번성해 유럽이 기독교화되는 기틀을 마련했기 때문이다.

야손의 집에서 생긴 일

　빌립보를 떠난 바울과 실라 그리고 디모데는 암비볼리와 아볼로니아를 지나 마침내 데살로니가에 입성했다. 데살로니가는 항구 도시이자, 무역 도시로 시민의 대부분이 교역에 관련된 직업에 종사하고 있었다. 그러한 이유 때문인지는 몰라도 그곳 사람들의 대부분은 실리적이며, 계산이 빠르고 수리에 밝았다.
　전도자들은 성에 들어서자마자 유대인 회당을 찾았다. 거리에는 많은 유대인들이 눈에 띄었으므로 마을 북쪽에 위치한 회당을 찾기란 그리 어려운 일이 아니었다. 그곳에서 예배를 드린 바울은 안식일이 되자, 다시 회당을 찾아가 데살로니가의 유대인들과 그리스인들에게 성경을 풀어 강론했다. 그리고 예수 그리스도가 메시아이자 왕 중의 왕임을 입증했다.
　처음에는 대부분의 교인들이 그의 설교에 별 관심을 보이는 것 같지 않았다. 그의 말에 반대하는 사람도 없었고, 찬성하며 예수를 믿겠다고 나서는 사람도 없었다. 모두들 몸을 사리며 바울의 말이 합당한가를 계산하고 있는 듯했다. 그러나 다음 안식일이 되어 바울이 선민사상의 모순과 이신득의以信得義를 골자로 하는 더욱 강도 높은 설교를 하기 시작하자, 회당 안의 분위기는 점차 양분되기 시작했다. 한쪽은 바울과 실라가 전하는 구원의 진리를 좇는 그리스인들과 이방인 무리였고, 다른 한쪽은 예수의 존재와 가르침에 대해 크게 불만을 품은 유대인 집단이었다.
　처음부터 바울의 가르침에 호감을 갖고 있던 그리스인 야손은, 차별 없이 믿음으로 사람을 구원한다는 그의 설교에 크게 감동한 사람들 중 하나였다. 그는 마게도냐의 평야에서 수확된 곡물을 소아시아와 에게 해의 섬들에 팔아 적지 않은 부를 축적한 부유한 사람이었다. 그는 세 사람의 전도자들을 자신의 집으로 모시고 와서 회당에서 가르칠 수 없었던 말씀을 나머지 이방인들에게 전하도록 배려했다. 머지 않아 야손의 집에서는 많은 이방인들이 세례를 받고 그리스도인이 되는 역사가 일어나게 되었다.

전도자들이 세 번째로 회당에 나타났을 때는 지난주보다 훨씬 많은 이방인들이 자리를 차지하고 앉아 그들의 가르침을 들었다. 이 모습을 지켜보던 유대인들은 질투와 시기가 머리끝까지 치밀어오르는 것을 느꼈다.

「저자들이 우리 회당을 온통 이방인으로 채우려 하고 있다.」

「도대체 저 건달들이 무슨 권리로 우리의 회당을 차지하려는 거야?」

「그들을 관가에 넘겨야 해. 그들이 예수를 왕이라고 부르는 것은 로마 황제에 대한 정면 대결이나 마찬가지라구.」

분개한 유대인들은 순례자들을 어떻게 해서든지 법망에 옭아매려 했고, 그 시도는 바울과 그의 수행원들을 범법자로 몰아 수배하는 작업에서부터 시작되었다. 그들은 불한당들을 매수해 성 안을 휘젓고 다니며, 전도자들을 잡으러 다니는 시늉을 하라고 지시했다.

「만약 사람들이 그들이 누구냐고 묻거든 로마 황제 카이사르를 폐위시키고 예수를 왕으로 세우려는 자들이라고 전하라. 가능하면 많은 사람들이 그 소문을 사실로 믿게 해야 한다. 알겠느냐?」

제사장은 건달패들에게 돈주머니를 던져주며 말했다.

「염려 마십시오. 더도 말고 하루만 주시면 성 안에 그 소문이 가득하도록 하겠습니다.」

두목은 제사장에게서 받은 돈주머니를 움켜쥐며 음흉한 미소를 지었다.

건달들은 두목의 명령대로 성 안을 몰려다니며 황제 카이사르를 모함하는 바울의 무리를 찾는다는 소문을 내며 소란을 피웠다. 소문이 어느 정도 퍼졌을 때 유대인들의 무리는 야손의 집으로 향했다.

「그자들은 지금쯤 아무 곳에도 못 나가고 야손의 집안에서 벌벌 떨고 있을 거야. 안 그런가?」

「암, 그렇고 말고. 그들은 이제 독 안에 든 쥐들일세.」

「모반죄는 무조건 사형이라지?」

유대인들은 어디선가 갑자기 나타나 회당을 발칵 뒤집어놓다시피 했던 전도자들을 처형시킬 생각에 부풀어 있었다.

그러나 야손의 집에서 전도자들을 찾는 일은 결코 쉽지 않았다. 그가 사는 집은 방이 20개가 넘었고, 2개의 커다란 곡물 창고와 수십 마리의 마소가 들어갈 수 있는 마구간, 그리고 일꾼들이 거하는 숙소도 모두 그의 집에 있었기 때문이다. 유대인들은 전도자들을 잡는 일을 포기하고 야손을 협박하기 시작했다.

「그 반역자들을 우리들에게 인도하라.」

「도대체 너희가 무슨 권리로 남의 집에 난입해, 없는 사람을 내놓으라 하느냐? 너희를 관가에 고발하리라.」

「그래? 너의 생각이 그렇다면 관가에 가서 옳고 그름을 따지자.」

유대인들은 야손을 끌고 총독부로 가서 그가 반역자들을 숨겨두고 내놓지를 않는다고 말했다.

「그것이 사실이오?」

오래 전부터 야손과 알고 지내던 총독부의 관리는 비교적 조심스럽게 그를 다루었다.

그는 야손과 같은 무역가들이 바치는 세금이 데살로니가의 재정에 적지 않은 영향을 미치고 있다는 사실을 염두에 두고 있었다.

「그들을 며칠 저희 집에서 묵을 수 있도록 배려한 것은 사실이지만, 내가 그들을 숨겨주고 있다는 주장은 사실무근이오. 나는 그들이 지금 어디에 있는지도 모르고, 어디로 갔는지도 모르오」

야손은 태연하게 말했다. 총독부 관리도 쉽사리 그를 어떻게 하지 못한다는 것을 알고 있었다.

그는 결국 소량의 벌금형을 선고받고 즉시 풀려났다.

야손이 총독부에서 걸어나오던 시간에, 그리스도인 형제들은 그의 집에 있는 곡물 창고 속에 숨어 있던 세 명의 전도자들을 베뢰아 지역으로 탈출시켰다. 그러나 데살로니가 교회를 걱정하는 디모데는 마지막 순간에 발길을 돌려 그곳에서 전도 사업을 계속하게 되었다.

바울과 실라가 데살로니가에서 29킬로미터나 떨어진 베뢰아에 도착한 것은 그로부터 이틀이 지난 뒤였다. 그들은 베뢰아에 도착하자마자 피로와 허기를 무릅쓰고 회당을 찾았다. 무사히 온 것에 대한 감사기도를 마친 그들은 식사와 휴식으로 재충전을 하고 다시 복음을 전하기 시작했다.

하나님께서 유대인과 이방인을 더이상 차별하지 않으신다는 바울의 가르침은 유대인의 입장에서 볼 때 결코 받아들이기 쉬운 것이 아니었다. 그러나 베뢰아의 유대인들은 믿음이 깊고 성품도 유순해 전도자들의 설교에 반발하지 않았다. 오히려 그들은 전도자들이 증거하는 예수의 생애가 구약에 예언된 메시아의 그것과 일치함을 인정했다. 결국 많은 무리가 세례를 받고 그리스도인이 될 것을 결심하기에 이르렀다.

일단 유대인들 사이에서 지지 세력을 확보한 바울은 이방인들을 향해 생명의 말씀을 외치기 시작했다.

베뢰아에서의 전도 활동은 순조로웠다. 적어도 데살로니가에서 몰려온 적그리스도의 무리가 바울의 전도 활동을 방해하기 전까지는 그랬다. 베뢰아에서 전도자들이 예수를 전한다는 소식을 듣고 달려온 그들은 데살로니가에서 했던 방법으로 소동을 일으키며, 전도자들을 궁지에 몰아넣으려 했다. 다행히도 양식 있는 대부분의 베뢰아 시민들은 유대인 선동가들의 거짓말에 쉽게 넘어가지 않았다. 그러나 적그리스도의 무리는 그 도시에 계속 머물면서 기독교의 확산을 집요하게 방해할 작정이었다.

바울과 그의 수행원들은 다음 행선지로 떠나야 할 필요성을 느끼고 있었다. 그러나 전도자들은 만약 자신들이 그곳을 훌쩍 떠난다면, 이제 걸음마를 시작한 베뢰아 교회가 방해자들로 인해 와해될지도 모른다는 걱정을 하지 않을 수 없었다.

해결책은 한 가지밖에 없었다. 누가가 빌립보에 남아 그곳의 개척교회를 맡고, 디모데가 데살로니가에 남아 사역을 계속한 것처럼 바울과 실라 두 사람 중 하나가 베뢰아에 남아 그곳 교회와 신도들을 인도해야 하는 것이었다. 결국 바울은 실라에게 베뢰아를 맡기고, 아덴으로 향하는 배에 몸을 실었다. 이때 바울은 베뢰아에서 선발한 세 명의 제자들과 함께였다.

알려지지 않은 신

아덴은 고대 그리스 문명의 발상지이자 철학, 과학, 예술의 근원지이기도 했다. 바울이 방문했을 당시의 아덴은 비록 옛날의 융성함과 화려함을 많이 상실하고 있었지만, 시민의 지적 수준은 로마를 지배하고도 남음이 있었다.

아덴의 중심부인 아크로폴리스에 위치한 파르테논 신전이 찬란했던 그리스의 과거를 대변해주고 있었고, 신전 주위에 세워진 수많은 신들의 동상은 그리스인의 미적 감각을 입증해주고 있었다. 그러나 바울의 눈에는 이 모든 것들이 부질없는 인간의 허영이자, 한낱 우상 숭배로밖에 보이지 않았다.

'하나님이 계시지 않는 건축물이 제아무리 아름다운들 무슨 의미가 있으며, 하나님이 노여워하시는 우상이 제아무리 잘 만들어진 것이기로 무슨 이익이 있으리요……'

바울은 도시 전체에 팽배한 도덕주의와 이성주의, 그리고 범신론적 사상의 모순을 온몸으로 느끼며 한탄했다.

바울과 함께 온 제자들은 그의 거처를 마련해준 다음, 다시 베뢰아로 돌아갈 준비를 했다.

「돌아가거든 실라와 디모데에게 내가 빨리 이곳으로 내려와주었으면 한다고 이르게.」

바울은 아덴을 떠나는 제자들에게 데살로니가에 남겨둔 디모데와 베뢰아에 두고 온 실라의 도움을 청하는 전갈을 보냈다. 그에게는 무엇보다 실라와 디모데처럼 전도자 기질을 갖춘 수행원이 필요했던 것이다.

바울은 전도자들이 아덴에 오는 동안 거의 바닥이 나 있던 전도 자금을 모아야겠다고 생각했다. 그는 복음을 전파하는 능력 외에도, 생계 유지와 전도 자금 조달을 위한 뛰어난 기술을 가지고 있었다. 그것은 그가 다소에 살 때 부친에게서 전수받았던 천막 제조 기술이었다. 바울이 전도 여행을 하면서도 한번도 궁색한 모습을 보이지 않았던 것은 그 와중에도 부지런히 일을 했었기 때문이었다. 그러나 그는 결코 부를 축적하기 위해서 일을 하지는 않았다. 일은 그가 전도 여행에 필요한 경비를 자체 조달하기 위한 수단에 지나지 않았던 것이다.

천막을 만든다는 것은 보기보다 손이 많이 가고 신경도 많이 쓰이는 일이었으므로, 그는 언제나 마음을 비우고 작업에 몰두하곤 했다. 그는 일하면서 가끔씩 돌아가신 부친을 만날 수 있었다. 그가 기술적으로 어려운 문제에 봉착할 때면 아버지는 어느덧 그의 등뒤에 와서 귀에 익은 음성으로 문제의 해결 방법을 자상하게 가르쳐주었던 것이다. 물론 그것은 지난날의 추억에 대한 바울의 회상에 불과했지만, 그때마다 그는 마치 고향에 돌아온 것 같은 착각 속에서 시간 가는 줄 모르고 일을 할 수 있었다.

하지만 아덴에서는 일이 쉽게 손에 잡히지 않았다. 열심히 일에 몰두하려 해도 고개만 돌리면 눈에 들어오는 잡신들의 우상들 때문에 언제나 마음이 무거웠기 때문이다. 결국 바울은 디모데와 실라가 아덴에 도착하기 전, 단신으로 복음 전파에 나섰다. 그는 잠시 생업을 미룬 채, 유대인 회당은 말할 것도 없고 시장과 광장처럼 사람들이 많이 모이는 곳에서 대담하게 예수를 증거하기 시작했다. 바울은 회당에서 경건하게 예배를 드리는 유대인들을 붙잡고 생명의 말씀을 전했고, 우상을 찬양하는 그리스인들에게 그들의 행동이 얼마나 부질없는 것인가를 설명했다. 그러나 너무 많은 논리, 주장, 학설, 신화 등에 오염되어 있던 아덴 시민들은 구원의 진리를 전하는 바울의 설교조차 새로운 신조나 신화 중에 하나라고 간주해버렸다. 그럼에도 불구하고 바울은 쉬지 않고 구원의 진리를 전했다. 수행원들이 오기 전에 단 한 명의 형제라도 만들어놓는다면 소원이 없을 것 같았다.

그날도 예수의 가르침을 전하기 위해 광장으로 향하던 바울은 광장 입구의 계단에 많은 무리가 모여 무엇인가를 둘러싸고 있는 모습을 보았다. 호기심이 발동한 그는 성큼성큼 그곳으로 걸어갔다. 비교적 키가 작았던 바울은 조심스럽게 사람들을 헤치고 들어가서야 무리들의 중심에서 일어나는 일을 볼 수 있었다.

그 가운데서는 모두 10명 정도 되는 사람들이 두 패로 나뉘어 쟁론을 벌이고 있었다.

「스토아인들이여, 너희의 주장에는 아직도 불완전한 요소가 많다. 어떻게 인생에 행복을 가져다주는 것이 지식뿐이라 생각하는가? 인생이란 각 개인의 경험과 그 경험에서 얻어지는 감각의 집합체이니, 그 감각을 만족시키는 것이 바로 행복이라는 사실을 간과하지 말기 바란다. 고통과 배고픔 속에서 지식만 풍부한들 무슨 기쁨이 있겠는가?」

에피쿠로스 학파 사람들은 스토아 학파 사람들에게 그들의 학설의 모순점을 지적하고 있었다. 주전 250년에 죽은 그리스의 철학자 에피쿠로스가 세운 이 학파는 감각의 좋고 나쁨을 선악의 표준으로 삼고, 개인의 감각적 쾌락을 최고의 선이자 행복으로 생각했다. 학문 연구의 목표를 행복의 실제적 탐구에까지 두었던 철학파였다. 그들은 학문과 덕 그리고 예술 등 모든 인간의 정신 활동을 쾌락의 수단으로 보기도 했다. 그러나 그들은 진정한 쾌락이 심적으로 안정된 상태라는 결론을 내리고, 욕망의 억제를 주장하기도 했다.

「에피쿠로스들은 우리의 말을 새겨들으시오. 당신들이 만약 각 개인의 경험과 감각을 그처럼 중요시한다면, 고통과 기쁨을 느끼는 개인의 감각이 모두 다르다는 사실을 유념하시오. 다시 말해서 인간에게 닥치는 불행이나 행복은 각 사람의 판단과 사고 기준 및 상상력과 연계되었다는 것을 기억하란 말이오. 감각의 충족이 행복이며, 그런 행복이 바로 선이라는 당신들의 주장에는 재고의 여지가 많소. 지식을 쌓아 자신의 무지를 깨닫고, 인내와 수양을 통해 희락과 비애에 마음이 동요하지 않으면 그것이 바로 인간의 진정한 행복이자 선이 아니고 무엇이겠소?」

제노가 설립한 스토아 학파 철학자들은 행복의 조건과 선의 가치 기준을 에피쿠로스들과 다른 시선에서 보고 있었다. 그들은 충족된 감정보다 배고픈 이성을 더 강조했고, 윤리적으로는 도덕적 정직성과 철저한 의무 이행을 우선으로 여겼으며, 마음에 꺼리는 것은 절대로 행하지 않는 것을 선으로 규정했다.

당시 철학계의 주류를 이루던 에피쿠로스 학파와 스토아 학파의 논쟁을 듣던 바울은 철학자들의 사고력과 통찰력에 감탄하면서도 그들의 마음속에 하나님에 대한 이해와 사랑이 결핍되어 있음을 느꼈다.

「여러분, 이번에는 나의 말을 들어보시오」

바울은 토론이 벌어지고 있는 가운데에 불쑥 나서며 청중과 토론자들의 시선을 모았다. 사람들의 관심은 그가 노리던 것이기도 했다.

「토론을 듣고 있으니 당신들의 지적 수준이 놀라울 따름이오. 그러나 여러분이 거론하는 감각, 지식, 양심, 사고 능력과 판단 능력 등을 우리 인간들에게 부여하신 분이 계시다는 사실을 아는지 묻고 싶소」

사람들은 갑작스런 바울의 등장에 거부감을 보이면서도 그가 던진 질문을 생각하기 시작했다.

「누구긴 누구야, 제우스 신이지.」

청중 속의 누군가가 당연하다는 말투로 대답했다.

바울은 마치 그 대답을 기다렸다는 듯이 제우스 신의 허구성을 뒷받침할 만한 예를 열거하고는 참된 신이자 유일신인 하나님의 존재와 그분의 무한한 능력에 대해서 설명하기 시작했다.

「하지만 네가 말하는 신은 유대인만을 위한 신이 아니냐?」

허연 수염을 길게 기른 에피쿠로스 학파의 노인이 바울을 노려보며 힐문했다.

「아주 오랜 옛날엔 그렇게 생각되기도 했었소. 하지만 그것은 일부 족속들이 하나님을 거부했기 때문이지 결코 하나님이 인간들을 차별했기 때문은 아니었소.」

하나님에 대한 바울의 설교는 계속되었다. 잠시 후 그의 설교가 예수의 부활과 구원의 말씀을 가르치는 방향으로 흐르자 청중들은 술렁이기 시작했다.

「도대체 저 사람이 무슨 이론을 전하려는 거지?」

「아무래도 저자는 이방신을 전하는 사람인가보오.」

철학자들 역시 바울이 전하는 구원의 말씀을 이해하지 못했다. 그들의 영적인 시야는 죽은 자의 부활과 심판과 같은 사건을 받아들이기에는 너무도 좁았던 것이다. 결국 사람들은 그를 아크로폴리스의 아레즈 언덕에 자리잡은 아레오바고로 데리고 갔다. 그들은 그곳의 의회원들에게 그가 주장하는 바를 들려주고 진위 여부를 가리고자 했던 것이다.

아레오바고는 아덴에서 종교와 교육 문제를 관장하던 의회였다. 그곳에서는 아덴에 유입된 새로운 이론, 교리, 철학적 주장 따위를 검토해 그것들이 대중에게 선포되거나, 학당에서 가르치기 합당한지를 결정했다. 따라서 아레오바고의 의회원들은 철학, 자연과학, 종교 등은 물론 예술과 의학, 법학, 공학, 경제 등에 대해 해박한 지식을 가진 학자들과 예술인 그리고 종교인들로 구성되어 있었다.

바울은 무리들과 함께 파르테논 신전이 있는 아크로폴리스로 향했다. 아크로폴리스로 향하는 그의 눈에 한 폭의 그림 같은 신전의 모습이 점점 확대되어갔다.

웅장함과 아름다움을 자랑하며 도도히 서 있는 파르테논 신전. 엄청난 크기의 하얀 주랑들이 한치의 오차도 없이 균형과 조화를 이루며, 거대한 지붕을 떠받치고 있는 모습은 그것을 보는 이들로 하여금 신의 위대함이 아닌 인간의 위대함을 느끼게 했다. 바울은 저토록 공을 들인 건축물이 하나님이 아닌 허황된 잡신들을 위해 지어졌다는 사실에 아쉬움을 느끼며 발언대에 올라섰다. 야외에 마련된 계단식 회장에는 20여 명의 의회원과 300여 명의 아덴의 시민들이 자리를 차지하고 있었는데, 공청회를 구경하려는 관객의 수는 시간이 갈수록 불어나고 있었다.

「발언자는 먼저 자신에 대해서 소개하라.」

발언대 맞은편에 마련된 의회원석의 회원 하나가 바울에게 말했다.

바울은 자신의 출생지와 교육 배경 등을 간략하게 소개했다.

「당신이 우리가 들어본 적도 없고 이해하기도 힘든 이론을 아덴의 시민에게 전한다는 소식을 우리가 들었다. 이제 당신 주장의 정당성 여부를 가리기 위해 의회원과 아덴 시민이 자리를 마련했으니, 전하고자 하는 바를 기탄 없이 말하도록 하라.」

종교 문제 자문회원이 말했다.

바울은 먼저 한 차례 크게 숨을 들이켰다.

「아덴의 시민들이여, 내가 두루 여행하며 많은 나라와 많은 백성을 보고 대했지만, 당신들처럼 매사 신을 결부시키는 백성들은 본 적이 없습니다. 이러한 종교적 성향은 당신들만의 특징이라고 간주할 수도 있으나, 전지전능하신 하나님이 보시기엔 결코 합당한 행위가 아님을 말하고자 합니다. 내가 베뢰아에서 배를 타고 아덴에 온 지 한 달이 되었습니다. 그동안 아덴을 돌아다니면서 당신들이 찬양하고 숭배하는 많은 신들의 제단을 둘러보다가, '알려지지 않은 신에게'라는 글이 새겨진 단도 보았습니다. 그런즉, 나는 지금부터 당신들이 알지 못하는 신에 대하여 설명하겠습니다.」

아덴 시민들의 논리성을 통찰하고 있던 바울은 설교의 수준 역시 그들에게 맞는 차원으로 높였다. 바울이 하나님을 알려지지 않은 신으로 묘사한 것은 아덴 사람들의 호기심을 유발시키기에 알맞은 표현이었다. 그의 설교는 계속되었다.

「우주와 그 가운데 있는 만물을 지으신 하나님께서는 천지의 주인이므로 사람이 손으로 지은 신전에만 계시는 분이 아니십니다. 또한 무엇이 부족한 것처럼 사람의 손으로 섬김을 받아야만 하는 분도 아니십니다. 그는 만인에게 생명과 호흡과 만물을 친히 주시는 분이십니다.」

그는 하나님이 사람의 상상에 의해 탄생된 그들의 잡신들과 엄연히 성격적으로 다른 존재임을 시사했다.

「그분은 한 사람에게서 모든 민족을 만들어 온 땅 위에 살게 했고, 각 나라의 연대를 미리 정하시고 그들의 국경을 정해주셨습니다. 하나님이 이렇게 하신 것은 사람들이 그분을 더듬어 찾게 하려는 것입니다. 사실 하나님은 우리에게서 멀리 떠나 계신 것이 아닙니다. 우리는 그분 안에서 살고 움직이며 존재합니다. 여러분의 시인 가운데 어떤 사람이 말한 것처럼 '우리도 그분의 자녀'입니다. 이와 같이 우리가 하나님의 자녀가 되었으므로, 신을 사람의 생각과 기술로 금이나 은이나 돌에 새긴 형상 따위로 여겨서는 안 됩니다. 알지 못하던 시대에는 하나님이 그대로 내버려두셨지만 이제는 각처에 있는 모든 사람에게 회개하라고 명령하십니다」

청중들은 이때까지만 해도 바울의 말에 귀를 기울이고 있었다.

「그 이유는 하나님께서 정하신 예수 그리스도께서 정의로 산 자와 죽은 자를 심판하러 오실 것이기 때문입니다. 그리고 하나님께서는 그 증거로 예수 그리스도를 죽은 자들 가운데서 다시 살리셨습니다」

그러나 잠시 후, 바울이 하나님의 독생자이신 예수의 부활과 심판에 대한 말씀을 전하기 시작하자 청중들은 수군거리기 시작했다.

「영혼이 떠난 육체가 어떻게 된다는 건 자명한 사실이 아닌가?」

「그러게 말일세. 그런데 부활은 뭐고 심판은 또 무슨 소린가?」

사람들은 고개를 저으면서 바울이 전하는 그리스도교를 인정하려 들지 않았다. 세상 만물을 창조한 유일신이 존재한다는 사실까지 어느 정도 수긍을 하던 아덴 사람들은 예수의 재림과 심판에서, 그만 이해의 한계를 느낄 수밖에 없었다. 그도 그럴 것이 그리스도교는 논리적으로 이해하는 것이 아니라 무조건 받아들여야 하는 것이기 때문이었다. 따지기를 좋아하고 눈앞에 보이는 사물의 현상이나 인간의 감정과 이성 따위에만 집착하던 아덴 사람들에게 기독교는 코웃음을 자아내는 원시 종교에 불과했던 것이다.

결국 의회원들은 기독교가 시민들을 납득시킬 만한 논리적 근거를 제시하지 못하고 있다는 것을 이유로 아덴에서 기독교가 퍼지는 것을 인정하지 않는다는 결정을 내렸다. 그러나 아레오바고의 판결이 아덴의 시민 모두의 반응을 대변하는 것은 아니었다. 적지 않은 시민들과 스토아 학파의 학자들, 그리고 심지어 의회원들 중에서도 은밀히 바울이 전하는 말을 더 듣고 싶어하던 사람이 있었다. 디오누시오는 의회원이면서 기독교를 신봉한 인물이었는데, 그는 나중에 아덴 교회를 세우고 목회 하다가 순교했다고 전해지고 있다.

바울은 비록 아덴에 교회가 서는 것을 보지 못하고 떠났지만 예수를 영접한 무리가 적지 않음을 생각하며 언젠가 그곳에도 주님의 교회가 서게 될 것을 믿었다.

바울은 실라와 디모데가 오는 것을 기다리지 못하고 고린도로 떠났다.

고린도의 회당장 그리스보

남북으로는 그리스 반도와 마게도냐를 잇고 동서로는 에게 해와 아드리아 해가 만나는 지협에 위치한 항구 도시, 고린도는 상업과 무역의 중심지였다. 선박들은 그리스의 남단을 돌아가는 위험스럽고 많은 시간이 소요되는 항로를 피해 이 지협의 운하를 가로질러 갔다. 따라서 많은 선박이 고린도를 드나들었고, 자연히 이 도시는 상업과 무역이 발달해 물질적인 번영을 누리고 있었다. 또한 많은 인종들이 모여 살고 있었던 까닭에 여러 민족의 문화와 종교가 뒤섞여 있기도 했다.

고린도의 종교 중에는 아프로디테라는 우상 숭배가 가장 널리 퍼져 있었다. 그 이유는 해발 180여 미터밖에 되지 않는 산에 그

우상을 섬기는 1천여 명의 무녀들이 아프로디테의 여신전에 살면서 매춘도 겸하고 있었기 때문이다. 그녀들은 많은 남자들과 성행위를 할수록 몸과 영혼이 깨끗해진다고 믿고 있었다. 이같이 성도덕의 문란을 종교적 행위의 일부로 보는 시각 때문에, 그 도시는 다른 도시 사람들에게 음탕하기 이를 데 없는 곳으로 이름이 나 있었다. 이 도시가 안고 있던 도덕적 타락의 심각성은 '매춘을 행하다'라는 뜻의 그리스어가 이 도시의 이름을 딴 '코린티아조마이'라는 것만 봐도 알 수 있었다.

그러나 바울은 타락한 도시로 유명한 고린도에 가기를 주저하지 않았다. 그런 곳일수록 예수의 복음을 더욱 필요로한다는 사실을 알고 있었기 때문이다. 그가 고린도에 도착한 것은 주후 51년 늦가을이었다.

바울은 그곳에서도 천막을 만들어 팔다가 같은 시장에서 역시 천막 장사를 하던 아굴라를 알게 되었다. 아굴라는 원래 이탈리아에서 살던 유대 사람이었다. 그는 이탈리아 여인 브리스길라와 결혼해 자식을 낳아 출가시킨 뒤에, 로마 근처의 작은 농가에서 단란한 가정을 꾸리고 아무런 걱정 없이 살아가고 있었다. 그러나 다시 고개를 들기 시작하는 반유대사상의 물결 속에서 글라우디오 카이사르 황제가 모든 유대인을 로마에서 몰아내라는 명령을 내리자, 이들 부부는 어쩔 수 없이 정든 고향을 등져야만 했다. 비록 문서상으로 유대인의 거주가 로마에서만 금지되어 있었지만, 당시의 반유대 감정은 이탈리아 전국을 휩쓸고 있었으므로, 그들은 가급적이면 멀리 떨어진 곳으로 가서 정착하기로 결심했다. 결국 그들은 고린도까지 와서 천막 장사를 하게 되었던 것이다.

두 사람은 직업이 같고 유대인이며 모두 먼 곳에 고향을 두고 있다는 이유 때문에 쉽게 가까워졌다. 바울은 아굴라 부부와 친하게 지내면서부터 그들에게 복음을 전했고, 급기야 그 부부는 바울에게서 세례를 받아 주님을 영접하기에 이르렀다.

얼마 후, 바울과 아굴라 부부는 천막을 지어 파는 일도 함께 하게 되었다. 다시 말해서 그들은 동업자가 된 것이었다. 그러나 그들의 동업은 단순히 천막을 파는 일만을 하기 위한 것은 아니었다. 그들은 복음 전파라는 보다 원대하고 거룩한 목적을 세워 놓고 있었다.

베뢰아에서 실라가 온 지 약 한 달 뒤에 데살로니가에서 디모데까지 고린도에 도착하자, 바울은 그들의 도움에 힘입어 본격적인 전도 활동을 시작했다. 새로운 지역에서의 그의 목회 활동이 언제나 그래왔듯이 고린도에서의 전도 역시 유대 회당에서부터 시작되었다. 바울은 매주 안식일이 되면 고린도에 있는 회당에 찾아가 기독교를 설교했고, 그때마다 죄악의 도시에서 선하게 살고자 몸부림치던 많은 유대인과 이방인들을 주께로 인도했다. 유대 회당에서의 전도가 비교적 순조롭게 진행되자, 그들은 밤낮을 가리지 않고 회당은 물론 사람이 많이 모인 곳이면 어디든지 찾아가 복음을 전하기 시작했다. 회당 밖에서도 좋은 성과를 거둔 바울은 복음에 의해 이 도시의 죄악의 소굴인 아프로디테 여신전이 쓰러질 날도 얼마 남지 않았다고 생각했다.

그러나 처음부터 복음을 거부하던 회당의 장로들과 바리새인들은 결국 전도자들을 회당에서 몰아내려는 그들의 계획을 실행에 옮겼다. 그들은 외부의 힘까지 동원해 바울의 설교에 야유를 보내고, 욕설을 퍼부으며 회당 안에서 그의 복음 전파를 적극적으로 방해했던 것이다.

「너희 피가 너희 머리로 돌아갈 것이로다!」

화가 머리끝까지 치밀어오른 바울은 유대인들의 야비한 수작들을 저주했다.

피는 유대인들이 가장 멀리하던 것이었으므로, 그 피가 그들의 머리로 돌아간다는 것은 장로들과 바리새인들의 마음과 생각이 더럽고 추한 것으로 가득하다는 뜻과 같았다.

「무엇이 어째?」

적그리스도의 무리가 그 말을 듣고 눈을 부라렸으나, 전도자들을 함부로 하지는 못했다. 왜냐하면 회당 안에 그들을 따르는 무리가 적지 않았기 때문이었다.

「나는 깨끗하다. 이제부터 난 이방인에게로 가리라.」

바울은 마치 자신의 의복에 더러운 것이라도 묻은 듯 옷을 털며 말했다. 그러고는 수행원들과 함께 휑하니 회당을 나섰다.

그들이 회당을 나와 큰길로 들어서려는데, 뒤에서 바울을 부르는 조용한 목소리가 들렸다. 뒤를 돌아본 세 사람은 낯이 익은 사내 하나가 공손히 그들을 향해 절을 하고 있는 모습을 보았다.

「저는 디도 유스도라 합니다. 기억하실지 모르지만 저는 회당에서 여러분의 말씀을 경청하던 사람입니다.」

나이는 서른 후반 정도 되었을까. 이름으로 보나 생김새를 보나 분명 유대인은 아니었다.

「저희 집은 비록 누추하나 세 분을 모시기에 큰 불편이 없을 것 같습니다. 제발 사양하지 마시고 저희 집에서 며칠 동안만이라도 계시면 영광이겠습니다.」

「그럽시다.」

바울은 유스도의 제안에 쾌히 응했다.

디도 유스도는 분명히 이방인이었다. 바울은 조금 전 자신이 회당을 나오면서 말했던 것처럼 이방인에게 가게 되었던 것이다.

공교롭게도 디도의 집은 회당에서 아주 가까운 곳에 위치하고 있었으므로 그들은 많이 걸을 필요도 없었다.
 디도 유스도의 집에서 하루를 보낸 다음날 저녁, 바울은 그리스보의 집에서 일한다는 늙은 하인의 방문을 받았다. 그는 그리스보가 바울을 초대한다는 전갈을 그에게 전했다.
「그리스보라면…… 회당장이 아니냐?」
 바울은 자신의 귀를 의심했다.
「네, 맞습니다.」
「그자가 나를 자기 집으로 부르는 속셈이 무엇이냐?」
 그는 회당장이면 당연히 장로들이나 바리새인들과 한 패일 것이라는 생각이 앞섰다.
「사도께서 생각하시는 바를 모르는 것은 아니나, 회당장께서는 결코 장로들이나 바리새인들과 한통속이 아닙니다. 이 미천한 종이 하늘을 두고 맹세하니 믿고 저를 따라오십시오.」
 그리스보의 하인은 머리를 조아리며 바울에게 간청했다.
 날이 저물어 바울은 실라와 디모데와 함께 회당장의 집에 들어섰다.
「이렇게 어려운 걸음을 해주셔서 감사합니다. 어서 안으로 드시지요.」
 회당장 그리스보는 전도자들을 손님으로 정중히 맞이했다. 가정으로 돌아간 그에게서는 회당에서 보았던 근엄한 모습을 어디에서도 찾아볼 수 없었다.
「만약 바울 선생께서 제가 장로나 바리새인들과 같은 무리라고 생각하신다면 그것은 오해입니다.」
 그리스보는 비록 회당장이기는 하지만 자신이 얼마나 그들에게 식상해 있는지 허심탄회하게 말했다.

「저희는 예수 그리스도를 믿기 원합니다. 우리에게 세례를 주고 말씀을 들려주십시오.」

바울에게 간청하는 그의 눈빛에는 거짓이 없었다.

「회당장 그리스보여, 만약 당신이 개종한 것을 장로들이 알게 되면 당신은 회당장 자리를 내놓아야 할지도 모릅니다.」

바울은 그리스보의 마음을 시험해보고자 했다.

「회당장이 아니라 대제사장인들 구원을 받지 못한다면 그런 자리가 무슨 의미가 있겠습니까?」

「좋소. 어서 이 집안의 모든 식솔들에게 모이라 이르시오.」

바울은 그리스보의 믿음에 감탄해서 그의 가족들은 물론 그 집에 기거하는 모든 하인들에게도 세례를 주고 축복했다.

전도자들은 그의 집에 머물며, 그의 집에 찾아오는 모든 사람에게 생명의 말씀을 전하며 세례를 주니, 회당장 그리스보가 예수교를 믿기 시작했다는 소식은 삽시간에 고린도에 퍼져나갔다. 그의 개종은 유대인 사회를 크게 놀라게 만들었다.

「회당장 집에 전도자들이 머물면서 복음을 전한다고?」

「내 눈으로 직접 보기 전에는 못 믿겠어.」

「만약 회당장님까지 예수를 믿기로 하셨다면 나도 믿겠네!」

다른 사람도 아닌 유대교 회당의 회당장까지 예수교로 개종했다는 사실은 많은 유대인 가정들을 비롯해 이방인 가정들이 예수를 구주로 영접하는 역사를 동반했다.

이 소문을 듣고 크게 분개한 자들은 다름 아닌 장로들과 바리새인들이었다. 그들은 그것이 진실인지를 확인하기 위해 제직회를 열어 그리스보를 문책했다.

「나와 나의 가족이 예수를 영접하고 세례를 받았다는 것은 꾸며낸 이야기도 아니며 소문도 아니오. 그것은 엄연한 사실이오.

전도자들이 날 찾아온 것도 아니고 내가 스스로 그들을 나의 집에 청했소. 여러분이 내가 예수를 믿기로 작정했다는 사실만으로 나를 회당장 자리에서 몰아낸다면 나는 기꺼이 물러나겠소. 그러나 분명히 말해두거니와 십자가에서 우리의 죄를 대속해 죽으신 예수를 모시지 않는 회당은 더이상 아무런 의미도 없다는 사실을 똑똑히 기억하시오.」

그리스보가 말을 마치자마자 비난의 화살이 그에게로 쏟아졌다. 마음 문을 굳게 닫고 선민사상에 노예가 된 장로들과 바리새인들이 회당장의 개종을 이해할 리가 없었다. 그들은 그리스보를 회당장 자리에서 즉각 몰아냈다. 곧 소스데네라는 그들의 꼭두각시를 회당장으로 세운 다음, 더욱 적극적으로 기독교의 전파를 방해하기 위한 방법을 강구하기 시작했다.

바울의 첫 번째 서신

고린도에서의 전도 활동이 안정되면서부터 바울은 자신이 제2차 전도 여행 중에 세운 교회들의 안부가 궁금해지기 시작했다. 물론 그는 데살로니가와 베뢰아에서 온 디모데와 실라에게서 북부 그리스에 세워진 개척교회의 현황을 자세히 보고받기는 했었다. 하지만 그는 그것만으로 마음을 놓을 수 없었다.

그들에게 하지 못했던 말들과 그들이 이해하지 못했던 말들을 바울은 다시 들려주고 싶었다. 그리고 여전히 유대인들과 적그리스도 무리들에게 핍박받는 그들 교회에게 힘과 용기가 되어줄 말을 전해주고 싶었다.

어느 날 밤 바울은 잠자리에 누워 디모데가 전한 데살로니가의 실정을 상기했다. 그의 보고에 의하면 데살로니가의 교인들은 열심히 그리스도의 가르침에 따라 살려고 노력하지만, 그리스도인의 자세, 죽음, 내세 등과 같은 문제에 대해서 여전히 많은 질문을 던지며, 더러는 스스로 해답을 찾으려 하고 있다는 것이었다. 또한 일부 기독교인들의 외도가 문제가 되고 있다는 디모데의 말을 바울은 기억했다.

아무런 지침도 없이 그냥 그들을 내버려둔다면 더욱 큰 혼란에 빠질지도 모른다는 생각이 들자 그는 잠을 이룰 수가 없었다. 바울은 침상에서 일어나 호롱불을 밝히고 그들에게 보내는 편지를 쓰기 시작했다.

나 바울과 실루아노와 디모데는 하나님 우리 아버지와 주 예수 그리스도 안에 있는 데살로니가 교회에 편지를 씁니다. 하나님 우리 아버지와 주 예수 그리스도의 은혜와 평안이 여러분에게 함께하기를 기도합니다.

형제 여러분, 우리는 여러분이 이미 죽은 사람들에 대해서 모르는 것을 원하지 않습니다. 그렇지 않으면 여러분도 희망 없는 사람들처럼 슬퍼하게 될 것입니다. 우리는 예수님이 죽었다가 다시 살아나신 것을 믿습니다. 그래서 우리는 예수님을 믿다가 죽은 사람들도 하나님이 그와 함께 데리고 오실 것을 믿습니다. 주님이 호령과 천사장의 소리와 하나님의 나팔 소리와 함께 하늘에서 내려오실 때, 그리스도를 믿다가 죽은 사람들이 먼저 부활할 것이기 때문입니다. 그후에 우리 살아남은 사람들도 그들과 함께 구름 속으로 끌려올라가 공중에서 주님을 만나 영원히 주님과 함께 있게 될 것입니다. 그때와 시기에 대해서는 여러분에게 더 말할 필요가 없습니다. 주님의 날이 밤중에 도둑같이 온다는 것을 여러분이 잘 알기 때문입니다. 마치 해산할 여자에게 고통이 닥치듯 사람들이 평안하고 안전한 세상이라고 마음놓고 있을 때, 갑자기 그들에게 멸망이 닥칠 것이며, 사람들은 절대로 그것을 피하지 못할 것입니다. 형제 여러분, 그러나 여러분은 어둠 가운데 있지 않기 때문에, 그날이 여러분에게 도둑처럼 닥치지는 않을 것입니다. 예수님은 우리가 깨든지 자든지 자신과 함께 살게 하려고 우리를 위해 죽으셨습니다. 그러므로 여러분은 지금까지 생활해온 그대로 서로 격려하며 도와주십시오. 그리고 제멋대로 사는 사람들을 훈계하고, 마음이 약한 사람들을 격려하며, 힘이 없는 사람들을 도와주고 모두 사람들을 인내로 대하십시오. 누구에게나 악으로 악을 갚지 말고, 여러분 자신과 모든 사람을 위해 언제나 선을 추구하십시오. 항상 기뻐하십시오. 쉬지 말고 기도하십시오. 모든 일에 감사하십시오. 이것은 그리스도 예수님 안에서 여러분을 위한 하나님의 뜻입니다. 성령님의 활동을 제한하지 말며 예언을 멸시하지 마십시오. 모든 것을 잘 살펴 선한 것은 붙잡고 악한 것은 흉내도 내지 마십시오. 형제 여러분, 우리를 위해 기도해주십시오. 그리스도의 사랑으로 모든 성도들에게 문안하십시오. 나는 이 편지를 모든 성도들에게 꼭 읽어 줄 것을 주님의 이름으로 여러분에게 부탁합니다. 우리 주 예수 그리스도의 은혜가 여러분과 함께하기를 기도합니다. 아멘.

바울이 장문의 편지를 마치고 펜을 놓자 동녘이 훤히 밝아오고 있었다. 그는 이 첫 번째 편지를 디모데에게 주어 데살로니가 교회에 전하도록 했다.

재판하기를 거부한 갈리오 총독

고린도에서의 사역은 날이 갈수록 그 결실을 더해갔다. 실로 많은 유대인과 이방인이 과거의 악습과 미신 숭배를 과감히 포기하고 참되고 유일한 구원의 길을 찾아 예수께 나왔다. 그러나 그들을 용납하지 않는 유대교를 믿는 유대인들의 시기와 질투도 더해 갔다. 바울은 듣지 않고 보지 않아도 자신을 향한 그들의 미움과 저주를 느낄 수 있었다. 그러나 그의 마음속에 털끝만큼의 두려움도 일지 않았던 것은 그가 하는 일이 하나님 보시기에 합당한 것임을 잘 알고 있기 때문이었다.

어느 날 밤, 그가 곤히 잠에 빠져 있을 때였다. 그는 갑자기 환한 불빛이 자신의 영혼을 밝히고 있는 것을 느꼈다. 꿈이라고 하기엔 너무나 생생한 느낌이었고, 현실이라고 하기엔 너무나 벅찬 느낌이 들었다. 그는 분명 눈을 감고 있었지만, 근원을 알 수 없는 빛이 분명하게 그의 영혼을 환히 밝히고 있었다. 그리고 그 빛 가운데 주의 모습이 홀연히 나타났다. 바울은 탄성을 지르고 주의 이름을 부르고 싶었지만, 어쩐 일인지 입이 떨어지지 않았다. 적어도 예수가 그의 이름을 부를 때까지는 말이다.

「바울아」

예수는 조용히 그를 불렀다.

「네, 주여, 당신의 종이 여기 있나이다」

방망이질치던 그의 가슴은 예수의 음성을 듣는 순간 바람이 멈춘 잔잔한 호수처럼 평온해졌다.

「두려워 말며, 잠잠치 말고, 담대히 말씀을 전하라. 내가 너와 함께 있으니, 아무도 너를 대적해 해롭게 할 자가 없을 것이라. 이는 이 성에 내 백성이 많음이라」

예수는 이렇게 말하고 빛과 함께 떠나갔다.

바울은 곧 눈을 떴고, 그것이 환상임을 알았다. 예수가 친히 나타나서 그에게 보여준 환상이었다.

'왜 이런 시기에 친히 나타나셔서 나를 안심시키는 말씀을 하시고 가셨을까?'

고린도에 많은 신도들이 생겼다는 것은 바울도 잘 알고 있는 사실이었고, 주가 자신을 눈동자처럼 지키고 있다는 것 역시 익히 알고 있던 사실이었다. 그렇다면 천사를 시킨 것도 아니고 직접 환상 속에 나타나서 자신에게 안심하라고 이른 주의 뜻이 무엇인지 그는 궁금했다. 하지만 그의 궁금증은 새로운 로마 총독의 즉위와 함께 풀어지게 되었다.

바울이 고린도에서 사역하는 동안, 고린도를 포함해 아가야 지역을 통치하는 로마 총독 자리에 갈리오가 새로 임명되었다. 갈리오는 철학자 세네카의 동생이자 시인 루칸의 삼촌이기도 했다. 그가 임명되자마자 유대인들은 꼭두각시 회당장인 소스데네를 시켜 바울을 상대로 고소를 하도록 종용했다. 그들은 아직 고린도의 물정을 잘 모르는 갈리오가 바울에게 큰벌을 내릴 수 있을 것이라고 굳게 믿었던 것이다. 바울에게 씌울 죄명은 반란죄. 결국 죄의 깊이가 심각한 만큼 갈리오 총독이 직접 치안판사를 맡게 되었다. 이것도 유대인들이 꾸민 것이었다.

재판이 열리기 전부터 이 일에 대한 사람들의 관심은 대단했다. 왜냐하면 갈리오가 내릴 판결이 고린도는 물론, 아가야 지역에 퍼진 기독교의 사활을 좌우한다고 해도 과언이 아니었기 때문이다. 마침내 재판이 열리자, 방청석을 가득 메운 수백 명의 기독교인들과 유대인들이 재판장의 열기를 대변해주고 있었다.

붉은 망토를 두른 갈리오는 가장 높은 곳에 마련된 재판석에 앉아 피고석의 바울과 원고석의 소스데네를 번갈아 보았다. 그는 먼저 정리들을 시켜 방청석의 사람들을 정숙시켰다.

갈리오는 주먹에 턱을 받치고, 번뜩이는 눈으로 소스데네를 내려다보았다. 그가 오랜 관리 생활과 해외 파견 근무 생활을 통해 날카로운 분별력과 남다른 통찰력을 갖고 있다는 사실을 아는 사람은 별로 없었다.

그에 비해 유대인들의 끄나풀에 지나지 않는 소스데네는 재판 경험도 부족하고 마음도 모질지 못한 사람이었다. 그들의 강요와 협박에 못 이겨 원고의 자리에 서긴 했지만, 바울을 어떻게 비난해야 할지 몰랐다. 아무리 생각해도 바울을 반역자로 몰아세울 만한 죄목을 정당화시킬 방법을 찾을 길이 없었다. 그는 독수리 같은 갈리오의 시선을 느끼며, 심장이 떨리는 것을 주체 할 수 없었다.

「피고인 바울은…… 고린도 성에 오랫동안 머물면서…… 유대인의 경전인 율법을 어기고 사람들에게 새로운 이론을 가르침으로써 많은 이방인을 회당으로 모이게 하고…….」

소스데네는 기어들어가는 목소리로 고소문을 읽어 내려갔다.

조리도 없고 박력도 없으며 더구나 반란죄와는 아무런 상관도 없는 원고의 발언을 듣던 갈리오는 아무도 눈치채지 못하게 코웃음을 쳤다.

바울은 원고의 고소문 낭독이 끝나면 자신의 입장을 변론하고 나서, 소스데네의 비난을 공박하는 발언을 한바탕 늘어놓을 작정이었다. 워낙 말주변이 능했던 바울은 자신에 대한 고소문 낭독을 들으면서 입이 근질거릴 지경이었다. 마침내 소스데네가 어줍

잖은 고소문 낭독을 마치자마자 바울은 자리에서 일어나서 발언할 준비를 했다.

「유대인들이여, 지금부터 내가 하는 말을 새겨들으시오.」

그러나 바울에게 발언권이 주어지기 전에 갈리오가 그 발언권을 가로챘다. 바울은 다시 제자리에 앉았고, 재판장의 말은 계속되었다.

「만일 법적으로 옳지 못한 일이 발생했거나 누군가 괴악한 행동을 저질렀다면 총독인 내가 너희의 말을 들어주는 것이 마땅하다. 그러나 너희들이 제기한 문제가 언어와 명칭과 너희 법에 관한 것이라면 너희가 스스로 처리하라. 나는 이러한 사소한 일에 재판장이 되기를 원치 아니하노라.」

갈리오는 이 말을 마치고 고소의 기각을 선언했다.

모든 기독교인들은 환성을 지르며 기뻐했고, 유대인들은 자신들의 어처구니없는 패배를 믿지 못하겠다는 듯한 표정들을 짓고 있었다. 그들의 어리둥절한 표정은 점점 험악하게 일그러져갔고, 급기야 패배의 책임을 소스데네에게 묻고 그를 재판장 안에서 집단으로 구타했다.

갈리오 총독은 유대인들이 연출하는 추태에 눈살을 찌푸리며 자리를 떴다.

유대인들에게서 무능한 회당장으로 배척받고 구타까지 당한 소스데네는 그후 예수 그리스도를 구주로 영접하고, 바울에게 세례까지 받는 극적인 개종을 했다. 갈리오가 내린 판결은 고린도의 유대교 회당장이 그리스도교로 개종하는 역사가 일어나게 했을 뿐만 아니라, 아가야 지역에 대한 복음의 확장과 전파에도 중요한 역할을 했다. 비록 그 뒤에도 기독교에 대한 유대인들의 방해 활동은 끊임없이 계속되었지만, 더이상 법적으로 어떻게 할 수는 없었다.

갈리오 총독은 재치 있고 현명한 정치로 존경을 받았다. 그는 철학자이자 정치가이며 비극작가이기도 한 그의 형 세네카가 글라우디오 네로 카이사르 황제에 의해 처형된 지 일 년 뒤인 주후 66년에 역시 네로에 의해 억울한 죽임을 당했다.

바울의 삭발

바울은 데살로니가에서 디모데가 돌아오자 고린도를 떠날 준비를 했다. 갈리오가 내린 판결이 아가야 지방의 기독교가 뿌리를 내리는 데 큰 힘이 되었을 뿐만 아니라, 그동안 유능한 제자들도 많이 탄생했으므로 그는 더이상 고린도에 남아 있을 필요가 없다고 생각했다. 바울은 이제 모든 것을 성령의 역사에 맡기고, 다음 행선지로 가서 복음을 전하는 것이 자신에게 주어진 사명을 완수하는 것이라고 믿었다.

고린도에서 바울과 한가족처럼 지내며 그의 사역을 헌신적으로 돕던 아굴라와 브리스길라 역시 전도자들의 귀향에 동참하기를 원했다. 바울은 기꺼이 부부의 청을 받아들였으므로, 예루살렘으로 향하는 귀향선에 오를 전도자들은 모두 다섯 명이 되었다.

다섯 사람의 전도자들은 교회에서 신도들과 아쉬운 작별을 하고 고린도 동편의 항구 도시인 겐그레아로 갔다. 디도 유스도, 그리스보, 소스데네 등 전도자들과 각별한 관계를 갖고 있던 몇몇 사람들은 겐그레아까지 따라와서 그들이 떠나는 것을 보고자 했다.

바울은 말이 없었다. 사람들이 무슨 말을 해도 고개만 끄덕이거나 먼 곳에 시선을 둘 뿐이었다. 마침내 그는 사람들에게서 빠져나와 선착장에 홀로 서서 푸르게 넘실거리는 에게 해의 수평선을 한동안 바라보았다. 그러고는 잃어버린 물건을 찾으러 가는 사람처럼 시내를 향해 황급히 걸어가기 시작했다.
「사도님, 어딜 가십니까? 잠시 후면 배에 올라야 합니다.」
실라가 멀어지는 바울에게 소리쳤다.
「알고 있네. 곧 돌아올 테니 걱정 말게.」
바울은 걸음을 멈추지도 않고 소리쳐 대답했다.
「사도님이 어딜 가시는 걸까?」
실라는 바울의 뒷모습에서 눈을 떼지 않은 채 디모데에게 물었다.
「글쎄요……, 도무지 감이 안 잡히는데요.」
디모데가 고개를 갸우뚱하며 말했다.
「사도님께서는 워낙 생각이 많고 깊으신 분이라 우리 같은 사람이 생각지도 못 한 것을 염려하고 걱정하시는 분이니까요.」
아굴라가 바울의 영적인 힘을 상기하며 말했다. 바울에 대한 그의 존경심은 대단했다.
잠시 후, 선착장에 돌아온 바울의 모습은 사람들을 깜짝 놀라게 만들었다. 왜냐하면 그는 삭발을 하고 있었기 때문이다.
「아니, 사도님. 웬일로……」
원래부터 약간 대머리이기는 했지만, 완전히 머리털을 면도한 그의 모습은 사람들에게 궁금증을 불러일으켰다.
「내가 하나님께 서원했던 것이 있어서, 그 약속을 잊어버리지 않으려고……」
바울은 이렇게만 말하고 휑하니 배에 올랐다.
아무도 그에게 더이상의 질문을 하지 않았다.

어쩌면 우스꽝스러워 보이기까지 한 바울의 모습. 그러나 하나님과의 약속을 잊지 않기 위해 서슴없이 삭발까지 하는 그의 결단력은 많은 사람들을 숙연하게 만들었다.

에베소에서 예루살렘으로

전도자 일행을 태운 배가 에게 해에 깔린 수백 개의 섬들 사이를 지나 소아시아의 게스더 강 하구에 들어선 것은 그들이 고린도를 떠난 지 닷새가 지난 어느 날 오후였다. 하지만 에베소는 강 하구에서 8킬로미터 상류에 위치하고 있었으므로, 그들의 배는 다시 강줄기를 거슬러 올라가야 했다. 배가 도착하기까지 서너 시간 정도를 남겨 둔 여행객들은 모두 갑판 위에 올라가서 에베소가 나타나기를 기다렸다.

에베소는 소아시아의 수도이자 교통의 요지답게 드나드는 선박도 많았다. 다양한 크기의 배들이 분주히 항구를 떠나고 나면 어디선가 크고 작은 선박들이 곧이어 선착장으로 들어왔다. 육로는 육로대로 붐볐다. 에베소로 향하는 도로에는 사람이나 화물을 실어 나르는 마차와 우차가 끊이지 않았고, 길가에는 도보 여행자들도 많이 눈에 띄었다.

에베소를 그토록 번잡한 곳으로 만든 것은 그곳이 바다와 강을 끼고 있는 항구라는 점도 있었지만, 도시 한복판에 자리잡은 아르데미스 신전도 관광객들과 여행객들을 유치하는 데 적지 않은 역할을 하고 있었다. 아르데미스 신전은 고대 7대 불가사의 중에 하나로서 길이 127미터, 폭 66미터의 지반에 18미터 높이로 세워진 건축물로, 지붕을 받치고 있는 기둥만 무려 127개나 되었다. 신전 끝에 있는 여신상은 목각이었으며, 가슴에는 무수한 유방이 솟아 있었는데, 이것은 뭇 백성을 양육한다는 표시였다.

신전 내부는 각종 도화와 초상으로 화려하게 장식되어 있었다. 신전 밖에 마련된 연회장은 경마, 격검, 씨름 등 경기장으로서의 기능뿐만 아니라 처형장으로도 사용되었다.

이 도시의 경제는 아르데미스 신전을 중심으로 돌아가고 있다고 해도 과언이 아니었다. 타지역에서 참배객들이나 관광객들이 모여들면 에베소의 경기는 전반적으로 좋아졌고, 그들의 발길이 뜸해지면 자연히 에베소 사람들의 돈주머니도 가벼워졌기 때문이다. 따라서 에베소 사람들에게 여신전의 존재는 단순한 우상이나 미신의 차원을 넘어 삶의 터전이었던 것이다.

바울 역시 에베소의 여신전이 그 도시의 시민들에게 얼마나 중요한 것인가를 알고 있었다. 그러나 먹고사는 문제가 아무리 중요하다고 해도 하나님을 섬기는 것이 차선이 될 수는 없었다.

에베소에 도착하자마자 그는 수행원들과 함께 유대교 회당을 찾아가 복음을 전했고, 많은 사람들의 마음속에 예수를 심어놓았다. 전도자 일행은 에베소에서 오래 머물 수 없었으므로 짧은 시간 안에 가능한 한 많은 것을 가르치려고 회당에서 살다시피 했다.

마침내 회당의 많은 유대인들이 개종을 하고, 바울의 가르침을 따르기 시작했을 때, 이별이 그들 앞에 성큼 다가왔다.

「저희가 깨우쳐야 할 것이 아직도 많이 있습니다.」

「스승들이여, 더 오래 머물다 가십시오.」

바울이 에베소의 교회에 작별을 고하자 교인들은 섭섭함과 아쉬움을 감추지 못했다.

「아니오. 우리는 가야만 합니다. 그러나 주님의 뜻이라면 반드시 돌아올 것입니다.」

바울은 일일이 신도들의 손을 잡으며 작별인사를 나눈 다음, 가족과도 같은 자신의 수행원들과 함께 배에 올랐다.

전도자들을 배웅하기 위해 선착장을 가득 메운 무리는 다시 만날 날을 기약하며 손을 흔들어 보였다. 에베소에서의 체류 기간이 한 달 남짓했음에도 불구하고, 그처럼 많은 개종자를 탄생시킬 수 있었다는 것은 분명히 놀랍고도 기쁜 사실이었다. 그러나 아직 성령을 받지 못한 그들을 지도와 가르침이 없는 환경 속에 내버려둔다는 것은 걱정스럽기 짝이 없는 노릇이었다.

「이제 막 구원의 말씀을 깨우치기 시작했는데……」

바울은 점점 멀어져가는 에베소를 바라보며 혼잣말처럼 중얼거렸다.

그가 에베소를 그토록 일찍 떠나야 했던 것은 오순절이 되기 전 사도들과 예루살렘에서 만나기로 한 약속 때문이었다. 만약 그 약속을 못 지킨다면 베드로의 전도 여행에 차질을 빚을 수도 있기 때문이었다.

베일에 싸여 있던 베드로의 전도 활동은 성서에도 기록되지 않았지만, 그의 사역은 바울만큼 활발했던 것으로 전해진다. 그는 소아시아와 마게도냐의 크고 작은 도시는 물론, 유대인 축출령이 내려진 로마에까지 잠입해 그리스도의 말씀을 전했다. 따라서 바울은 베드로가 또 다른 전도 여행으로 떠나기 전에 자신이 들렀던 도시들과 그곳에서의 선교 현황을 그에게 일러 줄 필요성을 절실히 느끼고 있었다.

바울의 제2차 전도 여행은 제1차 전도 여행에서 거두었던 결실을 더욱 확고하게 했을 뿐만 아니라, 무시아와 마게도냐, 아가야까지 이르는 에게 해 연안 지역까지 복음을 심는 데 결정적인 역할을 했고, 에베소를 마지막으로 막을 내렸다. 기쁨의 시간보다 고난과 어려움의 시간이 더욱 많았던 여정, 그러나 수많은 영혼을 예수의 이름으로 구원할 수 있었다는 사실은 그가 겪었던 모든 역경을 잊게 만들었다. 또한 헌신적으로 바울의 사역을 도운 실라와 디모데, 그리고 아굴라와 브리스길라 역시 그에게 큰 힘과 용기가 되어주었다는 것은 의심할 나위 없었다.

바울은 뱃머리에 서서 넘실거리는 지중해를 바라보며 깊은 생각에 잠겼다. 모두들 휴식을 꿈꾸고 있을 때, 그는 이미 제3차 전도 여행을 계획하고 있었던 것이다.

역자주석

* 일러두기 [인]: 인명, [지]: 지명, 관주 성경을 기준으로 했다.

가룟 유다 Judas Iscariot [인] 예수의 12제자 중 한 명. 회계를 맡았다. 후에 예수를 팔았다.

가말리엘(Gamaliel, 하나님의 보상) [인] ①사도 시대의 유명한 유대인 학자. ②바울의 은사. ③사도들이 예루살렘에서 전도하다가 잡혀 죽게 되었을 때, 산헤드린 의회원들과 제사장들을 설득해 석방시켰다.

* 전설에는 그가 비밀리에 예수를 믿었다 한다.

가버나움(Capernaum, 위로의 촌) [지] ①갈릴리 바다 서북 해안에 있는 큰 성. ②예수의 제2의 고향. ③다메섹에서 지중해 방면으로 왕래하는 통로로, 예수 당시에 번화했다. ④예수가 베드로, 안드레, 야고보, 요한, 마태 등 다섯 사람을 제자로 맞은 곳. ⑤회교도에게 점령당해 현재는 자취가 없다.

가보 Carpus [인] 무시아의 드로아인으로 바울의 친구이다.

가사(Gaza, 견고하다) [지] ①예루살렘 서남쪽 72킬로미터 지점에 있는 블레셋 성읍. ②빌립 집사가 에디오피아 환관에게 세례를 준 곳. ③노아 때부터 있었다.

가야바(Caiaphas, 오목하다) [인] ①예수를 빌라도에게 넘겨 준 대제사장.

②사두개파 교인이면서 대제사장 안나스의 사위. ③예수가 승천한 후에도 사도들을 핍박했다.

가이사랴(Caesarea, 털이 많다) [지] ①예루살렘에서 서북쪽으로 112킬로미터, 욥바에서 북쪽으로 48킬로미터 지점에 위치한 항구 도시. ②로마 황제 아우구스도 카이사르를 존경하는 의미로 성의 이름을 가이사랴라고 지었다. ③팔레스틴을 지배하는 총독부와 군영이 있었으므로 사도 시대에 매우 번성했다. ④백부장 고넬료의 거주지. ⑤빌립 집사의 고향.

가이사랴 빌립보 Caesarea-Philppi [지] ①예루살렘 북쪽으로 32킬로미터 지점의 헬몬 산 기슭에 있는 성. ②분봉왕 빌립이 디베료 카이사르를 기념하는 의미에서 가이사랴라고 칭한 후에 자신의 이름을 추가해 가이사랴 빌립보라고 했다. ③베드로가 예수는 그리스도시요, 살아계신 하나님의 아들이라고 신앙 고백을 한 곳.

가이오Gaius [인] (1) ①마게도냐 사람으로 바울의 동역자. ②에베소에서 은장색 데메드리오가 소요를 일으켰을 때, 아리스다고와 함께 인질로 잡혀 있었다. (2)더베인으로 바울을 따라 소아시아까지 간 사람.

간다게(Candace, 노예의 왕) [인] 에디오피아의 여왕.

갈대아(Chaldea, 약탈) [지] ①페르시아 서쪽 유프라테스 강과 티그리스 강 사이에 있는 지방. ②바벨탑을 쌓았던 시날 평지.

갈라디아(Galatia, 젖과 같이 희다) [지] ①소아시아 중앙의 행정 구역. ②바울의 제1, 2, 3차 전도 여행중 자주 들렸던 곳.

갈리오Gallio [인] ①로마 황제 글라우디오 때에 아가야 지방의 총독. ②글라우디오 네로 카이사르의 미움을 받아 죽은 세네카의 동생. ③주후 66년에 네로 황제에 의해 처형됨.

갈릴리(Galiee, 둥글다) [지] ①예수가 12제자들 중 가룟 유다를 제외한 나머지 제자들을 택한 곳. ②동쪽은 요단 강과 갈릴리 해, 서쪽은 지중해, 남쪽은 사마리아, 서북쪽은 베니게와 경계를 이룸.

갈릴리 바다 Sea of Galiee [지] ①갈릴리 동쪽에 있는 남북 22.5킬로미터, 동서 14.5킬로미터의 호수. ②구약에는 긴네렛, 신약에는 게네사렛 호수 또는 디베랴 바다라고도 기록됨. ③예수가 부활 후 제자들 앞에 나타난 곳. ④예수가 전도와 이적을 많이 행했던 곳.

갈멜산(Garmel, 나무가 많다) [지] 해발 540미터. 샤론과 에스드리엘론의 두 평원 사이에 높이 솟은 산으로, 석굴이 많고 수목이 울창하며, 산 아래 기손 강이 흐르고 있다.

갈보리 Calvary [지] ①예수가 십자가에 매달린 언덕. ②예루살렘의 처형장.

감람 산 Mountain of Olives [지] ①예루살렘 동편에 있는 높이 823미터의 산. ②감람나무가 많아서 감람 산이라 했다. ③겟세마네 동산이 있었다.

갑바도기아(Gappadocia, 멸하다) [지] ①소아시아의 토러스 산맥 북쪽의 마을. ②광대한 목장과 축산업이 성행. 유대인이 많이 거주했고, 절기에 예루살렘 성전을 방문하는 사람이 많았다.

게바(Gephas, 반석) [인] ①수리아어로 반석 또는 바위를 뜻한다. 라틴어로 번역하면 베드로이다. ②예수가 시몬에게 붙여 준 이름.

겐그레아 Cenchrea [지] ①고린도 동쪽에 있는 항구. ②바울이 제2차 전도 여행 중에 이곳에서 삭발을 하고 에베소로 건너감.

고넬료(Cornelilus, 북) [인] ①가이사랴에 주둔한 로마 군대의 백부장. ②베드로를 통해 복음을 듣는 중에 성령을 받았다.

고린도(Corinth, 뿔) [지] ①마게도냐와 그리스 반도를 잇는 지협에 위치한 항구 도시. ②1천 명 정도의 매춘부들이 기거하던 아프로디테의 여신전이 있었던 곳. ③바울이 제2차 전도 여행 중에 18개월 동안 머물면서 교회를 설립했다. ④신도의 수가 상당히 많았던 것으로 추측됨. ⑤바울의 동역자 그리스보, 가이오, 에라스도, 스데반의 거주지.

골고다(Golgotha, 해골) [지] ①예루살렘 근처의 참형장. '해골'을 의미하는 아람어로, 처형장이 해골같이 보였음을 의미하거나 해골이 즐비한 형 집행 장소였음을 뜻하는 것으로 추측. 그곳의 위치는 정확하지 않다. ②예수가 십자가에 못박힌 곳.

골로새(Colosse, 버림) [지] ①소아시아의 브루기아 리고 강변에 위치한 성읍. ②교회는 에바브라가 세우고 교인 중에는 빌레몬, 오네시모, 아킵보 등이 있다. ③바울이 두기고와 오네시모를 시켜 서신을 보내고 직접 찾아가지는 않았다.

구레네(Cyrene, 담) [지] ①지금의 리비아인 구레나이카 수도의 옛 이름. ②예수님의 십자가를 대신 지고 간 시몬이란 사람의 고향.

구브로(Cyprys, 구리) [지] ①지중해 동북부에 있는 섬. ②사울의 박해를 피해 예루살렘을 도망쳐 나온 사람들이 교회를 세웠다. ③바나바와 나손의 고향.

구사Chuzas [인] 헤롯 왕 때의 청지기. 그의 아내 요안나는 예수의 무덤을 찾아간 여인들 중의 하나였다.

그레데(Cretes, 버림) [지] ①그리스 남방 지중해에 위치한 동서 250킬로미터, 남북 55킬로미터의 큰 섬으로 기후가 좋고 땅이 비옥하다. ②바울이 미결수의 신분으로 로마에 갈 때 이곳 미항에 들렀다. ③바울이 교회를 세우고 디도를 사역자로 세운 곳.

그리스도Christ [인] 그리스말로 '기름을 붓다' 라는 뜻의 '크리오' 라는 동사에서 파생된 명사로 '기름 부은 자' 라는 뜻. 신약에서는 이 단어를 히브리말로 '메시아' 라고 사용했다. 기름 붓는다는 것은 국왕, 사제, 예언자 등과 같은 큰 직분을 맡은 사람을 뜻했다.

그리스보(Crispus, 굽슬굽슬하다) [인] 고린도의 유대교 회당장이었으나 바울이 전하는 복음을 믿고 자신과 온 가족이 세례를 받았다.

글라우디아(Caudia, 앉은뱅이) [인] 로마의 신자 리노의 아내.

글라우디오(Claudius, 유명함) [인] ①로마의 네 번째 황제. 재위 기간이 바울의 선교 활동 시기와 같다. 로마에서 유대인을 쫓아내라는 유대인 추방령을 내렸다. ②아내 아그릭피나는 자신의 전남편 소생인 네로를 왕으로 세우기 위해 글라우디오를 독살했다.

글라우디오 루시아 Claudius Lysias [인] ①바울이 제3차 전도 여행을 마치고 예루살렘으로 돌아왔을 때, 그곳에 주둔했던 로마 군대의 파견대장. ②유대인들이 예루살렘에 돌아온 바울을 죽이려 할 때 그를 구했다. ③돈을 많이 들여 로마 시민이 된 사람이다.

글로바Cleophas [인] ①여신도 마리아의 남편. ②엠마오로 가는 길에 부활한 예수를 만남.

글로에(Cloe, 푸른꽃) [인] ①고린도 교회의 여신도 ②에베소에 머물던 바울에게 편지를 보냈다.

기오(Chios, 뱀) [지] 소아시아의 서해에 있는 작은 섬. 바울이 제3차 전도 여행을 마치고 예루살렘으로 갈 때에 들렸다.

기오(Chios, 뱀) [지] ①소아시아의 에게 해에 있는 작은 섬. ②푸른 대리석, 브랜디, 과일, 안티몬 등이 유명하다.

길리기아(Cilicia, 돌을 굴리다) [지] ①소아시아 동남, 지중해 동북안에 있는 섬. ②길리기아의 다소는 바울의 고향이다. ③바울이 회개 후 이곳에 여러 교회를 설립했다.

까퓨아Capua [지] ①이탈리아의 나폴리 근처의 상업 도시. ②로마까지 연결되는 아피안웨이가 개통되면서 교통의 요지로 부상했다.

나다나엘(Nathanael, 하나님의 선물) [인] ①빌립의 인도로 예수에게 나와 제자가 된 사람. ②예수가 참 이스라엘 사람이라고 했다.

나사렛(Nazareth, 거룩하다) [지] ①갈릴리에 있는 성으로 예루살렘에서 북으로 약 91킬로미터 지점. 사방이 산으로 둘러싸여 있는 둥근 골짜기로, 토질은 모래땅으로 되어 있어 비옥하지 못하다. ②30년 동안 예수가 살던 곳. ③풍속이 추잡하고 악해 예수를 욕하는 자들이 그를 '나사렛인'이라고 불렀다.

나손(Nahshon, 점쟁이) [인] 구브로 출신의 예루살렘 신자. 바울에게 침식을 제공했다.

네로(Nero, Claudius Caesar, A.D.37-68) [인] ①로마 제국의 황제(54-68). ②글라우디오 황제의 입양 아들. 17세에 즉위해 초기 집권 당시에는 모친인 아그립피나의 영향을 많이 받았지만, 결국 그녀를 살해하고 자신의 아내도 살해했다. ③로마를 방화했으며(64), 그 책임을 기독교인들에게 전가해 기독교를 박해했다. ④무책임한 정치와 폭정으로 인해 제위 말기에 도처에서 반란과 폭동이 일어났고, 결국 자살했다.

네압볼리(Neapolis, 새로운 도시) [지] 바울이 제2차 전도 여행 중에 드로아에서 성령의 지시를 받고, 에게 해를 건너 도착한 마게도냐의 성읍.

누가(Nuke, 빛나다) [인] ①수리아 안디옥에서 의학을 공부하며 다년간 전도 사업에 종사함. ②사도행전을 기록했다. ③바울이 제3차 전도 여행을 마치고 예루살렘에 가는 길에 그와 동행했고, 로마에 잡혀 갈 때도 그를 따라갔다.

 *주후 100년경까지 전도하다가 순교했다는 설이 전해지고 있다.

누가오니아(Lycaonia, 양의 가슴) [지] ①갈라디아 남쪽에 있는 산세가 험한 지방. 사람들의 성품이 사나웠다. ②바울은 위험을 무릅쓰고 핍박 중에 루스드라와 더베에 교회를 세웠다.

니가노르(Nicanor, 승리자) [인] 예루살렘 초대교회에서 임명한 일곱 집사들 중의 한 사람.

니고데모(Nicodemus, 순결한 피) [인] ①바리새파 교인이며, 율법사이며, 산헤드린 의회원이었다. ②예수를 찾아가 말씀을 듣고 구원을 깨달았다. ③바리새인들에게 예수를 정죄하는 것이 부당하다고 반박했다. ④아리마대 출신의 같은 의회원인 요셉과 함께 예수의 시체를 장사했다.

니고볼리(Nicopolis, 승리한 성) [지] 아가야 서북해안. 마게도냐와 경계에 있는 성.

니골라(Nicolas, 백성의 승리) [인] 안디옥 출신의 그리스인으로 기독교로 개종했던 사람. 예루살렘 초대교회에서 집사로 선택 받은 일곱 사람들 중의 하나.

니도(Cnidus, 매임) [지] ①소아시아 서해 남부에 있는 작은 섬. 유명한 연회장과 황금으로 꾸민 저택과 경치 좋은 항구가 있었다.

다대오(Thaddaeus, 칭찬함) [인] 12사도 중 한 사람. 유다라고 불렀다.

 *전설에는 수리아, 아라비아, 메소보다미아 등지에서 전도 활동을 했고, 페르시아에서 순교했다고 한다.

다메섹(Damascus, 활발) [지] ①수리아의 수도 ②다윗이 정복했고, 그가 죽은 후 다시 수리아 왕조의 수도가 되었다. ③바울이 이 성의 기독교인을 잡으러 가던 도중 눈이 멀고 예수의 음성을 들었다. ④신약시대에 많은 유대인이 살고 있었다.

다비다(Tabitha, 사슴) [인] ①선행과 구제 사업으로 칭찬을 받던 욥바의 여신도. 그리스말로 도르가라고도 불렸다. ②병들어 죽은 것을 베드로가 기도해 살려냈다.
다소(Tarsus, 기쁨) [지] ①길리기아의 수도이며, 바울의 고향. ②문학과 철학이 발달해 유명한 학자가 많이 나왔다.
달마디아(Dalmatia, 거짓) [지] 아드리아 바다 동해안에 있는 일루리곤의 일부. 바울이 디도를 보낸 곳.
더둘로(Tertullus, 거짓말쟁이) [인] 예루살렘에 있던 변호사로 유대인들이 바울을 벨릭스 총독에게 고소할 때 그들을 도와 바울을 고발했다.
더베(Derbe, 소나무) [지] ①소아시아 리가오니아의 도성. ②바울이 제1차, 2차, 3차 전도 여행 중에 이곳을 방문했다.
데마(Demas, 다스리는 자) [인] ①바울의 제자. ②바울이 두 번째로 옥에 갇히자 그를 버리고 데살로니가로 갔다.
데메드리오(Demetrius, 백성의 어머니) [인] 에베소의 은장색으로서 아르데미스 신당의 우상을 만들어 많은 이익을 보다가 바울 때문에 자신의 영업에 지장이 생기자 동업자들을 충동해 바울의 제자 가이오와 아리스다고를 인질로 잡고 바울에게 항의했다.
데살로니가(Thesalonica, 하나님의 승리) [지] ①마게도냐의 성들 중에 하나. ②아리스다고의 고향.
도마(Thomas, 쌍동이) [인] ①12제자들 중에 한 사람. ②요한복음에는 '디두모'라는 이름으로 쓰여졌다. ③예수의 부활을 의심하다가 못박힌 자리를 보고서야 믿었다.
돌레마이(Ptolemais) [지] ①지중해 연안 악고만灣 북단에 있는 성읍으로 구약시대에는 악고Ako라고 불렸다.
두기고(Tychicus, 행운) [인] ①로마에 거주하는 소아시아 사람으로 바울과 친한 사이였다. ②바울이 고린도에서 예루살렘으로 갈 때에 동행했던 사람들 중의 하나. ③소아시아로 보내는 바울의 편지 즉 에베소 교회, 골로새 교회, 디모데에게 보내는 서신들을 가지고 갔다.
두란노(Tyrannus, 주권) [인] ①에베소의 수사학자修辭學者. ②바울이 유대인들의 압력으로 회당을 떠난 뒤에 두란노 서원에서 강론했다.

두로(Tyres, 바위) [지] 지중해 동해안에 있는 베니게의 유명한 성.
두아디라(Thyatira, 희생) [지] ①빌립보의 여신도 루디아의 고향. ②소아시아 일곱 교회들 중 하나.
드다(Theudas, 칭찬) [인] 율법을 반대하고 도당을 모집했던 유대인.
드로비모(Throphimus, 교양 있는 사람) [인] ①에베소에 살던 신자. ②제3차 전도 여행을 마치고 예루살렘으로 돌아가는 바울과 동행했다.
드로아(Troas, 실용) [지] ①소아시아 서북 무시아에 있어 마게도냐와 거래하는 요항. ②바울이 환상을 보고 마게도냐로 건너가 유럽 선교의 시발이 되었다. ③바울이 두 번째로 체포된 곳.
드루실라(Drusilla, 이슬에 젖은) [인] ①헤롯 아그립바의 딸. 아름다운 용모를 가졌다. ②에메사 왕 아시스에게 출가했다가 이혼하고, 벨릭스 총독과 재혼했다.
디베랴 바다(Tiberias, 좋은 풍경) [지] 갈릴리 바다의 다른 이름. 이 이름은 디베랴 성에서 가깝기 때문에 생겼다.
디오누시오(Dionysius, 하나님의 감동) [인] 아덴 아레오바고의 재판관이며, 바울의 전도로 신가가 되었다.
　*아덴 교회에서 사역하다가 순교했다는 설이 있다.

라새아(Lasea, 돌) [지] 그레데 섬에 있는 작은 성읍. 미항에서 동쪽으로 8킬로미터 지점에 있다.
라오디게아(Laodicea, 正義) [지] 소아시아 브루기아의 수도이며, 골로새에서 서쪽으로 약 25킬로미터 지점에 위치했다. 지금은 자취조차 없다.
레기온(Rhegium, 파괴) [지] ①이탈리아에 있던 고대 그리스의 식민지. ②피타고라스 철학의 중심지.
레위(Levi, 친함) [인] 알패오의 아들이고, 세리 마태와 동일인으로 추측.
루기아(Lycia, 매우 덥다) [지] 소아시아 남해안에 있는 섬.
루디아(Ludia, 생산) [인] 두아디라 성읍 출신으로 염색 장사를 하던 여인. 바울이 빌립보에서 전도할 때 예수를 믿게 되었다.
루스드라(Lystra, 양의 무리) [지] ①소아시아의 누가오니아의 한 성읍. ②

바울이 제1차 전도 여행시에 이곳에 들려 앉은뱅이를 고쳐 주자, 그곳 주민들은 신이 내려왔다고 생각하고 제사를 올리려 했다.

룻다(Lydda, 장식) [지] ①욥바에서 동으로 약 13킬로미터 지점에 있는 베냐민의 성읍. ②베드로가 이곳에서 애니아의 중풍을 고쳤다.

리노(Linus, 사자 같음) [인] 로마의 신자. 여신도 글라우디아의 남편으로 추측됨.

* 전설에 의하면 로마 교회의 주교가 되었다고 한다.

리비야(Libya, 바다의 중심) [지] 아프리카 북부, 에집트 서편에 있는 사막 지대의 나라. 예수 시대에는 유대인들이 많이 살았다.

* 1차 대전 이후에 이탈리아에 속해 있다가 1956년에 독립을 선언했다.

마가(Mark, 의젓하다) [인] ①마가의 그리스 이름은 요한이므로 대개 요한 마가라고 부른다. ②신약 성경 마가복음의 저작자로 상당한 재산이 있고 넓은 다락방이 있었으므로 최후의 만찬을 이곳에서 벌였다. ③바울과 그의 외숙 바나바를 따라 구브로 섬까지 전도 여행을 갔다가 포기하고 돌아갔으므로 바울이 제2차 전도 여행에는 데려가지 않았다.

* 베드로가 순교 당한 후 마가는 에집트로 가서 전도했으며 마침내 알렉산드리아 교회를 세우고 복음을 전하다가 순교했다고 한다. 4월 25일은 마가의 기념일이다.

마게도냐(Mcedonia, 숭배) [지] ①그리스 북반부의 빌립보, 데살로니가, 베뢰아 등이 모두 그 지방이다. ②바울이 그 지방에 와서 네압볼리, 베뢰아 등에 교회를 설립했다.

마르코 안토니 Marcus Anthony [인] ①로마 제국의 정치가이자 군인. 젊은 시절을 방탕하게 보냈지만, 율리오 카이사르 아래서 싸우면서 신임을 얻었다. ②율리오 카이사르가 암살을 당하자, 옥타비안, 레피두스와 3두 정치를 함. ③에집트로 가서 클레오파트라 여왕을 만나 사랑에 빠져 그녀의 영토와 군대를 다스리게 되었다(주전 41년). ④에집트 군대를 이끌고 로마 군대에 대항해 싸우다가 주전 31년에 악티움 해전에서 패하여 같은 해에 클레오파트라와 자결했다.

마리아(Mary, 높여진 자) [인] 그리스 말로 미리암이다. (1)예수의 모친 마리아. (2)막달라 마리아. (3)야곱과 요셉의 어머니 마리아. (4)요한 마가의 모친 마리아. 바나바와 남매간이었을 것으로 추측.

마태(Matthew, 여호와의 선물) [인] ①12사도 중 한 사람으로 마태복음의 저자. 본명은 레위. 부친은 알패오. ②세관에서 일을 보던 세리였던 그는 예수의 부름을 받았다.

막달라(Magdalene, 탑) [지] 막달라 마리아의 출신지.

맛디아(Mathias, 하나님의 선물) [인] 가룟 유다의 후임으로 선정된 사람.

메소보다미아(Mesopotamia, 河間地) [지] ①유프라테스 강과 티그리스 강 사이의 고원.

멜리데(Melita, 꿀) [지] ①시실리 섬 남쪽 95킬로미터 지점에 있는 섬. 지금은 말타Malta라고 부른다. ②바울을 로마로 호송하던 배가 이 섬 앞바다에서 파선했다.

모세(Moses, 물에서 건져냄) [인] 이스라엘 백성을 에집트의 노예 생활에서 구출해 약속의 땅 가나안에 인도한 유대의 위대한 종교 지도자이자 학자이며 정치가였다. 그가 이스라엘 백성을 이끌로 에집트를 나온 것은 기원전 1290경이었다.

무라(Myra, 몰약) [지] 소아시아 루기아에 있는 성읍으로 바울이 로마로 회송되어 가는 길에 잠시 들렀다.

무시아(Mysia, 죄인) [지] 소아시아 서북부의 섬.

미둘레네(Mitylene, 종말) [지] 소아시아 본토에서 서쪽으로 17킬로미터 떨어진 에게 해 해상의 한 섬.

미항(Havens, 美港) [지] 그레데 섬 남해안에 있는 작은 항구.

밀레도(Miletus, 피난민) [지] ①아시아 서해안에 있는 요항. 에베소 다음으로 번화한 곳. ②드로비모가 병으로 인해 이곳에 남아 있었다.

바나바(Barnabas, 위로의 아들) [인] ①기독교로 개종한 초대 신자들 중의 한 사람이다. ②바울과 함께 이방인 선교사로 소아시아 선교 여행을 했다. ③마가의 삼촌.

바다라(Patara, 통역) [지] ①소아시아 루기아의 항구. 지금은 수심이 얕아 정박하지 못한다. ②우상 아볼로와 파다레우스를 섬기는 유명한 신당이 있었다.

바돌로매 Bartholomew [인] 12사도들 중의 한 사람. 일반적으로 나다나엘과 동일인이라고 본다.

바메나 Parmenas [인] 예루살렘 교회 일곱 집사들 중 한 사람.

바벨론(Babylon, 혼란) [지] ①국명 및 도시명으로, 로마인들이 부르던 갈대아인의 영토. ②홍수 후에 쌓은 바벨탑이 이곳에 있다.

바보(Paphos, 대문) [지] ①구브로 섬의 수도. ②바울이 제1차 선교 여행 때 엘루마라는 거짓 선지자를 꾸짖고 서기오 바울 총독에게 복음을 전함.

바사바(Barsabbas, 맹세의 아들) [인] (1)가롯 유다의 후임을 선출할 때 후보로 올랐지만 낙선했다. (2)일명 유다. 예루살렘 공회에서 결정한 규례를 가지고 바울, 바나바와 함께 안디옥으로 갔다.

바울(Paul, 작은 자) [인] 사울의 로마식 이름.

버니게(Bernice, 승리자) [인] ①팔레스틴 왕 헤롯 아그립바 1세의 딸. ②두 번이나 남편을 갈아 치우고 친 오빠인 헤롯 아그립바 2세와 불륜 관계를 맺었다. ③후에 로마 황제가 된 디도의 첩이 되었다.

베니게(Phoenicia, 종려) [지] 지중해 동북 연안에 있는 지금의 레바논. 토지가 적고 토양이 박해 농사에 부적당하다. 두로, 시돈, 비블로스 등의 좋은 항구를 가지고 있었다.

베다니(Bethany, 슬픔의 집) [지] ①예루살렘에서 약 6킬로미터 떨어진 감람 산 남동쪽의 마을. ②지금 나자로 마을이라고 불린다.

베드로(Peter, 반석) [인] ①요나의 아들. 안드레의 형. 본명은 시몬. ②갈릴리 바다에서 어업을 하다가 예수의 부름을 받고 그를 따르기 시작했다. ③12제자들 중 수위를 차지했고, 야고보와 요한과 더불어 그의 행적과 공로가 지대하다.

베뢰아(Berea, 무겁다) [지] 데살로니가 서편 약 29킬로미터 지점에 위치한 마게도냐의 도시.

베스도(Festus, 제일祭日) [인] ①벨릭스의 뒤를 이어 유대 지역의 총독

(A.D.60-62)이 되었다. ②유능한 행정관이었고, 바울이 그에게 경의를 표했다고 한다.

벨릭스(Felix, 즐겁다) [인] ①제11대 유대 총독(주후52-60). ②바울을 심문했다. ③글라우디오 황제의 신하 팔라스의 동생으로 노예 신분에서 유대 총독으로까지 승진. ④그의 셋째 아내는 아그립바 1세의 딸로써, 그는 유부녀였던 그녀와 강제로 혼인했다.

벳세다(Bethseida, 고기잡는 집) [지] 갈릴리 서북안 가버나움 근처인데 베드로, 안드레, 빌립보의 고향이다.

보디올(Puteoli, 샘) [지] 로마로 호송되던 바울이 상륙한 이탈리아 항구.

보르기오 베스도(Porcius-festus, 돼지) [인] 유대 지역의 로마 총독.

보블리오Publis [인] ①멜리데 섬의 대표자. ②바울은 그의 아버지의 병을 고쳤다.

본도(Pontus, 바다) [지] ①소아시아 북부 흑해 연안의 험준한 지방. 현재 터키. ②오순절에 이곳에 살던 유대인들이 예루살렘에 왔다가 성령 강림을 목격하고 돌아가 교회를 설립했다.

본디오Pontius [지] 예수를 심문하고 정죄한 빌라도 총독의 고향.

뵈닉스Phoenit [지] 그레데 섬 남쪽에 있는 항구. 바울이 로마로 호송되어 가는 도중 이 항구에서 겨울을 지내려고 항해하다가 난파했다.

뵈뵈(Phoebe, 순결) [인] 겐그레아 교회의 여신도. 바울의 로마서를 전한 듯하다.

부데(Pudens, 수줍어 하다) [인] ①바울이 옥에 갇혔을 때, 로마에 있던 신자. ②베드로에 의해 기독교를 믿기 시작한 고르넬리안 의회의 의원.

부르터스Brutus [인] ①로마 제국의 공화당 정치인이자 군인. ②카시어스의 율리오 카이사르를 암살하는 음모에 가담해 성공(주전 44년). ③빌립보 전투에서 패전(42년 10월 23일)해 자결했다.

브드나도Fortunatus [인] 고린도 교회의 신도 스데바나, 아가이고와 같이 에베소에 있는 바울을 방문한 사람.

브런디시움Brundisium [지] ①이탈리아 남동부의 항구 도시. ②고대에는 지중해 동부 지역을 상대로 하는 무역의 중심지였으며, 중세에는 이곳에서 십자군을 파병하기도 했다. ③아피안웨이라는 도로가 로마에서 시작되어 이곳에서 끝났다. ④현재는 브린디시Brindisi라고 불린다.

브로고로(Prochros, 춤의 지도자) [인] 예루살렘 교회에서 구제하는 일을 맡아 보기 위해 선출된 일곱 집사들 중의 한 사람.

브루기아Phrygia [지] ①소아시아 중부의 섬. 이곳의 도시는 이고니온, 라오디게아, 골로새, 히에라볼리, 비시디아, 안디옥 등이 있다.

브리스길라/브리스가(Priscilla/Prisca, 늙다) [인] ①바울의 동역자인 아굴라의 아내. ②브리스길라라는 로마 이름을 가지고 있었으므로 로마 태생이라고 추측.

비두니아Bithynia [지] ①흑해 남안 보르기아 북쪽에 있는 지방. ②바울이 이곳에서 전도하려 했으나 성령이 허락치 않아 밤에 환상을 보고 마게도냐로 건너감.

비시디아Pisidia [지] ①소아시아 남쪽에 있는 밤빌리아 평원 북쪽에 있는 길이 약 190킬로미터, 넓이 약 80킬로미터에 있는 지방.

빌라도(Pilate, 창槍) [인] ①유대, 사마리아, 에돔을 다스리던 로마의 다섯째 총독(주후26-36). 창을 잘 쓴다 해서 빌라도라 했다. ②예루살렘에 황제의 화상이 그려진 군기를 꽂고 경배케 했으며 유대인과 사마리아인을 학살했다. ③그는 유월절 특사로 예수를 석방하려 했으나, 군중의 동요를 두려워해 아내의 경고에도 불구하고 사형 선고를 내렸다.

빌레몬(Philemon, 애정 있는 사람) [인] ①골로새 교인으로 바울의 전도를 받아 유력한 신도가 되었다. ②오네시모는 그의 종이었다. ③아내는 압피아, 아들은 아킵보이다.

＊전설에 의하면 그는 감독이 되었다가 네로의 박해로 온 가족이 돌에 맞아 죽었다고 한다.

빌립(Philip, 말을 사랑하는 사람) [인] (1)사도 빌립. (2)전도자 빌립. ①예루살렘 교회에서 피선된 일곱 집사들 중에 한 사람. ②사마리아에서 전도하고 에디오피아의 환관을 개종시켰다. (3)헤롯 빌립 1세. 헤롯 대왕의 아들 중 하나. (4)헤롯 빌립 2세(B.C.4-A.D.34).

빌립보(Philippi, 말씀) [지] ①바울과 실라가 제2차 전도 여행시에 이곳에

첫발을 디딤으로 유럽 전도의 문을 열었다. ②바울과 실라가 귀신들린 점쟁이 노예 소녀의 귀신을 쫓아 주었다. ③이곳 교인들은 바울을 대단히 존경해 그가 어려운 일에 처할 때마다 여러모로 도와주었다.

사마리아(Samaria, 살핌) [지] ①마리아도와 사마리아 성이 있다. ②스데반의 순교 후 예루살렘 교회가 핍박을 받자 사방으로 흩어지던 교인들 중에 다수가 이곳으로 와 교회 설립의 기초가 되었다.

사모(Samos, 높은 봉우리) [지] ①에베소 남서 지점에 있는 작은 섬. ②인구의 대부분이 그리스 사람이다.

사모드라게(Samothraces, 드라게의 높은 봉우리) [지] 소아시아 드로아에서 마게도냐의 네압볼리로 가는 에게 해 해상에 있는 작은 섬.

사울(Saul, 희망) [인] 바울의 유대식 이름.

삭개오(Zacchaeus, 순결) [인] ①여리고 성의 세무서장으로 키가 작았다. ②부정축재로 큰 돈을 모았다. ③예수의 말씀을 듣고 회개해 부정하게 모은 돈이 있다면 4배나 갚겠노라고 군중 앞에서 선포했다.

살라미(Salamis, 던짐) [지] ①구브로 섬의 수도로서, 항구 도시이자 상업 도시이다. ②바울과 바나바가 제1차 전도 여행 때 이곳의 유대인 거리에서 전도했다.

살모네(Salmone, 흘러간다) [지] ①그레데 섬 동북 끝에 있는 곶海岬. ②바울이 미결수의 몸으로 로마로 가던 도중 강한 서북풍을 만나 고생한 곳이다.

살로메(Salome, 평화) [인] (1) ①예수를 따르던 여인 중의 한 사람. ②예수의 십자가 수난 현장에 있었으며, 부활하신 아침 일찍 무덤을 찾아갔다. (2)세례 요한의 목을 달라고 해 그를 죽게 한 헤로디아의 딸.

삽비라(Sapphira, 즐거움) [인] 아나니아의 아내로서 남편과 함께 토지 판 돈을 감추어 하나님과 사람을 속이려다가 죽은 여인.

샤론(Sharon, 평지) [지] 지중해 동쪽 연안 욥바로부터 갈멜 산까지 펼쳐진 평야.

서기오 바울(Sergius Pauls, 그물) [인] 바울이 제1차 선교 여행 때, 구브로 섬에서 만난 그곳의 총독. 바울의 복음을 듣고 신자가 되었다.
　*최근 그 섬에서 발견된 비문과 화폐에 그의 이름이 들어 있다고 한다.
서바나(Spain, 토끼) [지] ①바울 당시에는 철저히 로마화되어 있었다. ②바울이 순교 전에 서바나에 갔었는지는 확실하지 않지만, 바울은 로마서에 두 차례나 서바나 방문에 대해 언급했다.
세군도(Secundus, 제2의) [인] 데살로니가인으로 바울을 따라 소아시아까지 간 사람이다.
세나(Zena, 요부의 선물) [인] 바울의 동역자로서 법률가이다.
세베대(Zebedee, 여호와의 주심) [인] 갈릴리 어부의 한 사람. 예수의 제자 야고보와 요한의 아버지. 그의 아내 살로메가 많은 재산을 가지고 예수를 섬겼다는 사실로 보아 그는 상당한 재산가였다고 추측된다.
셀리언Caelian [지] 로마의 7대 언덕들 중에 하나.
소바더Sopater [인] 바울이 제3차 전도 여행을 마치고 예루살렘에 돌아올 때 함께 갔던 베뢰아인.
소스데네(Sosthenes, 권세를 힘입어 평안함) [인] ①고린도에 있는 유대교 회당의 회당장. ②본래 이 자리에 있던 그리스보가 기독교로 개종한 후 그의 뒤를 이어 회당장이 된 듯하다. ③그 역시 기독교로 개종했을 가능성이 있다.
수리아(Syrias, 고상高尙) [지] ①유대 북부에 있는 큰 나라로서, 유브라데 강, 지중해, 길리기아까지를 경계로 하고 다메섹, 안디옥, 실루기아, 발무라, 라오디게아 등의 큰 도시가 있다. ②여러 약소 국가들이 모인 합중국 형태이며, 주권국은 다메섹국이다.
　*바벨론, 바사, 마게도냐, 로마, 터키 등의 여러 나라에 전속했다가 제1차 대전 후에 프랑스의 위임 통치를 받고, 제2차 대전 후에 완전한 독립국이 되어 국호를 시리아로 정하고 수도를 다메섹으로 정했다.
스게와(Sceva, 소망) [인] ①에베소에 있던 유대교 제사장. ②그의 일곱 아들이 바울이 행했던 것처럼 악귀를 쫓아내려 했는데 오히려 악귀 들린 청년에게 혼이 나게 됨.
스데바나(Stephanas, 면류관) [인] ①바울에게 세례를 받은 아가야의 성도. ②주후 59년에 브두나도, 아가이고와 함께 에베소에 가서 바울을 만났다.

스데반(Stephen, 면류관) [인] ①예루살렘 초대교회에서 피선된 일곱 집사 중에 한 사람으로서 기독교 최초의 순교자. ②그리스말을 잘하는 헬라인으로서 신앙이 돈독하고 성령이 충만해 이적을 행하는 은사도 받았다. ③예루살렘의 초대교회는 그의 죽음으로 인해 여러 지방으로 퍼져 나가게 되었다.

스토아(Stoics, 행낭) ①B.C. 300년경 그리스의 제논이 창시한 스토아 학파의 철학. ②윤리를 중심 과제로 하고 욕망을 억제하여 자연의 법도에 좇을 것을 주장했다. 당시 아덴에는 이 학파가 많았다.

시돈(Sidon, 노획물) [지] ①고대 페니키아의 옛 도시. ②상업이 번창했다. 두로와 함께 동 지중해 연안에서 제일 큰 항구이다. 현재는 사이다라고 부름. ③로마 시대에는 두로와 함께 자유 도시가 되었고, 예수의 선교와 사도들의 선교 활동에도 관계가 있는 곳이기도 하다.

시몬(Simon, 들음聽) [인] (1)예수의 12제자들 중 한 사람. 별명은 게바 혹은 베드로. (2)역시 예수의 제자들 중 한 사람으로 가나안 출신이다. (3)예수의 동생. (4)구레네 출신으로 억지로 예수의 십자가를 지고 골고다까지 간 사람이다. (5)가룟 유다의 부친. (6)욥바의 피색장(皮色匠). 베드로가 그의 집에 머물 때 가이사랴의 백부장 고넬료의 청함을 받았다. (7)사마리아의 요술하는 자. 빌립에게서 성령의 은사를 돈으로 사려 했다.

실라(Silas, 생각) [인] ①초대교회의 중요한 지도자적 인물. ②예루살렘에서 결정된 사실을 안디옥에 전달하는 일을 맡았으며, 바울과 바나바를 따라다녔다. ②로마 시민권을 가지고 있었던 것으로 추측됨. ③바울의 제2차 전도 여행 때 바울과 동행했다. ④바울의 서신에 나타나는 '실루아노'는 실라의 라틴식 이름이다.

실루기아(Seleucia, 하얀 빛) [지] 지중해에 들어가는 아론드 강 북안에 있는 항구였고, 안디옥에서 북으로 약 8킬로미터 지점에 위치한다.

아가보Agubus [인] ①예루살렘 교회의 예언자. ②유대에 큰 기근이 있을 것을 예언했고, 가이사랴에 있는 바울을 찾아가 예루살렘에서 그가 잡힐 것을 예언했다.

아가이고 Achaicus [인] 바울이 친애하는 신도.

아가야(Achaia, 형제) [지] ①그리스의 남반부로 예수 시대에는 로마 제국이 점령. 갈리오 총독이 통치했다. ②스데바나의 고향. ③이곳의 신도들이 마게도냐 신도들과 함께 예루살렘의 가난한 성도들을 구제했다.

아겔다마(Akeldama, 피밭) [지] 가롯 유다가 예수를 판 돈으로 구입한 밭이다. 지금은 소재를 알지 못한다. 전설에 의하면, 예루살렘 서남 힌놈의 골짜기 안에 있는 곳으로 추정한다.

아굴라(Aquila/Agulla, 독수리) [인] ①브리스길라의 남편. 북부 소아시아, 본도에서 출생한 유대인. ②아내와 같이 로마에 살다가 글라우디오의 유대인 박해에 못 견디고 고린도에 와서 살다가 바울을 만났다. ③바울과 함께 천막 짓는 일을 하면서 바울의 기독교 선교 운동에 가담했다.

아그립바(Agrippa, 독자) [인] (1)헤롯 아그립바 1세(B.C.10-A.D.44). 아리스도 불러스의 아들. 헤롯 대왕과 마리암 1세의 손자. 로마에서 교육을 받고 돌아와 디베랴의 시장직을 맡고 있다가 칼리쿨라 황제로부터 숙부 헤롯 빌립보 2세의 영토를 다스릴 분봉왕으로 임명되었다. (2)헤롯 아그립바 2세(A.D.30-100). ①헤롯 아그립바 1세의 아들. 역시 로마 교육을 받았다. 유대왕으로서 아버지의 왕위를 계승하지 못했다. ②누이동생 버니게와 함께 베스도 총독의 부임을 축하하러 갔다가 바울로 심문에 배석했다. ③헤롯가의 마지막 왕이자 성품이 악했다.

아나니아(Ananiah, 시온) [인] (1)초대 예루살렘 교인으로 자기 소유를 팔아 모두 바치기로 약속했는데 아내 삽비라와 짜고 일부를 감추어 두고 전부라고 속인 벌로 급사했다. (2)다메섹에 사는 기독교인. 회심한 바울에게 세례를 준 사람. (3)바울이 예루살렘에 잡혔을 때의 대제사장. ①바울을 벨릭스에게 소송했다. ②유대 반란시에 친로마파로 몰려 유대인의 손에 살해당했다.

아데마 Artemas [인] 바울을 따라 에베소에서 그레데 섬으로 선교 여행을 떠난 수행원들 중의 한 사람.

* 빌레몬의 아들이라는 설이 있다.

아덴(Athens, 도착) [지] ①현재 그리스의 수도. 예전부터 헬라의 제일 유명한 성이었다. ②바울이 제2차 선교 여행시에 들려 그곳의 철학자들과 쟁론하고 아레오바고에서 복음을 전했다.

아드라뭇데노(Adramytium, 죽음의 공회) [지] 소아시아의 무시아 서해안 앗소에서 동으로 약 38킬로미터 떨어진 곳에 위치한 항구.

아레오바고(Areopagus, 신령한 산) [지] ①아덴에 있는 고등 재판소 ②건물은 없이 산 위에 공설 운동장 같이 계단으로 좌석을 만들고 원고와 피고를 중앙에 세워 재판관이 심문 판결하는 곳. ③바울이 이곳에 잡혀가 복음을 전했다.

아리마대(Arimathea, 높이 있음) [지] ①예루살렘에서 서북쪽으로 35킬로미터 떨어진 성. ②예수의 시신을 자기의 새 무덤에 안장한 요셉의 고향.

아리스다고(Aristarchus, 선한 정치) [인] ①마게도냐의 데살로니가 사람. 에베소에서 아르데미스 여신 숭배자들에게 인질로 잡혀 연회장에 억류되어 있었다. ②바울과 함께 고난을 같이한 사람이다.

아벤틴Aventine [지] 로마의 7대 언덕들 중의 하나.

아볼로(Apollos, 침략자) [인] ①알렉산드리아 태생의 유대인. 구약에 정통한 변증가. ②에베소에 있을 때 아굴라와 브리스길라에게서 복음을 듣고 배웠다. 그러나 성령을 알지는 못했다. ③그후 고린도에서 전도해 성공했지만 교회내에 당파가 일어 바울파와 아볼로파로 나뉘었다. ④바울과는 돈독한 관계를 가지고 있었고, 에베소에서 두 사람은 선교에 협력했다.

아볼로니아(Apollonia, 파괴) [지] 마게도냐의 성읍들 중에 하나.

아스돗(Azotus, 축출) [지] 유대국 서남 지중해변 가자의 북쪽에 위치한 항구 도시.

아킵보(Archippus, 마부) [인] 골로새에 있는 교인.

안나스(Annas, 은사) [인] 주후 7-33년까지 예루살렘의 유대교 사제로 있던 자. 사위인 가야바와 함께 대제사장이 된 듯하다.

안드레(Andrew, 남성적) [인] ①요한(요나)의 아들이며, 베드로의 형제이다. ②갈릴리 해변 벳세다의 어부로서 세례 요한의 제자가 되었다가 나중에 예수의 제자가 되었다.

　*예수가 승천한 후 소아시아와 그리스에서 복음을 전하다가 십자가에서 순교했다고 전해진다.

안디바드리(Antipatris, 아비같이 대하라) [지] 예루살렘에서 가이사랴까지의 군용 도로 중간에 있는 곳.

안디옥(Antioch, 병거 또는 전사) [지] (1)수리아의 안디옥. 예수 당시 로마의 제3 도시였다. 스데반이 순교한 뒤 많은 기독교인들이 이곳으로 피난해 교회를 설립함으로써 이방 교회의 시초가 되었다. (2)소아시아 비시디아에 있는 성. 바울이 제1차 선교 여행시에 이 성에 들어가 전도를 할 때, 이방인들이 많이 따르자 이를 시기한 유대인들이 그와 바나바를 이고니온과 루스드라까지 축출했다.

알렉산드리아(Alexandria, 돕는 자) [지] ①B.C.332년에 알렉산더 대왕이 세운 그리스의 도시. 나일강 하구에서 서쪽으로 23킬로미터 떨어진 지중해안에 위치하고 있다. ②그곳에는 당시 50만 권의 파피루스 도서를 가진 도서관이 있었고, 구약성서의 그리스어역인 70인역도 주전 3세기경에 이곳에 완성되었다. ③아볼로의 출신지.

알패오(Alphaeus, 사유) [인] (1)사도 작은 요한의 아버지. (2)사도가 된 세리 마태의 아버지.

암비볼리(Amphipolis, 성 주위) [지] ①마게도냐의 빌립보와 데살로니가 사이에 있는 성으로, 스드루몬 강이 성읍의 주위를 에워싸고 있어서 암비볼리라는 이름을 갖게 되었다. ②오랫동안 터키국에 속했다가 지금은 그리스에 속해 있다.

압비아(Apphia, 풍부) [인] 골로새 교회의 여신도.

　*빌레몬의 아내라는 설이 있다.

압비오광장Appii Forum [지] ①로마에서 69킬로미터 떨어진 아피안웨이 선상의 도시. ②바울이 로마로 호송될 때, 교우들이 그곳에서 그를 기다렸던 곳.

앗달리아(Attalia, 고상高尙) [지] 소아시아 남쪽 해안 밤빌리아에 있던 고대 도시로서, 소아시아에서 에집트에 왕래하는 길목 역할을 했다.

앗소(Asso, 확실) [지] 소아시아 무시아에 있는 고대 항구 도시였지만, 지금은 터키국의 버이람코라는 작은 촌락으로 전락했다.

애니아(Eneas, 어렵게 난 사람) [인] 중풍으로 8년 동안 고생하다가 베드로에게 소침을 받은 룻다 사람.

야고보(James, 약탈자) [인] (1)12사도 중 큰 야고보로 부친은 세베대, 모친은 살로메이다. 그의 아우는 요한. (2)12사도 중 작은 야고보. 그의 부친은 알패오 모친은 마리아. 형제는 요세이다. (3)예수의 동생. 예루살렘 공회의 회장. 야고보서 저술. (4)사도 중의 한 사람인 다대오의 부친.

야손(Jason, 병 나은 자) [인] 데살로니가인으로 바울과 실라가 두 번째 선교 여행시에 그의 집에 머물렀다.

야이로(Jairus, 빛이 됨) [인] 갈릴리 지방의 회당장. 그의 12세 된 딸이 예수에 의해 죽었다가 다시 살아났다.

에디오피아(Ethiopia, 살빛이 검다) [지] 아프리카 동부 중앙에 있는 나라. 옛날 이름은 구스Cush.

에라스도(Eraetus, 사랑하는 자) [인] ①고린도 성의 회계를 맡은 자. ②예수를 믿은 후, 바울과 함께 에베소에서 전도함. ③디모데와 함께 마게도냐에서 전도함.

에바브라(Epaphrus, 물거품) [인] 골로새에 교회를 설립한 신자.

에바브로디도(Epaphroditus, 아담하고 깨끗함) [인] ①빌립보의 교우. ②바울이 옥에 갇혔을 때 본교회의 대표로 바울에게 쓸 물건을 가지고 갔다.

에베소(Ephesus, 인내) [지] ①소아시아의 수도. 로마 제국의 행정상, 교통상의 중심지이다. ②아르데미스 신상이 있었다.

에집트(Egypt, 검은 대륙) [지] 나일강 유역, 특히 하류 삼각주에 번성한 세계 최고의 문명 발상지.

에피쿠로스(Epiqurius, 도움) [인] ①주전 250년에 죽은 그리스의 철학자 에피쿠로스가 세운 철학파로 4세기까지 지속되었다. ②이들은 바울의 복음과 반대적 입장을 취했다.

엘루마(Elymas, 지혜) [인] 구브로 섬 바보에 있는 거짓 선지자로서 바울을 적대하다가 그 벌로 잠시 소경이 되었다.

엠마오(Emmaus, 온천) [지] ①예루살렘에서 9.5킬로미터 정도 떨어진 마을. ②예수가 부활한 후 이 마을로 가던 두 제자에게 나타나 그들에게 성경을 풀어 이야기했다.

오네시모(Onesimus, 이익) [인] 골로새 신자 빌레몬의 종이었는데 주인의 돈을 훔쳐 로마로 달아났다. 후에 기독교인이 됨.

오네시보로(Onesiphorus, 이익을 행함) [인] 에베소 교회의 교우로서 바울이 그곳에 있을 때, 순종하고 로마에 갇혔을 때도 찾아가서 위로했다.

옥타비안(Octavian, B.C.63-A.D.14) [인] ①최초의 로마 황제. 율리오 카이사르의 종손. ②빌립보 전투와 악티움 해전을 승리로 이끈 후 주후 29년에 원로원으로부터 황제라 명명되었고, 27년에는 어거스트라는 칭호를 받았다.

요단강(Jordan, 급한 여울) [인] 팔레스틴의 가장 큰 강. 북쪽 레바논 산, 헤르몬 산을 수원으로 해 남쪽 사해로 흐른다.

요세(Jose, 여호와는 구원이시다) [인] (1)예수의 조상 중의 한 사람. (2)예수의 육친 형제 중 한 사람.

요안나(Janna, 하나님의 은사) [인] ①헤롯 안디바의 청지기 구사의 아내. ②예수의 무덤을 찾아간 여인들 중에 하나.

요한(John, 여호와가 사랑하는 자) [인] (1)세례 요한. (2)사도 요한. (3)마가 요한.

욥바(Joppa, 아름답다) [인] ①예루살렘 서북쪽 약 55킬로미터 지점의 지중해안에 있는 항구 도시. ②기독교가 예루살렘에서 사방으로 퍼지자 욥바가 기독교의 중심지가 되었다.

유다(Judas, 찬송) [인] (1)12사도의 한 사람인데 다대오라고도 한다. 그는 작은 야고보의 형제이며, 유다서를 쓴 사람이다. (2)예수의 육친 동생. (3)가룟 유다. (4)다메섹에 사는 유다. 눈이 먼 바울이 다메섹에 입성해 그의 집에 머물렀다.

유대(Judea, 찬송) [지] 이 땅은 여호수아가 가나안에 들어가 12지파에게 토지를 분할해 줄 때 유다 지파에게 준 땅이다. 당시의 경계는 동쪽으로 사해, 서쪽으로는 지중해, 남쪽으로는 시므온 땅, 북쪽으로는 베냐민과

단인데 112성에 7만 6천 5백 명의 인구가 살고 있었다.

유두고(Eutychus, 복되다) [인] 바울이 드로아에서 설교할 때 졸다가 3층에서 떨어져 죽었는데, 곧 바울이 살려냈다.

율리오(Julius, 감았다) [인] 어거스트 부대의 백부장으로 베스도 총독의 명령을 받고 바울과 다른 죄인들을 로마까지 호송했다. 바울을 선하게 대하고 부하들이 다른 죄수들과 바울을 죽이려는 것을 저지했다.

으불로(Eubulus, 지혜로운 의논) [인] 로마의 신도인데 바울이 디모데후서를 쓸 때 그와 함께 있었던 자이다.

이고니온(Iconium, 양의 가슴) [지] ①소아시아 평원에 위치했던 옛도시로서 당시 통상의 요지였다. ②바울이 제1차 전도 여행시에 이 성에서 많은 신도를 얻었다.

이라클리온Ir klion [지] 그레데 섬 북부의 항구 도시.

이스라엘(Israel, 하나님이 싸워 주심) [지] ①이스라엘이라는 이름은 야곱 시대부터 유래했다. ②유목 시대와 가나안 정주 시기에는 12지파로 구성된 전체를 가리켰다. ③한 임금의 지배하에 들어간 신정 정치 시대에는 일종의 지리적 개념으로 불렸다. ④왕국의 실체가 사라진 후에는 종교적 의미가 회복되어 남은 백성을 지칭했다. ⑤B.C. 586년의 예루살렘이 함락되어 이스라엘 백성들이 바벨론에 포로 생활을 하면서 귀환할 때까지 신앙의 공동체로서 불렸다.

일루리곤(Illyricum, 기쁨) [지] 바울이 전도한 곳 중에 가장 서쪽에 있는 지명이다. 마게도냐의 북쪽 드라기야의 서쪽에 해당하는 아드리아 해의 동쪽 지방이다. 이 지역은 후에 달맛디아라 불렸다.

지중해Mediterrannean Sea [지] 팔레스틴의 서쪽 바다. 구약에서는 서해, 대해大海, 블레셋 바다라 해서 대게 이스라엘 국경으로 삼았다.

카시어스Cassius Longinus Gaius [인] 로마의 정치가이자 장군. 율리오 카이사르의 암살을 주도한 인물. 빌립보 전투에서 공화당 군대가 패하자 자결했다.

카이사르Caesar [인] 로마의 왕 율리오의 성姓인데, 그후 권세가 컸으므로 역대 로마 황제의 성을 카이사르라고 했다.

트레스 타베르네(Tres Tabernae, 세 주막) [지] ①로마에서 53킬로미터 떨어진 도시. ②바울이 로마로 호송되던 길에 머문 곳. 많은 신도들이 바울을 영접해 그가 힘과 용기를 얻었다.

헤롯(Herod, 영웅의 아들) [인] 팔레스틴과 그 인접 지역을 B.C.55년경부터 A.D.93년경까지 통치한 왕가. (1) 헤롯 대왕(B.C.37-4). (2) 헤롯 안티바(B.C.3-A.D.39). (3) 헤롯 빌립 1세. (4) 헤롯 빌립 2세(B.C.4-A.D.34) (4) 헤롯 아그립바 1세(A.D.37-44). (5) 헤롯 아그립바 2세(A.D.50-100).

헤로디아(Herodias, 영웅의 딸) [인] ①헤롯 대왕의 손녀이자 아그립바 1세의 누이로서 살로메의 어머니이다. ②처음에는 그녀의 시동생 헤롯 빌립에게 출가했다가 그를 버리고 그의 시숙 헤롯 안디바와 결혼했다. ③세례 요한이 그녀의 불륜을 비난하자 그녀는 간계를 써서 그의 목을 베어 죽였다.

히에라볼리(Hierapolis, 거룩한 성) [지] ①소아시아 브루기아도의 한 성으로 고지에 건설되었다. 골로새와 라오디게아에서 가까운 거리에 있었으며 주변이 희다 해서 '솜성'이라는 별명이 있다. 유명한 온천과 연회장과 큰 운동장과 고인들의 기념비가 있다. ②그곳의 교회는 에바브라가 설립한 듯하다. ③지금은 빔부갈데라는 작은 마을로 전락했다.

힌놈Hinnom**의 아들 골짜기** [지] ①예루살렘 서쪽에서 남으로 둘러 있는 넓은 골짜기. ②유다왕 요시야는 이곳에서 자녀를 불에 태워 몰록에게 제사하는 것을 금했다. ③유다왕 아하스는 반대로 이곳에서 자녀를 불살라 몰록에게 제사했다. ④예레미야 선지자는 말하기를 '사람들이 이곳에 도벳 사당을 짓고 그 자녀를 불사르려 하니 장차 이곳을 도벳이라거나 힌놈의 아들 골짜기라 부르지 않고 살육의 골짜기라 부를 날이 있을 것이라'라고 했다. 지금의 이름은 '와데이엘라바비'다.

역자 전진영

현재 로스앤젤레스의 Continental Data Graphich & Publication에서 일러스트레이터로 근무하면서 번역을 하고 있다. 남가주 번역·통역인 협회 회원이기도 하다. 역서로는 로렌스 센더즈의 『루시의 고백』, 샤롯 알렌의 『딸』, 필리스 길리스의 『이렇게 궂은 날에』 등이 있다.

소설 바울 1

1998년 11월 18일 초판 1쇄 인쇄
1999년 1월 25일 초판 2쇄 인쇄

지은이 풀턴 오슬러
옮긴이 전진영
펴낸이 유명자
펴낸곳 도서출판 장락
본문편집 편집부
표지디자인 편집부
인쇄 신화인쇄
제본 성하제책

출판등록 1991년 7월 25일(제21-251호)
주소 110-290 서울시 종로구 인사동 153-3 금좌빌딩 205호
전화 (02)735-0307, 8 팩시밀리 (02)735-0309

정가 7,500원

ⓒ장락, 1998, Printed in Seoul, Korea
ISBN 89-85262-62-9 03840
ISBN 89-85262-61-0 (전2권)

* 잘못된 책은 바꾸어 드립니다.